A FÚRIA DAS CHAMAS

FEAR THE FLAMES
LIVRO 1

A FÚRIA DAS CHAMAS

Olivia Rose Darling

TRADUÇÃO
ALEXANDRE BOIDE

TÍTULO ORIGINAL *Fear the Flames*

Copyright © 2024 by Olivia Rose Darling
First Published by Delacorte Press an imprint of Random House, a Division of Penguin Random House LLC. Translation rights arranged by Sandra Dijkstra Literary Agency
and Sandra Bruna Agencia Literaria, SL. All rights reserved.
Publicado originalmente por Delacorte Press, um selo da Random House, uma divisão da Penguim Random House LLC. Direitos de tradução geridos por Sandra Dijkstra Literary Agency e Sandra Bruna Agencia Literaria, SL. Todos os direitos reservados.
© 2025 VR Editora S.A.

Plataforma21 é um selo da VR Editora

NOTA DA AUTORA

Este livro descreve agressão sexual (não descrita e NÃO envolvendo os protagonistas românticos), abuso infantil, tortura explícita, castração, violência física e mental, e cenas de sexo explícito e totalmente consensual.

GERENTE EDITORIAL Tamires von Atzingen
EDITORA Thaíse Costa Macêdo
EDITORA-ASSISTENTE Marina Constantino
ASSISTENTE EDITORIAL Michelle Oshiro
PREPARAÇÃO Luana Negraes
REVISÃO Natália Chagas Máximo e Raquel Nakasone
COORDENAÇÃO DE ARTE Pamella Destefi
DESIGN DE CAPA Will Speed
ILUSTRAÇÕES DE CAPA © Shutterstock.com
MAPA © Andrés Aguirre
ADAPTAÇÃO DE PROJETO GRÁFICO Pamella Destefi
ADAPTAÇÃO DE CAPA E DIAGRAMAÇÃO WAP Studio, Pamella Destefi e P.H. Carbone
PRODUÇÃO GRÁFICA Alexandre Magno

Dados Internacionais de Catalogação na Publicação (CIP)
(Câmara Brasileira do Livro, SP, Brasil)

Darling, Olivia Rose
A fúria das chamas / Olivia Rose Darling; tradução Alexandre Boide. – São Paulo: Plataforma21, 2025.

Título original: Fear the flames
ISBN 978-65-5008-052-5

1. Ficção de fantasia 2. Ficção norte-americana I. Título.

25-264570   CDD-813

Índices para catálogo sistemático:
1. Ficção: Literatura norte-americana 813
Cibele Maria Dias – Bibliotecária – CRB-8/9427

Todos os direitos desta edição reservados à
VR Editora S.A.
Av. Paulista, 1337 – Conj. 11 | Bela Vista
CEP 01311-200 | São Paulo | SP
plataforma21.com.br | plataforma21@vreditoras.com.br

Para aqueles que carregam todo o peso do mundo com um sorriso e nunca deixam de perseguir sonhos que os outros consideram irreais, ambiciosos demais ou impossíveis. Cada palavra aqui é para vocês. Seus sonhos estão vivos, assim como os dragões.

PRÓLOGO

Houve, certa vez, uma princesa nascida numa fria noite de inverno com fogo suficiente em sua alma para rivalizar com o gelo que cobria a terra. O céu chorou junto com ela, e as estrelas se tornaram mais brilhantes quando seus olhos se abriram pela primeira vez.

Dragões não eram vistos em Ravaryn desde os tempos em que os deuses caminhavam entre os mortais, ou pelo menos é o que dizem as lendas. Os deuses estavam descansando havia quinhentos anos, mas as almas dos dragões ganharam vida e criaram luz onde antes só havia escuridão.

A princesa com cabelo quase tão escuro quanto a noite e olhos como duas brasas refletindo o fogo dentro dela era uma criaturinha minúscula, e ninguém acreditaria que seria capaz de mudar o destino do mundo. Mas não são aqueles de quem menos se espera que fazem as coisas mais extraordinárias?

Em seu primeiro aniversário, o rei e a rainha de Imirath fizeram uma celebração em homenagem à filha. Finalmente tinham uma herdeira, depois de anos de tentativas, e apreciavam sua bebê de todo o coração. Seguindo a antiga tradição, convidaram os governantes de Galakin, um reino distante do outro lado do mar Dolente, para se juntar às festividades.

Eles chegaram com sua comitiva, trazendo ovos de dragão que alguns viam como uma tragédia embrulhada com laço de fita. A rainha de Galakin trouxe sua vidente para anunciar uma boa fortuna para a criança, como de costume. A vidente afirmou que os deuses apareceram para ela em sonho e informaram que os ovos de dragão que vinham sendo passados havia gerações pertenciam à princesa. De tão antigos, eram considerados fósseis, mas começaram a estremecer na noite de seu nascimento. Quando os ovos foram colocados diante da criança, cinco filhotes de dragão de cores vibrantes irromperam e se empoleiraram em seu berço.

A princesa e seus dragões eram um só ser.

Eles estavam unidos pela alma.

Se a vidente parasse por ali, talvez fosse considerado que tudo estava bem, mas nem todas as histórias têm finais felizes. A vidente proclamou que a alma da princesa tinha sido forjada pelo fogo dos deuses, criando um vínculo com os dragões que não poderia ser quebrado por nenhum mortal ou deus, e que seria ou a ruína ou a glória do reino.

A criança cresceu, assim como os dragões, e podia ser vista andando pelo castelo com seus bichinhos no colo ou conversando com eles. Dormiam todos onde ela dormia. Comiam quando ela comia. Quando ela brincava, eles faziam o mesmo. Eram inseparáveis. Nutriam um amor como nenhum outro.

As pessoas costumam se sentir ameaçadas pelo amor quando percebem sua ausência e seu poder. Afinal, o que é o amor senão a única coisa no mundo que desafia a lógica? O amor é capaz de fazer alguém correr na direção do perigo, mas os que se sentem ameaçados por esse sentimento acabam se tornando perigosos.

Um dia, perto de seu quinto aniversário, a princesa deu um escândalo na hora de se vestir para o jantar, e sua aia foi chamar o rei. Ele com certeza saberia acalmar sua preciosa filha. Mas o rei tinha ficado abalado com a profecia, e encarava a filha e seus dragões com desconfiança, medo e inveja. Como a menina insistia em desafiá-lo, ele levantou a mão para ela, e o dragão verde avançou, arrancando seu mindinho.

A partir desse momento, o castelo se tornou uma prisão.

Grilhões foram atados aos punhos da princesa, e os dragões foram impedidos de voar e enfiados em jaulas quando se recusaram a sair do lado dela. A princesa lutou com todas as forças, abriu a pele contra o metal, criando cicatrizes para a vida toda, cravando as unhas no piso para ter seus dragões de volta.

Os que a tratavam com gentileza e deferência se tornaram aqueles que a espancavam por traição.

Para Imirath, esse vínculo com os dragões era uma maldição, mas não importava o que acontecesse, na visão da garotinha sempre seria uma bênção. A princesa que era tudo para os pais... se tornou seu maior arrependimento. E, nas masmorras de Imirath, a criança feliz se tornou uma criatura das trevas. Assumiu a forma de um monstro para seu pai, mas nunca perdeu o bom coração, por mais partido que estivesse. Com a dor que lhe foi infligida, ela forjou em si mesma uma arma que jurou um dia usar contra o reino, que sofreria sua ira por tudo o que havia lhe tirado.

A vingança é uma promessa assinada com sangue, mas a princesa acreditava que o sangue dos dragões era o que fluía em seu corpo. Os dragões eram seus semelhantes, e não havia o que ela não fosse capaz de fazer para libertar sua família.

Parte I

O ACORDO

CAPÍTULO
UM

A chuva e o vento batem no meu rosto enquanto incito a égua a correr mais depressa para dentro da floresta escura, com apenas o luar e os relâmpagos para auxiliar minha visão. Os trovões retumbam pelo céu em um dueto com os cascos da montaria batucando o chão de terra. Existem muitas razões para uma missão exigir a travessia em condições perigosas – sigilo, desespero, curiosidade, vingança e pressa, para citar algumas. Parei de tentar dissecar os sentimentos misturados a minhas motivações anos atrás, mas não nego que é uma irresistível curiosidade o que me move esta noite.

A encosta montanhosa e íngreme parece um labirinto de árvores caídas, trilhas desniveladas e pedras escorregadias. Meu manto pouco faz para impedir que o frio penetre meus ossos, e várias mechas se soltaram da trança que cai pelas minhas costas, grudando no meu rosto como se estivessem encharcadas de melaço. Mas eu nunca perderia uma oportunidade de me informar melhor sobre a tensão crescente entre Vareveth e Imirath.

O ódio me domina, e uma careta contorce meu rosto quando penso nos dragões aprisionados. O rei Garrick vai pagar com sangue pelo que fez, e nem mesmo isso vai ser suficiente. A patrulha que enviei relatou um avistamento de soldados do reino de meu pai, nosso inimigo, e quero saber o que estão fazendo tão longe de casa, viajando por um dos lugares mais perigosos do continente.

A floresta de Terrwyn está cheia de animais selvagens, bandidos e plantas venenosas, e a névoa que desce das montanhas é capaz de pôr em risco até mesmo o mais tarimbado explorador, escondendo traiçoeiros precipícios. Se mantiver os sentidos em alerta e seguir o som suave de um pequeno regato, vai encontrar meu reino, Aestilian, escondido em um vale próximo das cachoeiras de Syssa.

A montaria de Finnian acelera o passo e emparelha com o meu. Seus cachos ruivos estão empapados na testa, e sua pele clara como porcelana quase brilha na escuridão.

– Que tal me contar por que saiu correndo de casa e me arrastou até aqui como uma duende desarvorada? – grita ele por cima da tempestade.

Tecnicamente, não contei para Finnian por que viemos, mas nós paramos de esclarecer as coisas um para o outro em detalhes já faz anos.

Aonde eu vou, ele vai.

Aonde ele vai, eu vou.

– Uma duende desarvorada?

– Isso mesmo. – Ele limpa a garganta, e sei que está prestes a imitar a minha voz. – *Finnian, depressa! Sobe logo nessa sela! Até um cadáver é mais rápido que você!* – A voz dele falha no final, o que só me faz rir ainda mais.

– Soldados de Vareveth foram vistos numa taverna aqui, e não é o tipo de lugar onde alguém viria só pra tomar uns tragos.

Diminuímos a marcha das montarias enquanto passamos pelo desgastado portão, com os cascos das montarias afundando na estrada enlameada. O cheiro de sal paira no ar que sopra do mar. Eu já estive neste vilarejo antes, mas as casas de madeira escura, as lojas e as tavernas parecem ainda mais desoladas na penumbra.

Sigo Finnian até o ruidoso estabelecimento lotado de soldados, e amarramos nossas montarias em um poste. É melhor mantê-los por perto, caso alguma coisa dê errado. Estamos carregando armas, mas sem armadura, para podermos nos misturar aos demais viajantes. Facas adornam meu corselete e descem pelas minhas pernas até as botas; a única pista de minha identidade são as duas adagas de dragão que estão sempre comigo.

A luz das lamparinas dança no rosto salpicado de sardas de Finnian.

– Qual é o plano?

– Você fica entre os soldados pra ver se consegue encontrar alguém que tenha exagerado na bebida. Eu vou subir pra espiar os oficiais pelas frestas do assoalho.

Ele assente, alisando a túnica vermelha antes de desaparecer dentro da taverna.

Minutos depois, estou cercada por um mar de músicos desafinados enquanto a porta se fecha com um rangido atrás de mim. Nunca fui fã de lugares barulhentos, mas para Finnian é um habitat natural. É isso o que faz de nós uma boa dupla. Dou uma olhada na aglomeração e o vejo perto do balcão, cercado por vários mantos verde-escuros. Ele joga a cabeça para trás em uma gargalhada escandalosa e, apesar de não conseguir ouvi-lo, o som de sua risada é uma melodia gravada no meu cérebro.

Firmo os passos no piso desnivelado enquanto sigo para a escada escura no canto, mantendo a cabeça baixa e me esgueirando entre as mesas nada uniformes, cheias de soldados jogando baralho ou gritando por mais uma rodada de bebidas. Ninguém se vira para mim. Estão todos absortos em suas preocupações mais imediatas.

A taverna tem por dentro a mesma simplicidade do lado de fora. Não existe motivo para luxos quando todos vêm aqui para um único propósito – encher a cara antes de seguir viagem. As vigas de madeira atravessam o teto para sustentar o peso do segundo andar, e nas paredes não há nada além das lamparinas enferrujadas com poças de cera endurecida embaixo.

Meus olhos lacrimejam quando atravesso as nuvens espessas de fumaça de cachimbo que pairam no espaço apertado. Me mantenho nas sombras junto à parede e subo o primeiro degrau da escada precária. O estalo na madeira é tão alto que, se não tivesse subido por ali incontáveis vezes, pensaria que a estrutura não tem força suficiente para suportar peso nenhum. Mas sigo em minha jornada sem pensar duas vezes, me esquivando das teias de aranha no caminho.

Paro no alto da escada, apurando os ouvidos em busca de algum sinal de movimento ou respiração, mas nada chega até mim. O sótão aberto está cheio de sacos de grãos, barris de vinho e cerveja, móveis empoeirados e qualquer outra coisa que a taverna possa vir a precisar. É o lugar perfeito para dar uma escapadinha no escuro. A única iluminação a se infiltrar no local vem do luar, pelos buracos no telhado, e da luz das lamparinas que sobe pelas frestas no assoalho.

Meus passos são leves, apesar de saber que ninguém vai me ouvir com a barulheira lá embaixo. A última coisa que quero é derrubar poeira na bebida de alguém, me denunciando antes mesmo de ter a chance de obter alguma informação. Vou avançando enquanto visualizo a planta baixa da taverna na minha mente – seguindo para o local onde sei que estão sentados os generais, na esperança de que me revelem algo que faça valer a pena ficar esprimida neste sótão. Faço uma careta quando olho para a tábua suja e empoeirada em que costumo colar o ouvido. Está bem mais suja que o normal.

Retiro uma faca de seu esconderijo na minha coxa e apoio a cabeça na fresta estreita depois de limpá-la com meu manto. O toque familiar do aço é uma presença bem-vinda na minha mão. Desde que fugi de Imirath, nunca me separei das lâminas – mesmo antes de saber usá-las. Fecho os olhos e deixo todos os outros ruídos se desfazerem, me concentrando na conversa que chega à minha orelha junto com a fumaça que sobe pelo ar.

– O rei Eagor às vezes é um frouxo, mas não vai desistir dessa vez – ruge uma voz grave e masculina.

– Ele sabe que é do interesse de Vareveth, e Cayden não vai deixá-lo voltar atrás – responde uma voz aguda e feminina.

Cayden.

Cayden Veles, o comandante de Vareveth, é o mais jovem e mais temido líder guerreiro do continente, aos 29 anos. É rico como um deus ganancioso e tem a moralidade de um demônio. Muitos inclusive se referem a ele como comandante demoníaco, ou o demônio de Ravaryn.

– Ele está cansado de perder homens na fronteira por causa de escaramuças inúteis. A tensão já está quase no ponto de ebulição – a mesma voz masculina reitera em meio à música.

– Sim, mas essa guerra vai acabar antes mesmo de começar se o rei Garrick descobrir uma forma de controlar os dragões.

Meus olhos se arregalam, e uma onda de choque percorre meu corpo. Meu coração bate tão depressa que tenho medo de estar esmurrando o chão como um punho fechado. Garrick não faz nenhum comentário sobre os dragões. Só sei que estão vivos porque, caso contrário, eu teria sentido. O vínculo que tenho com eles seria desfeito, o que seria um sofrimento terrível. Basta a simples ameaça dos dragões para manter Ravaryn confinado a suas fronteiras.

Quando nasci, meus pais deram uma festa em celebração da herdeira dos Atarah, e todos os reinos foram convidados, inclusive Galakin. A rainha Cordelia viajou com a vidente de sua corte para oferecer aos meus pais um bom presságio para homenagear sua princesa. Ovos de dragão que deveriam estar fossilizados foram colocados no pé do meu berço, e cinco filhotes nasceram.

A profecia afirmava que minha alma foi forjada nas chamas, o que criou um vínculo entre os cinco dragões e eu, que ou destruiria Imirath, ou conduziria o reino a dias de glória imensurável.

Eu tinha 4 anos quando os dragões foram arrancados de mim, e passei de princesa a prisioneira da noite para o dia.

Sacudindo a cabeça, voltei a me concentrar na conversa lá embaixo.

– Cayden tem um plano pra lidar com isso. Você sabe que ele está sempre tramando alguma coisa – diz a voz masculina.

– Bom, vamos ver o que acontece. Talvez a princesa Elowen esteja mesmo aqui.

Um calafrio sobe pela minha espinha, e respiro tão fundo que minha máscara bloqueia minhas vias aéreas. Uma das minhas mãos agarra o cabo da faca, enquanto a outra puxa a máscara para debaixo do queixo.

19

Os soldados de Vareveth estão aqui... porque estão procurando por mim.

— Ouviu alguma coisa interessante, menina-sombra? — pergunta uma voz no alto da escada.

Volto a colocar a máscara antes de me pôr em pé. Meus olhos se voltam para o outro lado do sótão, pousando na figura masculina enorme diante da entrada. Ele se afasta do batente da porta e vem andando lentamente na minha direção, com a madeira rangendo sob seus passos pesados.

— Não exatamente — respondo, dando de ombros e girando a faca na mão.

— Você costuma ficar ofegante quando ouve fofocas banais? — ele pergunta, parando a alguns passos de mim.

Um raio de luar dança sobre uma de suas angulosas maçãs do rosto, como se quisesse alcançar e tocar sua pele. Uma cicatriz branca de bordas irregulares emoldurada com linhas vermelhas se estende pela lateral de seu olho direito, descendo pela bochecha e terminando perto do canto dos lábios carnudos.

— Eu vi uma aranha — respondo.

Ele está vestido como um assassino profissional, todo de preto, do colete de couro ao manto e à calça, com botas combinando. Seu corpanzil está carregado de armas — várias facas nas pernas, uma espada curta e um machado na cintura e uma espada larga nas costas.

— Hum — ele pondera. — Pena que você está mentindo, considerando quem estava ouvindo.

Puta merda.

— Acho melhor você voltar. Eles devem estar sentindo mais a sua falta do que eu.

— Sério mesmo que que você achou que eu não ia reparar na sua presença? — ele pergunta, ignorando minha sugestão.

Ninguém nunca reparou em mim antes.

Até Finnian elogiava minha habilidade de me mover como um fantasma na multidão.

Ele está no caminho da única saída do sótão. Fora isso, a opção é a janela. Já pulei de alturas maiores, mas Finnian ainda está lá embaixo, e com muitos soldados bloqueando a rota até a porta da taverna. Avalio seu tamanho, ainda girando a faca... ele é grande o bastante para me obrigar a olhar para cima, mas eu já matei monstros.

Minha mão segura com força o cabo da lâmina, e avanço um segundo antes de ele vir para cima de mim. Acerto o punho em seu queixo e ignoro o latejar que se espalha pela mão. Ele mal registra o golpe e me segura pelo pulso. Projeto meu joelho para a frente para acertá-lo no meio das pernas, mas ele percebe o movimento e se desvia do golpe. Com isso, se aproveita da minha postura desequilibrada e arranca a faca da minha mão. Jogando a lâmina de lado, me puxa em sua direção, segura meu outro pulso e bate as minhas costas contra a parede.

– Agora que já resolvemos essa parte, o que você ouviu?

A iluminação é suficiente apenas para eu discernir um sorrisinho arrogante e a intensidade do olhar dele.

– Acho que você devia ter me prensado contra a parede num lugar mais espaçoso. Aqui é pequeno demais pra comportar o seu ego.

Tento me libertar do seu aperto.

Ele arqueia uma sobrancelha escura, e seu sorriso se alarga.

– Facas, espionagem e uma língua afiada. Você está entrando num jogo perigoso, porque agora eu fiquei intrigado. – Seus olhos dançam pelo meu rosto de novo e param na minha máscara. – Posso tirar?

Meu coração dispara, mas não deixo isso transparecer no meu rosto. Conheço bem esse joguinho. Se me recusar a participar, ele vai saber que não quero ser identificada, o que não é exatamente verdade. Apenas prefiro entrar no jogo nos meus próprios termos, e sei que ele é parte do batalhão que está à minha procura.

– Você me prensou contra a parede e agora vem pedir permissão pra tirar minha máscara?

– O cavalheirismo ainda não morreu totalmente.

Ele me segura com mais força e aproxima a cabeça da minha. Se pensa que vou ceder, está muito enganado. Em seguida, desliza minha mão pela parede, para mais perto da minha direita. O aperto diminui, e eu a puxo para a frente, me soltando e o empurrando para trás. Dou uma joelhada no lugar que dói mais e lhe dou uma rasteira, torcendo para ninguém lá embaixo ouvir a queda.

Monto em cima dele, prendendo seu tronco entre as pernas. Ainda estamos envolvidos pela escuridão, mas seu olhar calculista brilha em meio às sombras. Tiro outra faca da coxa e a encosto em seu pescoço.

– Essa posição está bem melhor pra mim.

Coloco a mão livre sobre seu peito e me aproximo do seu rosto.

– Eu é que não vou reclamar.

Ele coloca uma das mãos atrás da cabeça em um gesto preguiçoso, e sua voz não demonstra nenhuma preocupação com a faca na garganta.

Ignoro o comentário e continuo em busca das informações de que preciso.

– O que seu comandante quer com a herdeira dos Atarah, soldado?

Seu rosto não revela nenhuma emoção.

– Por que eu contaria pra você o que o meu comandante quer?

– Você não conhece a herdeira dos Atarah; eu, sim. É um conceito bem simples, caso seu cérebro crie coragem pra se esforçar um pouco.

Ele pressiona a língua contra a lateral da bochecha.

– A herdeira pode ser útil no conflito que está por vir.

– Como? – pergunto, forçando a faca um pouco mais em sua pele, mas não o suficiente para arrancar sangue ainda.

– Você disse que a conhece? – ele questiona, arqueando de leve a sobrancelha direita, movendo a cicatriz junto.

– Sim.

– Ela estaria disposta a se encontrar com meu comandante?

Uma mistura de curiosidade, ansiedade e empolgação toma conta de mim. Tenho a possibilidade de me encontrar com o comandante de Vareveth, o inimigo do meu pai.

Mas e se for para me entregar?

– Ainda não.

Ele estreita os olhos e espera por minhas condições. Abro a boca para listá-las, mas sou interrompida por um rosnado inumano vindo do telhado. Um som que infelizmente conheço.

Um espectro-das-profundezas.

A criatura mortal entra no sótão pelo maior buraco, no canto do telhado. Elas são capazes de farejar sangue humano a quase dez quilômetros de distância, e são mais sedentas por sangue do que por água. É uma fera enorme, com uma pelagem branca e olhos vermelhos. Conforme o espectro se aproxima, dois chifres curvados se tornam visíveis no alto de sua cabeça, afiados o bastante para varar qualquer um que tente atacá-lo. A língua bifurcada pende para fora da boca, babando um veneno espumoso. É uma criatura de pesadelo, assim como todas as feras que rondam as florestas de Sweven e Terrwyn e a cordilheira de Seren.

Saio de cima do soldado e me encosto na parede enquanto ele fica em pé. O homem desembainha a espada das costas e uma faca de arremesso da coxa, seus olhos de predador acompanham os movimentos da criatura.

– Diga quais são seus termos – ele demanda, sem desviar o olhar do espectro-das-profundezas.

A fera avança com os olhos fixos no soldado. Vou deslizando pela parede, para mais perto da escada. Preciso encontrar Finnian.

– Tem uma clareira onde o rio Fintan encontra o lago Neera. Vá me encontrar lá amanhã à noite, munido apenas de boa-fé.

A fera passa por mim, com os olhos ainda vidrados no soldado.

– Munido de boa-fé? – Ele dá uma risadinha. – Minha fé é minúscula, e não está depositada em nenhuma coisa que possa ser considerada *boa*.

– Eu não vou mandar a herdeira até vocês só pra ser resgatada. Mostrem que estão dispostos a colaborar com ela, e eu vou determinar se podem ou não se encontrar. E não gostei muito de você, então é melhor se comportar melhor da próxima vez, soldado.

23

Estou diretamente atrás do espectro-das-profundezas. É a distração de que preciso para escapar, mas não posso deixá-lo morrer antes de descobrir o que Vareveth quer. Atiro a faca que está na minha mão direita; a criatura guincha quando a lâmina se crava em sua perna traseira. Eu me viro e corro em direção à escada.

– Não existe lugar no mundo onde você possa se esconder de mim, entendeu bem? – Seu tom de voz me faz deter o passo. Viro o pescoço a tempo de vê-lo erguer a espada para a fera e assumir uma posição defensiva perfeita. – Se fugir, eu vou encontrá-la – ele avisa, dando uma última olhada para mim antes de brandir a espada contra a fera, que salta em sua direção.

– Venha sozinho! – grito enquanto corro para longe do sótão.

CAPÍTULO
DOIS

Todos devem ter ouvido o rugido do espectro-das-profundezas, porque a maioria dos ocupantes da taverna está se acotovelando para chegar à saída. Meu olhar percorre o ambiente à procura de Finnian em meio à comoção. Não é a primeira vez que não consigo localizá-lo, mas o desconforto que acompanha sua ausência é sempre o mesmo. Combinamos que era melhor nos encontrarmos no ponto de partida do que perder tempo procurando um ao outro em momentos de caos.

Meu corpo segue contra a correnteza da multidão que se move para a entrada do sótão. Deve ser um soldado de alta patente, se os outros estão correndo em seu auxílio. Não que parecesse precisar de ajuda. Ele exalava uma calma letal que apenas os combatentes mais tarimbados conseguem dominar depois de anos de luta.

Se for esse o caso, ele não vai demorar para dar fim à criatura ferida. Precisarei chegar cedo à clareira no dia seguinte para garantir que ele esteja sozinho. Uma onda de calma envolve minha ansiedade quando vejo Finnian já montado na sela. As rédeas da minha montaria estão na sua mão.

– Já ia entrar pra procurar você. – Quando me aproximo o suficiente, ele solta as rédeas. – Um espectro-das-profundezas?

– É. E dos grandes – respondo enquanto monto.

Um trovão reverbera acima da nossa cabeça enquanto um rugido se transforma em ganido e o sótão fica em silêncio. O soldado matou o espectro, e nós ainda nem fomos embora.

– Não sei nem se quero saber, mas qual foi o tamanho da encrenca em que você se meteu? – pergunta Finnian.

– Não muito maior que o de costume.

Mentira. Acho que acabei de me meter numa encrenca gigantesca. Viro a égua na direção dos portões e a cutuco com os pés.

"*Se fugir, eu vou encontrá-la.*"

Calafrios percorrem minha espinha, mas dessa vez não por causa da chuva. Eu não me viro, mas posso jurar que é possível sentir o calor do olhar dele queimando minhas costas pela janela do sótão. Continuamos incitando as montarias a cavalgarem para a floresta escura e encharcada de chuva até eu me certificar de que ninguém nos seguiu.

"*Não existe lugar no mundo onde você possa se esconder de mim, entendeu bem?*"

Outro calafrio percorre minha espinha.

Cavalgamos até a extremidade da floresta de Terrwyn antes de diminuirmos o passo das montarias. As águas rápidas do rio Caleum assinalam o início da descida pela encosta da montanha. Desço da sela e levo a égua para beber um pouco de água depois de toda a correria da última hora.

Não parei de morder o lábio inferior desde que saímos da taverna, e sinto o gosto acobreado do sangue na língua. Há pensamentos demais passeando pela minha cabeça. Muitas situações possíveis que podem terminar comigo morta ou, pior, numa prisão em Imirath. Me abaixo na beira do rio para jogar água fria no rosto já congelando e depois passo as mãos na raiz do cabelo úmido.

Preciso respirar calmamente.

Inspira, expira. Inspira, expira.

Encontrar uma maneira de controlar a situação antes de acabar controlada por ela.

Sinto a presença de Finnian ao meu lado antes que ele comece a falar.

– Você vai precisar tomar pontos se continuar mordendo o lábio assim.

Uma risadinha chocha escapa da minha boca.

– O que você descobriu?

Ele solta um suspiro e se agacha ao meu lado, passando os dedos numa flecha.

– A ordem que receberam do comandante foi pra procurarem alguma coisa, mas eles não quiseram dizer o que é.

– Estão procurando por mim, Finnian – murmuro.

Ele enfia os dedos na lama da margem do rio para não cair.

– A maior parte do continente, e do *mundo*, pensa que você está morta – ele contesta. – Os assassinos que seu pai mandou só encontraram você fora das nossas fronteiras, e faz anos que não aparece mais nenhum.

Um total de quatro tentativas de assassinato ocorreram enquanto eu andava separada de Finnian por vilarejos sem nome.

– A maior parte – concordo.

– Você descobriu isso espionando ou tinha outra pessoa lá no sótão também?

Sou cuidadosa com minhas palavras.

– Um soldado me seguiu.

– Ele sabe que *você* é a princesa perdida? – questiona Finnian, ficando em pé, assomando sobre mim.

– Não – respondo enquanto me levanto também. Ainda estou abaixo dele, mas Finnian é maior que qualquer um. – Só o que consegui arrancar dele foi que Vareveth está à procura da herdeira dos Atarah. O espectro-das--profundezas interrompeu a conversa antes que eu pudesse descobrir mais.

Finnian relaxa visivelmente com minha explicação. A culpa me corrói por dentro por manter o encontro marcado em segredo. Sei que não é prudente ir sozinha, mas não posso correr o risco de atrair Finnian para uma emboscada. Não confio nesse soldado, então não levarei Finnian para perto dele.

– O que mais você ouviu dos soldados no salão? – pergunto, tanto por curiosidade como para desviar a atenção de mim.

– Vareveth está indo para a guerra. Eles estão cansados das tratativas de paz.

– E finalmente têm um comandante que sabe que não dá pra manter a paz com um tirano. Bom pra eles – respondo, minhas palavras encharcadas de sarcasmo.

Finnian continua a falar enquanto as montarias roçam o focinho uma na outra.

– Eles vão ficar nesta parte do continente por mais umas duas semanas. O comandante está com eles, e ao que parece tem uma cicatriz no rosto que denuncia sua presença.

Sinto meu sangue gelar, e sou capaz de jurar que paro de respirar por um momento, com meu coração batendo como um tambor de guerra no centro do peito, como quando ficou batucando nas tábuas do assoalho. Pelo menos estou de costas para Finnian.

Eu estive cara a cara com o comandante de Vareveth.

Encostei uma faca em sua garganta.

Ah, deuses, eu dei uma joelhada no saco do líder guerreiro mais temido do continente.

Consigo conter a gargalhada maníaca que borbulha em minha garganta e me contento com uma risadinha quando seguro as rédeas do cavalo de Finnian.

– O exército também está irritado com o rei Eagor por não agir contra Imirath mais cedo – acrescenta Finnian.

Me detenho alguns passos à frente dele e me preparo mentalmente para sua reação diante do que vou dizer em seguida.

– Preciso fazer alguma coisa a respeito do suprimento de comida em Aestilian.

Ele faz uma careta quando assimila o que estou dizendo.

– Podemos encontrar outra saída.

Vareveth é um reino bem estabelecido. Se eu conseguir fechar um acordo com eles, posso estipular o envio de alimentos para Aestilian como uma das condições.

– Estamos sem tempo. As pessoas vão começar a morrer de fome quando a primeira geada chegar. O pouco que resta já está acabando.

Mandamos tropas de assalto para obter suprimentos para Aestilian. Só permito que confisquem a mercadoria de contrabandistas que viajam com cargas roubadas, mas não existe nenhuma garantia de que vamos conseguir o suficiente. Também temos caçadores habilidosos, mas, no inverno, a neve é tanta que se torna impossível sair de Aestilian em segurança. A população continua a acrescer, e cada dia que passa é mais um prego no caixão da minha sanidade e maior o risco para o meu povo.

– Se fizer uma aparição em público, seu pai não vai sossegar enquanto não matar você.

– Não posso me esconder pra sempre. Esta noite deixou isso bem claro – afirmo.

– Eles não encontraram Aestilian – rebate Finnian, o rosto vermelho de raiva.

– Não, mas é possível que encontrem. – Minha mente se volta para uma visão conjurada apenas nos meus pesadelos: casas e armazéns transformados em cinzas, rostos desolados, meu povo lutando pela própria vida contra um exército muito mais bem treinado e armado, crianças gritando pelos pais e pais gritando pelos filhos. – Não vou esperar que me encontrem em Aestilian e me arrastem de lá à força. Vou sair nos meus próprios termos, negociando um acordo vantajoso pra mim.

– Eu não vou perder mais uma irmã!

Finnian está com as mãos trêmulas e a respiração acelerada. Seus olhos piscam várias vezes para tentar conter as lágrimas.

Minha exaltação arrefece. Finnian e eu podemos gritar um com o outro alto o bastante para acordar um deus adormecido, mas quando um dos dois desaba é o fim da discussão. Eu largo as rédeas, corro até ele e envolvo seu tronco com os braços, apoiando o rosto sobre o couro grosso que recobre seu peito. Seu queixo se apoia na minha cabeça e ele me abraça, me puxando mais para perto. Finnian quase nunca fala sobre a família que tinha antes de chegar a Aestilian, assim como eu raramente menciono o que aconteceu comigo em Imirath. Mas, às vezes, quando a escuridão da noite evoca lembranças sem nosso consentimento, estamos sempre lá para ajudar a recolher os cacos um do outro.

– Você não vai me perder, Finnian.

Ele funga audivelmente acima da minha cabeça.

– Você nunca foi a herdeira de Atarah pra mim.

É por isso que eu amo você.

– Mas é o que sou – digo baixinho.

– Não. Você é a garota que espreme frutas na cozinha pra fazer geleia e se empolga com os livros que lê – murmura Finnian, me abraçando com mais força. Solto uma risadinha suave, colada ao seu peito. – Eu não quero ver você trancafiada de novo.

– Eu não vou permitir que isso aconteça.

Engulo em seco, com um nó na garganta, afastando um pouco a cabeça. Cravo os dentes na parte interna da bochecha para conter as emoções. Não quero que ele fique mais preocupado do que já está.

Eu preciso ir a esse encontro.

Não admito ver Aestilian ser incinerada e destruída.

Não vou virar prisioneira de novo.

Não vou deixar Finnian morrer de fome.

Quero coisas demais na vida e tenho responsabilidades demais nas costas para continuar escondida no escuro. Posso até ficar nas sombras, mas também preciso projetar minha escuridão.

– Vamos lá. – Dou um cutucão no peito dele. – Vamos pra casa.

CAPÍTULO
TRÊS

―――――

M al dormi ontem à noite, o que não é incomum, mas a exaustão cobra seu preço sobre os ossos cansados e músculos tensos. Aperto os olhos com a palma da mão antes de me virar e grunhir no travesseiro. Permaneço com rosto enterrado por alguns segundos, para evitar a luz que entra pelas janelas.

Esta noite, vou me encontrar com o comandante de Vareveth. Cayden Veles está à minha procura, e não faço ideia do motivo. Não consegui distinguir muito bem suas feições ontem à noite, então a imagem que tenho na mente é apenas de um rosto sombrio com uma cicatriz.

Deito de costas e chuto as cobertas para longe, enfiando os pés nos chinelos antes que toquem o piso gelado de madeira. Puxo as mangas da blusa de lã até os cotovelos para jogar água fria no rosto. Finnian sempre me diz que pareço intimidadora até sorrir, mas então todo o meu rosto se ilumina. Meus olhos cansados veem meu reflexo no espelho, e belisco as bochechas magras para dar alguma cor, sentindo falta do viço que costumo ganhar cuidando do jardim no verão.

Nem sempre temos água corrente aqui. Na maioria dos outros lugares no continente, sim, mas isso é uma raridade num reino improvisado como Aestilian. A taverna aonde fomos ontem à noite também não tem, assim como a maior parte dos vilarejos na floresta de Sweven. Dá para perceber pelo cheiro das pessoas quando se aglomeram.

Não me lembro dos meus aposentos em Imirath, então me orgulho do meu quarto. É o único lugar no mundo que tenho só para mim, e tenho flores frescas sobre a cômoda quando é época e livros empilhados junto à parede. A poltrona estofada diante da lareira é muito amada, depois de todas as noites que passei lendo até o dia raiar, fazendo das palavras uma rota de escape para minha mente.

Entro na sala de jantar, que é integrada à cozinha simples e à sala de estar, e percebo que a camareira deve ter passado aqui, porque há uma caneca fumegante de café e duas torradas com manteiga e geleia de framboesa à minha espera. Que Galakin seja abençoado por suprir Erebos com suas bebidas cafeinadas. A luz do sol entra pelas janelas, aquecendo a madeira sob os meus pés e iluminando as armas, os cobertores e os livros espalhados pela mobília desgastada e descombinada.

Quando cheguei a Aestilian, antes mesmo que Aestilian existisse, morei aqui com Ailliard e os quatro guardas que me ajudaram a fugir de Imirath – Nessa, Esmeralla, Lycus e Zander. Eles foram morar na casa da guarda, mas Finnian e eu decidimos ficar aqui.

Queria poder afirmar que estou contente, mas não é o caso. O fluxo da maré que me atingiu ontem à noite ainda não entrou em refluxo. Estou submersa, me afogando. Esfrego as mãos na nuca e apoio a cabeça na poltrona. O desejo de partir para a ofensiva está me devorando viva.

Um grunhido grave, parecido com o de uma mãe ursa chamando seus filhotes, ressoa mais adiante no corredor, me afastando de meus pensamentos. Dou risada com a caneca na boca quando vejo o sonolento Finnian, com os cachos espetados em todas as direções, entrar na sala. Tiro os pés da cadeira à minha frente antes que ele se jogue sobre o assento.

– Volte pra hibernação.

– Eu não queria que você falasse com Ailliard sem mim – ele murmura, afundando o garfo numa omelete.

– Não tenho nenhuma intenção de falar com ele hoje.

Ele me encara com os olhos sonolentos.

– Você acha mesmo que pode esconder isso dele?

— Não estou escondendo. — Levanto as mãos. — Só quero assimilar tudo antes de contar pra ele. Nem parece ser real.

Meu café da manhã ameaça fazer uma segunda aparição, as mentiras revirando meu estômago. Detesto mentir para Finnian. Quase nunca faço isso, nem aquelas mentirinhas mais inofensivas.

Quanto a Ailliard, ele vai ficar alarmadíssimo se eu disser que Vareveth está procurando por mim. Vai mandar mais soldados para a fronteira, dificultando ainda mais a minha movimentação em segredo, e preciso comparecer a esse encontro hoje à noite. Vou sair no início da tarde, para chegar à clareira antes de Cayden Veles. É estranho vincular um nome à imagem do rosto escondido nas sombras que ficou na minha memória. Ele parecia mais um fragmento de escuridão do que um homem de verdade.

Levo a mão à barriga e respiro fundo, o que chama a atenção de Finnian.

— Cólica?

— Uhum.

Comprimo os lábios e faço a melhor careta de dor que consigo. Ele sabe que as minhas regras mensais vêm acompanhadas de dores terríveis, apesar do tônico que tomo. Às vezes é tão forte que no primeiro dia não consigo nem andar sem mancar.

Os olhos dele se enchem de preocupação.

— Precisa de ajuda pra subir as escadas?

Faço uma anotação mental para comprar alguma coisa para ele no padeiro quando tudo isso acabar, ou talvez umas flechas novas.

— Eu vou ficar bem. — Abro um sorrisinho enquanto canalizo minha turbulência emocional na forma de dor física. — Acho que vou passar o resto do dia no quarto. Você tem planos pra hoje?

Ele faz que não com a cabeça.

— Ia até a taverna mais tarde, mas posso ficar aqui se você quiser.

— Não! — eu grito, afobada demais. — Já sofro com isso há anos. Pode ir se divertir hoje à noite. Não se preocupe comigo. Vou ficar só lendo e dormindo — acrescento para encobrir minha explosão de ansiedade.

– Tudo bem. – Ele me encara com desconfiança. – Só me avisa se precisar de alguma coisa.

– Eu aviso, sim.

– Avisa nada.

Os lábios dele se curvam nos cantos. Mas é inevitável, eu não quero ser um fardo.

– Certo, mas prometo que vou ficar tranquila na minha poltrona, perto do fogo – respondo, e fico sentada à mesa até ele terminar o café da manhã.

CAPÍTULO
QUATRO

———

O sol está se pondo enquanto atravesso a névoa da cordilheira de Seren, pintando o céu com tons de laranja e rosa. Depois que Finnian terminou de comer, fui para o quarto fingindo dor e *tecnicamente* li um capítulo de um livro, então havia um pouco de verdade no que falei para ele. Não assimilei nenhuma palavra, mas pelo menos fiz um esforço.

Minha égua mantém o passo enquanto descemos a encosta inclinada. Saí mais cedo para chegar antes do comandante Veles, mas acelero ainda mais o ritmo quando chegamos a um terreno mais ou menos plano e cavalgo pela floresta densa sem nenhum encontro sangrento. O chão ainda está enlameado por causa da tempestade da noite passada, e o lago está tão azul que lança um brilho através da clareira. Tem gente que jura que isso é obra dos deuses.

Desembainho a espada da cintura e desço da sela, ajeitando minhas roupas de couro preto e meu manto enquanto levo a montaria até uma pedra coberta de musgo perto da abertura de uma caverna. Em caso de emboscada, vamos nos esconder aqui, e os símbolos do Deus da Água entalhados na pedra acima da entrada informam que não há nenhuma fera monstruosa à espreita em seu interior sombrio.

Olho por trás da pedra e fico à escuta de sinais de movimento, mas o comandante não está por perto. A escuridão banha a floresta, e uma lua crescente surge emoldurada pelas nuvens. Algo provoca um movimento na água, mas não tenho a chance de me aproximar, porque sou puxada para trás. Mãos ágeis colocam meus punhos atrás das costas enquanto dou um coice na canela do agressor.

– Relaxe, menina-sombra. Sou eu.

– Ah, que ótimo. – A raiva borbulha nas minhas veias. – Isso torna o fato de estar amarrada numa floresta escura bem mais agradável.

– Você encostou uma faca no meu pescoço antes de fugir. – Ele termina de dar o nó e me vira em sua direção. – Considere isso uma precaução.

Fico com a respiração presa na garganta quando levanto a cabeça para observar suas feições. Será que o continente acredita que ele seja um demônio porque sua beleza é sobrenatural? Ele é bonito de um jeito rústico, como uma montanha com picos fraturados cobertos de neve, ou um mar bravo quebrando numa praia de areias escuras.

O capuz de seu manto está abaixado, e o cabelo ondulado e rebelde cai sobre a testa e roça as orelhas. Observo a cicatriz em sua bochecha angulosa, que se destaca sobre a pele morena, mas só depois de encarar seus penetrantes olhos verdes, que brilham em meio à noite e passeiam pelas minhas feições.

– Você não pareceu se importar – retruco.

– Eu nunca disse que me importava.

Ele dá um passo ao lado para amarrar o restante da corda a uma árvore, me mantendo presa como um animal raivoso.

O suor se acumula na minha nuca, e respiro fundo para me acalmar. Tensiono o corpo contra a corda áspera, mas, como todo bom soldado, ele sabe como manter alguém prisioneiro.

– Trouxe o que pedi?

Ele aparece no meu campo de visão, parando a alguns passos de mim, segurando um recipiente comprido e transparente com um líquido preto reluzente.

– É um elixir para o crescimento de plantações em solo infértil.

– Como você sabia que eu iria querer isso? – pergunto porque eu queria mesmo, mas é irritante que ele tenha adivinhado com tanta precisão.

– Se você mora por aqui... – Ele fez um gesto com a mão, apontando para a paisagem ao redor – ... não deve conseguir plantar muita coisa.

Ele dá um passo à frente, e mais outro. Nossos olhos permanecem cravados um no outro a cada centímetro de aproximação. Finco os dedos na palma das mãos para sentir alguma clareza em formato de lua crescente enquanto sua presença dominante preenche todo o espaço, cara a cara comigo. Os cantos de seus lábios se curvam para cima quando estreito os olhos, transformando o formato da cicatriz conforme ele coloca o recipiente no coldre da minha coxa.

– Satisfeita? – ele pergunta, enfiando os polegares nos bolsos e abrindo um necessário espaço entre nós.

Contorço os lábios e passo os olhos por sua silhueta musculosa coberta com o mesmo traje no estilo assassino profissional da noite passada, porém de alguma forma ele parece ainda mais ameaçador vestindo o manto e banhado pelo luar, em vez da penumbra.

– É aceitável – respondo, voltando os olhos de novo para ele. – O que você quer com a herdeira dos Atarah, *comandante Veles*?

Ele arqueia uma sobrancelha.

– Então você fez sua pesquisa, *princesa Elowen*?

– Como sabe quem eu sou?

– Digamos que foi um palpite.

– Eu parabenizo você por ter exercitado sua mente e chegado a essa conclusão. Com certeza foi bem difícil.

Ele dá uma risadinha.

– Vejo que a atitude presunçosa da realeza você já tem.

– Você me amarrou numa árvore!

– Porque não quero que fuja nem encoste uma faca no meu pescoço no meio da conversa, *princesa*.

– É só não me dar motivo pra isso, *demônio*. – Forço as cordas de novo. – Não dê uma de inocente; você me prensou contra a parede.

Ele encolhe os ombros largos como quem diz *justo* antes de continuar.

– Você já pensou em recuperar seus dragões?

A mudança drástica de assunto me atropela, e eu teria até perdido o equilíbrio se não estivesse amarrada.

Todos os dias.

Penso em encontrar uma forma de chegar até eles todos os dias.

A culpa corrói minha alma a cada hora que passa, sabendo que ainda estão trancados no castelo. Sempre que acordo com dor de garganta me lembro da noite em que fugi de Imirath. Tentei me jogar do cavalo de Ailliard quando nos afastávamos do castelo, gritando e chorando até ficar incapaz de soltar mais um ruído que fosse. Tentei elaborar planos ao longo dos anos, mas não cheguei a nada que pudesse funcionar. Se eu morrer, ninguém vai resgatar os dragões.

O vínculo com eles está dormente no meu peito, e não sinto nada. Um vazio. Um poço sem fundo antes cheio de luz e amor. Só o que tenho são lembranças de suas escamas de cores vibrantes e seus corpinhos empoleirados sobre os meus ombros enquanto eu vagava livremente pelo castelo. Mas isso foi antes de morderem meu pai, que levantou a mão para mim quando eu tinha 4 anos. Eles eram apenas filhotes, mas a lealdade de um dragão ignora hierarquias e títulos. Depois que Sorin arrancou o dedinho de Garrick com uma dentada, a vida mudou num piscar de olhos.

– Com a loucura, não existe acordo possível.

– Eu concordo. – Cayden passa o polegar sobre o lábio inferior antes de levar as mãos às costas. – Mas por que negociar algo que podemos tomar?

– Um resgate? – pergunto, temerosa. – Você quer libertar meus dragões?

– Exato.

– E o que eu preciso fazer em troca?

Eu me forço a não deixar minha cabeça subir às nuvens, mas não consigo reprimir a esperança que surge no meu peito. A esperança é um sentimento perigoso, pois nos torna imunes à lógica.

– Você fica em Vareveth depois do resgate e usa os dragões contra Imirath na guerra que está por vir.

Calafrios percorrem meu corpo, mas me obrigo a manter um tom de voz equilibrado. A pior parte da ansiedade é tentar escondê-la.

– Só isso? Isso é tudo o que você quer em troca?

Minha decisão foi tomada no momento em que falei para Cayden me encontrar aqui esta noite, apesar de não ter percebido na hora. Eu mereço mais da vida do que ficar escondida. Amo Aestilian, e isso nunca vai mudar. Mas o amor não deve limitar; deve florescer junto com você.

– Você vai ter que assinar um tratado formal de aliança, mas, sim, é isso – ele confirma, assentindo com a cabeça.

– E quanto ao rei Eagor e à rainha Valia? Preciso saber a posição deles a respeito.

Como governantes de Vareveth, eles com certeza têm peso nessa decisão.

– Eles não vão ser informados a respeito do resgate, se é o que está me perguntando.

– Como isso é possível?

Ele faz uma pausa, escolhendo bem as palavras.

– As leis marciais de Vareveth não são como as da maioria dos outros reinos. É uma operação militar, então não preciso da autorização de nenhum dos dois.

– Certo – eu digo, falando devagar, tentando assimilar tudo. – E eles vão pensar que eu estou em Vareveth pra quê?

– Eagor acha que sua presença entre nós pode atrair os outros reinos pro nosso lado. Até agora, eles vêm se mantendo neutros. Você é a próxima na linha de sucessão do trono de Imirath. Se estiver alinhada com Vareveth, vai ser bom pra nós e ruim pra Garrick.

Percebo que Cayden não é do tipo que as pessoas queiram desafiar; é ele que as desafia. Está falando sobre seu rei e sua rainha como se fossem simples peões no tabuleiro *dele*.

– Me desamarra – exijo, pois preciso de tempo para organizar os pensamentos. Não posso continuar vivendo pelos outros, e nada vai me impedir de reencontrar os meus dragões. Não deveria ser considerado egoísmo saber o que você merece e ir atrás disso.

Chega de me esconder.

Chega de ser um fantasma.

– Você vai me acompanhar no resgate?

Passo os dedos na pele irritada.

– Já ficou apegada?

– Você seria um ótimo escudo. – Reúno toda a raiva que senti quando ele me amarrou e meto o punho fechado em sua cara. – E nada de me amarrar de novo, desgraçado.

Ele vira a cabeça lentamente para mim, e parece... chocado? Intrigado? Acho que as duas coisas.

– Sim, princesa, eu vou acompanhar você no resgate.

– Ainda temos muito o que discutir.

Paro de falar e começo a mexer na ponta da minha trança.

Não posso contar para meu tio, Ailliard, que me tirou de Imirath, que vou voltar para buscar meus dragões, já que eles queimaram sua irmã, a rainha Isira. Eu falei muitas vezes em libertá-los, mas a conversa sempre terminava em gritaria. Meu pai contratou um mago quando eu tinha 10 anos para quebrar fisicamente nosso vínculo, mas o feitiço deu errado e lançou os dragões em um frenesi. Houve muitas fatalidades nesse dia, minha mãe entre elas. E as chamas só cresceram quando um soldado me arrastou para fora do quarto, me puxando pelas correntes.

Minha mãe não era cruel como meu pai, mas todo ano, no meu aniversário, ela sentava em silêncio no trono enquanto um interrogador me batia com uma vara até me deixar inconsciente, exigindo que eu dissesse como romper o vínculo.

– Eu tenho pessoas pra cuidar. Preciso de mais do elixir que você me deu e um suprimento constante de alimentos para Aestilian. Não vou deixar meu povo passar fome.

– Aestilian?

– É o meu reino. – Não me aprofundo muito no assunto. Ele não precisa de mais informações além do nome e da necessidade de comida. – Isso precisa ser providenciado antes do resgate.

– Você pretende morrer em Imirath?

– Se acontecer, faço questão de levar você comigo.

Ele se segura para não sorrir.

– Eu providencio o elixir, e pode contar com minha palavra de que Eagor vai enviar alimento suficiente para seu povo.

– Então temos um acordo, Veles. – Preciso me segurar para não sair correndo pela floresta como uma bêbada diante da perspectiva de rever meus dragões, mas abaixo a cabeça até conseguir conter o sorriso. Se for para voltar de Imirath sem meus dragões, prefiro nem voltar. Esperei quinze anos por isso, e acho que não consigo sobreviver a mais um ano sem eles. – Agora eu tenho um compromisso em outro lugar.

– Onde?

Estreito os olhos para ele.

– Nós podemos ser aliados, mas amigos, não. Eu não devo explicações a você.

– Você não tem serventia pra mim se estiver morta – ele afirma, desamarrando minha égua e entregando as rédeas. – Vamos discutir os detalhes enquanto cavalgamos. Quero você em Vareveth em uma semana, e vamos trabalhar juntos por meses, ou até anos, então é bom já começarmos agora.

– Perdão, mas, se eu tivesse pais, eles com certeza iam me alertar contra o perigo de passear na floresta com estranhos – argumento.

Ele desembainha a espada e a coloca sobre as mãos abertas.

– Elowen Atarah, rainha de Aestilian e princesa de Imirath. Eu, Cayden Veles, comandante de Vareveth, juro protegê-la de qualquer perigo de agora em diante, até meu último dia de vida. – Ele lança um rápido olhar para os meus lábios entreabertos. – Seus inimigos são meus inimigos. Minha espada é sua.

Sinto um nó na garganta quando assimilo suas palavras. Não gosto dele, sei que não é de confiança, mas podemos trabalhar juntos. Ele precisa de mim para atingir seus objetivos tanto quanto eu preciso dele para alcançar os meus. É uma relação de codependência, uma aliança com base na vingança, mas uma aliança mesmo assim.

Vou ter um suprimento constante de comida para Aestilian.

Vou ter a chance de buscar meus dragões.

Vou ter a chance de me levantar contra Imirath.

É tudo com que nunca pude deixar de sonhar.

Eu estendo a mão e pego minhas adagas de dragão.

– Cayden Veles, comandante de Vareveth. Eu, Elowen Atarah, rainha de Aestilian e princesa de Imirath, juro combater ao seu lado como aliada na guerra que está por vir. Minhas lâminas e o fogo dos meus dragões são seus – respondo, embainhando as lâminas gêmeas sem tirar os olhos dele.

Nossa respiração se mistura no espaço entre nós, mas os únicos sons audíveis são o das águas rápidas de Fintan, o das corujas piando à distância e o farfalhar das folhas sacudidas pelo vento.

– Um livro é mais fácil de resgatar do que dragões. – Eu venho rastreando os movimentos da seita do culto ao fogo há algumas semanas, e não quero perder a oportunidade de estar fora de Aestilian sozinha. Testar a capacidade de Cayden de ser sorrateiro também vai ter serventia para mim, considerando que o risco dessa missão é bem mais baixo do que o de uma incursão a Imirath. – Considere isso um treino, demônio.

CAPÍTULO
CINCO

As seitas de culto aos deuses se deslocam de acordo com as fases da lua, para evitar interações umas com as outras. Existem rixas entre elas, já que suas rivalidades refletem os ressentimentos entre os deuses. Como eles estão adormecidos há quinhentos anos, nem sei ao certo o que esses grupos pretendem com os rituais que realizam.

– Onde você quer me encontrar antes da viagem a Vareveth? – começo, tentando já deixar isso acertado antes de chegarmos. – Imagino que vamos atravessar seu reino juntos, já que vou ter que passar por Feynadra ou Urasos.

– Vou escoltar você desde Aestilian com vários dos meus melhores soldados – ele afirma, como se fosse óbvio.

– Não.

– Não? – ele pergunta, incrédulo.

– Você não vai pra Aestilian.

– Elowen – ele começa, apertando a ponte do nariz. O som do meu nome em seus lábios... não sei se parece que ele já falou centenas de vezes ou se dá para contar nos dedos. – Eu jurei proteger você, e isso inclui o seu povo.

– Um juramento de conveniência é o primeiro a ser quebrado quando se torna inconveniente.

Ele range os dentes e segura as rédeas com mais força.

– Você pode pelo menos dizer onde fica?

— Sem chance — respondo.

Ele passa a mão no queixo anguloso como quem quer me desafiar, mas não faz isso.

— Sabe onde fica a ruína do Deus da Terra? — ele pergunta. Conhecer a localização dos templos é crucial para sobreviver a uma noite na floresta de Terrwyn ou de Sweven. Assinto. — Meus soldados e eu encontramos você lá.

Fica perto de Aestilian. Também é o templo mais próximo da taverna onde nos conhecemos, o que significa que vai ser um trajeto relativamente curto. Eu preferia um templo mais distante, mas é melhor não levantar suspeitas.

Esta é provavelmente a primeira de muitas batalhas entre nossas personalidades e prioridades distintas.

— Tudo bem — eu cedo. — Você disse que quer estar em Vareveth ainda esta semana?

— Enviarei meus soldados quando voltar hoje, mas se não estiver lá no fim da semana, eu vou encontrá-la. Meus soldados serão seus guardas enquanto estiver em Vareveth e em qualquer outro lugar para onde formos, então nem se preocupe em levar os seus.

Os olhos dele se mantêm fixos no meu perfil, e eu viro a cabeça para encará-lo.

O alívio que sinto está bem trancafiado em mim, longe de qualquer emoção que ele possa captar no meu rosto. Sair de Aestilian é uma vontade minha, mas acredito que ninguém mais queira mergulhar de cabeça na guerra e no conflito político. O único que posso garantir ao meu lado é Finnian, e talvez Ailliard, que vai achar ruim, mas duvido que permaneça em Aestilian sem mim. Ele vai ficar todo ranzinza, mas preciso dele para comparecer a reuniões políticas comigo.

Mesmo assim, pergunto:

— E por que eu deveria acreditar que seus soldados vão me proteger mesmo?

— Porque eu vou punir pessoalmente quem contestar minhas ordens. — Ele me lança um olhar cheio de significado, como quem diz: *Ninguém vai querer sentir a minha ira.* – Você é a única pessoa que pode impedir que meu exército seja queimado vivo quando os dragões forem libertados, e não tenho nenhuma intenção de morrer antes de dar cabo a essa guerra.

Sua expressão se fecha, e ele assume a aparência de um homem dominado pela vingança.

Desvio o olhar do seu rosto de novo. Um pequeno tremor afeta minhas mãos – a imagem de sua raiva contida fica gravada no meu cérebro. Talvez seja possível encontrarmos algo em comum, considerando que odiamos a mesma pessoa. Mas só de imaginar que posso compartilhar algo com Cayden já me sinto dando um salto no escuro, sem saber para onde estou indo.

– Eu não vou entrar em Vareveth antes de assinar um acordo formal. Sei que tratados de aliança não são escritos num tempo assim tão curto, mas quero nossos juramentos por escrito e assinados, com testemunhas.

O som dos tambores ressoa à distância, além do alcance da minha visão. Couro roça contra couro à medida que desmontamos lado a lado na floresta. Me recolho quando seu braço encosta no meu. Prefiro saber que serei tocada antes de isso acontecer, mas fico em choque quando ele rapidamente dá um passo para trás.

Mais uma trégua não mencionada.

– Minha palavra vale tanto quanto um juramento de sangue, mas providencio a papelada e as assinaturas se esse é o seu desejo, *princesa*.

Dou risada e cruzo os braços.

– Eu seria muito tonta se aceitasse só sua palavra. Ou você comprova o que me disse, ou estou fora.

– Está fora?

– Vivi como um fantasma por quinze anos. Posso muito bem voltar pras sombras. Você nunca mais vai me ver ou ouvir falar de mim.

– Como falei antes, posso encontrá-la em qualquer lugar do mundo.

Ele dá um passo à frente, com os olhos faiscando de ameaça e desafio.

– É só não deixar acontecer que você se poupa desse fracasso. – Ergo o queixo, sem recuar. – Você é sempre assim tão arrogante?

— Você é sempre assim tão exigente? — Ele dá uma risadinha. — Estou vendo que você não vai recuar mesmo.

— Sua presença é bem insuportável. — Estamos a um sopro de distância um do outro. — Isso é motivação suficiente pra buscar outras opções.

— E você é um doce. — Ele sacode a cabeça. — Quer a vingança tanto quanto eu, que sou a única pessoa disposta a ajudá-la a libertar seus dragões.

Preciso me esforçar para não franzir a boca quando o ouço falar que está me ajudando. Prefiro sofrer em silêncio a pedir auxílio. Normalmente isso faz com que eu me sinta um fardo, mas com Cayden me sinto inadequada.

— Tudo bem, mas eu também sou a única pessoa que pode ajudar *você*.

— Você não é a única pessoa que *pode me ajudar*. — Ele faz questão de enfatizar as três últimas palavras. — É a única pessoa digna disso.

Suas palavras me fazem engolir a resposta que eu havia preparado mentalmente e me deixam ainda mais consciente de sua proximidade. Preciso me segurar para não recuar e permaneço firme, porque não quero ser a pessoa que vai ceder. O som de nossa respiração se mistura aos tambores de guerra, e ele dá um lento passo atrás depois de vários segundos, mas continua me olhando.

— Existe algum motivo pra você não comprar livros como uma pessoa normal, ou roubar de uma seita torna a história mais interessante?

Eu reviro os olhos.

— Fique à vontade pra parar de falar quando quiser, já que eu não tenho a menor intenção de responder às suas perguntas.

— Certo — ele diz, voltando ao silêncio até que detém o passo. — Você viu aquilo?

— O quê? — Olho ao redor antes de me dar conta de que era só uma pegadinha pra me fazer falar e o deixo para trás, às risadinhas. — O livro que preciso está na barraca da suma sacerdotisa. Vamos tentar não matar ninguém.

— Mais algum empecilho, majestade?

Dou uma encarada nele.

— O único outro empecilho que me vem à mente é você.

– Estar nos pensamentos da princesa perdida é uma honra.

Barracas esfarrapadas aparecem entre as árvores conforme nos aproximamos do acampamento, e uma fogueira confere luz bruxuleante à área. Cinquenta pessoas, talvez mais, cercam as chamas em círculos largos.

Me ajoelho e espio através de uma moita ao lado dele.

– Pensamentos sangrentos e homicidas.

– Melhor ainda.

A suma sacerdotisa está no centro da roda, perto do fogo, entoando uma prece e segurando um cálice acima da cabeça. A túnica vermelha esconde sua silhueta, e ela joga um pó cintilante nas chamas, fazendo-o voar pelo ar. Então se curva em uma mesura e vira as palmas para o céu, enquanto o cheiro de capim-limão é espalhado pelo vento.

– Deusa, ouça-nos! – ela grita quando as brasas estalam na base da fogueira.

Me inclino ainda mais sobre a moita para ver o que está acontecendo. Pulo para trás quando uma luz laranja ofuscante é lançada para o alto e cubro a boca com a mão para abafar um berro. Alguma coisa está se formando nas chamas – o pó deve ser feito de magia. A sacerdotisa eleva o tom de voz num grito poderoso, e os membros da seita estão acocorados, com os olhos virados para o céu. Mais uma chama sobe, seguida de duas dezenas de outra, todas se transformando em pequenos dragões. Seus corpos de fogo voam ao redor da fogueira, circundando lá do alto a roda de oração. É um truque que vários mercadores vendem, junto com todo tipo de feitiços para conjurar criaturas. Não tem nada a ver com meus dragões, mas é hipnotizante.

– Essa barraca tem o símbolo da chama tripla – diz Cayden. – Precisamos ir depressa.

Me forço a desviar os olhos e me desloco pelas sombras das árvores até nos colocarmos diretamente atrás das barracas. É um acampamento desorganizado, mas para uma seita em constante movimento não existe de fato a necessidade de ordem. Avançamos com passos tão leves que nem consigo ouvir nossos pés na grama. Apoio as costas na primeira barraca, e a dimensão do que estou fazendo enfim se torna perceptível. Aperto os lábios para não rir de todo esse absurdo. Cayden faz um gesto para segui-lo depois de se certificar de que o caminho está livre. Mantemos esse padrão, nos revezando para ouvir se a barra está limpa antes de avançarmos ainda mais pelo acampamento.

Chegamos à parte de trás da barraca da sacerdotisa, e eu entro depois que Cayden espia pela abertura. Está mais escura do que eu esperava, iluminada apenas por velas. Há um colchão no chão, com lençóis e cobertores, bem no centro do ambiente. É a única mobília além da mesinha de orações na entrada e alguns baús espalhados ao redor.

— Fica vigiando — ordeno enquanto vou às pressas até o oratório. Me lembro do título do dia em que espiei uma viajante pelas frestas do assoalho do sótão de uma taverna: *As chamas do dragão*. Ela falou de maneira poética sobre as descrições vívidas das criaturas, e espero encontrar ali algo que se assemelhe a um dos meus. No fim, os desenhos podem ter vindo só da imaginação de quem fez, mas não custa tentar. Eu reconheceria suas escamas em qualquer lugar, e preciso vê-las, nem que seja só em um retrato artístico.

Mas esse desespero é embaraçoso demais para ser comunicado a Cayden.

O livro sobre a mesinha de orações não é o que procuro, então ajoelho perto dos baús, violando a fechadura do primeiro e o abrindo, mas encontrando só cachecóis e roupas de inverno. Tenho mais sorte com o segundo, e puxo a lombada com o dedo e coloco o livro ao meu lado antes de trancar os baús de novo, mas Cayden está atrás de mim, me botando em pé.

Ele põe o livro debaixo do braço e continua me levando para a saída.

— Que bom que já pegou sua historinha de ninar, mas o ritual já acabou.

Corremos noite adentro, e o ar frio queima minha garganta enquanto fazemos guinadas abruptas e abrimos caminho para a segurança que a escuridão proporciona. Mas Cayden passa direto por mim, sem perceber que detive o passo.

— Elowen Atarah.

É o vento que murmura meu nome.

— O que você está fazendo? — rosna Cayden, voltando alguns passos, com a espada em punho, olhando para trás de mim.

— *Rainha das Chamas*.

A mesma voz gelada chega até mim, e sei que Cayden ouve porque sua cabeça se vira na minha direção. Os membros da seita estão diante das barracas, de cabeça baixa, e a suma sacerdotisa caminha à frente deles. Meus instintos me dizem para me virar e correr, mas minha mente me força a ficar onde estou.

— Se algum de vocês encostar nela, vai morrer — avisa Cayden, colocando sua espada à minha frente. — E prometo uma morte bem dolorosa.

Fico espantada com seu tom ao me defender. Desembainho minhas facas de novo, afiando os sentidos e me concentrando em meus alvos, como sempre faço antes de uma batalha.

— Não vamos fazer nada de mal a ela. — A suma sacerdotisa continua com sua lenta procissão para diminuir a distância entre nós. O capuz cobre seu rosto, então não vejo suas feições. — Eu vi você no fogo.

— Ela viu a gente roubando um livro no fogo? — pergunto discretamente, de canto de boca.

— Segurança nível máximo — ele murmura de volta.

Eu posso ser descrente, mas essa suma sacerdotisa ter descoberto que roubei algo através de uma visão me parece um sacrilégio.

— A rainha-dragoa renascida das cinzas. Esperei muito tempo pra conhecer você — ela diz enquanto enfia a mão no bolso.

Cayden se aproxima de mim, posicionando o corpo em uma postura ainda mais defensiva.

A suma sacerdotisa estende um amuleto preso a uma corrente de ouro. É lindo, um rubi com formato de diamante pendurado, com ramos de ouro protuberantes que se entrelaçam, criando uma forma de diamante ainda maior.

— Abra a mão — ela pede.

— Eu não poderia — respondo, me sentindo culpada por ter roubado um livro dela.

A plateia parada na extremidade do acampamento também é inquietante, mas pelo menos estão sem capuz. Ver rostos humanos torna a situação um pouco menos sinistra.

– Foi feito pra você. – Ela se aproxima mais um passo. Guardo uma adaga na bainha e baixo a espada de Cayden. Ele não se opõe, mas mantém a arma preparada, caso a coisa mude de figura. – É vital.

– Vital em que sentido?

Estendo a mão, e ela põe o amuleto gentilmente sobre minha palma.

– Quando estiver pronta, vai poder usá-lo. Deixar que ele a guie – ela responde. Fico esperando por uma resposta, que não vem.

Franzo a testa e sinto meus pés oscilarem um pouco.

– E se eu o usar antes de estar... pronta?

– O fogo em que sua alma foi forjada vai consumir você, e ao pó você retornará.

Ah, *só* a morte. Por que seria algo menos que isso? O amuleto pesa na minha mão. Cayden estende o braço para pegá-lo e guardar no bolso.

– Obrigado pela joia mortal, mas agora nós precisamos ir – afirma Cayden, conduzindo meu corpo atordoado para longe da suma sacerdotisa.

Meus passos esmagam gravetos e folhas quando enfim atravessamos a borda da mata. Por cima do ombro, eu a escuto dizer:

– Faça com que temam as chamas de uma rainha. – Ela fica em silêncio por um instante. – Ainda vamos nos encontrar de novo, Rainha do Fogo.

Eu me afasto de Cayden e passo os braços em torno do corpo enquanto andamos para longe do acampamento. Quanto maior a distância entre nós e a sacerdotisa, melhor me sinto.

– Quem sabe da próxima vez ela não me dá um anel pra incendiar a alma? Gostaria de estar com um conjunto combinando quando encontrar meu criador – comento.

Cayden dá uma risadinha.

– O amuleto fica comigo.

– Você está usando a joia da morte como garantia? A pedra do ceifador? Ah! – Eu junto as mãos. – O amuleto do assassinato!

Cayden pisca algumas vezes, passando a mão no rosto e no cabelo, mas não sem antes abrir um sorrisinho com o canto dos lábios.

– Vou ficar com o *amuleto do assassinato* porque não quero vasculhar o continente inteiro atrás de você e encontrar só uma pilha de cinzas. – Ele dá um passo à frente e me entrega o livro, e eu não discuto. – Sério mesmo que não vai me deixar escoltá-la até sua casa?

– Não, mas se precisar de alguma coisa pra ocupar seu tempo livre pode ficar à vontade pra chupar um prego até virar tachinha. – Subo na sela da minha montaria. – Cuidado, soldado. Você está me encarando como se fosse sentir minha falta.

– Pode esperar sentada – diz Cayden atrás de mim.

Eu não me viro para olhar, só levanto o dedo do meio alto o suficiente para que ele veja.

CAPÍTULO
SEIS

O estalar do fogo se mistura com o som dos meus passos no chão enquanto ando de um lado para o outro na sala de estar. Espiei o quarto de Finnian ontem à noite, ansiosa para falar com ele, mas só ouvi seus roncos. Ele não se mexeu quando o virei de lado, fazendo uma barreira de travesseiros para o caso de ter bebido demais.

Me afundei na banheira quente, mas a combinação da madeira do assoalho e a cavalgada me deixaram dolorida como se fosse uma anciã. Estou tão tensa que sei que me vestiria de qualquer jeito se não tivesse escolhido a roupa na noite anterior – uma camisa vermelha com um corpete marrom e a calça, como sempre, adornada por facas. O traje-padrão para quando está frio demais para vestidos.

– Estou vendo os travesseiros! – exclama Finnian. Meu coração vem parar na garganta quando a porta dele se abre. – Querida, quantas vezes já te falei que, apesar de amar você, não precisa dormir no meu... – Ele detém o passo quando me vê. – O que aconteceu?

Crio coragem para encará-lo, mas seus olhos estão fixos no elixir e no livro que coloquei na mesinha.

– Você foi a algum lugar ontem à noite?

Entrelaço as mãos suadas na frente do corpo.

– Me deixa explicar. – Ele não diz nada, nem olha na minha cara, só vai até o outro lado da sala e se senta no sofá macio de couro. – Fui me encontrar com o comandante de Vareveth ontem à noite – continuo. Finnian cobre o rosto com as mãos, e sinto um aperto no coração. – Fiz um trato com ele.

Ele abaixa as mãos e finalmente me encara, com o rosto vermelho.

– Elowen, me diga que você está brincando comigo.

Ele sabe que não estou. As provas da minha excursão noturna estão diante dele.

– Nós dois sabemos que Aestilian não pode continuar escondido pra sempre. Já somos muito maiores do que eu poderia imaginar. Era preciso encontrar uma solução para a falta de comida, e Cayden ofereceu uma.

Tento desesperadamente argumentar com ele. Vou ter que falar com Ailliard depois, e vai ser bem mais fácil se Finnian estiver do meu lado.

Ele franze o nariz, se recosta no sofá e solta um suspiro profundo.

– Me conte tudo. Desde o momento em que saiu daqui.

A ruga entre suas sobrancelhas se ameniza à medida que vou explicando os detalhes. Conto sobre o que aconteceu no sótão, o encontro com Cayden na floresta, a aliança com Vareveth na guerra contra Imirath, a seita, o amuleto e o livro. Só não falo sobre o resgate. Não faz sentido, porque eu não tenho as respostas para os inevitáveis questionamentos que viriam.

Não vou mentir se ele me perguntar sobre os dragões, mas gostaria de contar só na hora certa. Ficamos escondidos do mundo desde que nos conhecemos, e espero fazer essa transição com a maior suavidade possível, caso ele queira retornar ao convívio com a sociedade. Suas pernas se sacodem, inquietas, os dedos diante dos lábios.

– Você merece uma vida que não a obrigue a se arriscar tanto assim.

Começo a remexer nas pontas do cabelo.

– Eu não faço isso.

– Faz, sim.

– Você não precisa ir pra Vareveth, e se quiser ficar aqui, eu entendo. Essa escolha é minha, e não vou obrigar você a cumprir um trato que fui eu que aceitei. – Vou sentir muita falta dele, mas sua felicidade e segurança são muito mais importantes do que qualquer aliança. – Mas preciso do seu apoio quando eu for conversar com Ailliard.

Ele olha para mim como se eu tivesse dito o maior absurdo do mundo.

– Claro que eu vou dar meu apoio. Eu não reprovo a aliança; só gostaria que você não fosse a princesa perdida de que Vareveth precisa.

– Bom, acho que não existem muitas outras se escondendo em Ravaryn.

– Isso é o que você quer de verdade, ou é só um meio pra chegar a um fim?

A sinceridade da pergunta me faz parar para pensar, mas a resposta é instantânea.

– Sim.

Eu sempre soube que nunca encontraria algo que incendiaria a minha alma dentro da rede de segurança em que fui capturada. Não é como se não houvesse perigo ou divertimento entre os meus hobbies, mas desejo a aventura. Quero meus dragões perto de mim, e não só em meus pensamentos. Não importa o quanto eu tenha tentado ou treinado, nada foi capaz de me mobilizar com uma paixão tão ardente. Eu não posso cuidar do meu jardim, tratar dos nossos feridos ou espionar em meio às sombras para sempre.

Quero entrelaçar meu destino ao dos meus dragões e alterar o curso do mundo.

– Certo – ele diz. – E sério mesmo que você encostou uma faca no pescoço do comandante de Vareveth?

– Sério.

– Essa é a minha garota. – Ele se levanta do sofá e me puxa para junto do peito. – Quando nós partimos?

– Você não precisa...

– Isso está fora de discussão. – Ele me interrompe, mas percebo o nervosismo em seu tom de voz. – Você sabe que sempre pode contar comigo pra comentários engraçadinhos, flechas cravadas em pescoços e o que mais for preciso.

Sinto um nó na garganta e o abraço com mais força, me agarrando a ele até ser capaz de dar uma resposta.

– Vamos torcer pra Ailliard receber bem a notícia.

Ele suspira enquanto amarra o cordão do manto azul no pescoço.

– Ele vai se acostumar com a ideia.

O reino está movimentado, como sempre fica ao nascer do sol. As venezianas estão abertas, e rostos familiares sorriem para mim enquanto penduram roupas para secar ou colhem as últimas ervas da estação dos canteiros nas janelas. O progresso que fizemos nos últimos quinze anos ainda me deixa chocada. Aestilian era apenas um vale desabitado que minha guarda considerou apropriado para o exílio, mas agora isso mudou.

É um reino pequeno, mas não deixa de ser um reino. Tem casas e lojas de madeira escura e telhados pontudos, construídos com ferro e resiliência pelas minhas mãos e as do meu povo. Hoje existe uma vibração no ar onde antes era só um território selvagem, mas as flores silvestres ainda colorem a paisagem na primavera.

– Você tem um plano? – pergunta Finnian.

– Acho que a tática da improvisação é uma das minhas maiores armas.

Eu o empurro quando ele solta uma risadinha de deboche. Tenho um esboço de plano vago e extremamente nebuloso, que se resume a contar para Ailliard e aguentar firme quando o mundo cair na minha cabeça. Talvez eu devesse ter enchido um cocho de café e bebido como um cavalo.

O caminho até a casa da guarda não me traz a mesma sensação de paz de outros tempos. Os meses anteriores, ou talvez anos, foram atormentados pela preocupação com a tensão crescente em Erebos, além do crescimento de nossa população e a escassez de recursos. Eu não consegui estar tão presente mentalmente como antes. Sempre cumpri meu dever, mas os diversos fatores fora do meu controle me seguiam como uma sombra.

A casa da guarda é a maior construção de Aestilian, seguida pelo orfanato, e está sempre em expansão, o que fica claro pelos diferentes tipos de madeira usados em cada parte. A imperfeição transmite ainda mais a impressão de lar, o que Aestilian é para muita gente, mas talvez não para mim. Parece errado querer mais, porém a ambição não deveria ser reprimida. Deveria ser incentivada.

Logo depois de entrar, escuto o som de uma pancada, seguida de um palavrão. Eu me viro para o meu melhor amigo, que está esfregando a mão na testa avermelhada.

– Como você consegue bater a cabeça toda vez que entramos aqui?

– Não é toda vez – argumenta Finnian. Solto um risinho de deboche e reviro os olhos porque é, sim, e sempre na mesma viga. – Tem gente que continua crescendo mesmo depois dos dezesseis anos.

Dou uma risadinha e continuo seguindo rumo ao gabinete de Ailliard. É melhor não alimentar o ego de Finnian; é tão grande quanto ele, e eu mesma só chego até pouco abaixo do seu queixo. Quando vou bater na porta com as juntas dos dedos, escuto uma voz rouca do outro lado:

– Deu pra ouvir que eram vocês dois assim que passaram pela porta da frente.

– Como é que ele sempre consegue fazer isso? – murmura Finnian.

– Vai ver ele é um mago, ou então ouviu você meter a testa na madeira ao passar.

Abro a porta e entro antes que Finnian possa retrucar.

Ailliard se vira da janela para nós e faz um gesto para sentarmos diante da sua mesa. Podemos ser parentes de sangue, mas a semelhança entre nós vai de vaga a inexistente. Ele raspou o cabelo loiro alguns anos atrás, e uma barba grisalha e curta faz seus olhos azul-celeste se destacarem ainda mais. Meu cabelo tem o tom mais escuro de castanho, descendo até o meio das costas em cachos soltos, e meus olhos castanho-claros parecem cor de âmbar sob o sol, como fogo em contraste com os dele, gelados.

A escrivaninha ocupa a maior parte do gabinete, mas ainda resta espaço para os armários alinhados nas paredes, onde estão arquivados relatórios da guarda e registros financeiros, populacionais e produtivos, entre outros documentos. A sala é um caos organizado, porém sabemos como nos orientar ali.

– Como foi a incursão? – pergunta Finnian, provavelmente sabendo que preciso de um tempinho para me preparar.

– Já tivemos melhores. – Ailliard solta um suspiro, se sentando e apoiando os cotovelos na superfície de madeira. – Como foi a cavalgada noturna?

Nenhum de nós responde, mas sei que a pergunta é direcionada a mim. Ailliard parou de me repreender por me aventurar fora de Aestilian anos atrás. Não porque goste da ideia, mas porque sabe que não pode me impedir.

– Foi... – Faço uma pausa para pensar no que dizer a seguir – ... informativa.

– Informativa? – Ailliard arqueia as sobrancelhas, as rugas se aprofundando na testa. – Então, por favor, me elucide.

Seguro o pingente de pedra da lua em formato de lágrima que sempre uso, movendo-o de um lado para o outro na corrente de ouro.

– Você viu o relatório da guarda que deixei na sua mesa?

– Sobre os soldados de Vareveth que atravessaram o Fintan?

– Esse mesmo – responde Finnian por mim.

– Finnian e eu fomos à taverna onde estavam, pra espionar.

Meus nervos podem estar causando um terremoto no meu interior, mas meu tom de voz não revela nada.

– Espionar? – repete Ailliard. – Elowen, você tem conhecimento das tensões entre Vareveth e Imirath, não? Você pelo menos *pensa* antes de fazer as coisas?

Minha preocupação se transforma em irritação diante do tom de superioridade dele.

– Na verdade, não. Eu só ando por aí pra exibir a minha beleza mesmo.

Finnian segura o riso, mas seus ombros se sacodem mesmo assim. Ailliard abre a boca para responder, mas eu levanto a mão para silenciá-lo.

– É *por causa* das tensões que eu queria descobrir por que eles estão aqui.

Ele respira fundo.

– E descobriu?

– Sim. – Eu alinho os ombros e endireito as costas. – Fiz um pacto com Cayden Veles, o comandante de Vareveth.

— Um pacto com o diabo — murmura Ailliard, esfregando o rosto com as mãos antes de espalmá-las sobre a mesa. — Ainda podemos nos desvencilhar disso. Você não é obrigada a concordar com os termos dele.

— Eu não vou voltar atrás na minha palavra.

E não vou abandonar meus dragões, continuando dentro destas fronteiras quando tenho a chance de libertá-los.

— Elowen, por que você não se contenta com o que tem? Sua ambição ainda vai matá-la. Aceite seu passado e fique em paz com isso.

Eu cerro os dentes.

— Você não precisa concordar com as minhas escolhas, mas tem que respeitar a minha decisão.

— Não foi um pacto, o que você fez. Foi uma barganha com a sua alma.

Essa ideia me faz rir.

— Eu troquei minha alma por uma lâmina muitos anos atrás, e não me arrependo disso.

— Quais são os termos?

Sinto um pouco de pena dele quando ouço a sola de sua bota batucar no chão. Ele me tirou da minha cela, embrulhou meu corpo com cobertores e saiu em cavalgada para a floresta de Etril, cujas temperaturas congelantes a tornam um dos lugares mais perigosos do continente. Os abusos que sofri foram inimagináveis depois que os dragões queimaram minha mãe. Não porque meu pai a amava, mas por seu fracasso em proteger a rainha em seu próprio castelo. Ailliard nunca perdoou Garrick por colocar Isira naquela posição. Nunca fala dela, mas sei que amava muito a irmã.

— Vareveth vai mandar suprimentos de comida pra Aestilian. O comandante Veles me deu um elixir pra possibilitar que as plantações cresçam em solos rochosos, e Vareveth vai nos abastecer durante o inverno.

— E o que eles ganham com isso? — ele pergunta, tenso.

— Vou viajar pra Vareveth com o comandante Veles depois que assinar o pacto de proteção, antes de formalizar o tratado de aliança. O rei Eagor acredita que a minha presença em Vareveth vai convencer os demais reinos a se alinharem a eles, e eu vou ficar em Vareveth durante a guerra.

Meus olhos se voltam para Finnian, que faz um discretíssimo aceno de incentivo.

Os olhos de Ailliard estão vidrados na parede mais próxima. Meu coração bate em sincronia com os movimentos ansiosos de seu pé contra o chão.

– Não tem nenhuma cláusula matrimonial?

– Não, tio.

Ele volta a me olhar.

– Eu não quero que se envolva com esse homem. Ninguém sabe de onde ele vem, e a reputação que criou é de crueldade.

– Nós somos aliados. – Os feitos de Cayden foram comentados aos sussurros através do continente, como as lendas que se contam para as crianças para fazê-las se comportar. Em certa ocasião, antes de cair numa emboscada descoberta por um batedor, ele dividiu um batalhão de seus soldados, mantendo parte escondida na floresta e forçando Imirath a lutar em duas frentes. Transformou uma armadilha num massacre. – Mas é realmente tão inacreditável reconhecer alguém que subiu na hierarquia por mérito próprio, não por sua linhagem? Ele pode ser traiçoeiro, mas prefiro combater um inimigo ao lado de um monstro que já conheço. A crueldade dele pode ser útil.

Ailliard franze os lábios, enojado.

– Você merece mais da vida do que isso, Elowen. Eu venho tentando fazer você desistir dessa ideia de vingança desde que era pequena.

Seguro os braços da cadeira com tanta força que os meus dedos ficam pálidos.

– Em vez de me repreender por buscar vingança, talvez fosse melhor lamentar o que me obrigou a querer isso.

O som de uma vara atingindo minha pele ecoa na minha mente, junto com o barulho das correntes sendo arrastadas pelo chão quando meus punhos estavam algemados, as pontadas de dor de fome que reviravam minhas entranhas até me fazer chorar, o ardor de um tapa dado por um soldado, um homem adulto, no meu rosto de criança, quando tinha apenas 7 anos. Meus dragões enfiados em pequenas jaulas e levados para longe enquanto eu implorava e resistia até as minhas unhas sangrarem, seus urros de dor que não chegavam a rugidos, mas que ainda me atormentam.

A humilhação.

A degradação.

A vergonha.

Tudo isso volta à minha mente. Pisco algumas vezes e olho para baixo. Finnian se remexe na cadeira e estende a mão para mim, esperando que eu a segure. Mas não posso. Quando essas memórias vêm à tona, buscar conforto no contato físico é difícil. Fica parecendo que minhas roupas são apertadas demais. Sinto que tudo em mim está errado. Eu tive que me treinar para encarar o contato físico como algo positivo, e às vezes ainda não consigo.

– Podemos organizar mais incursões... – Ailliard tenta mudar de assunto.

– Não precisamos de mais incursões! Precisamos de uma solução de longo prazo – eu o interrompo, levantando os olhos depois de trancafiar minhas lembranças. – E se o povo daqui começar a ter filhos, e os mais jovens começarem a ir embora? E se alguém mandar uma patrulha pra cordilheira de Seren? – Eu me levanto lentamente e apoio as mãos na mesa. – E se alguém aprender a atravessar a névoa? E se, quando o inverno chegar, cair uma neve pesada e não for possível fazer incursões? E se o meu povo começar a morrer e a gente não puder fazer porra nenhuma? Você quer estar aqui pra enterrar os entes queridos das pessoas, sendo que nós podíamos ter feito alguma coisa pra impedir a morte deles?

Meus batimentos ecoam nos meus ouvidos quando termino de falar.

– Eu só quero ter a certeza de que você sabe no que está se metendo. Seu pai é uma ameaça muito séria.

Ailliard parece um pouco arrependido, mas seus olhos ainda estão faiscando de raiva.

– Eu também sou – afirmo, sombria.

Finnian se levanta da cadeira atrás de mim.

– Eu apoio Elowen nessa decisão. Vou pra Vareveth com ela não só por ser minha melhor amiga, mas também por ser minha rainha. Entendo que sua reação seja de preocupação, assim como a minha quando fiquei sabendo, mas sugiro que expresse seus sentimentos de forma mais respeitosa. – Finnian coloca a mão no meu ombro, me afastando da mesa. – Tire um dia de folga pra esfriar a cabeça.

Finnian puxa meu ombro de leve, mas eu permaneço imóvel, como uma velha árvore enfrentando uma tempestade.

– Você pode nadar contra a maré ou se deixar levar. Eu tomei minha decisão, tio; tome a sua.

Finnian me conduz para fora do gabinete e bate a porta. Saímos em silêncio da casa da guarda para o campo lotado de alvos pintados em fardos de feno. Preciso me concentrar em algo que não seja as emoções rugindo dentro de mim, que me fazem querer sair correndo e gritando até minha garganta doer. Finnian para diante do alvo mais próximo, encaixando uma flecha no arco enquanto eu desembainho uma faca. O peso familiar da minha lâmina é reconfortante, porque essa é uma habilidade que ninguém pode tirar de mim.

Ailliard me deu minha primeira faca no meu aniversário de 11 anos. Naquela noite, jurei a mim mesma, com apenas as estrelas como testemunhas, que nunca mais ficaria indefesa. A imagem dos guardas de Garrick me espancando e exigindo que eu quebrasse meu vínculo com os dragões ameaça ressurgir na minha mente.

Nunca mais.

Minha faca corta o ar e se crava no centro do alvo. Levo a mão trêmula à coxa e pego a seguinte, alinhando os ombros e observando a trajetória da lâmina que acabei de arremessar.

Não me lembro de muita coisa do mundo desde o meu aprisionamento aos 4 anos de idade e me esqueci de como era sentir o sol esquentando o rosto, ou me encantar com o tamanho das árvores. O mundo é um lugar mágico quando não se está cercada por gente que corrompe toda a paz e as possibilidades de consolo.

Minha segunda faca se crava logo acima da primeira.

Dediquei a vida a aprimorar minhas habilidades, na esperança de libertar meus dragões e me vingar. Isso me exigiu garra e determinação, mas mesmo quando me vi cercada por um furacão de caos, minhas lâminas eram o olho da tempestade. Para mim, é ser excepcional ou nada, e essa é uma maldição que infligi a mim mesma, ao que parece.

Quando penso no que realmente quero, nunca é uma coroa. São meus dragões. Fiz um trato com um demônio, e faria de novo, não importa o que aconteça. Não existe processo de cura para mim sem que eles estejam livres, e jamais vou abandoná-los em nome da minha própria segurança.

Cada dia que passa é mais um pôr do sol que mói um pedaço do meu coração até virar pó, para ser carregado pelo vento de volta para Imirath. Minha existência é assombrada pelos meus dragões. Estou destinada a viver num cemitério de esperanças.

A terceira faca se crava logo abaixo da primeira.

Eu vou sobreviver a essa guerra, assim como sobrevivi a tudo até aqui.

Arremesso a última faca, finalizando a linha perfeita que criei. Minhas mãos pararam de tremer, minha respiração está controlada, e não sinto mais a necessidade de gritar, apesar de ainda estar chateada.

Com o canto do olho, vejo Finnian andando na minha direção.

– Obrigada por ficar do meu lado.

– Detesto o jeito como ele fala com você quando fica incomodado – diz Finnian.

– Eu sei – murmuro.

– Isso não está certo. – Olho para ele, que deve perceber a mistura de sentimentos nos meus olhos. – Não mesmo – reafirma.

Assinto com a cabeça, franzindo os lábios e me virando para o alvo de novo e respirando fundo.

– A lógica de Ailliard tem uma lacuna.

– Qual, exatamente?

– O tempo todo, ele se preocupou com a possibilidade de Imirath vir atrás de mim. – Observo a fileira perfeita de facas. – Mas Imirath não faz ideia do que está indo atrás deles.

CAPÍTULO
SETE

Finnian partiu algumas horas atrás para passar um dia com Blade, nosso ferreiro. Esse não é seu nome verdadeiro, mas ele é um homem dedicado ao seu ofício. Finnian tinha 15 anos quando se apaixonou pela forja, mais ou menos na mesma época em que desenvolvi um interesse em curar doentes e feridos, e é um artista com o aço. Minhas duas adagas idênticas de dragão foram confeccionadas por ele, assim como a única coroa que possuo. É um diadema de galhos de árvore entrelaçados.

Olho para meu jardim moribundo e sinto uma pontada de tristeza por saber que não vou estar aqui na próxima colheita. Com certeza Vareveth tem jardins muito mais extravagantes que o meu, mas nada vai ser capaz de me trazer a mesma sensação de paz. De início, comecei a me dedicar ao cultivo porque precisava. Usava qualquer semente que viesse parar nas minhas mãos: frutas silvestres, legumes e ervas. Às vezes até transplantava mudas da natureza para cá.

Agora faço isso porque gosto. Ainda preciso da comida que colho aqui, mas também planto flores e outras plantas não comestíveis num cantinho do jardim... cicuta, sanguinária, beladona e sanícula branca, para nomear algumas. Acho irônico que as plantas venenosas tenham flores tão bonitas. Costumam ser subestimadas pelos observadores, pelo menos até sentirem seu toque mortal.

Levanto a cabeça da poltrona estofada quando ouço passos se aproximando, que não são de Finnian. Os dele não seriam tão hesitantes.

— Ailliard — eu o saúdo, sem abrir os olhos.

Minha raiva continua, mas a guardei num cantinho, onde posso acessá-la quando quiser. Ele acelera ligeiramente o passo e se senta ao meu lado. Só os membros da guarda do rei me espancaram, e Ailliard era um guarda da rainha. Não me lembro de vê-lo na sala do trono durante meus interrogatórios, e nós nunca conversamos sobre o passado. Falar não vai mudar o que foi feito. Com certeza ele sabe o quanto de tortura eu sofri, mas nunca tive coragem para perguntar a respeito.

— Eu... — Ele se interrompe. Inclino a cabeça para a frente e o encaro; uma ruga se forma entre suas sobrancelhas, e seus lábios se franzem em uma linha reta. — Eu lamento o caminho que a conversa de ontem tomou.

Não sei do que você está falando. Para mim, foi uma maravilha, é o que penso em dizer, mas as palavras ficam presas na minha língua. Tenho outras duas formas de defesa além do confronto físico: sarcasmo e humor.

— Meu medo falou mais alto, Elowen. — Ele batuca a cadeira com os dedos. — Se não se incomodar, eu gostaria de tentar de novo. Discutir a questão sem perder a cabeça.

— Tudo bem.

Essa não é uma batalha que precisa se prolongar.

Ele bufa baixinho.

— O comandante de Vareveth está chantageando você de alguma forma? Porque se estiver...

— Não está — interrompo.

Uma raiva inflamada tenta escapar do cantinho onde foi guardada. Essa coisa de Ailliard formar uma opinião sobre Cayden sem conhecê-lo me incomoda. Cayden também me incomoda, mas nós somos aliados.

"*Se algum de vocês encostar nela, vai morrer... E prometo uma morte bem dolorosa.*"

O tom decidido e protetor de sua voz causa arrepios nos meus braços. *Não*, deve ser por causa do vento. Cayden agiu como um aliado. E os aliados defendem uns aos outros. É como dar uma xícara de açúcar para um vizinho. Eu me remexo na poltrona, forçando fisicamente a voz dele para fora da minha mente.

— Eu só quero garantir que você entenda no que está se metendo ao sair de Aestilian. Seu pai vai usar todo seu poder contra você, e duvido muito que as palavras *segurança* e *Veles* sejam sinônimos.

— Passei anos aprendendo a me defender, e terei um exército comigo. Sempre tive apenas alguns andares de espaço pra me proteger de Garrick, e isso realmente não jogou a meu favor — afirmo friamente. — Posso não ter todas as respostas, mas não vou continuar aqui sem fazer nada.

— Elowen. — Ailliard fica pálido. — Você acha que o que estamos fazendo é o mesmo que nada? — Ele abre os braços, chamando a atenção para a cidade diante da minha casa. — Você deu um lar para essas pessoas.

— Eu não fiz isso sozinha.

— Não, mas você é quem carrega a coroa.

Faço um gesto com as mãos, para deixar de lado esse assunto.

— Eu não vou ficar esperando que alguém venha me atacar, o que cedo ou tarde vai acontecer, e perder a vantagem do fator-surpresa. É isso o que o comandante Veles me oferece.

— Como pode ter tanta certeza de que vamos ser atacados? — ele pergunta sem julgamento na voz, só curiosidade.

— Governantes sedentos por poder não desistem, eles se concentram na maior ameaça, e a maior ameaça a Garrick é Vareveth. Mas, se Vareveth perder a guerra e Imirath invadir seu território, quem garante que seu foco não vai se concentrar em mim?

— Se Garrick invadir Vareveth, ele vai ter muito com que se preocupar.

Eu balanço negativamente a cabeça.

— Um governante que não leva em conta todas as possibilidades não dura muito tempo com a coroa na cabeça. Além disso, por que esperar que ele faça alguma coisa se uma oportunidade como essa acabou de cair no meu colo?

— Nós temos a névoa pra esconder o reino — sugere Ailliard.

– Você não tem como garantir que a névoa não vai se dissipar um dia, e se nós aprendemos a circular pelas montanhas, outras pessoas também podem.

– Você nunca foi muito paciente. – Eu fui tão paciente quanto foi necessário. – Não é que eu não te apoie, simplesmente quero o melhor pra você.

Só eu posso definir o que é melhor para mim.

No momento, é Vareveth.

– Estou cansada de ser uma espectadora da minha própria vida – admito quando a tensão entre nós se alivia. – Só porque eu quero ir mais longe não significa que deixei de amar o meu lugar. Eu amo Aestilian, e é por isso que quero proteger este reino. Mas não posso ficar aqui pra sempre, imaginando como teria sido se eu tivesse tentado minha própria sorte.

– Eu sempre soube que esse dia chegaria, apesar de não querer admitir isso para mim mesmo. Você sempre teve esse fogo dentro de você. – Ailliard assente com a cabeça, acariciando a barba. – Foi por isso que lhe ensinei todas as danças e os protocolos da corte. Sempre tenho uma segunda opção em mente, *por precaução*.

– E eu agradeço por ter me ensinado tudo isso.

Abro um sorrisinho, e seus ombros relaxam um pouco com isso. Esses estranhamentos são normais entre nós. Ele tem um pavio curto, que às vezes eu acabo acendendo.

– Nunca pensei que sairia para o mundo de novo.

Ailliard participa de caçadas e incursões de vez em quando, mas cada vez menos à medida que o reino foi crescendo.

– Você não precisa ir comigo – aviso. – Finnian vai me acompanhar, junto com uma escolta seleta dos guardas do comandante Veles.

– Eu vou, sim.

– E se você só me acompanhasse até eu encontrar o batalhão no templo do Deus da Terra?

O sentimento de culpa por ver Ailliard lutando visivelmente para controlar os nervos me faz querer estender a mão para ele, mas não me sinto à vontade para isso.

– Não – ele afirma, mais convicto. – Fui eu que tirei você de Imirath, e vou estar ao seu lado quando entrar em Vareveth. Vi você se tornar a rainha que é hoje, e não vou perder mais nenhum momento. Além disso, vai precisar de mais gente além de Finnian para lidar com os conselheiros de Vareveth na negociação dos tratados. Eu já vi tratados suficientes na vida para entender as cláusulas ocultas.

Só percebi como meus ombros estavam tensos quando eles relaxaram. Ailliard conhece nossos livros contábeis praticamente de cor. Vou precisar me concentrar no resgate, o que significa passar mais tempo com Cayden e menos com o rei Eagor. É bom saber que Finnian não vai estar sozinho caso eu não possa comparecer a uma reunião. Ele sabe se virar, mas prefiro que tenha com quem contar. Esse é um território novo para mim e para Finnian, mas Ailliard conhece a vida em um castelo e a politicagem da corte.

– Não vou mentir; estou aliviada por você ir também – confesso.

As rugas ao redor de seus olhos se aprofundam quando ele sorri.

– E vai ficar ainda mais por saber que comprei um tecido novo esta manhã e mandei para a costureira.

– É mesmo? – Me levanto da cadeira num pulo, e Ailliard dá uma risadinha. Adoro a maneira como os vestidos fluem, me fazendo experimentar um tipo diferente de poder. Um novo vestido, com caimento perfeito, é como um sopro de ar fresco no início de uma nova estação.

– Eu só dei tecido suficiente para um, mas separei algum dinheiro para você e Finnian fazerem compras quando chegarmos a Vareveth.

– E você? – pergunto, detendo minha empolgação por um momento.

Ele faz um gesto com a mão ao se levantar.

– Você merece um agrado, minha cara.

Ailliard estende os braços, e vou até ele. Existem momentos em que encontro mais conforto em palavras de despedida do que em um abraço.

– Obrigada de novo.

Nunca tive um guarda-roupa digno da realeza. Imagino as pedras preciosas, os bordados e as cores vibrantes que isso exige.

– Ela ainda tem suas medidas, mas passe no ateliê amanhã de manhã pra ver se está tudo a seu gosto – ele diz enquanto caminha na direção da rua. – Vou tomar uns tragos pra tentar aceitar o fato de que o tempo passa rápido demais.

CAPÍTULO
OITO

Panelas e pratos se chocam enquanto Nyrinn tenta encontrar a travessa que insiste que seja usada. Os últimos quatro dias foram um turbilhão, entre arrumar a bagagem, reunir um grupo para me escoltar até o templo e elaborar um calendário de incursões e um plano de racionamento para garantir que todos tenham o que comer nos próximos meses. Parte de mim ainda tem medo de sonhar que um dia como esse possa chegar. É uma coisa estranha a se temer, mas os sonhos têm poder. Podem nos guiar durante nossos piores momentos, oferecendo nada além do consolo da esperança, mas também são capazes de acabar conosco.

Nyrinn me pegou voltando para casa ontem à noite e insistiu para que tomássemos o café da manhã juntas. Ela está sempre tão ocupada curando as pessoas que só planejei uma visita rápida, mas Nyrinn atrasou a abertura de seu estabelecimento hoje. É bom poder passar um tempo com ela sem a testa e os braços sujos de sangue. Ela me ensinou tudo o que sei sobre curar doentes e feridos, além de ter me ajudado com dicas de jardinagem muito úteis sempre que possível.

Nós pintamos as venezianas de sua casa de um amarelo bem vivo para emoldurar seus canteiros de flores nas janelas, e o cheiro de lavanda e camomila é trazido pela brisa quando passamos por lá. Minha parte favorita são os vários buquês de ervas e flores secas pendurados no teto, que criam uma aura de floresta encantada, como se a qualquer momento eu fosse ver uma fada voando por entre as pétalas.

Nyrinn joga a curta trança de cabelos pretos sobre o ombro enquanto põe uma travessa de peras e frutas vermelhas na mesa, e um cheiro doce se mistura ao de alecrim, que junto com o milefólio é uma das ervas que mais usamos, seu cheiro em geral permanecendo por dias nas minhas mãos – não que eu me importe.

– Não sei como vai ser sem você aqui – ela diz, suspirando e colocando uma frutinha na boca.

– Você sabe que eu me sinto culpada.

Ela não aceita ajuda de ninguém além de mim, e a coisa aqui fica movimentada na maioria dos dias.

– Estou só provocando você, mas sei que várias outras pessoas estão conseguindo incutir esse sentimento na sua cabeça. – Ela me observa com olhos calculistas, e o sumo da pera azeda na minha boca. – Esse bando de idiotas.

Um dos motivos por que adoro falar com ela é que Nyrinn não poupa ninguém de suas opiniões, e faz questão de expressá-las.

– Acho que todo mundo se acomodou com a ideia de que eu vou ficar aqui pra sempre – respondo, sem discordar dela.

– Isso é problema deles. Você não veio pra cá por escolha própria, mas pode escolher a hora de ir embora. Estou ansiosa pra ouvir todos os seus feitos pelo mundo.

A notícia da aliança se espalhou por Aestilian mais rápido que uma praga. A maioria das pessoas ficou empolgada com o suprimento garantido de comida, mas percebi também uma sensação de medo. A rainha de Aestilian precisa ir embora do reino para mantê-lo em segurança. Isso não faz sentido, mas a situação é essa mesmo.

– Com quem foi o seu encontro na floresta? – pergunta Nyrinn. – Só ouvi uma coisa aqui, outra ali.

Sinto um nó na garganta ao ouvir a menção a ele.

– Com o comandante de Vareveth, Cayden Veles. – Dou um gole no chá para relaxar. – Já ouviu falar dele?

– Não muito. – Ela franze os lábios, enfatizando seu arco do cupido.

Nyrinn é a melhor pessoa para pedir informações que não tenho. Pode parecer áspera para alguns, mas se transforma totalmente quando está cuidando de alguém. – Nós não recebemos muita gente de Vareveth, como sabe. A maioria vem dos vilarejos das florestas, Feynadra ou Urasos.

Ela franze a testa ao mencionar esse último reino. A magia é banida em alguns lugares, inclusive Vareveth, depois que o rei Eagor ascendeu ao trono com a morte da mãe. Há quem pense que usá-la invoca a fúria dos deuses, pois com isso você estaria fingindo ser um deles. Nyrinn nunca usou a magia no processo de cura, mas não importa. É talentosa o bastante para que as pessoas de seu vilarejo julgassem que sim. Nem seu pretendente na época se opôs quando foi banida de lá. Ela apenas partiu para outra.

Nyrinn me disse o nome dele durante uma bebedeira certa noite, mas me fez jurar não fazer nada contra o rapaz. Mesmo assim, fui até a casa dele, roubei vários objetos de valor e troquei por suprimentos de trabalho e roupas para ela, já que teve que deixar tudo para trás quando foi embora.

– Tudo bem, era só curiosidade – digo.

As lembranças vêm à tona nas feições dela, me deixando ligeiramente ansiosa.

– Quando eu estava costurando uma cabeça, mais ou menos um ano atrás, o paciente estava bem falante. Continuei buscando informações, porque sei que isso te ajuda. Ele disse que o comandante Veles é... frio, cruel e reservado. Alguém com quem não vai querer encrenca.

– Humm – eu faço, batucando com os dedos na mesa.

Não seriam essas as palavras que eu usaria para descrevê-lo: arrogante, ardiloso e *bonito*. Graças aos deuses que a caneca está sobre a mesa, caso contrário eu teria derramado o chá. Sinto vontade estapear a mim mesma quando esse último adjetivo surge na minha mente.

– Vamos terminar lá fora.

Ela não espera que eu me levante para sair pela porta dos fundos, e já está acomodada numa cadeira com seu rosto moreno-dourado voltado para o sol quando apareço. O fluxo constante das cachoeiras de Syssa atrai meu olhar para o lugar onde eu passo a maior parte das minhas manhãs de verão.

Finnian e eu aprendemos a nadar por tentativa e erro nesse lago. Um de nós entrava na água enquanto o outro ficava em terra firme, segurando a corda amarrada ao tronco de quem estava nadando. Se um de nós ficasse tempo demais submerso, a pessoa que estava de fora podia usar a corda para puxar de volta. Era um método à prova de falhas, e cumpriu seu papel, apesar de render algumas queimaduras sérias na pele por causa da corda.

– Não vá confiar nos curandeiros de lá, nem nos médicos da corte – avisa Nyrinn quando me ajeito em uma cadeira estofada ao seu lado. – Eu treinei você pra ser melhor que qualquer um ali.

Dou uma risadinha.

– Acha mesmo que vou pedir um tônico pra alguém de lá? Não peço nem pra você.

– Verdade. – Ela bate com um dedo na bochecha. – Quando será que você vai parar de se sentir culpada por pedir as coisas?

– Quando eu parar de precisar pedir as coisas.

Ela se inclina para a frente e enfia a mão debaixo da cadeira.

– Que bom que você não precisou pedir por *isso*, então.

Nyrinn joga uma bolsa de couro escuro no meu colo. Minha mão para no ar, e pisco algumas vezes.

– Eu não trouxe nada pra você.

– E nem era pra trazer. Anda, abre logo – ela me apressa.

Passos os dedos pelo material flexível, desamarrando o barbante ao redor do botão do fecho e o abrindo. Fico de queixo caído quando vejo vários maços de ervas frescas, e ainda mais de ervas secas, bandagem novinhas, agulhas de sutura, linha, desinfetante, tônicos e unguentos. Um forte sentimento de apreço e gratidão me invade, e seu risinho de deboche me desperta do meu estado de choque.

– Nyrinn, como foi que conseguiu tudo isso? É melhor ficar pra você.

– De jeito nenhum. – Ela estende a mão e a fecha sobre a minha. – Eu cobrei um favor que tinha feito pra um dos guardas. Ele foi atrás e conseguiu isso pra mim dois dias atrás.

Não consigo segurar o sorriso que se abre no meu rosto, que diminui um pouco só quando me dou conta do quanto vou sentir falta dela. Eu a levaria comigo se ela quisesse ir embora de Aestilian, mas Nyrinn me disse que seu estabelecimento lhe proporciona um orgulho de seu trabalho que nada mais seria capaz.

– Que guarda? – pergunto.

– Todos eles estão em débito comigo. – O canto da boca dela se levanta, fazendo-a parecer uma aranha vendo as moscas se enredarem em sua teia. – Você devia cobrar alguns favores também. Eles são uns bebês chorões quando precisam tomar pontos.

– Acho que posso começar quando estiver de volta.

É impossível não notar seu sorriso e seus olhos perdidos ao me ouvir dizer isso. Ela franze os lábios, de repente ficando séria.

– Não se esqueça do que eu falei sobre não confiar nos curandeiros de lá. Você sabe muito mais que eles.

Eu esfrego a palma das mãos nas coxas.

– Acho que não vou conseguir encontrar ninguém de confiança em Vareveth.

Ela bufa.

– É essa a ideia; continua pensando assim. Imagino que todas as cortes sejam a mesma coisa. Eles sorriem na sua cara e esfaqueiam você pelas costas.

– Bom, pelo menos eu tenho bandagens novas. – Bato meu joelho no dela, mas seus olhos estão marejados quando olho em seu rosto de novo. – Que foi?

– Você vai se cuidar, certo? O mundo... – Ela limpa a garganta – ... não é um lugar nada gentil.

– Vou, sim. Eu sempre me cuido – garanto.

Ela pisca algumas vezes, e sua vulnerabilidade se desfaz com a mesma velocidade com que surgiu.

– Não, você arrisca seu pescoço pelos outros e diz que está tudo bem até se estiver sangrando em bicas no meu piso... e depois eu tenho que limpar esse sangue.

– Eu vou estar bem longe do seu piso bonito.

Ela estende a mão e dá um tapa na minha nuca.

– Eu não a treinei pra ficar sangrando num reino estrangeiro – ela declara enquanto fica em pé. – Você vai partir em breve.

Volto lá para dentro com ela e dou uma última olhada ao redor, para guardar na memória a tinta descascada, os tônicos em recipientes de vidro em cima da lareira e as xícaras de chá pela metade. Ela detém o passo diante da porta e se vira lentamente para mim.

– Nunca deixe ninguém fazer você se sentir culpada por escolher como quer viver sua vida... – ela pisca várias vezes – ... e dê àqueles desgraçados o inferno que eles merecem.

Ela estende o braço para abrir a porta, e eu aperto sua mão, oferecendo o máximo de consolo de que sou capaz.

– Vou fazer isso. – Ela limpa as lágrimas do rosto com gestos vigorosos, endurecendo as feições com muito mais esforço do que antes. – Por nós duas – prometo.

A porta se fecha atrás de mim, mas mantenho os olhos voltados para a frente. Não quero ver mais rostos aflitos. Sei que se olhar para eles vou querer tentar ajudá-los. Com certeza todo mundo vai ficar mais feliz quando vir uma carroça cheia de comida chegando a Aestilian, e é essa imagem que tenho em mente quando entro em casa. Não penso em mais nada enquanto arrumo minha bagagem. Só tiro a bolsa de couro de mim quando chega a hora de me armar.

Olho ao redor do quarto e sinto um nó na garganta quando vejo as flores, os rios, a lua e as estrelas horrendos que pintei quando estava entediada. Meus olhos percorrem minha poltrona de leitura e a parede com os livros, com algumas pilhas a menos, porque algumas histórias são simplesmente essenciais. Passo as juntas dos dedos pelos cabos das minhas facas prateadas, enfileiradas nas coxas e na cintura, o que sempre me conforta.

– Está pronta? – pergunta Finnian com uma voz pesada atrás de mim.

Respirando fundo e erguendo o queixo, eu me viro para ele. Está vestido de couro preto, com um arco amarrado de través no peito e uma espada na cintura. Seus olhos estão enevoados, mas cheios de determinação.

– Sempre pronta – respondo, fechando a porta do meu quarto. – E você?

– Com certeza – ele responde.

Absorvo todos os detalhes da nossa casa a caminho da porta. A marcação de nossa altura conforme fomos crescendo, o baralho na mesinha de centro e os vários cobertores que usávamos quando passávamos noites acordados. Alinhada na parede estão a primeira faca arremessada por mim e a primeira flecha disparada por Finnian a acertar o centro do alvo.

Dando as costas para tudo isso, abro a porta da frente e sou recebida com festa. O povo de Aestilian ocupa a rua, aplaudindo e gritando. Algumas pessoas acenam das janelas superiores das lojas da rua principal. Um tambor ressoa à distância, e meu coração bate em sincronia com seus estrondos. Finnian estende o braço para mim, e vamos de braços dados.

Ele se inclina para baixo para falar por cima dos aplausos, com a voz embargada de emoção.

– O seu foi o primeiro rosto que vi quando acordei em Aestilian; me permita ser o último rosto que vai ver antes de ir embora.

O nó na minha garganta se aperta quando me lembro da chegada de Finnian. Ailliard o resgatou depois que uma disputa entre clãs em seu vilarejo acabou com uma casa incendiada com a família dentro. Ele era um garoto magricelo de 10 anos, com braços e pernas já compridos, e desmaiou logo que chegou. Virou meu melhor amigo quando fiquei ao seu lado enquanto convalescia, mesmo que aos 11 anos eu não soubesse fazer muita coisa além de pôr um pano molhado em sua testa. Meu lar não é a casa de onde acabamos de sair; meu lar é esse homem ao meu lado, de braços dados comigo.

– Juntos.

Aperto seu bíceps de forma carinhosa antes que ele nos conduza pelo meio da multidão.

Pela primeira vez na vida, sei que estou fazendo exatamente o que preciso. Estou indo para onde preciso ir. Sinto isso na minha alma. As partes mais cruéis de mim mesma não podem ser suprimidas com tanta facilidade, e minhas lâminas exigem sangue como pagamento. Em todos os cantos do mundo vão dizer que a princesa perdida voltou como uma rainha vingadora, e vai ser verdade. Mas não estou fazendo isso só por mim. Estou fazendo pelas pessoas que tiveram seu valor desprezado. Pessoas que só receberam ódio das mãos de quem amavam. Pessoas que foram jogadas em uma masmorra escura e só conseguiram sair porque lutaram com todas as forças para sobreviver. Imirath me quer morta, mas eu ainda estou aqui. Só que agora estou com lâminas em riste e uma coroa na cabeça.

Aceno para o meu povo, estendendo a mão para todos por quem passo, e gravo essa memória a fogo na mente. Continuo segurando o braço de Finnian até atravessarmos a multidão. Algumas lágrimas escorrem dos meus olhos quando monto na sela, mas as limpo antes que alguém possa ver. Minha égua me leva para a névoa, e não olho para trás quando o volume dos aplausos em Aestilian vai diminuindo no meu rastro.

CAPÍTULO
NOVE

Um graveto estala, e eu desperto de repente, com a faca na mão. Finnian está do meu lado com uma flecha já posicionada no arco. Ambos nos preparamos imediatamente para enfrentar a ameaça, mas meu corpo relaxa e minhas mãos caem para o colo quando minha visão fica mais clara, registrando a imagem de Ailliard diante de nós, com as mãos levantadas.

– Da próxima vez, vê se bate primeiro – resmunga Finnian, antes de se deitar de novo. Ele me puxa consigo, e minha cabeça se apoia em seu peito. É onde passei a noite. Tive um sobressalto toda vez que cochilei, imaginando que insetos subiam pelo meu cabelo, minhas orelhas, meu nariz e minha boca. No fim, ele ficou cansado de me ver me debatendo como um peixe fora d'água e me chamou para nos deitarmos juntos.

– Estamos ao ar livre, Finnian – argumenta Ailliard.

– Bate numa árvore – sugiro enquanto massageio meu pescoço dolorido. Por que estou sempre com dores?

Ailliard me lança um olhar com quem diz: *Sério? Você não pode ficar do meu lado nem uma vez?*

– Vim pra informar os dois que precisamos partir em breve. Não sabia que vocês acordavam prontos pra matar.

– É a nossa rotina matinal – responde Finnian, com a voz ainda rouca de sono.

– Acordar, tomar um café, esfaquear alguém e escovar os dentes – acrescento.

– Que graça.

Ailliard dá as costas para se juntar de novo ao grupo.

O grunhido de Finnian faz vibrar a parte de trás da minha cabeça.

– Não temos café.

– Talvez seja melhor morrer de uma vez, assim pelo menos vamos poder dormir – resmungo.

– Essa ideia parece mais convidativa do que deveria.

Volto a me sentar lentamente, espremendo os olhos para a luz solar que banha a floresta. O sol é meu inimigo. Chego a levantar a mão para estapear os raios que se infiltram por entre as árvores, mas logo a recolho – a última coisa de que preciso é parecer tão perturbada quanto me sinto.

Deixamos Aestilian sob a cobertura da noite, mais uma precaução para que o reino permaneça oculto. É praticamente uma sentença de morte viajar pela floresta de Terrwyn sem saber muito bem o que está fazendo, principalmente à noite. A exaustão pesava sobre todos e, depois que Jarek quase caiu do cavalo, decidimos que um descanso era a opção mais sensata. Estava torcendo para que Ailliard trouxesse um dos guardas que me ajudaram a fugir de Imirath, mas eles já estão falando sobre quem vai assumir quais responsabilidades em nossa ausência. Com as funções já divididas, não valia a pena correr o risco.

Os guardas que ele selecionou são os melhores, mas sempre que posso evito Jarek. Ele é o tipo de pessoa que, ao ver apontado um erro seu, diz que é você que está errada. Com seu cabelo loiro-escuro e ondulado até a altura dos ombros, olhos cinzentos e ombros largos, ele adora ostentar seu visual, não que isso funcione comigo. Sua personalidade provavelmente me torna imune. Espanando a poeira da calça e refazendo a trança, volto a me juntar ao grupo.

Sinto um arrepio de susto quando o som agudo de uma flecha sendo disparada se infiltra nos meus sentidos. Eu me agacho, desembainhando as duas adagas enquanto o projétil passa acima da minha cabeça.

– Ataque! – grita uma voz atrás de uma grande pedra.

Os gritos de guerra preenchem o ar, e pelo menos trinta membros do clã saltam sobre as rochas. O sangue que mancha suas roupas esfarrapadas aponta para o indício de que são de um dos clãs mais violentos. Que maravilha. Quem precisa de cafeína com alguém tão elegantemente tentando matar você assim que acorda?

– Atira pra valer – digo para Finnian.

– Arremessa sem dó – ele responde, encerrando nosso costumeiro diálogo pré-batalha.

Meus guardas correm para o meu lado, mas não se dão ao trabalho de entrar na minha frente. A pulsação ecoa nos meus ouvidos, e sinto um aperto no peito pela ansiedade da batalha. Arremesso minhas facas na direção deles, enquanto Finnian dispara suas flechas, atacando lado a lado. Já derrubamos quatro deles antes mesmo de os dois grupos entrarem em combate corpo a corpo.

Eu não tenho a vantagem do tamanho, mas minha mente é um trunfo. Já derrotei pessoas maiores que eu acertando o tempo dos meus movimentos, observando o trabalho de pés do oponente e me antecipando a seus avanços.

A mulher que estou atacando levanta o machado bem alto, mas eu me jogo no chão, deslizando sobre as folhas, e dou uma joelhada em sua canela. Ela cai para a frente, incapaz de proteger o pescoço da minha faca. Seu sangue quente recobre minha mão quando me levanto, me preparando para o próximo alvo. Desembainho a espada da minha cintura e sorrio quando os olhos dele se voltam para minha mão coberta de sangue.

Foi esse tipo de clã que matou a família de Finnian. Eles viajam pelas florestas de Terrwyn e Sweven, queimando vilarejos em nome dos deuses, imaginando que vão ser considerados superiores pelas divindades se assassinarem aqueles que se assentaram em territórios sagrados. Governante nenhum pode reivindicar essas terras, é proibido, e dizem que sua linhagem ficaria amaldiçoada caso você as tomasse. Os cidadãos comuns tementes aos deuses podem construir suas casas lá, mas não se integrar a algum reino. Aestilian fica numa terra sagrada, mas eu não vejo problema em matar um deus, caso voltem a viver em meio à humanidade, e não tenho medo de suas maldições.

Um sorriso presunçoso aparece nos lábios rachados do homem – assim como tantos que sorriram assim diante de mim antes de dar seu último suspiro. A única coisa que aprecio em ser subestimada é a chance de provar que as pessoas estão erradas.

– Eu não quero machucar você, bonitinha. – Ele lambe os lábios. – Por que não baixa a espada?

Minha reação é dar risada, e o sorriso arrogante dele se desfaz.

– O único prazer que você vai me dar é morrer.

Bloqueio sua primeira investida com a espada; as lâminas se chocam, e o impacto reverbera nos meus dedos. Seus olhos se movem antes da espada. Bato a minha arma contra a sua e a afasto para o lado antes de cravar o punho em seu nariz. Se não estivesse acontecendo um combate ao nosso redor, daria para ouvir o estalo do osso se partindo. Ele recua com sangue escorrendo das narinas, incapaz de conter as lágrimas que escorrem dos olhos.

– Meus deuses não gostam de mulheres violentas.

Ele cospe o sangue na minha direção, mas não acerta nem as minhas botas.

– Então eles devem ser bem tediosos. – Com raiva, ele avança sem se dar conta de que o sangue deixou o cabo da espada bem escorregadio. Derrubo a arma da mão dele e cravo a minha em sua barriga. – Minha lâmina é minha deusa, e pode dar esse recado pra eles.

O homem vai ao chão quando retiro a lâmina, e um berro de perfurar os tímpanos ecoa por toda a área, seguido do som de água sendo espirrada. Em seguida, dez tentáculos roxos com espinhos venenosos surgem da lagoinha onde os cavalos estão bebendo água.

Um *vextree*.

Já ouvi falar deles, mas nunca tinha encontrado um.

O corpo alongado e verminoso do monstro surge na margem. Mais um guincho agudo emana de sua boca circular – seu rosto inteiro se abre, mostrando fileiras e mais fileiras de dentes que continuam garganta adentro. A batalha prossegue, mas com todos olhando o tempo todo por cima do ombro, para ver se o monstro vai avançar mais para fora d'água. Sinto o tempo parar quando vejo um brilho alaranjado com o canto do olho. Sinto minhas entranhas se revirarem quando me dou conta que Finnian está sendo arrastado pelo chão por um tentáculo enrolado na panturrilha.

– Finnian! – grito, detestando o sentimento de impotência que ameaça me dominar. Há muita gente entre nós, e estou longe demais para jogar uma faca. – FINNIAN!

Saio correndo na direção dele sem pensar duas vezes. Sou levada de tal maneira pelas minhas emoções que não percebo a pessoa que vem correndo em minha direção. Meus pés se viram para ela, e tento erguer a espada a tempo de me defender, mas é tarde demais. Enquanto estava atenta a Finnian, acabei ficando em desvantagem. Espero pelo impacto que não vem, porque uma flecha é disparada atrás de mim, passando tão perto da minha cabeça que tenho certeza de que as penas roçaram minha orelha. Ela se crava entre os olhos, entrando tanto no crânio da pessoa que me atacava que metade da flecha surge do outro lado da cabeça quando ela vai ao chão.

Quem foi que atirou? Só Finnian tem uma mira assim tão boa.

Eu me viro e balanço a cabeça lentamente, incrédula. Meus olhos piscam algumas vezes, mas a visão é real. Cayden Veles está montado em seu cavalo, no papel do temido comandante de Vareveth, como o mundo o conhece. Com o arco ainda no ar e o braço ainda recuado depois de lançar a flecha que atirou *por mim*. Seus olhos encontram os meus no campo de batalha, faiscando de raiva. Ele grita ordens para seus soldados enquanto avança, brandindo a espada sem nunca tirar os olhos de mim. Dou meia-volta e corro para a beira do lago. Finnian dispara flechas conforme o vextree continua a arrastá-lo para a água.

– Elowen, pare! – grita Cayden, mas continuo avançando.

Tem gente demais entre nós para ele conseguir me alcançar, e de jeito nenhum vou deixar alguém se colocar entre Finnian e eu.

– Não! – eu grito quando o monstro empurra Finnian para debaixo da superfície.

Meus dedos se contorcem no cabo da faca enquanto acelero o passo. Um rugido vibra no meu peito quando chego à beira da lagoa, pisando com força nas pedras da margem, e me arremesso no ar. Quando o vextree me vê, é tarde demais. Cravo a faca em sua garganta, arrastando a lâmina para baixo enquanto deslizo para a água. O sangue preto e espesso jorra do corte profundo, queimando as minhas mãos, mas eu não paro. Empunhando a espada, furo sua barriga, torcendo e virando a arma, que uso para me segurar enquanto continuo enfiando a faca nele sem parar. Flechas voam na direção da cabeça e dos olhos do monstro agora que já cheguei à metade de seu corpo.

Com um último grito de provocar estrondo, o monstro desaba na água. Puxo de volta minhas lâminas e empurro a parte da frente do bicho, caindo na água turva mais abaixo. Minhas botas se enchem de água assim que aterrisso, mas piso firme no fundo da lagoa e vou andando até chegar à margem, com as armas ainda nas mãos, que estão queimando.

A batalha está quase no fim, com corpos espalhados no chão da floresta, mas eu me concentro nos dedos pálidos que surgem na lama espessa. Finnian está rastejando para a frente, com a cabeça caída para o lado. Largo minhas armas e corro até ele.

Não. Não. Não. Não.

– Finnian! – Eu o viro de barriga para cima. Seus olhos estão vidrados e mal conseguem se manter abertos enquanto ele luta para permanecer consciente. Enfio as mãos sob seus braços e o arrasto para fora da lagoa. – Não ouse fechar os olhos! – grito.

Puta que pariu, minhas mãos escorregam. As roupas encharcadas o deixam mais pesado que o normal. Me abaixo para pegá-lo de novo, mas um braço me enlaça pela cintura, me puxando para longe. Mais um rugido selvagem explode dentro de mim, e começo a me debater. Meu captor solta um grunhido quando lhe acerto uma cotovelada que provoca dor mesmo havendo uma armadura entre nós.

— Ele está comigo — avisa Cayden, que surge no meu campo de visão, pegando Finnian pelas axilas e o levando para mais longe da água com facilidade.

Interrompo o soco que estava prestes a dar na virilha do homem de Cayden e, dessa vez, ele me solta.

— Já volto.

Sem dar tempo para Cayden ou para o homem protestarem, corro para minha égua e pego a bolsa no meu alforje. Sinto o olhar de Cayden sobre mim, mas continuo concentrada só em Finnian quando ajoelho na lama ao seu lado. Um espinho venenoso está cravado em sua canela, e a pele ao redor borbulha com o veneno que entra em seu organismo. Engulo a bile que me sobe pela garganta e corto sua calça abaixo do joelho.

— Como podemos ajudar? — pergunta Cayden.

— Segurem ele.

Faço um apelo com os olhos enquanto enfio a mão na bolsa, sacando um tônico para barrar o veneno e um rolo de bandagens novas.

— Ryder segura os ombros, e eu, os tornozelos.

— Ellie. — Sua voz sai em um gemido fraco ao dizer o apelido que ele me deu. Seus olhos azuis estão úmidos, e sei que ele está numa luta ferrenha contra o veneno.

— Sim, sou eu. Estou bem aqui. Vou cuidar de você, Finny. — Pisco algumas vezes para conter as lágrimas; não é hora de perder o controle. Coloco a alça de couro da bolsa entre seus dentes. — Pode morder quando precisar.

Me voltando para o ferimento de novo, remevo o espinho da sua perna. Ele se debate, contido por Cayden e Ryder, que o mantêm colado ao chão com sua força combinada. Colocando as mãos sobre a ferida, espremo o veneno do buraco deixado pelo espinho. O veneno do vextree se acumula sob a pele e entra pela corrente sanguínea para chegar ao coração, por isso é importante removê-lo antes que saia da superfície e comece a se deslocar pelo corpo.

Depois de espremer uma quantidade significativa de veneno de sua perna, despejo algumas gotas do tônico no ferimento. Cayden intensifica o aperto, para que eu possa fazer uma aplicação mais bem direcionada. Franzo os lábios para suprimir o gemido de lamento que ameaça escapar de mim quando os gritos de dor de Finnian chegam aos meus ouvidos. Ele morde o couro, mas isso faz pouco para ocultar a evidência de seu sofrimento. Arrisco uma olhada para seu rosto, e não consigo conter um soluço quando vejo sua cabeça se sacudir de um lado para o outro, com os dentes à mostra apertando o couro, enquanto as lágrimas escorrem pelo rosto sujo de lama.

– Me desculpa – murmuro.

– Olha pra mim – pede Cayden ao meu lado, mas não consigo. Não sou capaz de tirar os olhos de Finnian. Já fiz curativos nele inúmeras vezes, mas ele nunca havia se machucado tanto a ponto de precisar ser imobilizado. Nunca o tinha feito chorar de agonia ao cuidar de seus ferimentos.

– Elowen, olha pra mim. – Meus olhos involuntariamente se voltam para os dele, verde-esmeralda e desconcertantes, nosso rosto a poucos centímetros de distância. – Você precisa ir em frente. Ele pode convalescer de dor quando voltarmos às ruínas. Ele vai ficar bem.

– Certo. – Eu assinto com a cabeça, em transe, e pego um rolo de bandagem. – Certo – repito com mais convicção enquanto faço o curativo.

O tônico deve estar fazendo efeito, porque ele está começando a dormir. Depois de amarrar e fixar a bandagem, coloco as mãos espalmadas sobre a lama. Sua textura fria é agradável sobre minha pele queimada. Minhas mãos estão cobertas pelo sangue de Finnian, então ainda não tenho como avaliar o estrago, não que isso faça diferença. Estou concentrada apenas em respirar fundo várias vezes para acalmar os nervos.

– Obrigada – consigo dizer por fim, levantando a cabeça e encarando o olhar de Cayden. Engulo em seco e me viro para a pessoa que estava segurando os ombros de Finnian. – Obrigada por vocês terem me ajudado. Eu não conseguiria fazer isso sozinha.

– Ah, sim, estou aliviado por seu namorado ter se curado – responde Cayden, secamente.

A ideia de que Finnian e eu pudéssemos estar juntos nesse sentido é ao mesmo tempo risível e repugnante.

– Eu estaria perdida sem a nossa paixão enlouquecida.

Cayden contrai o maxilar.

– Me poupe dos detalhes, princesa.

– Está falando da minha relação escandalosa com o homem que considero meu irmão e que nunca encostou a mão em mim em catorze anos? Sim, esses detalhes são sórdidos. – Cayden limpa a garganta, e o homem que segurou os ombros de Finnian solta uma gargalhada profunda, tão contagiante que me pego rindo junto. – Eu não sabia que demônios podiam ter sentimentos, mas você parece bem incomodado.

– Eu não me importo o suficiente pra estar incomodado.

– Enciumado, então.

Cayden estreita os olhos.

– Elowen, apresento a você meu primeiro-general, Ryder Neredras.

Meus olhos registram as feições dele: pele âmbar escura, olhos bem pretos, cabelo crespo cortado bem rente, zigomas proeminentes e nariz largo. Pelos deuses, todo mundo em Vareveth é assim bonito? Isso é uma exigência de entrada?

Ryder estende a mão para mim e a deixa no ar entre nós. Quando vou cumprimentá-lo, puxo a mão de volta bruscamente, antes de encostar nele.

– Eu cumprimento você quando tiver lavado as mãos.

– Combinado.

– E peço desculpas pela cotovelada na barriga e por quase ter dado um soco no... no seu... enfim, você sabe. – Eu me interrompo, toda envergonhada. Provavelmente esfregaria a nuca ou ficaria mexendo no colar se as minhas mãos não estivessem sujas.

Ele abre um sorriso de novo, e meus lábios imitam os seus.

– Eu sempre admiro um soco bem dado.

– Você nunca se desculpou por ter me dado socos – comenta Cayden com um sorrisinho. – Em mais de um lugar, em mais de uma ocasião.

– Porque você mereceu. – Abro um sorriso inocente.

– Ah, sim, ela é exatamente como você falou – comenta Ryder.

Percebo o olhar fulminante que Cayden lança na direção dele. O general ergue as mãos em rendição enquanto se levanta.

Ansiosa para mudar de assunto e deixar de ficar vermelha como as minhas mãos, pergunto:

– Por que vocês estavam tão perto daqui?

– Estávamos atrás de caça – responde Cayden. – Tomara que outra patrulha tenha tido mais sorte, a não ser que você esteja a fim de comer carne de vextree.

Faço uma careta, e os dois dão uma risadinha. A batalha ao nosso redor acabou, e estão todos se reagrupando. Precisamos sair logo daqui, antes que o cheiro de sangue no ar atraia mais alguém ou alguma coisa.

– Vou lavar as mãos – digo enquanto me afasto. Os dois levantam Finnian no chão e apoiam os braços dele em seus ombros largos. É bom que tenham todos mais ou menos a mesma altura, com Cayden sendo o mais alto e Ryder, o mais baixo, ainda que de pequeno não tenha nada.

Encontro uma parte na lagoa não contaminada pelo sangue de vextree e abaixo para lavar as mãos. A água agrava a dor, mas vai ser ainda pior se eu não limpar as queimaduras. Sinto um par de olhos nas minhas costas o tempo todo, mas não vejo ninguém me espiando quando olho ao redor.

Ailliard se aproxima correndo, me avaliando para se certificar de que estou bem. Escondo as mãos atrás das costas; ele não precisa se preocupar com uma simples irritação de pele.

– Esses são os soldados de Vareveth que nós íamos encontrar?

– O comandante Veles e o primeiro-general Neredras estão levando Finnian até os cavalos. Ainda não vi nenhum dos outros.

– Fico contente que Finnian esteja bem, mas cuidado com as decisões que toma. Você atacou um vextree adulto.

– Eu sei muito bem o que fiz. – E encararia um exército inteiro de vextree caso estivessem com Finnian. – Algum dos guardas se feriu?
– Não mortalmente, mas precisam da sua ajuda.
Fico aliviada em saber que ninguém morreu na emboscada.
– É melhor mandá-los de volta quando eu terminar de atendê-los. Não tem por que prolongar ainda mais a jornada deles.

CAPÍTULO
DEZ

É fim de tarde quando chegamos às ruínas do templo, mas fazer os curativos nos soldados e tomar banho em um rio congelado para tirar a água lamacenta daquele lago do corpo me tomaram mais tempo que o esperado. Jarek, o único guarda de Aestilian ainda conosco, se ofereceu para levar Finnian, que vai ficar *felicíssimo* quando souber. Ele ainda está inconsciente, e não tenho força suficiente para mantê-lo sentado sobre uma montaria em movimento. Ailliard conhece as montanhas tão bem quanto eu, então conduz a cavalgada enquanto Cayden e Ryder se encarregam da minha escolta. Jarek vai voltar para casa amanhã cedo, quando começarmos a viagem para Vareveth.

As ruínas estão do jeitinho como me lembro. São formadas por pilares erguidos para o céu alaranjado, mas o teto desmoronou anos atrás, muito antes de eu nascer. Uma parte ainda existe, criando uma borda irregular no alto do templo. Desço da sela e alongo os músculos doloridos. Cayden vai até Jarek para ajudar Finnian a subir os degraus.

— Ele é levinho — diz Jarek, passando o braço de Finnian sobre seu ombro, e seu tom dá a entender que se trata de uma alfinetada por Cayden e Ryder terem dividido o peso dele entre os dois antes.

Cayden olha Jarek dos pés à cabeça, e não parece nem um pouco impressionado.

— Concordo. — Ele dá um passo à frente e joga Finnian no ombro como se pesasse pouco mais que o ar. Levo a mão enluvada à boca para abafar o riso, mas Ryder me vê e não faz nenhum esforço para esconder o seu, deixando Jarek todo vermelho.

Pego o saco de dormir de Finnian no baú amarrado ao seu cavalo e corro atrás deles, com Jarek em meu encalço. Cayden atravessa o templo, passando por uma fogueira onde vários soldados estão reunidos. Sorrio para todos os que cruzam meu caminho, mas minha maior preocupação é deixar Finnian bem instalado e assinar os papéis do tratado.

– Aqui – diz Cayden, detendo o passo.

Estendo o saco de dormir e espero que ele deite Finnian. Em seguida me agacho e limpo um pouco da poeira do seu rosto. Sua respiração se estabilizou. O aperto no meu peito diminui quando vejo a prova de que seu corpo está se recuperando. Vou trocar o curativo daqui a algumas horas, para o caso de algum resto de veneno ainda vazar do ferimento.

– Obrigado, Jarek. Está dispensado – aviso.

– Majestade. – Ele faz uma mesura e vai procurar Ailliard.

Eu me levanto de novo e pergunto:

– Está surpreso por eu ter cumprido minha palavra?

A cara fechada dele se desmancha, e seus ombros relaxam.

– Eu teria caçado você se não tivesse cumprido.

– Não vou negar que a ideia de você aparecer em Aestilian implorando pelo acordo tem seu apelo. – Bato com um dedo no lábio, e os olhos dele acompanham o movimento. – Talvez eu não devesse ter vindo.

Vejo a malícia em seus olhos quando dá um passo à frente, o que me faz erguer o queixo.

– Minha cara dor de cabeça, lamento informar que eu não imploro nada a ninguém.

A tensão cresce no ar e faz a palma das minhas mãos formigarem, mas eu não desvio o olhar. Me recuso a ser mais uma pessoa que se deixar intimidar por ele.

– Isso é o que nós vamos ver, soldado.

Ele arqueia uma sobrancelha grossa e escura.

– Ah, vamos, princesa?

Alguém pigarreia atrás de nós.

— Peço desculpas pela interrupção. Ailliard está lendo o tratado, então se quiserem me acompanhar até lá ou... — Ryder se interrompe.

A tensão entre nós esfria enquanto seguimos Ryder até o outro lado do templo. Ailliard está sentado diante de uma pedra branca que provavelmente fora parte do teto, e levanta os olhos do documento quando me aproximo, confirmando sua aceitabilidade ao assentir discretamente com a cabeça.

Cayden e eu assumimos seu lugar, e dou uma olhada rápida no texto, surpresa ao ver que as mesmas garantias que ele citou na floresta estão ali, sem alterações ou floreios. Ele age primeiro, girando a pena nos dedos antes de assinar seu nome no pé da página. Sinto meus dedos formigarem quando roçam os seus, mas ponho a culpa nas queimaduras de veneno sob as luvas.

— Acho que está na hora de descobrir se suas intenções são mesmo honrosas.

Assino meu nome sob o seu, e todos ao redor aplaudem quando largo a pena sobre a laje de pedra.

— Pode acreditar em mim, Elowen — ele começa, desviando minha atenção dos demais presentes —, minhas intenções nunca são honrosas.

Cayden se afasta de mim, e Ailliard se aproxima com uma expressão orgulhosa nos olhos.

— Você precisa comer alguma coisa.

— Não trouxe nada pra comer — confesso. Dei tudo o que tinha para Nyrinn e para o orfanato antes de partir.

— Estão assando um cervo. O general Neredras me informou que as outras patrulhas tiveram sucesso na caçada esta manhã. — Eu estava tão preocupada com todo o resto que meu cérebro sequer registrou o cheiro da carne no fogo. Fico com água na boca. — Venha comigo.

Eu me sento entre Ailliard e Jarek num tronco de árvore, e um soldado de Cayden vem me trazer comida, que aceito de bom grado. A carne é dura, mas palatável. O homem parece gentil; me diz que vai separar um pouco para Finnian comer quando acordar.

A coxa de Jarek roça a minha, me provocando um leve sobressalto. Os pelos da minha nuca ficam eriçados quando sinto um par de olhos sobre mim de novo. Meu olhar percorre os soldados ao meu redor, mas estão todos ocupados comendo, ou então conversando entre si. Algumas pessoas olham na minha direção, mas não é nada muito fora do esperado. Eu sabia que atrairia olhares curiosos. Não é todo dia que uma princesa se levanta dos mortos.

– Vou ver como está Finnian – aviso.

– Quer que eu a acompanhe, milady? – pergunta Jarek.

O último lugar em que quero estar é num canto escuro com ele.

– Eu posso ir sozinha, obrigada.

Agachando ao lado de Finnian de novo, desenrolo a bandagem de sua perna e a jogo de canto. O tônico está ajudando, mas ele vai precisar de outra dose antes do novo curativo. Fico em pé, me mantendo no perímetro do templo. As partes caídas do teto espalhadas pelo chão tornam bem fácil se deslocar por aqui sem ninguém ver. Tecnicamente não preciso mais me esconder, mas não estou com paciência para falar com ninguém.

Mal desci um degrau, porém, e já ouço a voz *dele*.

– Saindo de fininho de novo, menina-sombra?

– Ah, deuses. – Levanto a mão para bater na testa de leve enquanto me viro. – Perdão por não avisar você sobre o meu plano de fuga.

Cayden sai da escuridão e encurta a distância entre nós.

– Pode fugir, se quiser. Vai ser uma distração pra mim, pelo menos.

Eu reviro os olhos.

– Preciso de visto de viagem pra buscar as coisas que preciso pra fazer um curativo?

– Vai ser um enorme prazer trabalhar com vocês dois. Pode deixar que eu pego – resmunga Ryder antes de descer os degraus.

Ele deixa um silêncio pesado em seu rastro. Geralmente, eu gosto de silêncio. Detesto conversas forçadas, mas essa energia inquietante entre nós me deixa nervosa. Cada segundo parece um minuto. Quando Ryder volta, a sensação é que se passou uma hora.

– Obrigada. – Pego a bolsa de sua mão e penduro a alça no ombro. Ele assente secamente e estende a mão para o cumprimento que eu tinha prometido. Sinto uma dor horrível quando seus dedos se fecham sobre os meus. Dou um grito e puxo a mão de volta. Seus olhos de obsidiana se arregalam, e as sobrancelhas se juntam. Cayden me vira em sua direção, arrancando uma das minhas luvas e expondo a pele vermelha e cheia de bolhas.

– Você está ferida – ele rosna entredentes, com os olhos esmeralda faiscando.

– São só umas queimaduras. – Tento me afastar, mas sua mão continua firme no meu cotovelo. – Não há com que se preocupar.

– Você é curandeira e não pensou em fazer um curativo nas suas mãos? É por isso que ficou o tempo todo de luvas?

Ele mantém um tom de voz baixo. Ninguém além de Ryder nos ouve, mas sua irritação é evidente. Com a outra mão, ele tira a segunda luva para revelar a pele igualmente maculada.

"Cuidado com as decisões que toma, Elowen." A voz de Ailliard ecoa na minha mente, me deixando ainda mais irritada.

– Eu tive meus motivos.

– Claro – ele ironiza.

– Meus ferimentos não são fatais, e as luvas protegem da sujeira. – Eu me desvencilho do seu toque e dou um passo para trás. De verdade, não quero desperdiçar remédio sabendo que meus ferimentos vão cicatrizar sozinhos com o tempo. Ele ainda está me olhando com a cara fechada. – Para de me olhar assim.

– Assim como?

– Como se estivesse tentando entender como eu penso.

Imaginei que ele fosse dar uma risadinha ou fazer um comentário irônico, mas não é isso o que acontece. O homem me encara por mais um tempo antes de se virar para Ryder e pedir:

– Você pode me trazer a maleta de remédios?

– Eu posso usar os meus próprios remédios se as queimaduras piorarem – digo, detestando o fato de ele saber me decifrar tão bem.

– Não. – Cayden sacode a cabeça. – Eu não devia ter falado com você desse jeito. Além disso, é difícil fazer curativo nas próprias mãos.

Fico me perguntando se ele está falando por experiência própria. Considerando sua posição, é bem provável. A pontada de tristeza no meu peito me impele a me mover, e me sento na extremidade do templo, com os pés pendurados para fora.

Cayden vem se sentar ao meu lado depois que Ryder traz os suprimentos. Está perto de mim, com uma das pernas compridas balançando sobre a beirada e a outra atrás de mim. Estendendo os braços, ele pega meus punhos com cuidado e põe minhas mãos sobre sua coxa. Alguns segundos mais tarde, a água queima minha pele, e respiro fundo, fechando os olhos com força.

– Pelo jeito eu não estou à altura da sua capacidade como curandeira – ele provoca com um tom de leveza.

Solto uma risada forçada.

– É pele em carne viva. Qualquer toque vai doer.

Ele franze ainda mais a testa quando abre uma lata de unguento, mergulha os dedos e pega uma quantidade generosa. Sinto meu punho formigar assim que ele o segura, espalhando o unguento com suaves movimentos circulares. No começo arde, mas, quanto mais ele passa, mais agradável fica. Cayden parece ficar satisfeito ao ver meus ombros relaxarem, acompanhando a minha reação com os olhos.

– Qual é o primeiro passo para o resgate? – pergunto, necessitando de algo para quebrar o silêncio.

– Kallistar.

– A prisão cercada pelo mar em Imirath? – Balanço negativamente a cabeça. – É impenetrável. Dizem que só *uma* pessoa conseguiu fazer isso.

– A improbabilidade é uma muleta usada por quem não tem capacidade de vencer um desafio. – Ele dá um sorrisinho. – Quanto de informação obteve com a espionagem?

– Não o suficiente pra entender do que nós precisamos em Kallistar.

– Da chave da câmara dos dragões.

Meu coração acelera, e me sinto grata por Cayden ter se informado tão bem antes de me encontrar. Minha resposta fica presa na garganta enquanto ele amarra a bandagem e seus olhos duros se concentram nas pequenas cicatrizes rosadas nos meus pulsos, onde as algemas romperam a pele tantos anos atrás. Eu mal me lembro delas, mas me obrigo a desviar o olhar conforme ele começa a trabalhar na outra mão.

— Vamos partir assim que chegarmos em Vareveth.

Eu assinto. Faço qualquer coisa pelos meus dragões, inclusive voltar ao reino que me assombra. Cada passo que dou é apavorante, mas eu não cedo. Tento puxar o braço quando minha mão começa a tremer, mas ele segura com mais força.

— Você pode me fazer um favor? — ele questiona.

— O quê? — pergunto, me sentindo desconfortável.

— Não me tranca dentro de uma cela em Kallistar.

Pisco algumas vezes, surpresa, então jogo cabeça para trás e dou risada. Ele ergue os olhos e fica olhando para mim como se não estivesse entendendo nada, mas no fim um sorrisinho curva seus lábios e aprofunda as covinhas no seu rosto.

— Não garanto nada.

Ele solta um suspiro.

— Por que estou com a sensação de que você vai ser o martírio da minha existência?

— Porque é algo que eu aceito ser de bom grado.

Ele revira os olhos e pega outro rolo de bandagem, mas é tudo encenação.

— Você não parecia nada à vontade antes.

Eu franzo a testa.

— Como assim?

— Na fogueira. — Ele ergue os olhos depois de amarrar o curativo, mas continua distraidamente a fazer movimentos circulares sobre o meu pulso com os dedos calejados, aquecendo a minha pele sob seu toque.

Fico grata pela noite sem luar, porque caso contrário ele veria o meu rosto queimando de tão vermelho. – Você até deu um pulo.

Então eram os olhos dele que senti sobre mim. Por quanto tempo será que ficou me observando? Bem, ele está cuidando da minha proteção, então acho que é importante ficar de olho. Mas eu estava cercada pelos *seus* soldados. Cayden deveria saber que eu estava a salvo.

– É só nervosismo – murmuro.

Não é tão difícil de acreditar, nem totalmente mentira. Não tenho arrependimentos quanto a ter ido embora de Aestilian, mas isso não significa que estou disposta a receber o mundo de braços abertos.

– Certo – ele responde, não parecendo muito convencido. Ele cerra os dentes, e seus olhos assumem o mesmo brilho de interesse de antes de começar a fazer os curativos. Os toques de seu polegar me deixam tensa a ponto de sentir que vou explodir. Ele limpa a garganta e solta minha mão.

– Preciso voltar para o meu posto.

– Certo – me apresso em dizer, ficando em pé num pulo. – Preciso ver como Finnian está... Obrigada de novo por me ajudar com ele, e pelos curativos.

– Sem problemas. – Ele parece totalmente imperturbável.

Eu dou as costas, mas só caminho alguns passos antes de me virar enquanto ele se levanta.

– Quer que eu fique de vigia em algum turno esta noite?

– Não, pode descansar e cuidar de Finnian. – Ele vem andando na minha direção, e agarro minha bolsa com força. – Boa noite, anjo – diz antes de começar a descer os degraus.

– Boa noite, demônio – murmuro para a escuridão, bem depois que ele já se foi.

CAPÍTULO
ONZE

A breve trégua entre Cayden e eu logo se desfez ao longo dos últimos quatro dias. Em meio aos deslocamentos, houve uma troca de alfinetadas incessante, que em geral deixava um de nós vermelho de raiva e o outro sorrindo. Em determinado ponto, eu o persegui com uma faca até Finnian me jogar sobre o ombro e me tirar do local. Não me lembro o que me levou a sacar a faca, mas foi divertido. Catártico. Não que eu pudesse realmente fazer alguma coisa com a lâmina.

Os cidadãos de Vareveth viram nossa comitiva chegando à capital, Verendus, e a notícia deve ter se espalhado depressa, porque já ouço os aplausos e os gritos das pessoas saudando seu comandante e a princesa perdida. Minhas mãos trêmulas amarram a coroa feita com flores roxas em forma de sinos e alguns ramos verdes em que eu vinha trabalhando. Não quero revirar os meus baús em busca da minha coroa, mas também não quero estar sem nenhum adorno na cabeça em minha primeira aparição pós-exílio. Uma entrada em grande estilo não estava nos planos depois de uma semana de viagem.

Finnian me encara, estreitando os olhos.

– Tem certeza de que está à vontade com isso?

– Sim.

Dou a ele a mesma resposta seca das últimas cinco vezes que perguntou. Não estou à vontade, longe disso, mas preciso ficar. A ideia de me ver cercada de gente é ainda mais intimidadora do que eu imaginava. Minha respiração está rasa e acelerada, meu estômago, revirado, e sinto a palma das minhas mãos formigar. Não que eu nunca tenha ficado frente a frente com uma multidão antes – já me dirigi aos cidadãos de Aestilian mais vezes do que sou capaz de contar –, mas a ideia de estar cercada por pessoas que não conheço, que podem muito bem estar lá para me matar, é assustadora.

– Não precisa mentir pra mim. Eu conheço você.

Finnian desencosta da árvore e dá alguns passos na minha direção, mas não estende o braço para me tocar. Ele sabe que isso não vai me acalmar. Não quero ficar parada. Quero continuar andando de um lado para o outro.

– Você já decidiu me perdoar?

– Certo. – Ele levanta as mãos em sinal de rendição. – Eu perdoo você por não me contar que fez um pacto com dois dos homens mais bonitos que já vi na vida. Fora eu, claro. – Minha risada sai resfolegada, quase um arquejo. O comportamento bem-humorado de Finnian, que em geral se mostra sem esforço, agora está tenso. – Mas você podia pelo menos ter limpado a baba do meu rosto.

– Eu estava um pouco mais concentrada em tirar o veneno da sua perna – retruco.

Ele não estava bravo comigo. Ainda bem que não comentei nada sobre Cayden ou Ryder, porque o olhar no rosto de Finnian quando os viu pela primeira vez foi impagável. Precisei empurrar seu queixo para fazê-lo fechar a boca.

– Uma forma nobre de desviar sua atenção. – O sorriso desaparece de seu rosto. – Está pronta?

Engulo em seco, examinando o espaço ao nosso redor. Estamos separados do restante do grupo por uma colina rochosa. Não quero que ninguém me veja assim, mas Finnian não conta. Cayden precisou mandar uma carta para o rei Eagor quando ouvimos a comoção, então estamos fazendo uma parada temporária. Seus olhos escurecidos e seu olhar profundo foram os únicos sinais de sua irritação.

– Uhum.

Depois de alguns poucos passos, sinto como se houvesse uma mão apertando a minha garganta. Minhas palmas começam a transpirar. Cravo as unhas na pele, mas nada é capaz de controlar a ansiedade que se espalha pelo meu corpo e me domina.

– Elowen. – A voz preocupada de Finnian me cerca. Meus dedos se fecham ao redor dos cabos de duas facas enquanto me ajoelho e apoio os punhos na superfície fria das pedras. O suor brota na minha pele, mas estou me sentindo incrivelmente gelada. Arrepios percorrem minha espinha, me fazendo bater os dentes. Minha respiração está irregular, e pontos pretos aparecem no meu campo de visão. Puxo a gola de minhas vestimentas de couro, que de repente parece apertada demais. – Porra, Elowen, olha pra mim, pelos deuses.

Finnian ajoelha ao meu lado, mas não olho para ele; não consigo.

– O que está acontecendo? – A voz de Ailliard se aproxima, seguida do som de folhas sendo esmagadas. Mas mantenho os olhos voltados para as facas para me equilibrar, e respiro fundo para acalmar os nervos.

– Essa porra de desfile! Quem inventa um desfile pra alguém que passou quinze anos escondido? – O tom de Finnian se torna raivoso. Largo uma das facas e estendo a mão para ele, em um pedido silencioso para que fale baixo.

– É pra isso que ela está aqui – sibila Ailliard. – Elowen, seja forte. Você consegue.

– Ela é forte – rosna Finnian. – Ela pode ser forte e ficar ansiosa. Ninguém é de pedra.

– Finnian, está tudo bem – digo com a voz rouca, precisando desesperadamente de água. O formigamento na palma das mãos persiste, junto com a tontura, mas quero encerrar essa discussão antes que saia dos trilhos. – É pra isso *mesmo* que estou aqui.

Resmungo um palavrão e me levanto, limpando o suor da testa. Meu corpo ainda está trêmulo quando saio de trás do morro, com Finnian e Ailliard no meu encalço. Meu tio murmura no meu ouvido que vai dar tudo certo antes de correr para seu cavalo.

– Posso procurar uma entrada alternativa – oferece Finnian, abrindo um cantil para mim.

– Eu preciso fazer isso. – Dou vários goles d'água antes de voltar a falar. – Não quero ter medo de viver.

As folhas estalam atrás de mim, mas não preciso me virar para saber quem é. Cruzo os braços, escondendo as mãos trêmulas, e encaro Cayden, tentando parecer inabalada. Apesar de saber que não vai funcionar. Já percebi que ele quase nunca acredita quando digo que estou bem.

– Mandei uma carta com seus títulos, para Eagor anunciar você como princesa e rainha – afirma Cayden. É o tipo de gesto que me pega desprevenida. – Meus soldados estão se posicionando no perímetro do desfile, e todos os presentes tiveram suas armas temporariamente confiscadas. Ryder e eu vamos escoltar você...

– Eu vou estar do lado dela – interrompe Finnian.

Cayden continua depois que assinto com a cabeça.

– Finnian e eu vamos escoltar você o caminho todo.

Assinto de novo, virando as costas para ele e subindo na montaria. Finnian sai andando depois que me ajeito na sela, mas Cayden fica por perto, parecendo querer dizer algo mais.

– Pois não?

Estamos aprendendo a decifrar um ao outro, e sei que isso causa tanta irritação nele quanto desconcerto em mim. Somos pessoas que não gostam que ninguém escave fundo demais, mas nisso ele encontrou uma rival. Se quer me levar ao limite, eu faço a mesma coisa. Ele põe a língua na parte interna da bochecha e me olha de cima a baixo.

– Ficou boa em você. – Ele aponta com o queixo para a minha coroa de flores antes de dar as costas, me deixando perplexa e irritada.

O trajeto até Verendus é curto, e a multidão em polvorosa logo nos envolve. Os soldados de Cayden estão posicionados pelo caminho, como ele havia prometido. Os cascos da minha montaria batem ruidosamente pela rua de paralelepípedo enquanto exibo meu sorriso falso para os cidadãos. Pétalas de várias cores chovem sobre nós, criando um mar de vermelho, rosa, roxo e amarelo ao nosso redor. É difícil identificar alguma coisa além das pétalas, mas vejo trepadeiras nas paredes de várias construções na rua principal.

Finnian adora a atenção, e seu sorriso parece genuíno. Não fico chocada quando me viro para o outro lado e vejo a cara fechada de Cayden. Ele deve sentir que estou olhando, porque vira a cabeça logo em seguida, e um sorrisinho presunçoso se abre. O cheiro de manteiga, canela e chocolate vem das diversas padarias, me deixando com água na boca. Os doces têm um lugar especial no meu coração – junto com os dragões, as facas, as flores e os livros.

As pétalas se tornam mais esparsas, e diante de mim está um castelo muito mais bonito do que qualquer coisa que a minha mente poderia imaginar. É feito de pedra cinza, no alto de um morro pedregoso que parece uma pequena montanha. Torres cobertas de trepadeiras se erguem bem alto na direção do céu, e um lago de um azul profundo do lado esquerdo se estende até a extremidade da floresta localizada no sopé das montanhas cobertas de neve. Uma cachoeira se despeja no rio ao pé do morro que corta Verendus, e uma ponte de pedra com ornamentos em ouro assinala a entrada principal, que dá para uma grande escadaria com estandartes verdes com árvores bordadas em dourado.

O rei Eagor e a rainha Valia Dasterian descem os degraus e param em um dos patamares para acenar aos cidadãos. Sua aparência é exatamente a esperada para monarcas de sua magnitude: altivos, intocáveis e riquíssimos. Mantos dourados e brancos flutuam atrás deles, e ambos usam coroas de esmeraldas sobre o cabelo loiro. O de Valia é platinado e tem cachos perfeitos, enquanto o de Eagor tem um tom de areia e está penteado para trás, sem nenhum fio fora do lugar.

A multidão silencia quando o rei levanta a mão.

– É com imenso prazer que recebemos Elowen Atarah, a princesa perdida de Imirath. A rainha de Aestilian, uma nação que ela mesma fundou. É uma honra para nós sermos aliados de uma mulher tão resiliente.

A multidão irrompe em aplausos, abafando a voz de Eagor. Eu me viro dos monarcas para os cidadãos, acenando para eles. Finnian leva os dedos aos lábios e emite um assobio agudo que transforma o meu sorriso forçado em algo sincero.

Por mais convidativa que seja a recepção, estou ciente de que as coisas mais bonitas também podem ser as mais perigosas. Pode parecer que estou diante de um roseiral, mas sei muito bem que existem os espinhos, que podem rasgar minha pele caso me aproxime demais, e serpentes que vão morder meus calcanhares caso eu me distraia. Todo mundo sabe como lidar com uma cobra em posição ameaçadora: cortando a cabeça dela.

CAPÍTULO
DOZE

Eagor e Valia voltam ao castelo antes que eu tenha a chance de conhecê-los, mas Cayden me informa que haverá um banquete esta noite. Subimos os degraus íngremes, e minhas pernas estão bambas quando chegamos à entrada. O castelo é encantador... para todo lugar que olho, a sensação é de estar numa floresta mágica. As trepadeiras criam uma cobertura natural sobre uma fonte esculpida no formato da árvore do estandarte dos Dasterian, e janelas que vão do chão ao teto iluminam o ambiente, com a luz do sol dançando no lustre de pedras preciosas.

Uma serviçal me conduz pelos corredores até o alto de uma torre. Passamos por vários cômodos, um mais magnífico que o outro. É estranho pensar que tudo isso seria normal para mim caso tivesse sido criada como deveria em Imirath. Ela tira uma chave do bolso e destranca portas duplas com frisos em ouro.

– Seus aposentos, milady. A sala de banho privativa tem vários tipos de sabão e toalhas, e volto em uma hora para ajudá-la a se arrumar para o banquete, a não ser que precise de minha ajuda pra se lavar.

– Não, obrigada. Nos vemos em uma hora – respondo.

Ela faz uma mesura e afasta um cacho ruivo-escuro do rosto antes de sair.

Solto um pequeno suspiro de susto quando entro. Se eu achava que a entrada era bonita... nem se compara a isso. Três janelas altas posicionadas atrás de uma mesa de jantar esculpida em raízes de árvore se estendem até o teto abobadado, com vista para as montanhas nevadas além do castelo. A sala de visitas tem móveis em tons de creme com bordados florais dourados e madeiras escuras que complementam as paredes e a lareira de pedra.

Entro por uma porta à esquerda, que dá para meu espaço privativo. Lamparinas e vasos com lilases em volta de uma cama de quatro colunas com um dossel esmeralda. O piso de madeira escura é o mesmo da sala de visitas, assim como as pedras nas paredes e na lareira, e vejo que o espaço para sentar diante do fogo é uma versão menor do ambiente principal.

Abro as duas portas de vidro que dão para uma sacada em meia-lua e saio, apoiando as mãos na balaustrada para admirar a floresta e o lago azul e límpido mais abaixo.

– É maravilhoso – murmuro.

– Eu diria que a minha vista é melhor. – Olho para o lado e, para meu incômodo, vejo Cayden sentado em uma cadeira, com os pés sobre uma mesinha de café da manhã. Tenho uma idêntica. Nossas sacadas são exatamente iguais, até as plantas, as colunas cobertas de trepadeiras e os entalhes nas pedras. – Mas adoraria ver mais de perto, pra comprovar minha teoria.

– Quanto mais perto chegar, mais convidativo o salto vai parecer. – Aponto para a queda mortal para enfatizar minhas palavras.

Ele põe as mãos sobre o gradil – elas cobrem quase toda a sua largura – e seu olhar malicioso se volta para mim.

– Só estou tentando fazer com que sejamos bons vizinhos.

– Vizinhos?

Ele se vira para as portas de vidro, e eu faço o mesmo. Abro a porta do meu quarto privativo e dou de cara com Cayden, com uma expressão inacreditavelmente presunçosa, parado do outro lado dos aposentos.

– Vizinhos – ele murmura.

Cayden encurta a distância entre nós e segura a porta antes que eu possa batê-la na sua cara, contornando meu corpo para entrar no quarto.

– Tudo bem, foi *muito* engraçado, mas agora já pode parar com isso.

– É para sua proteção.

Ele cruza os braços e afasta os pés, como se estivesse se preparando para um confronto.

– Você vai me proteger do quê, dos meus pesadelos? – reclamo.

– Não era essa a ideia, mas, se quiser gritar meu nome no meio da noite, fique à vontade.

Ah, deuses, ele me faz querer arrancar os cabelos. É uma fonte inesgotável de insinuações, sorrisinhos e olhares.

– Não sou muito de gritar, e duvido que você seja capaz de mudar isso.

Ele se aproxima mais alguns passos, meu coração disparando toda vez que suas botas batem na madeira, e se inclina para murmurar na minha orelha:

– Isso é o que nós vamos ver, anjo.

Em seguida ele me agracia com sua ausência, e eu bato a porta da minha sala de banho. Ailliard vai detestar esse arranjo. Aqui o piso de madeira é substituído por cerâmica branca, e há uma estante com duas prateleiras de sabonetes e óleos ao lado de uma banheira grande com pés de garra. Abro as torneiras e ponho um pouco de baunilha e lavanda na água. A banheira é tão funda que a água chega até os meus ombros. Passo as mãos no cabelo embaraçado e esfrego cada centímetro do corpo com um sabonete maravilhoso. Quanto mais fico na banheira, mais minhas dores se aliviam, e abro de novo a água quente sempre que sinto frio.

– Majestade?

Uma batida suave na porta me tira do meu estado de relaxamento. Meus dedos devem estar parecendo uvas-passas.

– Já estou saindo!

Me seco rapidamente e visto um robe acetinado cor de marfim. A mesma serviçal ruiva está em pé diante da penteadeira, posicionando vários produtos de cabelo e maquiagem. Ela abre um sorriso e faz um gesto para eu me sentar.

– Qual é o seu nome?

– Hyacinth, milady – ela responde, tímida.

– Prazer em te conhecer. – Sorrio para ela pelo espelho, para tentar aliviar sua ansiedade.

Ficamos em um silêncio confortável enquanto Hyacinth trabalha para fazer parecer que eu tive alguma noite bem dormida nos últimos dias. Ela enrola meu cabelo em uns ferros aquecidos para que seque mais rápido, então começa a delinear meus olhos e lábios cheios antes de adicionar o ruge para finalizar o visual leve e descansado.

– O que gostaria de usar hoje? – pergunta Hyacinth.

– Você acha que meu vestido lavanda seria apropriado pra ocasião? É a mais nova adição ao meu guarda-roupa.

– Sim – ela diz. – Acho que é lindo.

Deslizo o vestido brilhante pelo meu corpo e seguro a parte de cima junto ao peito enquanto Hyacinth amarra as fitas do corpete. Ela passa os dedos pelos meus cachos e finaliza o penteado com a coroa feita por Finnian. Quando me olho no espelho de corpo inteiro, absorvendo cada detalhe, vejo uma versão diferente de mim mesma. Vejo a princesa que não me permitiram ser, e a rainha que meu povo escolheu. Não existe antídoto para o veneno do meu passado a não ser o futuro.

O vestido envolve minha silhueta esguia, e uma fenda sobe pela minha coxa, revelando uma das minhas adagas. O cabo tem uma cabeça de dragão, e há uma ametista entre as asas, perto da lâmina. As mangas-trompete translúcidas se estendem até o chão, e os bordados florais em dourado dão elegância à saia e ao corpete, que amplificam minhas curvas suaves. Calço um par de sapatos de salto enquanto Hyacinth atende às batidas na porta.

– Boa noite, comandante Veles – ela diz.

Irritação e ansiedade borbulham sob a minha pele.

– Inspiração dos meus pesadelos, você voltou. – Solto um suspiro enquanto ajeito minha adaga. – Está aqui pra me escolher?

Não ouço nada além do silêncio.

Quando me viro, vejo seu olhar sério percorrendo meu corpo, o maxilar tão contraído que seus dentes devem estar doendo. Suas maçãs do rosto são tão angulosas que eu poderia afiar uma lâmina ali. Uma túnica de couro preto envolve seus contornos largos, e as fivelas de ouro na parte da frente combinam com os anéis nos dedos compridos. Uma espada está dependurada em sua cintura, e sua aparência como um todo é... *Não.*

Ele pisca algumas vezes e sacode a cabeça como se estivesse saindo de um transe.

– Você disse alguma coisa?

Ele pigarreia para disfarçar, mas a rouquidão em sua voz me faz imaginar... *Não!*

– Perguntei se você veio me escoltar pro banquete.

O olhar acalorado é substituído por uma expressão vazia e indecifrável.

– Para este e para qualquer outro banquete, baile ou jantar. – Ele deve ter notado minha expressão confusa, porque acrescenta: – Você não vai se livrar de mim tão cedo, princesa.

– Você não tem outras coisas pra fazer? Afinal, não é um guarda.

– Acrescentei você às minhas atribuições. – Ele dá um sorrisinho enquanto vai andando na direção da porta do meu quarto. – Agora sou "Cayden Veles, Comandante de Vareveth e Defensor do Martírio de Sua Existência".

Eu me seguro no braço que ele estende para mim e tento ignorar o cheiro de pinho e especiarias que o cerca.

– Então me concedeu oficialmente esse título?

– Ele sempre foi seu, só estava à sua espera.

– É uma grande honra. – Abro um sorriso. – Quase não reconheci você assim, todo civilizado.

– Eu posso tirar a roupa, se isso está deixando você confusa.

Olho feio para ele, que sorri.

Sinto um arrepio na pele, com a ansiedade só crescendo por saber que cada clique dos meus saltos no piso me leva para mais perto do banquete. Ailliard e eu tivemos uma conversa sobre Eagor e Valia antes da chegada a Vareveth. Vou ter que conquistá-los se quiser que a formalização da aliança seja assinada rapidamente. A realeza costuma postergar as coisas só para irritar as pessoas.

Cayden faz uma pausa diante de portas duplas. Estão cobertas de detalhes em verde e dourado, assim como as paredes do salão.

– Está pronta? – ele pergunta.

Ergo o queixo, olhando para as portas, e me viro para ele, cujos olhos já estão cravados em mim.

– Não vou fazer mesuras – afirmo.

– Ótimo. Eu nunca faço – ele responde, erguendo o punho e batendo três vezes na porta antes de se colocar de novo ao meu lado.

– Nunca se curvou pra ninguém?

– Não.

Um bastão golpeia o piso, silenciando as pessoas reunidas do outro lado da porta. Involuntariamente, aperto com mais força o braço de Cayden, mas, se percebeu, ele não fez nenhum comentário.

– Comandante Cayden Veles de Vareveth e sua majestade Elowen Atarah, rainha de Aestilian e princesa de Imirath.

As portas são abertas, e os presentes se levantam para nos receber. Cayden nos conduz adiante, e entramos no covil das víboras.

Parte II

A ALIANÇA

CAPÍTULO
TREZE

Os aplausos cresciam a cada passo que dávamos na sala de banquete. Há várias mesas com arranjos florais intricados distribuídas pelo ambiente, e o corredor no centro leva a uma plataforma elevada. Cayden elegantemente me ajuda a subir os degraus até o rei Eagor e a rainha Valia, que estão à frente do pódio. Seus trajes combinam o verde e dourado característico de Vareveth: Eagor veste uma túnica esmeralda com botões de ouro, e Valia usa um vestido dourado recatado, com mangas bufantes e uma saia igualmente volumosa. Os olhos cinzentos da rainha se voltam para minha adaga, e seu sorriso se contrai em um sinal de desaprovação antes que ela consiga se conter.

– Rei Eagor, rainha Valia, eu lhes apresento a rainha Elowen Atarah – anuncia Cayden.

– É um prazer conhecê-la. – Eagor sorri.

Estendo o braço, esperando um aperto de mão, mas ele beija meus dedos sem tirar os olhos verdes de mim.

– Para mim também. – Abro um sorriso ensaiado. – Seu castelo é lindo.

– Deve ser bom estar num castelo de novo. Imagino que Aestilian não tenha um, certo? – pergunta Valia, com um largo sorriso no rosto.

Minha mão aperta com mais força o braço de Cayden quando sinto a alfinetada sutil. Apesar do tom simpático dela, sei reconhecer um insulto disfarçado quando ouço um. O comandante inclina a cabeça, mas me manifesto antes que ele possa abrir a boca.

– Qualquer casa é um castelo se for o lar de uma rainha.

Dou de ombros, parecendo impassível.

– É verdade – responde Valia. – Espero que goste do banquete que preparamos.

– Com certeza vocês trabalharam muito nas cozinhas do palácio – retruca Cayden, seco, antes de passar pelo casal como se fossem dois estranhos e nos conduzir aos nossos lugares. Ele puxa uma cadeira para mim. – Enfim, tenho alguém melhor pra apresentar a você.

– Isso não é muito difícil – murmura uma voz feminina ao meu lado. A primeira coisa que vejo quando viro a cabeça é um sorriso simpático. Ela estende o braço, e aperto sua mão. – Saskia Neredras. Chefe do setor de inteligência.

– Elowen.

Sei que acabaram de me anunciar, mas prefiro fazer isso eu mesma para alguém com quem vou trabalhar com tanta proximidade. Percebo as semelhanças entre ela e Ryder – os olhos são da mesma cor de obsidiana, mas Saskia parece ser mais calorosa. Talvez seja por conta das maçãs do rosto arredondadas, que sobem quando ela sorri.

– Você é irmã de Ryder?

– Sou, sim. É um prazer finalmente conhecer você. – Ela se inclina para a frente para falar com Cayden, as longas tranças fininhas caindo sobre os ombros. – E é bom ver que você chegou inteiro.

– É bom constatar que não morreu de tédio enquanto Ryder e eu estávamos fora.

– A paz foi uma mudança bem-vinda. – Ela se recosta na cadeira, voltando a me olhar. – Apesar de ter durado pouco.

– Eu ouvi isso – murmura Cayden com a boca no cálice.

Saskia o ignora.

– Espero que Valia não tenha sido muito desagradável.

Olho na direção da rainha, mas meus olhos pousam em Finnian na cadeira ao seu lado. Ela está tagarelando na orelha dele, que me lança um olhar de súplica. Ryder massageia sutilmente as têmporas, como se já estivesse começando a ficar com dor de cabeça.

— Talvez ela melhore com o tempo – comento.

— Não leve para o lado pessoal. Ela tem uma inclinação à inveja – responde Saskia.

Faço uma careta, que encubro dando um gole no meu cálice. O vinho é uma mistura perfeita de doçura e acidez.

— Gostou do vinho, milady? – pergunta Eagor, do outro lado da mesa.

Eu assinto com a cabeça.

— É feito no seu reino?

— Sim. Nós trazemos do norte. – Valia se intromete. – Vocês têm vinho em Aestilian?

Ponho meu cálice na mesa e encaro a mulher que parece achar que somos completamente miseráveis.

— Temos, sim.

Ela leva a mão ao queixo.

— Que interessante.

— Tem alguma taverna lá? – pergunta Eagor, parecendo mesmo interessado. Lanço um olhar para Ailliard, que assente de forma sutil. Nunca estive numa corte antes, e é bom contar com a opinião de quem tem experiência.

— A taverna é uma das maiores construções da nossa rua principal. Os taverneiros produzem tudo na casa. A cidra forte de outono deles é minha favorita.

É uma cidra de maçã com canela que te aquece de dentro para fora. Vou à taverna quase todo dia no outono para tomar um gole. Para ser sincera, bebida alcoólica é a única coisa que temos em abundância, mas o álcool nunca cai bem num estômago vazio.

— Me parece um lugar bem estabelecido. – Eagor passa a mão na barba loira por fazer. Parece impressionado. Um pequeno fio de esperança laça meu coração; talvez conseguir a assinatura do tratado não seja tão difícil assim.

Valia dá uma risadinha no momento em que serviçais com bandejas de ouro entram no salão.

— É difícil imaginar um reino bem estabelecido que nunca vi.

Uma discussão na primeira noite não é exatamente o tipo de impressão que quero causar. Todos à mesa percebem o que está por trás do comentário.

– Eu constatei por experiência própria que a leitura expande a imaginação. Talvez devesse tentar algum dia. Ficaria feliz em fazer uma lista de recomendações quando você tiver um tempinho livre – respondo.

Os ombros dela ficam ligeiramente rígidos.

– Quanta gentileza sua.

Retribuo o sorrisinho falso antes de dar mais um gole de vinho e me recostar na cadeira. Quando bem utilizadas, as palavras têm o poder de ferir de forma mais dolorosa e precisa que qualquer espada.

– Se saiu bem, princesa – diz Cayden.

Os serviçais começam a encher nossos pratos de comida: frango com molho, purê de batatas, legumes frescos e pães com uma camada gloriosa de manteiga. É o tipo de refeição com que sonho nos dias em que tudo que tenho para comer é uma maçã. O último mês do inverno é sempre o mais difícil, principalmente se as nevascas duram mais tempo que o normal. A essa altura, a neve fica tão alta que as patrulhas não podem sair para incursões e caçadas, então precisamos fazer os alimentos disponíveis durarem o máximo possível.

Mergulho o frango no purê antes de levar o garfo à boca, e seguro um gemido quando o molho começa a dançar pelas minhas papilas gustativas. *Isso* é comida de verdade.

– Eu daria um beijo em quem preparou isso se estivesse aqui.

– Você tem uma quedinha por cozinheiros? Devo começar a usar um avental por cima da armadura? – pergunta Cayden.

– Eu só aceito se for um avental rosa cheio de babados.

– Você tem minha palavra.

– Quanto tempo antes de colocarmos a mão na massa? – pergunto para o comandante e Saskia, com um tom de voz baixo. Olho para o outro lado da mesa e vejo com alívio que Finnian e Ryder agora conversam sem a intromissão de Valia.

– Como assim? – pergunta Saskia antes de dar uma mordida em seu pão.

– A formalização da aliança não está assinada, então não sei se é melhor esperar.

Cayden me contou que Saskia e Ryder acham que estou aqui para trabalhar com ele nos preparativos para a guerra, apesar da intenção de Eagor de me manter no perímetro do castelo. Mas não tenho certeza de que foram informados a respeito do resgate.

Ela faz um gesto com a mão para amenizar minha preocupação.

– Os papéis vão ser assinados quando chegar a hora. Eu não sou muito fã de ficar esperando os outros fazerem seu trabalho, então só me preocupo com o meu. Eles que corram atrás.

Ah, eu *realmente* gosto dela.

– Os conselheiros demoram a vida inteira e mais um pouco – murmura Cayden.

– Você não é muito fã das autoridades? – provoco.

– Eu sou fã de *desafiar* as autoridades.

– Está fazendo uma apresentação e tanto de Vareveth, Cayden – resmunga Saskia.

– Estou fazendo uma apresentação honesta.

– Você é um comandante. *Você* é o símbolo de autoridade aqui – lembro a ele.

– Em nenhum momento eu disse que não gosto de ter autoridade. Só falei que não gosto que ninguém tenha autoridade sobre mim. – Ele dá um gole no vinho. – Enquanto estiver aqui, vai ter a possibilidade de treinar com o exército. Eu gostaria de trabalhar o seu jogo de pés.

Estreito os olhos para ele.

– Meu jogo de pés?

– Tem alguém encrencado aqui – cantarola Saskia, escondendo a boca com o cálice.

Espero os serviçais limparem a mesa e colocarem um bolo de morango com creme diante de nós antes de responder. Estou convicta de que este lugar é uma utopia alimentar. Um pedaço de bolo aqui parece a coisa mais trivial do mundo. Acessível a tanta gente que ninguém fala nada a respeito, mas vejo meus sentimentos refletidos nos olhos de Finnian. Para nós, é como um dia ensolarado após meses de chuva. Quando desço do meu paraíso com sabor de morango, lembro que estou irritada com Cayden.

– Se lembra de quando encostei uma faca no seu pescoço?

– Na verdade, me lembro disso com bastante frequência, mas fique à vontade se quiser refrescar minha memória.

Ele lambe um pouco de creme do dedo indicador, e eu me forço a olhar para o outro lado.

– Eu vou trabalhar o meu jogo de pés quando você fizer o mesmo com a sua personalidade. – Meu tom de voz é gentil, apesar das palavras venenosas. – Por que você está sorrindo pra mim?

– Todo mundo aqui no reino tem medo de mim, mas você não perde uma chance de me insultar. Acho isso uma coisa cativante. – Ele olha bem para o meu rosto. – Fico mais e mais intrigado a cada segundo que passo na sua presença.

– Seu jeito de pensar é bem perturbador. – As covinhas do rosto dele ficam mais profundas. Viro mais meu corpo para Saskia. – Decidi ignorar você a partir de agora.

– Quanta maturidade – comenta Cayden.

– Eu respeito essa decisão – diz Saskia, incapaz de conter o riso. É um som suave, cheio de alegria e divertimento, e me pego rindo com ela.

– Você conhece alguma modista na cidade? – pergunto enquanto observo seu vestido, com a saia roxa-escura solta nos quadris e um corpete dourado metálico na parte de cima. Fica lindo nela. Não sei se vou conseguir me virar com as roupas que trouxe no meu baú por muito tempo.

– Várias. – Ela sorri, mordendo um pedaço de morango. – Posso levá-la amanhã.

– Só se não for muito incômodo.

Ela revira os olhos num gesto exagerado, e o canto de sua boca se curva num meio-sorriso.

– Nos últimos anos eu só tenho convivido com Cayden e Ryder. Eu adoraria ir às compras com você.

CAPÍTULO
CATORZE

— Não acredito que você trouxe seus livros – comenta Finnian com um uma voz preguiçosa, deitado em um dos sofás ao lado da minha lareira.

– As palavras são o alimento da minha alma – respondo depois de passar batom. Os cachos que Hyacinth fez ontem agora caem em ondas naturais pelas minhas costas. Preciso aprender como usar aqueles apetrechos.

Ele se apoia sobre os cotovelos e me encara, todo sério.

– Romances obscenos são o alimento da sua alma?

Jogo um travesseiro da minha cama na sua direção.

– Não julga o meu gosto, não.

Sua risada é abafada quando o travesseiro o atinge na cara. Ele nem se dá ao trabalho de se mover, continua espalhado sob sua maciez. Hoje é um dia de sol, então posso me virar com o vestido azul-claro do mesmo modelo do que usei na noite passada e amarrar um manto branco com detalhes em renda sobre os ombros.

Finnian fica em pé, ajeitando a camisa vermelha e o colete de couro marrom antes de pegar seu arco e aljava e me acompanhar. Dou o braço para ele quando nos aproximamos da frente do castelo, onde vamos nos encontrar com Saskia. Finnian também precisa de roupas novas, e eu não iria querer explorar um novo reino sem ele. Passamos por vários cômodos luxuosos enquanto atravessamos os igualmente exuberantes corredores e chegamos ao último degrau da entrada, onde as vozes lá de fora começam a nos alcançar.

– Você odeia comprar vestidos – comenta Saskia.

– Eu *adoro* – retruca Cayden.

Ele deixou as portas que conectam nossos quartos privativos abertas ontem à noite, mas não o vi durante a manhã. O único sinal de vida que encontrei foi uma xícara de café pela metade em sua mesa quando espiei seu quarto extremamente impessoal. Havia sempre dois guardas na entrada dos aposentos, então não é como se ele tivesse me deixado indefesa; além disso, sempre durmo com uma faca debaixo do travesseiro.

– Não. Você e Ryder adoram beber enquanto eu compro vestidos.

– Espera aí, então não vamos pra taverna? – pergunta Ryder, entrando na conversa com um tom de voz confuso.

– Eu contei ontem à noite quais eram os planos – afirma Cayden com uma voz que me faz acreditar que está apertando a ponte do nariz entre os dedos.

– Pensei que fosse brincadeira – resmunga Ryder. – Por que vamos desperdiçar nosso dia fazendo isso?

– Acho que sei o motivo – cantarola Saskia.

– Elowen! – Cayden interrompe a conversa e se desvia de Saskia quando Finnian e eu saímos do castelo.

Saskia se inclina para a frente, com o vestido cor de marfim esvoaçando ao redor dos tornozelos, e murmura algo para Ryder que faz os dois rirem antes de seguirem o comandante com passos lentos. Ele olha feio para eles por cima do ombro e para diante de mim.

– Saskia Neredras – diz, estendendo a mão para Finnian.

– Finnian Eira – ele responde, sua mão sardenta apertando a dela.

– Você vai conosco fazer compras?

Arqueio uma sobrancelha para Cayden.

– Eu sou da sua guarda.

Levo as mãos ao peito e arregalo os olhos.

– Os tecidos vão me morder?

— Se morderem, prometo arrancá-los do seu corpo na mesma hora. Você não pode se machucar sob a minha vigilância.

Ele me segura pelos ombros e nos conduz em direção à ponte.

Reviro os olhos, apesar de ele não conseguir ver. A cachoeira fica maravilhosa sob a luz do sol, e vejo uma ponte que se eleva sobre o topo da queda d'água. Desvio o olhar das poucas gôndolas na superfície do lago quando Verendus surge à minha frente. É bem mais fácil reparar nos detalhes agora que as pétalas de flores não estão mais voando pelo ar e as ruas não estão ocupadas por uma multidão.

As lojas na rua principal são uma mistura de construções de pedra cinza e madeira escura; algumas têm trepadeiras subindo pela fachada e as laterais, mas as venezianas e as placas são cada uma de uma cor. Os cavalos passam trotando pelo calçamento de pedra, as pessoas andam de loja em loja levando cestos nos braços, e outras empurram carrinhos de mão com frutas frescas e tecidos delicados. Vestidos e espadas brilham sob a luz do sol nas vitrines de seus respectivos estabelecimentos comerciais. Passamos por perfumarias, boticas, floriculturas e tavernas. Há árvores-choronas por toda a cidade, com os troncos cobertos do mesmo musgo que envolve algumas das pedras do chão.

É impressionante. O grupo conversa sem parar ao meu redor, mas estou concentrada em cada detalhe, por menor que seja. Nunca pensei que fosse andar por uma rua fora de Aestilian, onde as pessoas pudessem sorrir para mim, sabendo exatamente quem eu sou. Escondi isso por tanto tempo que às vezes não me sinto eu mesma. Em vez de ser um fantasma, posso ser uma pessoa. Todos vão saber meu nome e se lembrar do meu rosto quando sair de uma taverna ou uma loja. Sempre quis meus dragões de volta, mas nunca percebi o quanto desejava uma oportunidade de existir neste mundo.

O cheiro de baunilha, maçã e canela atrai meu olhar e me faz deter o passo. Alguém tromba em mim por trás, e só percebo que é Cayden quando seus braços cobertos de couro se fecham sobre meu corpo. Saio do abraço dele como se seu toque me queimasse – e a impressão é bem essa. Ainda sinto seu corpo me pressionando, apesar do espaço entre nós. Sou incapaz de olhá-lo nos olhos, apesar de senti-los sobre mim.

– Algum problema? – pergunta Finnian, esquadrinhando os arredores com os olhos, mas então um sorriso malicioso surge no seu rosto. – Ela quer ir à padaria.

– Essa é das boas! – exclama Saskia e me pega pelo braço, praticamente me arrastando para uma porta com batentes cor-de-rosa e uma placa no formato de um limão, que casa bem com o nome: PADARIA GOTA DE LIMÃO.

É um estabelecimento pequeno, espremido entre duas lojas maiores. Nossa padaria em Aestilian é ainda menor, e geralmente só faz pão. Não há nada muito extravagante, considerando a quantidade de ingredientes necessária para fazer um simples bolo. Respiro fundo o cheiro doce do local enquanto Saskia e eu percorremos o balcão com pilhas de pães de mel, tortas de fruta, biscoitos de limão, geleias em potes com tampa de tecido rosa e laços amarelos, pães doces, bolinhos e várias outras coisas. Bolos com mais camadas do que eu imaginava possível são expostos como objetos de desejo, e cestos de vime cheios de pães estão alinhados junto à parede, alguns até com pedaços de chocolate.

Um homem mais velho com farinha no rosto aparece de trás de uma cortina que deve levar à cozinha.

– Ah! – ele exclama. – Eu não ouvi a campainha. Em que posso ajudar?

Finnian, Saskia e Ryder se aproximam do balcão para falar sobre as opções disponíveis. Saskia não é baixinha, mas no meio dos dois parece ser. Eu me viro e vejo Cayden recostado à parede, com uma das mãos preguiçosamente pousada no cabo da espada e a outra no bolso da calça preta. A camisa branca sob seu casaco é bem aberta na gola, e os cordões desamarrados produzem o mesmo efeito despreocupadamente atrativo de seu cabelo.

Vou até ele mesmo sabendo que não deveria, me esgueirando entre as mesas com toalhas de renda e margaridas no centro, e seus olhos me acompanham o caminho todo.

– Não é fã de confeitaria?

Ele dá de ombros.

– Acho que não.

– Talvez devesse ter ganhado mais bolos de aniversário quando criança.

– Talvez – ele repete, com os lábios se curvando numa expressão que não é bem um sorriso antes de voltar à neutralidade. Mas eu vi seu olhar distante, um que conheço bem. Quem já sofreu e carrega um fardo pela vida tem uma linguagem própria que só quem sentiu isso na pele pode entender.

– Podemos dividir um dos meus preferidos, se quiser.

Seus olhos se voltam para mim, e me sinto absurdamente idiota por oferecer algo tão infantil. Mas um meio-sorriso se forma no rosto dele quando se afasta da parede, e eu inclino a cabeça para observá-lo.

– Você está sendo legal comigo, é isso?

Está na cara que estar no meio de tanta gente é incômodo para Cayden e, se não fosse por mim, duvido que saísse para fazer compras pelas ruas do reino. Engulo em seco enquanto observo a cicatriz entalhada em sua bochecha e as que aparecem sob a gola da camisa.

– Eu sei como é estar cercada de gente, mas me sentir deslocada.

Alguns segundos se passam, mas parecem horas. Sou covarde demais para continuar o encarando, mas um peso se esvai do meu peito quando sinto a mão dele nas minhas costas para me acompanhar até o balcão, onde Ryder tem as mãos ocupadas com tortas de creme de baunilha.

– O que a princesa quiser – diz Cayden quando o padeiro olha em sua direção.

– Uma torta de maçã, por favor.

Ele pisca os olhos arregalados ao olhar para nós dois e se apressa em limpar a farinha das mãos no avental, fazendo uma mesura.

– É uma honra pra mim, alteza. Peço desculpas por não a reconhecer imediatamente.

– Tudo bem. – Abro um sorriso para acalmar seus nervos. – Eu só cheguei ontem.

Ele se põe a trabalhar, pegando uma torta numa bandeja e a cortando ao meio antes de embrulhar em uma toalhinha branca. Vasculho meu bolso para pegar algumas moedas quando uma mão grande e calejada me envolve pela cintura, e Cayden coloca sobre o balcão bem mais que o necessário para pagar a conta.

– Vou levar aquela flor também – ele anuncia, apontando com o queixo para um vaso de íris. Ele coloca um ramo atrás da minha orelha quando o padeiro entrega a planta. – Combina com o seu vestido.

– Obrigada. – Minha voz sai como pouco mais que um murmúrio, sem esconder o meu choque.

O ar fresco traz uma sensação maravilhosa nas minhas bochechas quentes depois que saímos. Finnian sorri enquanto come seu pão de mel ao ver as pétalas de cor vibrante no meu cabelo, mas Cayden permanece inabalável ao entregar a minha metade da torta. Eu o observo com o canto do olho quando ele morde.

– E então? – pergunto.

– Vou lhe dar um novo título. Martírio de Minha Existência. – Ele lambe os lábios e bate com o dedo da mão livre no queixo, com ares contemplativos. – E Conselheira para Assuntos de Confeitaria.

– Gostou?

Um sorriso se abre no meu rosto, e o alívio no meu tom de voz é mais do que nítido.

Os cantos dos lábios dele se curvam para cima.

– Gostei.

CAPÍTULO
QUINZE

Fazer compras com Saskia é como um sonho febril. Finnian escolheu alguns tecidos de que gostou na primeira hora desde que chegamos, mas não vou poder me safar assim tão facilmente, e por mim tudo bem. Saskia tem um olhar afiado para a moda, e encomendou para mim alguns trajes novos de inverno.

– Prometo que é o último vestido – ela diz com um sorriso empolgado enquanto segura uma amostra de tecido.

– Você disse isso para os últimos cinco vestidos. – O tom irritado de Ryder vem da frente da loja, onde ele e os outros estão sentados nos sofás.

– Pode ir embora, se quiser. Eu até prefiro. – Ela põe uma mão na cintura, apontando com a outra para uma arara de roupas, como se Ryder fosse se materializar a qualquer momento por trás do tule. – Você vai ficar quase o tempo todo de blusa de frio quando chegar à fronteira, mas vai precisar dos vestidos para as reuniões políticas e os jantares. Podemos encomendar trajes de baile conforme houver necessidade.

– Fronteira? – pergunto.

– É onde nós três passamos a maior parte do tempo. Você vai pra lá em breve também. – Ela silencia minha pergunta seguinte mostrando o tecido cor de champanhe que tem nas mãos. – Este ficaria bem em você.

Passo a mão no tecido, abaixando-o para ver o rosto dela de novo.

– Que tal eu pagar pelo que já escolhermos e levar esses três chatos pra taverna?

– Sim! – gritam Finnian e Ryder em uníssono, mas a voz de Cayden não se junta ao coro.

– O que aconteceu com a ideia de solidariedade? – questiona Ryder com uma voz sussurrada.

– Eu não sabia que já tinham uma resposta ensaiada – retruca Cayden.

– Então você *quer* ir pra taverna – responde Ryder.

– Claro que eu quero, porra. – A tentativa de sussurro de Cayden fracassa.

– Como é bom ter uma mulher por perto. – Saskia suspira enquanto passa um braço pelos meus ombros e me leva até o balcão para eu acertar minha conta, mas Cayden já está lá, assinando seu nome num papel.

– O que você está fazendo?

– Assinando uma ordem pra que todos os inocentes sejam assassinados esta noite – ele responde sem erguer os olhos.

Dou um passo à frente e empalideço ao ver o número no pé do recibo; talvez eu tenha me empolgado demais.

– Você não pode pagar isso.

– Vai precisar gastar mais que isso se quiser me deixar preocupado, anjo. – Ele entrega a nota para a dona da loja e se dirige a ela: – Por favor, inclua vestidos feitos com os tecidos que a princesa Elowen disse que eram *exagerados demais* nas silhuetas que escolheu, com mantos, sapatos e luvas combinando.

Ele se vira enquanto ainda estou boquiaberta, e Saskia me puxa para a frente. Ryder e Finnian já estão saindo da loja quando consigo me orientar de novo.

– Não adianta discutir – afirma Saskia. – Quando ele põe uma coisa na cabeça, ninguém consegue tirar.

– Eu não quero a caridade de ninguém.

– Ele parece ser alguém caridoso pra você? – Ela ri. – Se está pagando, é porque quer.

Engulo meu orgulho quando entramos no Troll Travado e o barulho invade meus sentidos de imediato. É ensurdecedor, com a mistura de bêbados escandalosos e os ruídos habituais de uma taverna.

– Leve as moças até uma mesa enquanto Finnian e eu pedimos as bebidas! – grita Ryder acima do barulho.

Saskia mantém a mão entrelaçada à minha enquanto eu seguro o braço de Cayden. Acho que o fato de ele ser mais alto que a maioria dos homens tem suas vantagens. Os lampiões de cobre pendurados no teto são altos o suficiente para ninguém bater a cabeça, mas estão numa altura boa para iluminar o mar de mesas de várias alturas e tamanhos. Diversos clientes estão envolvidos ou assistindo a jogos de cartas, ou fazendo apostas em corridas de cavalo e lutas, mas o que mais me agrada são as danças do outro lado da taverna, com casais se abraçando, balançando e saltando ao som animado de uma música tocada por rabecas, tambores e flautas. Há um andar de cima, mas Cayden nos conduz a uma mesa em um canto com paredes de pedra emolduradas com madeira escura. Quando passamos, as pessoas lançam sorrisos e fazem mesuras para ele e Saskia.

– Não acredito. – Inclino a cabeça para Cayden poder me ouvir enquanto tiro o manto. – Tem gente aqui que realmente gosta de você.

– Muito engraçado. – Cayden tira o casaco de couro antes de se acomodar na cadeira ao lado da minha. – Pensei a mesma coisa quando a vi se despedir dos seus guardas.

– Você tem um talento natural pra me irritar.

Ele arregaça as mangas, expondo os músculos e as cicatrizes dos antebraços.

– É por isso que guardo as minhas piores qualidades pra você.

– E por acaso você tem boas qualidades?

Ele dá um sorrisinho e responde:

– Um dia você vai ver.

Finnian e Ryder voltam para a mesa com uma bandeja carregada com vinte copinhos de uísque.

– Pedimos outras bebidas, que vão ser servidas na mesa, mas enquanto isso... – Finnian faz um gesto com as mãos sobre a bandeja e se senta do meu outro lado.

— Vocês não têm condições de avaliar quantas doses pedir — murmura Saskia, olhando para a bandeja como se fosse um ser assustador, mas pega uma dose, como todos nós.

— Acho que precisamos fazer um brinde — sugere Finnian, levantando seu copinho no ar. Ele me cutuca com o cotovelo. — Me ajuda aqui.

Tento encontrar as palavras com quatro pares de olhos concentrados em mim.

— Por termos um inimigo em comum?

— É justo — reconhece Ryder. — Um brinde a isso.

— Por querermos matar as mesmas pessoas, e não uns aos outros! — celebra Finnian, enquanto batemos os copos e viramos o uísque.

Somos um grupo todo fodido mesmo.

E acho que gosto disso.

Continuamos bebendo até finalizarmos as doses. Bato o meu quarto copinho vazio na mesa, me sentindo deliciosamente alegre.

— Essa é a minha garota! — Um sorriso largo surge no rosto de Finnian quando ele vê as minhas bochechas avermelhadas.

O álcool sobe facilmente à minha cabeça. Sou fraca para beber, e ele se diverte com isso. Virar quatro doses seguidas provavelmente não foi uma boa decisão, mas as decisões erradas muitas vezes produzem as melhores lembranças.

Levo a mão em concha para a boca e me inclino para falar no seu ouvido.

— Devíamos pedir mais.

Ele dá uma risadinha.

— Primeiro a cidra.

— E se eu beber um gole de cidra depois de cada dose?

— Eu não posso incentivar suas péssimas ideias na frente de gente que não conhecemos direito. Guarda essa pra mais tarde.

A julgar pelas risadinhas, todos estão escutando o que dizemos... talvez nossa conversa não seja tão discreta como eu pensei.

— Suas bebidas — anuncia um empregado da taverna, colocando os copos na mesa e dando uma boa olhada em Finnian. Eu o cutuco com a perna, e ele faz o mesmo comigo. Finnian olha para o rapaz enquanto dá um gole em seu copo. O rosto bronzeado do empregado da taverna fica vermelho. – Se precisarem de mais alguma coisa, é só avisar – ele murmura antes de voltar para trás do balcão.

– Eu adoro bolhas – comenta Saskia, olhando para o copo de cidra diante de si.

– São como amiguinhas dentro da sua bebida – digo com um suspiro.

– Exatamente! – Ela bate as mãos, fazendo Ryder ter um sobressalto e Cayden dar outra risadinha. – Quando volta pra fronteira, Cayden?

– É, normalmente você já estaria lá. O que será que tem de diferente desta vez? – Ryder se recosta na cadeira, apoiando uma perna sobre a outra enquanto pega seu copo e dá um gole.

– Em breve – responde Cayden, secamente.

– Quando eu posso ir? – pergunto.

– Quando eu tiver a garantia de que é seguro – ele responde.

Cayden parece estar de mau humor, então resolvo não insistir. Ele sabe muito bem que consigo me cuidar sozinha, e prefiro não correr de peito aberto para cima do exército de Imirath sem estar preparada. Os outros três engrenaram uma conversa e... ah, deuses! E se um deles contar para Finnian sobre o resgate antes de mim? Esqueci de perguntar para Cayden se já estão sabendo. Meu cérebro está enevoado demais para processar todo o estrago que isso pode causar. Mordo o lábio, e minhas mãos apertam o copo gelado com mais força. A sensação provocada pelo frio ajuda a manter os nervos sob controle.

Cayden abaixa a mão e puxa minha cadeira para mais perto da sua antes de passar o braço pelo encosto.

– Qual é o problema?

Talvez seja o álcool soltando a minha língua, porque me pego me aproximando do seu ouvido, perto o suficiente para nossas coxas se tocarem.

– Eles sabem... – Não sei exatamente como falar do resgate em público, numa taverna. – Eles sabem o que estamos planejando?

127

Afasto meu rosto para poder observá-lo. Ele demora um instante para registrar minhas palavras, mas sacode sutilmente a cabeça numa resposta negativa. O alívio me inunda como uma barragem rompida.

A música muda de repente.

Finnian fica em pé e faz uma mesura, estendendo a mão para mim.

— Está me devendo uma dança, milady.

— Nós conversamos mais tarde — diz Cayden no meu ouvido.

Dou a mão para Finnian, o que é a única coisa a me estabilizar enquanto vamos às pressas para a pista de dança. O álcool no meu corpo me domina com mais uma onda de vertigem. Ele está a poucos passos na minha frente, com as mãos às costas. A primeira nota ressoa no ar; é uma batida forte de tambor, e Finnian se curva até a cintura, estendendo a mão outra vez. Vem a segunda nota, e eu faço uma mesura. Na terceira, seguro a mão de Finnian, giro sob seu braço, e ele me enlaça pela cintura. Nós nos juntamos à movimentação dos dançarinos.

— Ele não tira os olhos de você — grita Finnian por cima da música.

Não é preciso citar o nome de Cayden. Só pode ser ele. Como deixamos a conversa pela metade, talvez esteja me olhando por imaginar que estou contando tudo para Finnian agora mesmo.

— Ele está garantindo minha segurança. É o trabalho dele — argumento.

Finnian solta um risinho de deboche, me girando e retomando os passos da dança.

— Ele não abriu a boca pra reclamar durante as compras. Parecia querer enfiar a cabeça na parede, mas não disse nada.

Nós cambaleamos de leve, mas isso só aumenta a alegria borbulhando no meu peito, por uma mistura da música, da dança e da cidra. Um sorriso se abre no meu rosto quando Finnian me levanta junto com a batida dos tambores. Ele me coloca de volta no chão, e seguimos os demais passos da melhor maneira que nossos pés embriagados permitem.

— Para de inventar intrigas! — Eu dou risada. — Nós somos aliados, e eu já falei pro Ailliard que não vai acontecer nada.

— Eu sei como os homens são, querida. — Não estou gostando da mudança de tom na voz dele. — Quando esta dança terminar, vai até o balcão. Dou cinco minutos pra ele aparecer lá também.

— Você está sendo ridículo, Finnian. Isso não prova nada — digo quando damos os últimos passos.

— Se não prova nada, então vai. Você não tem *nada* a perder. — Nós paramos de dançar, e algumas pessoas na taverna aplaudem e pedem outras músicas. — Ficarei de olho em você o tempo todo. Vou ficar pra próxima dança.

Ele dá um passo atrás e encontra um homem com cabelo loiro comprido com quem dançar.

Reviro os olhos e seguro o vestido para não tropeçar na bainha nem arrastar a saia em nenhuma sujeira enquanto vou até o balcão. Meus olhos localizam uma abertura, e me coloco ali, apoiando os cotovelos na superfície de madeira enquanto olho para os diferentes barris de vinho, cidra e cerveja do outro lado.

— Veja só que belezura — diz uma voz áspera ao meu lado.

Estava tão preocupada em ler os nomes nos barris para saber de onde vinham as bebidas que não percebi que alguém tinha se aproximado. Um homem de armadura preta se aproxima. Sua barba preta está cortada rente, e seus olhos escuros se cravam em mim.

Não dou nenhuma resposta, mas isso não o impede de invadir ainda mais o meu espaço pessoal, estendendo a mão para o meu braço. Estou prestes a afastá-lo quando alguém põe os braços ao meu lado, segurando o punho do homem contra o balcão.

— Então, a que horas vai querer ir embora? — pergunta Cayden calmamente no meu ouvido, como se não estivesse fazendo o outro homem se contorcer de dor sob o aperto da sua mão. Eu me viro entre seus braços e me apoio no balcão para olhá-lo. Seu tom de voz pode ser tranquilo, mas ele não está nem um pouco calmo. O olhar gelado está cravado no rosto do outro homem, e sinto que está tentando memorizá-lo. — Vou presumir que você não viu quando ela veio cambaleando até aqui — diz Cayden antes de voltar sua atenção penetrante para mim. – O que ele disse pra você? Percebi que ficou tensa.

– Ele disse que sou bonita.

– Subestimou você, então – ele murmura.

Minha respiração entala na garganta, mas ele não consegue ouvir, por conta do ruído na taverna ou de seu temperamento furioso.

– C-comandante – queixa-se o homem.

– Fora – ordena Cayden, empurrando-o com força suficiente para fazê-lo perder o equilíbrio.

O homem se levanta às pressas, escorregando nas bebidas derramadas, e se afasta rapidamente.

Meus olhos se voltam para Finnian, que abre um dos maiores sorrisos que já vi. Acho que não fiquei ali nem por dois minutos antes de Cayden aparecer.

– Então eu não tenho permissão pra conversar com homens enquanto estou aqui?

Provocá-lo é uma tentação forte demais.

– Eu sou um homem. Fala comigo.

– Eu ia dar um tapa nele antes de você aparecer e fazer seu showzinho – respondo, me balançando entre seus braços.

O gelo nos olhos dele derrete, e ele segue meus movimentos.

– Você teria conseguido pelo menos acertar o tapa?

– Quer que eu prove, demônio?

Seu sorriso desapareceu, e sei que estou num território perigoso porque o único pensamento que passa pela minha cabeça embriagada é o quanto ele está bonito.

– Estou me sentindo cavalheiro hoje. Vou dar a você a primeira chance.

– Você não é um cavalheiro. É um homem insuportável – digo, mais para mim mesma, para lembrar quem somos. Nossas metas são mais importantes que caprichos de bebedeira.

– Insuportável? – Ele arqueia uma sobrancelha, arrastando a mão pelo balcão para se aproximar mais do meu rosto. – Já parou pra pensar por que gosta tanto de me suportar? Isso é preocupante, El.

– Não me chama assim. Faz parecer que nós somos amigos. Suas covinhas ficam mais evidentes.

– Acho que estamos virando *grandes* amigos.

– Você está delirando – retruco, resfolegada, me segurando para não sorrir.

– Ah, é?

Estou abrindo a boca para dar outra resposta quando uma bebida gelada escorre pela frente do meu vestido. O olhar furioso de Cayden se volta para o responsável.

O homem olha para Cayden e depois para mim.

– Me desculpa. Eu perdi o equilíbrio.

– Calma. Não é nada que um banho não resolva. – Seguro a mão estendida de Cayden e a puxo de volta, ignorando seu peso sobre a minha, e lentamente o afasto do balcão. Sua camisa fina de algodão me permite sentir o contorno bem definido de seus músculos. – As pessoas vão pensar que somos mais que aliados se continuarmos a agir assim.

– Que pensem o que quiserem. Nós temos ameaças mais sérias com que lidar.

– Não é assim tão simples. – Meu povo precisa que o tratado seja assinado antes do inverno, e não quero que boatos sobre Cayden e eu me façam parecer uma governante incompetente. Preciso manter uma fachada impenetrável, e ninguém pode ver o que existe por trás. Essa é minha proteção e meu fardo. – Agradeço sua generosidade na loja, mas...

– Eu paguei a conta do Finnian também. – Seu olhar acalorado está voltado para mim agora. – Trouxe você pra cá. Paguei por seu novo guarda-roupa. Não existem segundas intenções por trás disso.

– Certo. – A flor sobre minha orelha parece pesada demais, e minha mão no seu peito transmite uma impressão exageradamente pessoal. Abaixo o braço e os olhos. – É melhor voltarmos pro castelo.

Finnian está de volta à mesa, então faço um sinal para os demais, ignorando o fato de que Cayden está me encarando como se quisesse me dizer alguma outra coisa. Nossas mãos estão cobertas de espinhos, e cada toque, por mais inocente que seja, arranca mais sangue.

CAPÍTULO
DEZESSEIS

— Você ainda quer conversar ou prefere dormir, depois de tanto uísque e cidra? – pergunta Cayden quando entramos nos aposentos, com um tom divertido.

– Vamos conversar, mas preciso tomar banho primeiro, porque estou fedendo a cerveja.

Puxo o decote encharcado do vestido. A caminhada de volta me ajudou a ficar mais sóbria, e nós cinco paramos na cozinha para beber água e comer pão antes de nos recolhermos para a noite.

– Vou pegar toalhas limpas e colocar ao lado da banheira, milady. – Hyacinth faz uma mesura e sai da sala de banho.

– Espera! – grito, e ela põe a cabeça de volta para dentro. – Eu peguei uns chocolates a mais na cozinha para você, deixei em cima da penteadeira.

– Obrigada. – Ela pisca algumas vezes, e seu rosto enrubesce, com um leve sorriso nos lábios. – Com certeza vou pegar assim que voltar.

Tiro o vestido e afundo na banheira, servindo mais um copo de água da jarra perto de mim e bebendo metade antes de deixá-lo de lado. Minha cabeça não está enevoada como na taverna, e bebi água suficiente para não ficar de ressaca amanhã, o que é uma bênção. A porta range atrás de mim, e lembro que queria perguntar para Hyacinth sobre os ferros para enrolar o cabelo.

– Queria saber se você poderia me ensinar a...

Minha frase é interrompida por um par de mãos ásperas nos meus ombros, que me empurram para debaixo d'água. A banheira é tão funda que não demoro para submergir, e minhas pernas não são compridas o suficiente para alcançar a outra extremidade. Faço força com os pés no fundo, lutando para voltar à tona, mas a pessoa que está me segurando tem uma força inacreditável.

Engasgo com a água com sabão, e meu peito queima por causa da falta de ar nos pulmões. Desisto de tentar me empurrar para fora da água e tento arrancar essas mãos de mim. Não adianta. Mais uma tossida patética escapa dos meus lábios, e as bolhas sobem até a superfície, zombando de mim. Estendo a mão até a mesinha lateral e agarro a jarra de cristal, que bato na cabeça do agressor em uma tentativa desesperada de me libertar. Suas mãos saem dos meus ombros e se fecham em torno do meu pescoço, apertando com força. A luz acima da água começa a ficar turva. Me sinto como na minha cela tantos anos atrás, olhando para o mundo por uma fresta entre as pedras. Não posso morrer assim, quando estou tão perto de rever meus dragões.

Minhas mãos apalpam o fundo da banheira, e aperto os dedos em volta de um caco de vidro da alça da jarra. Cravo o vidro no seu pulso, e o sangue tinge a água ao meu redor. Retiro o caco e enfio de novo, fazendo uma linha vertical em seu braço. Se eu morrer, vou levar o agressor comigo. Vou deixar uma ferida tão profunda que vai aparecer até em sua alma no além. Ele pode pensar que me pegou desprevenida, mas eu nunca estou indefesa. Uso até os dentes para me defender se for preciso. O sangue na banheira fica mais espesso, obscurecendo minha visão até me envolver numa nuvem vermelha.

As mãos largam meu corpo, e me arremesso para a frente, tossindo e cuspindo água no chão enquanto me agarro à porcelana como se minha vida dependesse disso. Um par de braços fortes me envolve, e minha cabeça se apoia num pescoço quente enquanto respiro em golfadas desesperadas de ar.

– Verifiquem a porra do perímetro! – comanda Cayden para alguém na porta.

– Ela está ferida? – pergunta a voz abalada de Ryder.
– Pode deixar que eu cuido dela. Pode ir! – ele rosna.
– Cayden – eu digo, resfolegada.
– Você está em segurança agora, anjo. – Ele me puxa para si, e meu peito pressiona a lateral da banheira. – Elowen... esse sangue é seu?

O tom de voz dele é de desespero. Um de seus braços me envolve e me impede de afundar, mas o outro desliza para a minha cabeça e me puxa gentilmente de seu pescoço. Ele aninha meu rosto com sua mão áspera, num toque gentil bem diferente da sensação que ele costuma me transmitir, com seus músculos fortes, ângulos acentuados e olhares intensos. Não pensei que em algum momento veria Cayden assim, tão... abalado.

– Não, o sangue não é meu – consigo dizer, apesar da ardência na garganta. Seus olhos se voltam para meu pescoço, e a maneira como respira fundo me leva a acreditar que os hematomas já estão se formando. Meu corpo começa a tremer quando meu cérebro se dá conta da gravidade do que aconteceu. Cayden deve ter cortado a garganta dele, porque um arco de respingos de sangue escorre pela parede, e há um homem caído em meio a uma poça vermelha no piso de cerâmica. – Eu estou bem. Não é a primeira vez que tentam me assassinar.

Ele tira as mãos de mim, mas continua me olhando. Sua preocupação logo se transforma em raiva, e me sinto grata por não ser a inimiga. A ira de Cayden é capaz de destruir e reconstruir mundos. Em meio a todo o seu caos, há planejamento e contemplação. Ele é um combatente feroz, mas sua inteligência o diferencia dos demais.

– Esse cara não sofreu o suficiente, mas garanto pra você que todos os envolvidos nesse complô vão implorar pela morte mil vezes antes de serem atendidos por mim.

Eu assinto com a cabeça, e as gotas que caem do meu cabelo agitam a água da banheira ensanguentada. Ainda não consegui assimilar a ideia de que, quando precisei de ajuda, quem veio correndo até mim foi Cayden. Apesar de só ter feito isso por causa dos dragões e da guerra, ele continua aqui mesmo depois de saber que estou bem, ajoelhado no chão cheio de cacos de vidro.

– Vou tirar você da banheira agora – diz ele, baixinho.

– Eu consigo ficar em pé sozinha.

Mexo as pernas, e os cacos de vidro que não consigo ver através da água vermelha se movem no fundo da banheira.

– Você vai cortar os pés. – Ele estende os braços para a banheira e passa os dedos de leve no chão para se certificar de que não há cacos de vidro ali antes de oferecer as mãos para mim. – Você guia as minhas mãos. Não quero encostar em nenhum lugar que você não queira. Se pisar num caco de vidro, posso te levantar antes que o corte fique feio. Quando estiver com os pés estáveis no chão, eu pego o robe de banho pendurado no gancho. – Ele faz uma pausa, os olhos faiscando ao ver as marcas no meu pescoço antes de voltar a me encarar. – Me deixe ajudar, El.

A vulnerabilidade não é uma opção para quem foi educada com facas em vez de gentileza e humanidade, mas nossas lâminas estão apontadas para o mesmo inimigo, e os olhos dele não estão me julgando. Ele está ouvindo palavras que não preciso dizer. É isso o que me faz segurar seus pulsos e guiar suas mãos até os meus quadris. Seu rosto se aproxima do meu, tanto que nossas testas se tocam. As pupilas dele se dilatam, e sinto sua respiração mais funda quando passo os braços ao redor do seu pescoço.

– Se tirar os olhos dos meus, eu os arranco fora. – Meu tom resfolegado não dá conta de transmitir a seriedade da ameaça.

– Não vou olhar – ele afirma com uma voz rouca. – Está pronta?

– Uhum. – Não confio em mim mesma para falar.

Devagar – *bem* devagar – ele me segura com mais força e me põe em pé. Nossos olhos permanecem cravados uns nos outros, mas acho que não conseguiria desviar o olhar nem se tentasse. Há algo no olhar dele que é hipnotizante para mim. Sua respiração se aprofunda quando me firmo no chão, e suas mãos permanecem me segurando até ele se certificar de que não vou pisar em nenhum caco de vidro com todo o peso do corpo. Então, conforme prometido, ele estende a mão para o lado sem tirar os olhos de mim. Cayden põe o robe de seda cor de marfim sobre os meus ombros, e seus dedos roçam meus braços enquanto amarro o cinto de tecido.

– Ainda estou de botas, então vou carregar você.

Sua voz rouca provoca uma onda de choque no meu corpo, e me faz querer comprimir as coxas uma contra a outra. Como é que ele pode me fazer querer esfaqueá-lo num momento e me deixar assim no instante seguinte? Não sei como definir esse sentimento. Só sei que é avassalador, sufocante e proibido.

Ele dá um passo para trás e me pega nos braços, me aninhando junto ao peito. Dou uma última olhada no cadáver que tinge os ladrilhos com o retrato de sua morte antes de Cayden me tirar dos meus aposentos.

CAPÍTULO
DEZESSETE

Cayden me põe no chão de sua sala de banho e abre as torneiras da banheira.

— Pode usar o que quiser. Vou pegar algo pra você vestir.

— É aqui que costuma se hospedar? — pergunto quando ele volta e coloca as roupas sobre a bancada.

— Eu não tenho aposentos no castelo. Prefiro ter meu próprio espaço.

Ele fecha a porta atrás de si, e eu abro mais a água, para o ruído ser mais alto que os meus pensamentos, sem muito sucesso. Mergulho na espuma dos sabões que cheiram a Cayden e lavo o sangue que ficou na minha pele. As roupas que ele trouxe devem ser suas, não só porque as mangas da camisa escondem as minhas mãos e a calça se arrasta no chão, mas porque têm um cheiro perigosamente tentador.

O comandante está sentado num sofá verde-esmeralda com um copo de uísque na mão quando entro, e levanta os olhos do relatório que tem nas mãos, abrindo um sorriso enquanto dá um gole.

— Serviu perfeitamente.

Me sento no sofá ao seu lado e puxo o tecido para ajeitar as roupas antes de mostrar o dedo do meio para ele. Cayden se inclina para a frente e me serve um chá da bandeja que deve ter pedido enquanto eu me lavava. Murmuro um agradecimento e viro a xícara toda num só gole, deixando o líquido lubrificar minha garganta antes de enchê-la de novo.

— Quantas tentativas de assassinato você já sofreu? — Seu tom de voz é baixo, mas não dá para dizer que ele está calmo. Cayden é do tipo que prefere guardar sua raiva e usá-la como arma mais tarde, quando for necessário.

Passo a língua nos lábios, coloco a xícara na mesa e fico remexendo nas mangas ao redor das minhas mãos. Não adianta tentar adiar a conversa.

– Meu pai não sabia se eu estava viva ou morta, então só algumas, e nunca dentro das fronteiras de Aestilian. E isso acabou depois que fiz quinze anos. Às vezes eu ficava ansiosa por um combate, só pra poder sentir alguma coisa. – Parei de me preocupar com assassinos de aluguel anos atrás, quando percebi que podia ser tão letal quanto eles. – Mas não é sobre isso que eu queria falar.

Não tenho o menor interesse em discutir meu passado com Cayden. Falar a respeito não muda em nada o que aconteceu. E eu quero seguir em frente. Às vezes, quando não falo a respeito, sinto que posso ignorar tudo isso, ainda que por pouco tempo. Nosso corpo é um mapa do nosso passado, mas nem toda cicatriz da jornada aparece fisicamente. E as cicatrizes invisíveis podem sangrar como feridas abertas em certos dias.

– Certo. – Ele limpa a garganta e fecha os olhos por um instante. Quando volta a abri-los a raiva silenciosa desaparece, escondida sob a superfície, guardada para mais tarde. – Podemos falar sobre você ter me empurrado pra pista de dança na taverna?

– Eu estava empurrando você pra *longe* de mim.

A malícia está estampada nos seus olhos.

– Você gostaria que eu te rodopiasse pelo salão, princesa?

Pego uma almofada atrás de mim e bato na cara dele, abafando seu riso até puxá-la de volta para retomar o ataque. Ele agarra meus pulsos antes que eu consiga acertá-lo pela quarta vez, e me traz para mais perto.

– Eu avisei que sei me defender sozinha, demônio.

– Eu não danço, mas vou me certificar que não haja nenhuma almofada por perto da próxima vez que rejeitar seus avanços.

Ele não tira os olhos do meu sorriso enquanto toma um gole de uísque para aliviar a tensão.

– Vamos conversar antes que alguém traga um relatório pra você – digo enquanto me acalmo. – Na noite em que nos conhecemos, ouvi duas pessoas dizendo que estava interessado em mim por causa dos dragões. Se não eram Saskia e Ryder, quem poderiam ser?

– Eram eles – confirma Cayden. – Saskia acompanhou o primeiro trecho da viagem. Depois de alguns dias, voltou com um destacamento de soldados, porque tinha uma reunião política a comparecer. Tudo o que sabem é que a quero aqui por causa do seu vínculo com os dragões, mas eles me conhecem há anos, então com certeza devem ter suas suspeitas. Você encontrou o que procurava no livro sobre dragões que roubamos?

Faço uma careta ao ouvir a menção ao livro, e vejo seus dedos se movendo na minha direção, mas ele pensa melhor e os deixa onde estão. Com certeza a pergunta não tinha segundas intenções, mas a risadinha que me escapa quando pego o uísque da sua mão e levo os lábios onde estavam os seus não tem nada de sincera. Ele fica mais sério, e um estranho clima de intimidade se instala quando devolvo o copo.

– Você vai pensar que eu sou idiota – murmuro, olhando para o chão.

– Não vou, não – ele responde baixinho, com apenas o estalar do fogo da lareira ressoando pelo ar enquanto continuo em silêncio. – Por que nós roubamos aquele livro, El?

– A maioria dos livros de dragões tem histórias fictícias de missões e batalhas, e muitos são ilustrados por artistas famosos de Ravaryn. Às vezes, eu roubo livros na esperança de encontrar ilustrações de dragões que se pareçam com os meus. Quase nunca saio de Aestilian sem Finnian, por isso não quis perder a oportunidade, já que nós dois não conversamos sobre os dragões. Isso não era fundamental pro resgate, e quase joguei o livro no fogo quando cheguei à última página. E não precisava de você lá, aliás, mas você é uma pessoa irritantemente insistente. – Sinto um aperto no peito, e sirvo um pouco de uísque na xícara de chá. – Eu procuro por toda parte um sinal de que os meus dragões estão bem, mas nunca encontrei nada. Minha esperança era que Garrick convidasse um artista pra um banquete pra desenhar um. Eu reconheceria as escamas deles em qualquer lugar.

Ele fica em silêncio por alguns momentos, se aproximando sutilmente de mim, e diz:

– Me conte mais sobre eles.

Sorrio com a xícara ainda nos lábios, mas tudo isso é extremamente problemático. Às vezes parece que vou desmoronar sob o peso das minhas lembranças.

– As escamas são... fascinantes, principalmente sob o sol. Dois são machos, Sorin e Basilius. Sorin é verde-esmeralda com as pontas das asas e dos chifres pretas, e Basilius é inteiro cor de lavanda. E tem também as fêmeas: Venatrix, Calithea e Delmira. Venatrix é vermelha, com marcas rosadas e douradas. Calithea é prateada com pontas brancas nas asas que parecem flocos de neve. Delmira é azul-celeste, como um dia perfeito de verão, com marcas amarelas. Os olhos seguem as cores dominantes: verde, lavanda, vermelho, prateado e azul.

Em momentos como este, consigo sentir cada quilômetro que nos separa. Eu transbordo de amor por eles, mas esse sentimento não tem vazão, então fica entalado no peito como um lamento. A tristeza e o sofrimento são o preço a pagar por abrir o coração, mas prefiro morrer sem um tostão a nunca conhecer o amor.

– Elowen. – A maneira como Cayden diz meu nome me força a encará-lo de novo. – Juro por tudo o que tenho e o que perdi, você vai ver seus dragões de novo.

Fecho os olhos e assinto enquanto me esforço para conter a tempestade que ruge dentro de mim, respirando fundo e me levantando do sofá em busca de algo com que me ocupar. Os mapas empilhados na mesa parecem ser uma ótima solução.

– Aqui é a prisão de Kallistar?

Detesto sentir que ele está me encarando com um olhar calculista, pronto para decifrar qualquer afirmação que eu faça e armazenar na mente para referências futuras. Essa sua expressão calculista é igual a quando ele tenta deixar o rosto impassível; ele deve achar que sequer percebo. A única diferença é que a sobrancelha direita está um pouco mais arqueada que a esquerda, e às vezes os cantos dos lábios se curvam – mas ele nunca faz as duas coisas simultaneamente.

– É, sim. – Ele vem ficar ao meu lado, passando os dedos compridos pelo mapa, capturando a minha atenção muito mais do que deveria. – Vamos ter que esperar a maré baixar antes de remarmos até lá, caso contrário o barco vai ser destruído pelas pedras.

Faço uma pausa para apagar essa imagem da mente.

– Posso usar a caçada aos envolvidos na tentativa de assassinato como uma desculpa pra me ausentar. Nós devíamos partir amanhã. Garrick está agindo rápido, e nós precisamos fazer o mesmo.

Ele fica tenso ao meu lado, e o calor da agitação irradia do seu corpo.

– Nenhum dos culpados vai viver pra contar a história.

Engulo em seco e remexo nos mapas da mesa com uma certa falta de jeito, desacostumada que estou com esse seu tom protetor.

– A execução dos culpados não precisa virar um espetáculo. Só me dá um tempo pra contar pra Finnian sobre o resgate, pra ele não desconfiar se eu desaparecer sem motivo. Toda a nossa amizade foi vivida com nós dois apartados do mundo. Não posso despejar tudo isso nos ombros dele e querer que fique tudo bem.

O tempo se move devagar enquanto aguardo uma resposta, e me viro para Cayden. Ele parece pronto para me fuzilar com o olhar, mas alguma coisa dentro dele cede quando observa minhas feições, seus olhos se voltando para meus hematomas e suas roupas no meu corpo.

– Certo. Nós partimos amanhã.

Eu limpo a garganta.

– Você já começou a olhar os mapas do castelo também?

– Garrick é rigorosíssimo com a segurança. Esse castelo não foi apelidado de "Fortaleza Impenetrável" à toa. Precisamos encontrar uma entrada que não esteja tão protegida.

Mordo o lábio e examino vários mapas. Eu não pude andar pela maioria das partes do castelo, a não ser o calabouço e a sala do trono de vez em quando depois do meu aprisionamento, e não me lembro de muita coisa

141

do interior da construção. Mesmo quando permitiam minha entrada na sala do trono, caminhava vendada pelos corredores. Será que a vidente que fez a profecia também viu isso, meu alinhamento com os inimigos de Imirath? Um dos mapas me chama a atenção, e eu o pego. É uma planta baixa do lado leste do castelo, que dá para a floresta de Etril, por onde Ailliard e eu fugimos, mas a saída que usamos não consta ali.

– Onde foi que você conseguiu isso? – pergunto.

– Foi Saskia que desenhou. Ela tem espiões em Imirath. – Sinto sua voz próxima de mim; ele está olhando por cima do meu ombro. – Vou ter que contar a ela sobre o resgate mais cedo ou mais tarde.

– Eu sei. – É bom que ela tenha espiões por lá; eles estão mais bem informados que eu. Não tenho muito a oferecer, mas pelo menos uma coisa posso dizer: – Tem uma saída faltando aqui. – Ponho o mapa sobre a mesa outra vez e pego uma pena de um pote de tinta. – Aqui... – Circulo o local no mapa. – Ela dá para o calabouço.

Cayden franze a testa, passando as mãos pelo cabelo.

– E pra que serve?

– Pra contrabandear provisões pra dentro do castelo em caso de cerco, mas faz anos que não é mais usada. Não havia guardas ali durante meu tempo aprisionada em Imirath. No calabouço é tão escuro que mal dá pra diferenciar a porta das pedras da parede, a não ser que fique lá dentro o suficiente pra seus olhos se acostumarem com a falta de luz.

Cayden fica tenso ao meu lado. Às vezes me esqueço de que estou falando com alguém que presta atenção em cada sílaba que sai da minha boca.

– Vou pedir pra Saskia investigar daqui a alguns dias. – Me sinto grata por ele não fazer mais perguntas. – Agora, sobre a outra questão, acho que devemos usar o mesmo critério da prisão e manter o resgate dos dragões só entre nós dois.

– Concordo – respondo sem hesitação. Venho pensando nisso desde a noite em que Cayden e eu nos encontramos na floresta. Eu jamais pediria para Finnian me acompanhar até Imirath, porque não o quero lá, e não sou estúpida a ponto de achar que posso ir sozinha. Se Cayden me trair, pelo menos vou estar perto o bastante dos meus dragões para que o queimem. – Só você e eu.

– Só você e eu – ele repete. Uma batida sacode até os batentes da porta, e nós endireitamos a postura junto à mesa. – Entre.

A porta é escancarada com força, e bate na parede.

Finnian se aproxima às pressas, com os olhos cravados em mim.

– Graças aos deuses. – Essa é a única coisa que ouço antes de ele me pegar nos braços e me levantar do chão num abraço que sinto por todo o meu corpo. Ele deita a cabeça no meu pescoço, e um soluço vibra contra a minha pele. Ouvir esse som é como levar uma facada no coração. – Ryder me falou que estava tudo bem, mas eu precisava ver você.

– Estou bem, eu juro – murmuro enquanto passo os dedos por seus cachos. Suas lágrimas molham o colarinho da minha camisa. – Eu teria ido ficar com você, mas pensei que estivesse dormindo.

– Ouvi a movimentação dos guardas, e então vi Ryder no corredor. Ele me contou que tentaram matá-la – diz Finnian quando me coloca de novo no chão e põe as mãos nos meus ombros como se ainda precisasse se certificar de que estou aqui. – O que aconteceu com seu pescoço?

– Eu explico mais tarde. – Estendo a mão e seco suas bochechas. – Vamos analisar o relatório, e depois conversamos.

Ele solta um suspiro trêmulo e assente. Então me vira de costas e me enlaça com os braços pela cintura, apoiando o queixo na minha cabeça. Fico em seus braços enquanto Ryder se prepara para transmitir o relatório. Finnian gosta de ser reconfortado fisicamente, então sua necessidade de me abraçar é algo esperado.

– Vou falar a pior parte primeiro – começa Ryder, com uma careta contorcendo o rosto. – Garrick ofereceu uma recompensa pela sua cabeça, e é polpuda o suficiente pra até a pessoa mais pacífica de Ravaryn considerar a ideia de um assassinato.

Finnian fica tenso atrás de mim, e Cayden entorna o que restou do uísque. A tensão no recinto se eleva quando a dimensão do jogo em que estamos envolvidos se revela por inteiro. É algo que todos os nós esperávamos, mas não tão cedo.

— Que atitude paternal, me dar todo esse valor.

— Eu colocaria um preço na cabeça dele, se valesse a pena — afirma Cayden enquanto prende uma espada na cintura.

— E por que não vale? — pergunta Finnian, mas tenho a sensação de que já sei a resposta.

— Um assassinato encomendado seria tranquilo demais. Garrick merece uma morte lenta e dolorosa — responde Cayden, com a informalidade de quem pede uma caneca de cerveja.

— Mais lenta que um afogamento — digo de brincadeira, mas os dois me olham feio, e Finnian me aperta com mais força. — Tudo bem, ainda é cedo demais. Entendido.

— O assassino de hoje estava vestido de serviçal, por isso não provocou suspeitas nos guardas diante dos aposentos. Acho que entrou durante o banquete e ficou esperando a hora certa pra agir. O perímetro está seguro, mas vamos precisar ir à cidade em busca de mais respostas — conclui Ryder.

— Vamos agora mesmo — determina Cayden, vestindo um casaco de couro e encaixando uma espada larga nas costas. — Vou substituir os guardas da porta e dar ordens pra não deixar ninguém entrar, seja quem for. Os anteriores vão sofrer a punição que eu achar apropriada. Quero começar pelo homem que derramou cerveja em Elowen na taverna.

Ryder comprime os lábios, esperando por uma explicação de Cayden.

— Ele sabia que ela estaria no banho quando voltássemos. — Cayden me olha do outro lado do quarto, me observando da cabeça aos pés. Ele abre a boca, mas a fecha em seguida, parecendo hesitante, quase como se não quisesse sair do meu lado. — Se precisar de mim, mande uma carta através de uma serviçal que eu volto.

Uma parte de mim quer se oferecer para ir junto, mas preciso de espaço para pôr os pensamentos em ordem. Dou mais uma olhada nele, apesar de saber que já está na hora de virar as costas e ir embora.

— Se cuida.

CAPÍTULO
DEZOITO

Não me lembro de quando Finnian e eu dormimos, mas sei que estava segurando sua mão no momento que comecei a pegar no sono. Dormíamos assim quando éramos mais novos, quando um dos dois acordava aos gritos, mas, na noite passada, fomos para a cama logo após Cayden e Ryder saírem, porque a realidade estava parecendo um pesadelo. Ele fica no meu quarto enquanto me preparo para o café da manhã com Ailliard. É cedo, e a maioria das pessoas no castelo ainda não acordou, mas quero conversar com meu tio antes que ele fique sabendo da tentativa de assassinato por outros meios.

Levo a xícara de café fumegante à boca e dou um gole, olhando para Finnian por cima da borda. Ele não parece totalmente recuperado, e me irrito por ter que deixá-lo ainda hoje. As reuniões dos conselheiros que começam esta semana são realizadas sem a presença dos monarcas, e Saskia me contou que podem levar horas, então acho que não nos veríamos muito de qualquer forma.

Fico tensa quando o som das botas sobre o piso se torna mais alto. Beber café provavelmente não é uma boa ideia, considerando o meu estado de nervos, mas não existe nada melhor para começar uma manhã do que hábitos destrutivos. Finnian rói as unhas enquanto empurra os ovos de um lado para o outro no prato; é um tique nervoso que ele sempre teve. A porta se abre com um rangido, e Ailliard entra.

— Bom dia. — Ele nos encara com um olhar de curiosidade e ceticismo. Finnian está vestido para fazer política, com uma túnica recém-engomada, mas eu estou com um traje novo de couro, e meu tio olha com reprovação os dois dragões marcados a fogo acima do recorte em formato de diamante no meu peito. Minha roupa é uma mistura de tecido roxo-escuro, bainhas nas pernas para facas, um cinto com lâminas extras e apetrechos de couro marrom para combinar com a calça.

— Bom dia — respondo, forçando minha voz a se manter calma.

— Dormiu bem? — pergunta Finnian, a voz abafada pela mão na boca.

— Sim — limita-se a responder Ailliard enquanto se senta. — Alguém me diga o que está acontecendo.

Finnian olha para mim. Existe uma maneira certa de falar sobre o que aconteceu?

Coloco minha xícara de volta no pires.

— Um assassino de aluguel entrou no meu quarto ontem à noite.

As mãos de Ailliard agarram a borda da mesa instintivamente.

— Não tem guardas na frente da sua porta?

— Sim, mas o assassino estava vestido de serviçal. O general Neredras acha que ele entrou durante o banquete — conto.

Ailliard sacode a cabeça, olhando para a mesa, com uma expressão incrédula que logo se torna raivosa.

— É melhor voltarmos pra casa. — Ele começa a se levantar da mesa. — Vamos partir hoje mesmo. Quando derem por nossa falta, já vamos ter cruzado a fronteira.

Ailliard precisa parar de achar que a fuga é a solução para alguma coisa. Meu pai sabe que estou viva; não faz mais sentido ir embora, agora que o estrago já está feito.

— Sente-se — ordeno, e ele volta para a cadeira. — Respire fundo. O comandante Veles o matou antes que fizesse alguma coisa grave comigo.

— O que Veles estava fazendo no seu quarto?

Minhas mãos apertam com força os braços da cadeira.

— Nós estamos compartilhando aposentos, pra minha proteção.

– Isso é totalmente inapropriado – ele rosna. – Pelo amor dos deuses, você é uma princesa! E me garantiu que não existe nada entre vocês.

– E não existe *mesmo*. Nós passamos mais tempo juntos porque somos aliados, e ele é o melhor guerreiro de todo o reino.

Ailliard bate com as mãos na mesa, fazendo os pratos tremerem, e eu me encolho.

– A habilidade pro combate não serve pra nada se ele não for confiável. Você tem o mesmo sangue do inimigo dele.

E mesmo assim ele nunca me viu apenas como a filha de Garrick.

– Eu não convoquei esta reunião pra discutir onde estou hospedada.

– Elowen, eu falei que não vou perder você, como aconteceu com sua mãe. Garrick não é uma ameaça qualquer.

– Para de tentar me tirar do caminho que escolhi pra mim mesma. – A cada palavra que sai da minha boca, me sinto mais exaltada. – Você fala dos abusos que sofri como se fossem uma coisinha de nada a ser esquecida, mas sou eu que preciso conviver com as consequências todos os dias.

– Esse seu caminho é destrutivo – ele tenta argumentar.

– Só se eu for derrotada.

– Tenha juízo, Elowen. Um assassino entrou no seu quarto!

– Eu não tenho medo da violência, porque a minha vida toda foi uma luta pela sobrevivência.

Fico em pé e jogo o guardanapo na mesa. A única razão que me fez querer continuar viva depois de fugir de Imirath foram os meus dragões. Eles ainda estão no castelo, e vou libertá-los, porque a vida de um prisioneiro não é vida.

– Você pode me achar um monstro, mas foi tudo o que passei que me fez ser assim. – Empurro a cadeira para trás, pego minha bolsa e tomo o caminho da porta. Não quero mais ficar aqui. Quero que ele entenda as minhas escolhas, mesmo sem concordar com elas. – Eu ainda não dominei a arte de dar as costas pra tudo, como você.

Quantas noites Ailliard não dormiu de barriga cheia num colchão de plumas enquanto eu gritava por alguém que pudesse me ajudar? Um deus, um guarda, meus dragões, meus pais – não fazia diferença. Finnian e Ailliard não conseguem ver a expressão de dor no meu rosto quando as memórias ressurgem na minha mente. A única coisa que me manteve viva por todos esses anos foi o vínculo que sinto no meu peito, quase como se meus dragões estivessem em contato comigo apesar das paredes que nos separavam, me dizendo para aguentar firme mais um pouco.

– Elowen – começa Ailliard, parecendo arrependido.

– Não. – Meu tom de voz não admite discussão. Ele pode ter me tirado do castelo, mas não me salvou. Eu me salvei. Lutei todos os dias, a cada crise de pânico, a cada pesadelo e a cada pessoa que tentava me matar porque eu sabia que valia a pena lutar por *mim*.

Bato a porta e saio sem rumo pelo corredor. Não faz diferença para onde estou indo, só quero correr. Minhas botas pisam com força nos ladrilhos. Meus pulmões precisam de ar puro, e meus sentidos desejam estar fora dessas paredes que me confinam. Ao contornar uma curva no corredor, dou de cara com um peitoral rígido. Um par de mãos me seguram quando cambaleio para trás.

– Ansiosa pra me ver? – A voz de Cayden me envolve.

– Dá licença – murmuro enquanto me desvencilho do seu toque e passo por ele. Não estou com paciência pra provocações.

Mal dou um passo e ele me segura pela mão e me vira para si.

– Qual é o problema? O que aconteceu?

– Nada. – Puxo minha mão de volta mais uma vez. Sei que ele está registrando mentalmente que recusei seu toque. – Já podemos partir.

– Pra onde você estava correndo?

– Lá pra fora.

Involuntariamente, puxo meu colarinho para longe do pescoço.

– Tem uma saída logo ali em frente.

Sigo suas passadas largas, e a pressão vai se desfazendo no meu corpo quando saio a céu aberto, sem nenhuma parede me cercando. Meu coração se acalma no instante em que a brisa fresca sopra no meu rosto. Os pontos pretos desaparecem do meu campo de visão, e consigo pensar com clareza de novo. Minhas roupas deixam de parecer uma prisão.

Quando me viro, vejo que Cayden está me encarando.

– Por que estava me procurando? Pensei que ainda faltava uma hora pra sairmos.

– Você quase morreu ontem à noite. Pensei em ver como estavam seus hematomas antes que escondesse tudo com pó – ele responde, apontando para o meu pescoço.

– Você quer que eu desfile por aí mostrando essas marcas?

– Não, e é por isso que queria vê-la antes que saísse do quarto. – Ele cruza os braços. – Você devia limpar isso.

Mordo a língua e assumo a mesma postura que ele. Os hematomas ainda são recentes demais, não dá para cobri-los totalmente. A sala de visitas tem pouca iluminação, então Ailliard não percebeu, mas a luz natural deixa tudo exposto.

– Vou lembrar de consultar você sobre a minha maquiagem da próxima vez que for cobrir alguma marca.

Fico contente de ver que voltamos ao nosso normal. Levo a mão ao pescoço dolorido e começo a remover a maquiagem.

Ele solta um suspiro e dá um passo à frente.

– Eu ajudo você.

Meu corpo se agita quando ele faz contato com a minha pele. Os músculos de seu pescoço se flexionam enquanto sua mão envolve suavemente a minha nuca. A delicadeza do toque dele nunca deixa de me surpreender.

– Me avisa se eu estiver apertando demais. – Sua voz é baixa e gentil. Ele cobre o polegar com seu manto preto e o esfrega de leve no meu pescoço. Na base do meu cabelo, seu dedo começa a fazer uma massagem com movimentos circulares que me faz querer me derreter toda. Detesto o efeito que ele tem sobre mim, e que esteja tão perto a ponto de ver e sentir minha reação física ao seu toque. A única vantagem é que também posso notar a reação dele a essa proximidade – pupilas dilatadas, lábios entreabertos e a pulsação acelerada no pescoço, talvez até mais rápida que a minha. O vento joga alguns cachos de cabelo castanho sobre o meu rosto, que Cayden afasta para longe.

— É só me dizer o nome — ele diz com a voz rouca. — Só preciso saber o nome, e eu cuido do resto.

Seus dedos deslizam pelo meu rosto, e culpo o fato de não estar usando um manto pelo arrepio que percorre a minha espinha. Preciso que ele tire as mãos de mim, e ainda assim... não consigo afastá-lo. Porém, os passos que correm pelo corredor estouram a bolha. Ele recolhe as mãos sem pressa, deslizando os dedos pela minha pele como se estivesse tentando saborear a sensação de me tocar.

— Elowen! — A voz de Finnian ecoa contra as pedras. Uma segunda figura caminha rapidamente até nós, bem atrás de Finnian. Não é tão alto, está mais para alguém troncudo.

— Te encontro lá nos aposentos. Agora você precisa ir — murmuro para Cayden, que faz o contrário, se aproximando mais um passo.

— Ele vira um babaca quando se irrita — diz Finnian se aproximando e me entregando o manto que esqueci lá dentro. — Quer ficar fora do castelo hoje? Eu posso faltar à reunião.

Sei que essa é a sua maneira de dizer *Se precisar de alguém com quem desabafar, estou à disposição.*

— Não precisa perder a reunião. Está tudo bem comigo. Eu só precisava tomar um ar. — Ele não parece convencido, mas não insiste. Vai fazer bem pra ele ter um dia normal aqui, mesmo que seja longe de mim. — Vou passar os próximos dias com Cayden caçando os envolvidos na tentativa de assassinato.

Finnian lança um olhar desconfiado para Cayden.

— Você e Ryder já não cuidaram disso ontem?

A expressão no rosto de Cayden permanece impassível.

— Não pegamos todos eles. Os desgraçados estão a fim de dar trabalho.

Ele ri da minha irritação, mas não tem tempo de dizer nada, pois Ailliard aparece na saída do castelo.

— Por favor, Elowen, vamos conversar — ele pede.

Finnian cerra os dentes, mas não diz nada.

— Vocês precisam ir pra reunião.

Abro um sorriso forçado, o mesmo de sempre, que ninguém além de Finnian consegue identificar como falso. Quer dizer, pelo menos até eu conhecer Cayden.

— Ela só começa daqui a duas horas.

Ailliard dá mais um passo à frente. Minha vontade é de sumir. Cayden põe a mão nas minhas costas, e fico surpresa ao constatar que isso me acalma, em vez de me irritar. Assim, me inclino para trás, tentando comunicar silenciosamente que permito seu toque, e os dedos dele começam a subir e descer pela minha coluna.

— A princesa Elowen prometeu a manhã pra mim, e imagino que vocês vão vê-la muito pouco nos próximos dias — afirma Cayden. — Talvez até por mais tempo que isso.

Os olhos de Ailliard passeiam sobre Cayden, e seu rosto se contorce numa careta de desgosto. Inconscientemente, meu corpo se aproxima de Cayden, para protegê-lo de Ailliard.

— Ao que parece vocês andam passando bastante tempo juntos — comenta Ailliard.

— Sim. Ela é como uma peste particular... é bem difícil de se livrar dela.

O tom de Cayden é bem-humorado, mas basta olhar para ele e percebo que está irritado.

— Não parece que está querendo se livrar dela, já que se hospedou nos seus aposentos — esbraveja Ailliard.

— Ah, agora entendi. Essa é a parte em que você me põe no meu lugar. — Cayden tira a mão das minhas costas e dá um passo na direção de Ailliard, encarando-o como se quisesse moê-lo de pancadas. Sua postura protetora dá um nó na minha língua, assim como aconteceu poucas horas atrás. — Elowen é muito mais que um título de realeza, e não preciso de você pra me lembrar de quem ela é.

— Elowen... — Ailliard desvia os olhos de Cayden e tenta de novo.

— Elowen vai vir comigo — interrompe Cayden. — Estou sendo claro ou prefere que eu desenhe pra você entender melhor?

151

– Ailliard, deixe os dois. O comandante Veles não vai deixar que nada aconteça com Elowen, disso eu tenho certeza – diz Finnian, se virando para me dar um abraço rápido. – Se cuida. – Ele se volta para Cayden. – Vê se não me faz passar por mentiroso.

Cayden assente, e Finnian conduz Ailliard de volta para o castelo.

– Encontraram o homem que derrubou bebida em mim ontem à noite? – pergunto.

– Sim. E não precisamos de muito pra fazê-lo falar. – Ele pega o manto das minhas mãos e o joga sobre os meus ombros.

– Então ele estava envolvido na trama? – Sinto os meus dedos dos pés se dobrarem dentro das botas enquanto ele amarra o manto no meu pescoço.

– Os dois estavam trabalhando juntos. E não tinha mais ninguém envolvido – confirma Cayden. A recompensa pela minha cabeça continua valendo, mas pelo menos essa tentativa de assassinato foi solucionada.

– Obrigada por mentir pra Finnian por mim. Será que Ryder vai complicar a história, já que estava com você?

Ele sacode a cabeça.

– Providenciei uma missão na fronteira pra ele enquanto estivermos fora.

– Eu também preciso me desculpar por...

Cayden me interrompe e ergue meu queixo com o dedo.

– Você não tem por que se desculpar. Só vamos começar nossa jornada mais cedo.

Ele aponta para as árvores.

– Numa floresta escura, sem cavalos? – pergunto ceticamente.

– A aventura está *além* da floresta – ele responde.

Meus olhos passeiam pelo seu corpo. Ele está vestido de couro preto com detalhes prateados, com uma espada larga nas costas, duas espadas curtas na cintura e facas de arremesso nas coxas.

– Está parecendo a segunda vez que nos encontramos – comento enquanto ele pega meus ombros por trás e me empurra para a frente.

Ele sorri para mim.

– Foi o começo da nossa amizade.

CAPÍTULO
DEZENOVE

—Estamos chegando? Minhas pernas estão ardendo depois de cavalgar o dia todo por terrenos acidentados para evitar as estradas principais. Mas não posso negar a liberdade que surgiu dentro de mim quando as montarias dispararam em campo aberto sem nada além de montanhas ao nosso redor. A sensação que me dominava nesses momentos era de pura euforia, que me invadia de vez em quando no passado, mas agora eu quero mergulhar nesse oceano incessante.

Amarramos as montarias nos arredores de um vilarejo de pescadores de Vareveth que parece agradável demais para estar próximo da prisão mais vigiada de Imirath. Rebanhos passeiam pelas colinas atrás de casas desgastadas pelo tempo. Conchas e ervas marinhas ladeiam os caminhos para suas portas pintadas com cores vivas, adornadas com guirlandas feitas com vidro colorido.

– Já está cansada? – retruca Cayden.

– Cansada da sua companhia.

– Posso carregar você pelo resto do caminho, considerando o quanto pratiquei ontem à noite. Pode vir, anjo.

Ele estende os braços, e resisto ao impulso de empurrá-lo. Não porque não me deixo atingir. Mas porque ele não vai ceder, e não quero ficar ouvindo-o tagarelar de novo e de novo sobre sua própria força.

– Foi só porque tinha vidro no chão. Não vai acontecer de novo.

Ele faz um ruído como quem diz *Isso nós veremos* enquanto abre a porta inchada pela umidade de uma casa de barcos.

– Isso é um insulto à arte do roubo – ele murmura, olhando feio para a porta como se representasse uma ofensa pessoal.

– Bom, acho que nem dá pra trancar isso. – Aponto com o queixo para a parede aberta, coberta apenas por uma rede, que dá acesso ao mar. A água se choca contra um recorte retangular no piso, com gradis colocados para facilitar o embarque e desembarque.

Ele revira os olhos.

– Se roubar fosse assim tão fácil quando eu era mais novo, teria comido como um rei toda noite.

– Verdade. – Eu dou risada. – Você quer...

Ele interrompe minha oferta de ajuda pegando um barco, levantando-o sobre a cabeça e colocando-o sobre a água como se não pesasse muito mais que uma pluma. Faço meu melhor para ignorar seus músculos, que esticam as mangas da camisa, mas também sou humana, no fim das contas.

– Se tem medo da água, pode sentar no meu colo – ele diz enquanto tira dois remos da parede.

Eu desvio o olhar de seus bíceps.

– Prefiro me arriscar com os monstros das profundezas.

Recuso a mão que ele oferece e subo a bordo, sentando em um dos dois bancos. A água do mar respinga no meu rosto, mas o frio mantém minha ansiedade sob controle. Cayden joga sua bolsa para dentro antes de se sentar à minha frente e começar a remar noite adentro.

Minha respiração fica entalada na garganta quando vejo a prisão de Kallistar envolvida pela névoa à distância. Parece muito maior do que eu imaginava, conforme Cayden continua remando. A rocha preta se ergue como uma montanha, e com o mar agitado a castigando incansavelmente fica parecendo um símbolo de poder absoluto e impenetrável. Não é à toa que a chave da câmara dos dragões e os piores criminosos de Imirath ficam trancados ali. Duvido que seria possível vê-la da costa durante uma tempestade, quase desaparecendo da existência, como certamente Garrick deseja.

– Tem uma prainha onde eu posso atracar o bote. Nós vamos subir de lá.

– Você fala como se já tivesse estado aqui antes – observo, me lembrando da nossa conversa enquanto ele fazia o curativo nas minhas mãos. – Foi *você*! Você foi quem conseguiu entrar lá, certo?

Ele abre um sorriso malicioso.

– Os senhores do crime estão dispostos a pagar somas consideráveis quando descobrem alguém capaz de cumprir missões consideradas impossíveis. Membros de suas quadrilhas morreram em tentativas fracassadas, e o desespero os fez deixarem meus bolsos pesados.

– Você era um assassino de aluguel?

– Está com medo de mim agora, anjo?

Eu dou risada.

– Acha que eu nunca matei alguém por dinheiro?

Eu tinha que permanecer anônima para conseguir trabalhos, considerando que vivia escondida, mas quando precisava de dinheiro a minha habilidade com a lâmina falava mais alto que minha retidão moral. Os criminosos que me contratavam não estavam interessados em quem eu era, apenas no que era capaz de fazer.

– Eu sei que sim – ele responde, e eu o encaro com curiosidade. – É o seu jeito de espreitar, menina-sombra. Esse tipo de habilidade não se ensina, se aprende sozinho. Assim como o seu jeito de lutar.

Esse elogio sutil me deixa sem palavras enquanto ele rema para mais perto da prisão, nos levando até uma prainha na base da montanha. O barco balança levemente sobre a água que passa pelas pedras afiadas espalhadas pelo mar. As cavernas brilham em meio à montanha, de forma esporádica e irregular.

– A prisão é um labirinto de túneis, mas sei como andar lá dentro. Isso foi mencionado numa das lendas divinas que li – revela Cayden enquanto amarra o barco em uma pedra.

– Você estudou muitas dessas lendas? – pergunto quando ele estende a mão para me ajudar a descer para a praia de areia preta. As histórias sobre os deuses são difíceis de encontrar. A maioria foi destruída, e as que ainda existem quase nunca estão completas.

– O suficiente pra obter vantagem sobre os meus inimigos.

Gosto da resposta a ponto de abrir outro sorriso, mas esqueço o que ia dizer quando afundo a bota na areia e sinto um aperto no peito que me deixa paralisada. Eu cairia de joelhos se Cayden não tivesse me segurado pelos cotovelos.

Todo e qualquer traço de leveza desaparece de sua expressão.

– El? O que foi?

Respiro fundo várias vezes para tentar acalmar meu coração em disparada. Estou me sentindo *diferente*. É como se o mar e a areia estivessem me instigando a fazer alguma coisa, a me lembrar.

– É o vínculo – murmuro.

– Com seus dragões?

Dou um passo atrás e confirmo com a cabeça.

– Eu não coloquei mais os pés em Imirath desde que fui embora. Estar de volta me deixa... inquieta. Ansiosa. Nunca me senti assim antes.

– Você nunca sentiu dor por causa do vínculo, mas agora está sentindo?

– Eu convivo com a dor e o vazio há tanto tempo que estou acostumada. Mas *isso* é diferente. O vazio diminuiu. Parece que estou sendo puxada pra algum lugar.

Meus olhos procuram o horizonte, e juro que sou capaz de ouvir dragões rugindo na base do meu crânio.

Cayden fica boquiaberto quando observa o meu rosto.

– Seus olhos estão com um brilho dourado. Você parece...

– O quê?

Ele sacode a cabeça, engole em seco, dá as costas para mim e murmura uma palavra, tão baixo que não consigo ouvir. Seja o que for, percebo por sua expressão que ele não se considera digno de me ver assim. Quando volta a falar, o volume é mais alto:

– Você consegue escalar? Posso carregar você nas costas.

– É uma oferta tentadora, mas bem desnecessária.

Dou um tapinha no seu braço enquanto pego duas piquetas na sua bolsa.

Ele revira os olhos e pega uma corda, que amarra em sua cintura antes de vir até mim e amarrar a outra ponta na minha. Seu cheiro forte e masculino se mistura com o ar salgado, criando um perfume viciante.

Dou as costas para ele quando o nó está amarrado e olho mais para cima na montanha. Espero que meus dragões consigam me sentir da mesma forma que eu os sinto. Espero que saibam que estou disposta a escalar qualquer montanha para tê-los de volta comigo, para libertá-los. Eles não vão sofrer por muito mais tempo, mas Imirath vai sofrer pelo que nos fez passar. Vamos dizimar seus exércitos. Vamos colocá-los de joelhos, sangrando e implorando.

Cravo minha piqueta na rocha e começo a subir.

CAPÍTULO
VINTE

As ondas abafam o som dos nossos equipamentos de escalada se cravando na pedra. O suor escorre pela minha nuca à medida que subimos, e a queimação nos músculos é quase tão forte quanto a que sinto no peito. Tento respirar fundo para fazer passar, mas não adianta. Cayden continua me lançando olhares, mas faço o meu melhor para manter uma expressão concentrada e neutra.

— Quando chegar lá em cima eu a puxo pelo resto do caminho — ele diz.

— É melhor não se apressar. As pedras são escorregadias por causa da umidade.

Faço uma pausa para observar sua expressão de dúvida. Ele deve estar pesando se é melhor ficar ao meu lado ou seguir à frente para ser minha âncora. Mas no fim acaba cedendo e acata meu pedido.

A força bruta nunca esteve entre as minhas melhores habilidades. Fora isso, há também o ressurgimento súbito do meu vínculo com os dragões, pulsando no meu peito e dificultando a escalada. Mas nunca fui de fugir de um desafio.

A encosta acidentada cria frestas para os meus pés se apoiarem, e não ouso olhar para baixo. Estamos alto o suficiente para uma queda nos matar ou paralisar, nos deixando à mercê da maré. Não parece que estou em Imirath, já que nunca estive aqui, mas talvez isso seja uma pequena bênção para a minha ansiedade.

– Vou me certificar de que o caminho esteja livre na caverna antes de você chegar lá – avisa Cayden quando chega ao topo e se projeta sobre uma laje, desparecendo de vista. Me esforço para concluir a escalada, com o vento soltando os cabelos da minha trança e atrapalhando a minha visão. Cravo a piqueta na pedra de novo e continuo subindo.

Penso nos meus dragões.

Penso em Finnian, me esperando em Vareveth.

Penso na vida que posso ter se Cayden e eu formos bem-sucedidos esta noite.

Não quero ser quem sou. Quero ser mais. E quero lutar por mim mesma.

Cravo a piqueta na laje de pedra, mas meu punho raspa na borda áspera e o vínculo vibra com tanta força no meu peito que dou um grito e minha mão se solta. Cayden aparece antes que eu caia, e segura meu pulso ensanguentado.

– Peguei você – ele grunhe antes de me puxar para cima. Tento ajudá-lo o máximo possível, empurrando com as botas na encosta rochosa e me projetando em sua direção. Quando subo o bastante, ele me pega pela cintura e se joga para trás, comigo junto ao peito. Em um gesto abrupto, ele nos vira, enquanto ainda estou recuperando o fôlego, e desamarra a corda em torno da minha cintura para prendê-la ao seu cinto. – Sua morte seria bem inconveniente, então se puder tentar não morrer eu agradeço muito.

Ele sai de cima de mim num instante, desembainhando a espada e estendendo a mão. Eu poderia agir com maturidade e fingir que não vejo o que está acontecendo, mas dou um tapa em sua mão depois de prender as piquetas na cintura e ficar em pé sozinha, afiando as facas uma contra a outra enquanto o encaro. A maneira como ele me olha faz parecer que está gostando do que vê.

– Onde estão os guardas? – murmuro quando entramos em uma caverna suspeitamente vazia.

– Eles ficam nas cavernas mais baixas, porque mesmo se um prisioneiro fugisse, a correnteza, as pedras ou os monstros o matariam antes de chegar à praia. Mas eles patrulham todos os corredores. O vínculo ainda está forte?

Nós detemos o passo depois de contornar uma parede, e ele fura a ponta do dedo com uma faca, deixando cair algumas gotas no chão de pedra.

A pressão no meu peito se tornou um leve latejar agora que meu sangue não está caindo sobre a pedra, mas posso aguentar.

— A magia daqui tem um efeito muito forte. O que você está fazendo, exatamente?

— Dizem que era aqui que o Deus da Água mantinha seus prisioneiros antes de os deuses nos abandonarem. A água no meu sangue vai nos guiar pra onde precisamos ir. Nem todo mundo conhece esse truque, e teve gente que morreu no labirinto enquanto procurava uma saída.

De início, não parece ter muita coisa acontecendo, mas instantes depois o sangue se junta, criando um ponto vermelho-escuro. Tento me lembrar do que sei sobre o Deus da Água, mas minha memória está enevoada como se estivesse olhando para o céu do fundo de um largo de águas turvas.

Ele põe a mão nas minhas costas, e a gota nos guia por um caminho serpenteante iluminado por tochas que se bifurca em dois. Percebo que não há escadas, só curvas que nos levam mais para cima ou para baixo dentro da prisão. Tudo parece igual, e com certeza seria fácil se perder. É quase como se o lugar tivesse sido projetado para enlouquecer prisioneiros em fuga.

Vozes ecoam pelas paredes quando chegamos a uma abertura que dá para outras três. Dou um passo à frente para limpar a gota de sangue e apagar as evidências da nossa presença, e sou agarrada de forma brusca por trás. Eu me viro e pressiono minha faca contra o pescoço do agressor, detendo a lâmina a tempo de perfurar sua carne.

— Não precisa me ameaçar com facas, anjo. Eu posso sangrar por você se me pedir com jeitinho.

Sacar facas é uma coisa que faço por força do hábito. Ele me vira de novo e me pressiona de frente contra a pedra, posicionando os braços dos dois lados da minha cabeça e chegando inquietantemente perto.

– Eu não peço com jeitinho quando sonho que estou te esfaqueando.

– Posso saber o que mais você fantasia comigo?

Dou uma cotovelada em sua barriga.

– O que diabos você está fazendo?

– A escuridão é atraída pelo meu manto, assim vamos ficar escondidos. Não podemos ser encontrados antes de pegarmos a chave.

Ele diminui seu tom para um sussurro quando as vozes ficam mais altas.

– Mas eu pensei que...

– Sim, a magia é proibida em Vareveth. As leis de Eagor são lindas. Com certeza ele as recita pra Valia toda noite antes de dormir. Agora para de se mexer, porra.

– Você me prensou contra uma parede de pedra. É desconfortável.

– Não me interessa – ele sibila, me segurando pelos quadris para me manter imóvel. É nesse momento em que sinto... toda a sua extensão rígida contra mim.

As vozes se tornam mais altas, assim como o eco da minha pulsação nos meus ouvidos. Tento não demonstrar nenhuma reação, mas percebo que minha respiração mudou quando os ombros dele se enrijecem ao sentir meu estremecimento.

Suas mãos me agarram com mais força.

Meu coração bate mais forte.

Talvez seja melhor estarmos num lugar em que isso não pode ser levado adiante, mas provocá-lo é uma coisa viciante, então jogo meus quadris para trás. Ele murmura um palavrão.

– Elowen – ele avisa.

– Acho que não sou eu que estou fantasiando, soldado – murmuro quando as vozes diminuem de volume e felizmente tomam outro caminho.

Ele dá um pequeno passo para trás, o suficiente para poder me olhar com as pupilas dilatadas. Sua voz está rouca quando ele diz:

– Eu nunca fui chamado de louco, e se negasse a sua beleza estaria sendo um.

Deixo de lado meus sentimentos enquanto continuamos nossa busca. A chave deve ser mantida longe dos demais prisioneiros, e o conhecimento sobre sua existência deve ser limitado aos guardas de maior patente. Quando acredito que não temos mais para onde subir, a caverna se estreita em um único caminho, que termina em uma porta pesada de metal. Um guarda está sentado no chão ali perto, roncando de leve.

– Vou abrir a fechadura. Você cuida do guarda – sussurra Cayden, colocando um saquinho de veludo na minha mão. – É hora de botar suas habilidades em prática, menina-sombra.

Eu abro o saquinho e despejo um pó brilhante azul-claro na palma da mão.

– Seu bandido. Escondeu um sedativo mágico de mim esse tempo todo. O que o seu rei diria sobre isso?

– Esse fica sendo um segredinho nosso.

– Vou guardar um pouco, pro caso de você me irritar na viagem de volta. Sua presença só é tolerável de boca fechada.

Cayden olha feio para mim, e mando um beijo para ele enquanto avanço com passos leves como plumas e me aproximo do guarda. O homem estala os lábios e resmunga quando me agacho e sopro o pó, que se espalha em uma nuvem até desparecer na escuridão quando o feitiço faz efeito.

– Quanto tempo nós temos? – pergunto ao ver Cayden tirar duas hastes prateadas do bolso e as enfiar dentro da fechadura, destrancando a porta em questão de segundos.

– Isso vai durar uma hora, e vamos estar bem longe daqui quando ele acordar. – Ele se vira, observando meus olhos arregalados enquanto mantém a porta aberta para eu entrar. – A arte do roubo só pode ser aperfeiçoada à custa da moralidade.

Passo por ele e entro.

– E pelo jeito você é o mestre?

– Eu sou o rei.

Um pedestal de pedra banhado pelo luar que entra pelas várias janelas gradeadas domina o centro do recinto, pulsando no ritmo do meu coração, e sinto sua vibração através das minhas botas conforme me aproximo. Mas não há nenhuma chave em sua superfície – só o que resta é uma marca em baixo-relevo sobre a pedra. Cayden e eu nos entreolhamos, sabendo que aquilo é mais complexo que uma laje de pedra nua. Estamos no alto de uma montanha impregnada de magia de sangue.

Espeto meu dedo e vejo uma gota se formar e cair no baixo-relevo vazio. *Novo e antigo sangue de Atarah, alimente o molde, pois eles estão a lhe esperar.* Solto um suspiro de susto.

– Você ouviu isso?

Ele franze a testa.

– Não, do que você está falando?

Balanço negativamente a cabeça, pegando sua mão e furando seu dedo também. Quando seu sangue cai... escorre pela pedra como se nunca tivesse estado ali, mas o meu permanece. Ele não recebe nenhum sinal de que seu sangue despertou algo.

– Pelos malditos deuses – ele murmura, entendendo o que isso significa. – Me corta de novo. Talvez funcione na segunda tentativa.

– Precisamos usar o sangue de um Atarah pra formar a chave, Cayden. Os dragões são meus, e só o meu sangue pode libertá-los. – Viro a cabeça e encontro seus olhos inquietos. – A pedra falou dentro da minha cabeça.

– Ah, que tranquilizador. – Baixo as facas e puxo a manga até o cotovelo, mas Cayden segura meu pulso. – Magia de sangue é uma coisa perigosa, Elowen.

– Eu sei que o sangue tem consistência viscosa.

– Não é hora pra brincadeiras.

– Que escolha nós temos? – questiono. Ele cerra os dentes, e a frustração se torna evidente no seu rosto, por saber que não resta opção. – Nem tenta me impedir de fazer isso. Vai ser uma perda de tempo e, como não sabemos o horário da troca de guarda, acho melhor me deixar sangrar logo.

Não hesito ao pegar minha faca, e olho para as estrelas que brilham sobre o oceano, as mesmas que eu costumava contar no calabouço de Imirath, as mesmas que via em Aestilian quando jurava que encontraria uma forma de rever meus dragões, e corto meu braço.

CAPÍTULO
VINTE E UM

A os poucos, a magia me domina como se trepadeiras subissem pelos meus ombros e me puxassem para o chão da floresta para um cochilo. Só o que vejo é escuridão.

– Cayden? – murmuro, arrastando as sílabas como se tivesse bebido demais.

– Estou aqui – ele responde, se colocando atrás de mim para me manter firme. – Deuses, você está gelada.

O calor de seu peito me mantém firme nesta câmara, apesar de não conseguir mais vê-la. Sombras oscilam diante dos meus olhos como um tecido fino e transparente balançando sob o céu noturno. Ele apoia o queixo na minha cabeça e passa uma das mãos no meu braço que não está ferido, usando a outra para me manter em pé. Tons de verde, lavanda, amarelo, azul, vermelho, rosa, dourado e prateado brilham nas sombras.

As cores do meu coração.

As cores impregnadas na minha alma.

– Dragões – murmuro. – Meus dragões.

– Elowen. – Ele diz meu nome com um tom de pura reverência. – Seus olhos estão brilhando de novo.

As sombras diante dos meus olhos se tornam uma fumaça verde.

– Sorin.

A fumaça se dispersa no centro, e vejo o rosto adormecido de Sorin, com suas escamas verdes. Sinto meu rosto molhado, e meu coração bate aos pulos dentro do peito. Sua cabeça está muito maior do que da última vez que o vi, e desejo que essa visão me permita vislumbrar o restante de seu corpo. Quero ver suas marcas, seus chifres e suas garras. Não quero que isso termine nunca.

– Venatrix. – A fumaça se torna vermelha, combinando com o olhar de Venatrix, e me deixo hipnotizar por suas escamas escarlates. – Venny, está me ouvindo? – Ela inclina a cabeça para o lado, e os toques de dourado aparecem em seus olhos. – É Elowen. Estou vendo você.

O chão treme sob minhas botas, mas não consigo me desviar da visão, não com Venatrix bufando seu reconhecimento. Não posso abrir mão dessa fraçãozinha de felicidade.

A fumaça agora está azul, e vejo Delmira. Quando se torna cor de lavanda, vejo Basilius. E quando por fim brilha em prateado, vejo Calithea.

O tremor se intensifica, e as lágrimas salgadas chegam aos meus lábios.

– Estou voltando pra vocês. Eu prometo. Nos vemos em breve. Aguentem firme e me esperem, por favor.

– A chave está pronta. Hora de ir – murmura Cayden no meu ouvido.

Me agarro ao pedestal com a mão trêmula.

– Sorin ainda não acordou. Eu não vi seus olhos. Ele não me viu.

– Ele vai ver você em breve, anjo. Preciso que volte agora.

– Não posso! – Ouço o rugido de Basilius à distância. – Por favor, não me obrigue a abandoná-los de novo.

Mas Cayden me afasta do pedestal, e meus dragões desaparecem. Sou deixada em um vazio mais profundo do que a parte mais escura do mar. Não é o chão que está tremendo, mas meu corpo, pois estou aos soluços. Só percebo que desmoronei no chão quando tento me levantar, e a escuridão ao meu redor não é mais a de uma visão, e sim porque meu rosto está afundado no pescoço de Cayden enquanto as lágrimas escorrem pela sua pele. Ele acaricia as minhas costas e me puxa para mais perto, passando os dedos pelo meu cabelo.

– Nós vamos desfazer essa injustiça, El. – Sua voz está embargada, rouca. – Você vai ver seus dragões de novo.

Ele me solta um pouco para rasgar um pedaço da camisa, mas estou com a faca na mão antes mesmo que Cayden perceba o que estou fazendo. A lâmina mal chega a tocar minha pele antes que ele me envolva com os braços para restringir os movimentos dos meus pulsos.

– Só mais uma olhada e podemos ir.

– Não. – Seu tom de voz não admite discussão.

– Preciso ver os olhos de Sorin.

– Elowen, esse pedestal é encantado. Seu pai criou várias formas de tentar impedir que você encontre seus dragões, e não duvido que tenha armado algo desse tipo com a intenção de fazê-la querer sangrar até a morte. Se estivesse sozinha, era isso o que faria.

– Eu não vou sangrar até a morte. – Eu me debato em seus braços, fazendo o máximo que posso para cortar sua mão só o suficiente para ele me soltar. – Só mais um segundinho.

– El – ele rosna, me prensando contra a parede e impedindo ainda mais o movimento das minhas pernas. – Não me peça pra ficar só olhando enquanto você faz mal pra si mesma. Isso é magia de sangue. Não é real.

– Foi real, sim! Eu vi os meus dragões. Eles sentiram a minha presença.

– Eu sei, querida, eu sei. – Ele acaricia meus pulsos com os polegares, tomando cuidado para não esfregar o ferimento que sofri na escalada. – E você vai passar com eles o resto da vida, que começa agora, saindo desta prisão. Vou te soltar e fazer um curativo no seu braço. Posso confiar em você?

Lanço um olhar de desejo para o pedestal enquanto absorvo suas palavras, engolindo o nó na garganta e assentindo, resignada. É difícil sentir tanta saudade e ter uma imagem deles na ponta dos dedos. Mas sei que Cayden está certo. Eu sangraria até a morte, com uma esperança no coração e nada mais.

Ele continua falando enquanto enfaixa meu braço com mais gentileza do que eu o imaginava capaz.

– Não fique com raiva de si mesma, ou de mim. Guarde sua raiva pra cada um dos filhos da puta que estão no caminho entre você e seus dragões. Direcione pra eles as suas lâminas, e despache suas almas. – Suas palavras despertam um fogo dentro de mim. – Toda vez que piso no campo de batalha, digo a mim mesmo que é só mais uma morte pra abrir meu caminho até Garrick. A morte dele está na minha mente desde que eu era menino. Mesmo quando não tinha nada na vida, eu sabia que seu poder era real, El. Sabia que viveria o suficiente pra encontrar a princesa perdida com o vínculo com os dragões pra juntar nossas forças.

Eu o encaro enquanto ele dá o nó na bandagem e segura meu rosto para enxugar a última lágrima.

– Você não vai morrer aqui. Nem vai voltar a ser prisioneira de Imirath. Não importa se eu precisar te carregar, você decide como vamos sair daqui.

Deixo suas palavras alimentarem o fogo que arde em mim até ele se transformar na tempestade de chamas encarnadas que a vidente de Galakin profetizou tantos anos atrás. É hora de voltar minha fúria para Imirath, para minha vingança implacável e inclemente.

– Eu quero o sangue de Imirath.

– Essa é a princesa que eu conheço. – Cayden se afasta de mim com um sorriso nos lábios quando pega a chave recém-forjada do molde. Meu sangue se solidificou em um metal escarlate, que brilha conforme Cayden gira a chave no dedo antes de colocá-la no bolso. – E é isso o que você vai ter.

Mantenho as chamas queimando enquanto saímos da câmara e passamos pelo guarda, que ronca alto. Eu me pergunto como será que é dormir assim tão profundamente, seja um sono induzido por magia ou não. Cayden espeta o dedo de novo e começamos nossa jornada de volta pelas cavernas sinuosas até nosso barco. Estou um pouco zonza, mas a fruta que deixei na minha bolsa que ficou no vilarejo de pescadores de Vareveth vai ajudar. Estamos a meio caminho em uma longa caverna quando sombras começam a dançar na parede. Viro a cabeça para trás, mas não temos como dar meia-volta e nos afastar sem que nos ouçam. Tudo aqui provoca eco.

– Pelo visto você vai ter seu desejo por sangue de Imirath satisfeito bem mais cedo do que eu pretendia. – Cayden dá uma risadinha, desembainhando duas espadas. Sua calma chega quase a ser cômica. Um homem no controle de qualquer luta em que se envolva. Não consigo conter meu riso baixinho, apesar do que aconteceu instantes atrás. Seis guardas escoltam um prisioneiro, e ao fazer a curva piscam algumas vezes, confusos, quando nos veem. Sorrio e aceno enquanto Cayden passa o braço em volta dos meus ombros. – Ah, graças aos deuses. Podem nos fazer o favor de mostrar a direção certa? Não estamos achando a saída.

Suas expressões de perplexidade me fazem rir ainda mais, e me escoro em Cayden para firmar os pés enquanto eles desembainham as armas e avançam. O prisioneiro permanece onde está, já que não conseguiria chegar muito longe acorrentado pelos punhos e tornozelos. Minha faca derruba um guarda, se cravando em seu olho antes mesmo que eu desembainhe a espada. A lâmina se torna uma extensão de mim, e eu me movo com ela com a fluidez da maré que avança e se retrai sobre as pedras que nos cercam. Cayden mata com a eficiência de um deus que enfrenta um exército de mortais, empunhando suas duas espadas e fazendo tombar outros dois guardas sem sequer transpirar.

Em meio ao turbilhão de lâminas e sangue, nem percebi que dei as costas para ele. Trata-se de um sinal de confiança que só ofereci antes a Finnian. Fui traída vezes demais para confiar tão livremente, mas talvez a aliança entre nós dois não precise ter bases tão instáveis. Estamos unidos pelos mesmos inimigos, mas é a primeira ocasião em que me sinto feliz de lutar ao seu lado. Não por causa de sua força, mas porque sei que nenhuma lâmina vai se cravar nas minhas costas enquanto ele estiver vivo.

Arremesso outra faca por trás de Cayden quando ele está prestes a matar o último guarda, e sua cabeça se volta para mim. Seus lábios se abrem num sorriso devastador, com o sangue escorrendo pelo rosto, ao notar nossas disposições similares.

– Você é uma criaturinha furiosa – ele comenta, espetando o dedo para tirar mais uma gota de sangue a ser usada para sairmos daqui.

Eu arqueio uma sobrancelha.

– Ficou com medo?

– Nem um pouco.

Nosso momento é interrompido quando o prisioneiro pega uma espada do chão e aponta na nossa direção. Parece não comer nem tomar banho há semanas, e é impossível encará-lo como uma ameaça, considerando que a lâmina treme como uma árvore frágil sob uma tempestade. Reviro os olhos e pego minhas facas. Não temos tempo para isso.

– E-eu não vou deixar me levarem de volta pra lá – gagueja o prisioneiro. Cayden e eu nos entreolhamos. Se esse homem tem mais medo de voltar para o mundo lá fora do que para a prisão, deve ter feito alguma coisa para merecer sua sentença e uma escolta de seis guardas. – INTRUSOS! INTRUSOS!

Cayden dá um passo à frente e golpeia com a espada com força suficiente para decapitá-lo. O corpo do prisioneiro se contorce em movimentos espasmódicos enquanto sua cabeça vai ao chão. Um silêncio pesado se forma entre nós, mas não dura muito. Centenas de passos ecoam pela montanha, fazendo vibrar as pedrinhas espalhadas pelo chão da caverna. Cayden joga o prisioneiro sobre os ombros e recolhe a cabeça antes de se colocar um pouquinho para trás, confiando que vou seguir a gota para saber aonde precisamos ir. Com um pouco de sorte, Garrick vai pensar que nos infiltramos na prisão para libertar um prisioneiro. Não é comum arrancar alguém da cadeia para obrigá-lo a encarar a ira de um líder de quadrilha ou alguma outra pessoa que tenha prejudicado.

Chegamos à caverna por onde entramos, e Cayden joga o prisioneiro no mar e fica olhando para baixo como se pudesse ordenar às águas que o cuspissem de volta, para poder torturá-lo por ter colocado em risco nossa missão. As ondas estão bem mais agressivas do que quando chegamos, engolindo completamente a pequena praia onde desembarcamos. Nosso barco ainda está à tona, mas não vai resistir por muito tempo se não chegarmos lá logo.

Cayden crava sua piqueta na montanha e começa a amarrar a corda à ferramenta com nós intricados. Ele dá um passo na minha direção quando termina e me segura pelos ombros.

– Você confia mesmo em mim?

A pergunta vem na pior hora possível.

– Confio o suficiente pra saber que não vai me deixar morrer.

– Pra mim já basta. – Ele me puxa, envolve sua cintura com as minhas pernas e nos amarra com os mesmos nós usados na piqueta. – Antes que queira argumentar alguma coisa, saiba que isso não está em discussão, princesa. A maré está subindo, e os guardas estão se espalhando pela montanha como ratos.

Aperto os braços ao redor do seu pescoço com mais força quando ele se inclina sobre o precipício e começa nossa descida em ritmo constante, me mantendo segura entre seus braços enquanto nossos corações batem colados um ao outro. Nunca tive medo de altura, mas quando a névoa pesada que cerca a base da montanha obscurece minha visão afundo a cabeça no pescoço de Cayden e confio nele para terminar a jornada.

– Você me ensina a abrir fechaduras daquele jeito? – pergunto, para ter algo com que me distrair.

Sua risadinha dança nas mechas do meu cabelo.

– Corromper você ainda mais é um convite que nunca vou recusar.

As botas de Cayden batem na água quando chegamos lá embaixo, e ele desata os nós com um único puxão.

– Preciso aprender isso também – comento.

– Combinado.

Solto as pernas de sua cintura, mas ele me aperta com mais força entre os braços, só me deixando descer de seu colo quando me põe em segurança no balanço do barco para sair ao mar. Ele percebe a vermelhidão no meu rosto enquanto rema de volta para o vilarejo em Vareveth onde deixamos as montarias e acampamos na floresta.

– Não tinha por que nós dois molharmos os pés – ele comenta.

– Sem segundas intenções? – pergunto, relembrando suas palavras na taverna.

O sorriso que ele abre é tudo, menos inocente.

– De jeito nenhum, anjo.

CAPÍTULO
VINTE E DOIS

Minha risada me assombra como um fantasma, e tudo ao meu redor parece envolto em melaço, se movendo lentamente. Em Aestilian, eu me sentia estagnada. Mas agora me sinto presa na minha própria mente, vendo o castelo ruir e as janelas se espatifarem enquanto tento aguentar firme.

A dor no meu peito não é por causa do vínculo, é por causa da dor em si. Do tempo roubado. Do medo do fracasso. O vento flui por entre as árvores rangentes para Imirath, mas eu permaneço aqui, a quilômetros de distância das criaturas que vi tão vividamente como se estivessem diante de mim.

Experimento a avassaladora sensação de querer ir para casa, mas não saber onde é meu lar. Um cobertor é colocado sobre os meus ombros, me arrancando dos meus pensamentos. Olho para trás, sem me dar conta de que Cayden tinha saído de seu lugar junto ao fogo.

– Você está tremendo. – Ele passa as mãos nos meus braços, e faço o melhor que posso para conter minhas emoções, detestando me sentir à beira das lágrimas na frente dele de novo.

– Desculpa – murmuro, sem saber exatamente por quê. Por não estar bem? Por ser muito emotiva?

Ele curva os lábios para baixo, contrariado.

– Você nunca me pediu desculpas antes, e não precisa começar agora. Principalmente se for pela maneira como está se sentindo.

– Vou me sair melhor da próxima vez que vir os dragões. Eu sei me segurar. Só fiquei chocada, e fui pega desprevenida. – As palavras em minha defesa saem às pressas, mas, na verdade, estou me defendendo de uma percepção de fraqueza que só eu enxergo.

– Eu sei que sim – ele diz, se sentando ao meu lado. Cayden atiça o fogo, e meus olhos dançam pela luz que as chamas projetam no seu rosto. – Mas não precisa se preocupar com isso agora. – Ele me olha, e sinto meu estômago se revirar. – Eu quero saber o que está acontecendo aqui – acrescenta, batendo com o dedo de leve na minha cabeça.

Faço um gesto negativo e me viro de novo para as chamas.

– Coisas demais.

– Quem vai dizer isso sou eu. – Cayden atiça o fogo de novo, e as faíscas sobem para o céu noturno. – Fala comigo. – Ele faz uma pausa antes de acrescentar: – Por favor.

É um pedido simples, mas tem o poder de silenciar a floresta, a não ser por uivos distantes e ondas quebrando. Só que estar aqui, longe do castelo e dos olhares curiosos e das expectativas, das máscaras e dos risos falsos, acaba tendo o efeito de soltar a minha língua. Muitas vezes senti que sou intensa demais para as outras pessoas, então ficar na minha sempre foi melhor. Meus pensamentos só dizem respeito a mim, mas Cayden está me olhando como se fossem tão importantes como o ar que ele respira.

– Convivi com a culpa por tanto tempo que nem sei quem eu sou sem isso. – Puxo o cobertor com mais força junto ao corpo. – Quando era mais nova, eu mal tinha sentimentos. Mal me sentia humana. Tinha que me lembrar de expressar alguma emoção para as pessoas não se preocuparem comigo, e fingia que estava bem pra ninguém me olhar muito de perto e perceber o quanto eu sofria. Me sentia uma estátua, vazia e sorridente, porque nunca tive um momento de alegria sem pensar que os meus dragões estavam sofrendo.

Me sinto como uma chaleira prestes a ferver, e comprimo os lábios para deter o falatório. Meus dedos puxam o pingente na corrente, e tento dissipar o aperto no peito respirando mais fundo.

– Continua falando, El – pede Cayden, num tom gentil, passando uma mão hesitante nas minhas costas.

– Eu não devia falar tanto. Devia ser grata pela vida que tenho.

– Não me venha com esse papo furado. – Meus olhos se voltam para seu olhar faiscante. – Não diminua tudo por que passou por uma percepção que outras pessoas pensam que você deve ter de si mesma.

Engulo em seco, sentindo um nó na garganta, e cravo as unhas na palma das mãos, assentindo com a cabeça quando sua mão volta a acariciar minhas costas.

– Sempre me disseram que nunca mais vou ver os meus dragões, e achavam que eu precisava aceitar. Mas jamais poderia fazer isso, e a visão deles hoje reabriu uma ferida que nunca chegou a cicatrizar de verdade. – Limpo as malditas lágrimas do rosto e continuo: – Eu finjo que não tenho medo de nada, mas vivo apavorada. Não posso falhar com os meus dragões de novo. Briguei com Ailliard quando me levou de Imirath pra poder voltar e ficar com eles. Eu tinha dez anos, e não estava nem aí se ia ser punida ou condenada à morte, porque os meus dragões sempre foram tudo pra mim. São parte de mim, e eu sinto a falta deles... demais – digo com a voz embargada.

Nunca pude conversar sobre meus dragões com Ailliard sem ser lembrada de que eles mataram sua irmã, nem com Finnian sem ouvir uma lista de motivos por que um reencontro era impossível – não por maldade, mas por preocupação comigo.

Cayden me puxa para mais perto, colocando minhas pernas sobre as suas e aninhando minha cabeça sob seu queixo. De início ele está tenso, como se não tivesse ideia do que está fazendo e houvesse agido por impulso, mas com o tempo relaxa. Seus dedos acariciam meu cabelo, e minha mente e meu corpo estão tão exaustos que nem tento resistir ao conforto. Seu corpo está quente na noite fria e tem uma firmeza de que preciso no momento.

– Eu sinto...

– *Para* de se desculpar. – Ele passa os dedos pelo meu cabelo de novo. – Cada lágrima que cai dos seus olhos é mais um inimigo que morre.

– Não quero que você pense que está se aliando a uma pessoa instável.

– Você não tem nada a me provar. Fui eu que procurei você. – Quando afasto a cabeça de seu peito, seu olhar está voltado para Imirath. – Você é firme e determinada. É corajosa, resiliente e mortal. É uma sobrevivente que já viu as piores partes da natureza humana, mas ainda assim nunca se esqueceu do que um gesto de bondade é capaz. Você é doce e terna também, apesar de tentar esconder. – Finjo uma careta, apesar de sentir que suas palavras estão despertando em mim uma nova onda de emoção, e sua intensidade se desfaz quando um sorriso aparece no seu rosto. – A sobrevivência é um fardo às vezes. Eu sei como é viver com culpa, como isso corrói você por dentro.

– Não sabia que você prestava tanta atenção em mim.

– O que te faz pensar que eu já prestei atenção em qualquer outra coisa? Meu coração dá um pulo dentro do peito.

– Tem alguém que eu possa ajudar você a reencontrar?

Ele volta o olhar de novo para a floresta, com uma expressão distante.

– Você pode me ajudar a ganhar essa maldita guerra depois que libertarmos seus dragões. É só disso que preciso pra seguir em frente.

– Nós vamos fazer isso. – Balanço a cabeça, incapaz de desviar os olhos do seu perfil. – O que Garrick fez pra você?

Um sorriso amargo surge nos seus lábios, e ele se recosta na árvore, com sua risada amarga flutuando na direção da lua. Vários segundos se passam, e se transformam em minutos. Bem quando penso em algo para dizer e quebrar a tensão, ele cede e afirma sem a menor emoção:

– Minha mãe foi executada por ordem dele.

Meus olhos dançam pela cicatriz no seu rosto, e as marcas de açoite que aparecem por entre o traje de couro. As marcas de uma vida dura.

– Quantos anos você tinha?

– Onze.

Eu seguro sua mão, e ele baixa os olhos como se o gesto de conforto fosse uma coisa atordoante.

– Acha que falar sobre isso te ajudaria?

– A única coisa que me ajuda é entrar no campo de batalha – ele responde.

– Bom, se mudar de ideia, eu estou aqui.

Cayden me olha de novo, e sinto que, se fosse outra pessoa no meu lugar, ele explodiria comigo. Seus olhos fervem de raiva, mas não é direcionada a mim, e não me assusta. Ele cede e balança a cabeça. Mesmo se ele nunca aceitar, não vou me arrepender de ter oferecido minha amizade para alguém que parece entender a solidão e a desesperança tão bem quanto eu. Talvez não estejamos unidos apenas por nossa raiva e nossa habilidade com as lâminas, mas essa percepção não me traz nenhum senso de conforto.

– Me fala de alguma coisa que faz você feliz – eu peço. Não quero que ele se perca em um passado claramente doloroso.

– Feliz? – A palavra sai com um tom de nojo.

– Deuses, eu sei que você é um ranzinza, mas isso já é exagero.

– A maioria das pessoas é infinitamente irritante. – Ele joga um graveto no fogo e suspira quando percebe que não vou ceder. – Dinheiro, uísque e combate. – Dou uma risadinha, e seus olhos se voltam para os meus, a raiva cedendo aos poucos. – Eu adoro ler. Roubei alguns livros quando morei na rua, mas antes disso relia sempre os mesmos três, porque eram os únicos que tinha em casa. As palavras eram um refúgio pra mim.

Isso é uma coisa que entendo muito bem.

– Você me empresta seu livro favorito?

Ele assente com a cabeça, curvando os lábios.

– Acho que vai ficar decepcionada com a falta de amores românticos.

– Deuses! – Cubro o rosto com as mãos. – Finnian contou até isso pra você?

– Você não é a única que gosta de xeretar, querida.

– Eu precisava saber se você não era um assassino antes de morarmos juntos – digo, bufando. Ele pisca algumas vezes e aponta para suas armas. – Um assassino disposto a me matar, no caso.

– E que conclusão você tirou vendo meus sabonetes e toalhas?

– Você é cheiroso e limpinho. – Abro um sorriso e apoio o queixo nas mãos. Ele cai na risada, e inevitavelmente faço o mesmo.

175

– Eu gosto do seu sorriso... e da sua risada também. Apesar de nenhuma das duas coisas aparecer facilmente. – Ele passa a mão no cabelo bagunçado, e as ondas voltam para a testa, de onde as tinha afastado. – Sua vez, El.

– Gosto de confeitaria. – Cutuco uma pedra com a bota. – Fazer coisas com as mãos acalma a minha mente. Adoro nadar no verão e tomar sol nas pedras.

Ele cola a perna à minha.

– O rosto sujo de farinha e as unhas de sangue, que imagem interessante.

Dou um empurrão no seu braço, e ele tomba de lado enquanto ri, esfregando o ombro quando se senta de novo. Eu franzo a testa.

– Machuquei você?

– Não. – Ele abaixa a mão. – Fraturei o ombro quando era garoto, e ainda dói quando forço demais. Não me olha assim. Eu posso carregar você o quanto for preciso. Foi aquele prisioneiro que fez isso comigo. – Prendo uma mecha de cabelo atrás da orelha e me ajoelho à sua frente.

– O que você está fazendo?

– Eu sou curandeira. Posso tentar aliviar a dor.

Ele segura meus pulsos antes que eu possa tocá-lo, e só então percebo a proximidade dos nossos rostos. A luz do fogo faz seus olhos parecerem campos de primavera. Seu cabelo é implacavelmente preto. A barba por fazer em seu queixo de alguma forma cresce ao redor da cicatriz. E por fim... reparo em seus lábios, que os deuses devem ter gastado um tempo extra para esculpir.

Lábios pelos quais eu não tenho por que me interessar.

Não posso nem *pensar* nisso.

– Você precisa dormir – afirma ele com uma voz áspera, atraindo meus olhos para seu olhar faiscante. Ele me encara como se quisesse saber como desviar os olhos, mas permanece paralisado. Meu coração dispara no peito, e meus dedos ficam ansiosos para tocá-lo de um jeito que sei que não posso.

Não posso. Não posso. Não posso.

Mas, quanto mais olho para ele, mais a voz na minha cabeça perde força.

– Não estou cansada – murmuro.

– El. – Cayden engole em seco, e suas mãos apertam com mais força os meus pulsos. – Preciso que você se afaste de mim.

– Por quê?

– Porque eu não vou me afastar, e preciso que seja mais forte do que eu.

Suas palavras fazem meu sangue ferver de um jeito que não está certo. Eu não posso me sentir assim. Ele é meu aliado, e não pode ser nada mais.

Puxo meus braços de volta e me levanto. Posso fazer isso por Cayden, depois do que ele fez por mim hoje. O cobertor foi aquecido pelo fogo, e me deito de barriga para cima para olhar as estrelas. Minhas pálpebras ficam pesadas depois dos acontecimentos do dia, mas, antes de pegar no sono, murmuro:

– Obrigada.

– Pelo quê?

– Você é a única pessoa que tem coragem de me ajudar a libertar meus dragões.

Sei que ele não está fazendo isso por bondade. Nosso acordo tem estipulações bem claras. Mas sua coragem é notável mesmo assim.

Ele dá de ombros.

– Conseguir o impossível vai me dar alguma coisa pra me gabar quando estiver no inferno.

* * *

Quando voltamos ao castelo, preciso me arrastar escada acima. Só o que quero é um banho quente e uma boa refeição depois de cavalgar na chuva por várias horas. Ao abrir a porta dos nossos aposentos, dou de cara com Finnian, Ryder e Saskia, sentados nos sofás da sala de visitas. Cartas de baralho estão espalhadas pela mesa, uma indicação de que estão me esperando há algum tempo.

Ah, pelos deuses.

Cayden dá um tapinha no meu ombro por trás, apertando de leve.

– Era pra você estar na fronteira.

– Terminei minha incumbência mais cedo, então voltei pra transmitir o relatório, mas descobri que você não estava aqui – responde Ryder, jogando uma carta na mesa.

– Peço desculpas pela tristeza que isso possa ter causado – retruca Cayden.

– E o assassino, Elowen? – pergunta Finnian.

– Tudo certo! – Minha voz soa mais alto que o normal.

Ele abre um sorriso.

– Tudo *certo*?

– Devia ser um cadáver bem charmoso, a julgar por esse seu sorriso – comenta Saskia.

– Alguém está com fome? Eu estou – digo, indo na direção do quarto.

– Se querem passar mais tempo juntos, não precisam mentir – diz Ryder, e tropeço no meu próprio passo, me segurando no encosto do sofá.

Finnian ri, jogando outra carta na mesa.

– Todo mundo sabia que isso ia acabar acontecendo.

– Como é?

Cayden faz cara feia ao ver a garrafa de uísque que Ryder deve ter pegado de sua reserva pessoal.

– Que bom que são tão compreensivos com a forma como passamos o tempo.

– E onde exatamente vocês passaram esse tempo? – questiona Saskia. – Saíram sem falar com ninguém.

– Nós viajamos até a costa – respondo. Não dá para mentir e dizer que estávamos na cidade.

– Até a costa? – Saskia arqueia uma sobrancelha perfeitamente esculpida, e sinto que falei a coisa errada. – Interessante. – Os olhos dela se voltam para Cayden e depois para mim, mas Ryder e Finnian estão distraídos demais com seu jogo para entenderem o que está acontecendo. – Vamos jantar depois que você tomar banho e falar sobre as reuniões envolvendo o tratado.

CAPÍTULO
VINTE E TRÊS

O s cochichos só pioraram.
    Sinto a palma das mãos coçar quando vejo duas serviçais junto à parede dando risadinhas uma para a outra. Cayden passou a semana na fronteira, e nossa troca de correspondências virou assunto. Fico me perguntando se Hyacinth andou contando para alguém que guardo as cartas que recebo dele numa gaveta, em vez de descartá-las, como faço com o restante da correspondência.

Pelo menos é impossível que o restante do castelo saiba que a tinta ficou borrada de tanto eu relê-las antes de dormir.

— O suprimento de comida a ser enviado para Aestilian antes do inverno precisa ser substancial, considerando que os meses de frio podem ser bem traiçoeiros no norte — diz Ailliard. A maneira como conduz as discussões sobre a aliança me leva a questionar por que servia como guarda, e não como conselheiro.

— Qual é o tamanho da população? — questiona Eagor. — Somos um reino próspero, mas precisamos saber qual é a real necessidade.

Ailliard me olha em busca de uma resposta.

— Duas mil pessoas — digo. É menos que isso, mas assim vamos ter alimento suficiente, e mais alguma reserva.

Ailliard faz um leve aceno de aprovação, mas o olhar calculista de Eagor permanece fixo em mim.

— Posso saber quantos de seus cidadãos eram originalmente meus?

— Se não deu pela falta deles, faz diferença se não estão mais aqui, majestade? — intervém Saskia. Ela está sentada do lado de Vareveth da negociação, mas tem se mostrado uma bela aliada para Aestilian. — Perdão se estou excedendo meu papel, mas devemos nos concentrar em quais alimentos mandar para eles passarem o inverno e priorizar a assinatura do contrato o quanto antes.

— Eu concordo com lady Saskia — afirma Ailliard. — Sua majestade e eu não temos por que revelar informações irrelevantes, e ela estar aqui representa um grande risco à sua segurança.

Eagor assente com um gesto tenso depois de vários segundos de silêncio.

— Mais uma vez, peço desculpas pela altercação em sua sala de banho na semana passada.

Abro um sorriso ainda mais tenso.

— Eu gostaria de me concentrar no meu povo, em vez do passado, se me permite.

Ele suspira, apanhando um pergaminho da longa mesa de carvalho cercada de conselheiros. Saskia e Valia são as únicas mulheres do lado deles, e eu sou a única do meu, sentada entre Ailliard e Finnian.

Um dos meus maiores incômodos é a frequência com que as mulheres são excluídas das conversas, sendo que são elas quem encontram as soluções mais lógicas depois que alguma lambança é feita. Muito tempo poderia ser economizado se mais mulheres pudessem participar desde o início, em vez de serem vistas como um último recurso.

— Teremos um excedente de grãos e de aveia, além de outras necessidades. Vamos enviar rebanhos também — afirma Eagor. — O baile que será organizado para anunciar a aliança já começou a ser planejado por Valia.

Valia se empertiga na cadeia ao ouvir seu nome. É a primeira vez que o marido a mencionou na reunião. É inevitável sentir pena dela. Sempre me tratou de forma arrogante desde que nos conhecemos, mas está na cara que em seu casamento não existe amor... nem sequer uma amizade.

— O rei, a rainha e o príncipe da coroa de Galakin estão convidados. Enviei o convite junto com nossos produtos de exportação esta manhã.

A FÚRIA DAS CHAMAS

– Eles podem não comparecer caso haja uma tempestade, como costuma acontecer nesta época do ano – comenta Eagor, se levantando da mesa, assim como todos nós em seguida. – A reunião está encerrada. Ailliard, você e um de meus conselheiros podem se encontrar com o cuidador dos rebanhos amanhã para acertar os detalhes.

– Sim, majestade. – Ailliard abaixa a cabeça. – Eu agradeço sua generosidade.

Eagor sorri para nós, mas seu olhar se fixa em mim. Forço meus lábios a não se curvarem enquanto seus olhos examinam as curvas do meu corpo. Meu povo é mais importante que meu orgulho e conforto. Ninguém mais percebe. Ele sabe ser sutil, e com certeza muita gente diria que eu deveria me sentir honrada por ser olhada dessa forma por um rei, ou que não seria digna de seu olhar caso fizesse algum comentário sobre seu comportamento.

Valia contorna a mesa, e me afasto de Ailliard e Finnian para saudá-la. Ailliard me abordou na manhã seguinte à minha volta ao castelo com Cayden para se desculpar, e estamos tratando de curar a ferida deixada por nosso desentendimento desde então.

– Eu gostaria de avisar de antemão que haverá vários pretendentes de valor no baile, todos ansiosos pra conhecer você. – Ela abre um sorriso largo e segura minha mão. – Sei que se tornou bastante próxima do comandante Veles, mas uma princesa precisa de um homem de uma família importante.

Eu mordo a língua para me segurar.

– O comandante Veles e eu somos apenas aliados.

Ela revira os olhos numa expressão brincalhona.

– Não se preocupe, eu não vou contar pra Eagor.

– Rainha Valia, eu amei seu vestido. – Saskia aparece ao meu lado e me pega pelo braço. – Perdão pela intromissão, mas a rainha Elowen e eu temos planos para esta noite.

O sorriso de Valia se torna mais tenso, mas ela age com a elegância ensaiada de uma pessoa educada para ser rainha desde criança.

— Divirtam-se, senhoritas.

Saskia e eu saímos para o corredor, acelerando o passo e falando baixo, num tom quase inaudível em meio ao farfalhar dos vestidos e ao batucar dos saltos no piso.

— Eagor disse alguma coisa pra Cayden sobre nossa... situação? — pergunto. — Ele está encrencado?

Ela nega com a cabeça, mantendo o rosto próximo do meu.

— É importante que entenda que sua existência representa uma ameaça aos governantes de Vareveth. Você tem um vínculo com cinco dragões, direito a herdar o trono de Imirath e é uma mulher solteira.

Sinto meu sangue gelar quando penso em Garrick e na maneira como minha mera existência foi tratada por ele.

— Cayden é idolatrado pelo exército, tem a lealdade total de seus homens. É conhecido como um dos melhores guerreiros e estrategistas da história de Ravaryn. É amado e temido, infame e misterioso na mesma medida. Todos sabem o quanto ele pode ser implacável. Querem que você se case com alguém que possam controlar. De preferência alguém da nobreza de Vareveth, que não se importaria de ser o cachorrinho de Eagor. Se a realeza de Galakin vier, eles provavelmente vão propor uma união entre você e o príncipe.

— Os governantes de Ravaryn podem não ser tão poderosos quanto imaginam, se o que têm em mente é me controlar.

As paredes do castelo de repente parecem se fechar ao meu redor.

— Eagor ordenou que Cayden mantivesse distância de você.

Essa declaração não deveria me abalar. Não deveria cair como um manto pesado sobre os meus ombros. Não deveria me fazer desejar vê-lo neste momento atravessando o corredor com um sorriso familiar nos lábios.

Abro a porta dos meus aposentos para evitar o olhar observador de Saskia, mas quase tropeço no tapete. No centro da mesa está o buquê mais lindo que já vi, em um vaso de cristal com flores variadas, em tons de verde, roxo, branco, azul, rosa e vermelho — as cores dos meus dragões.

O frescor do aroma de primavera me envolve quando me aproximo e pego o bilhete de Cayden na mesa, passando o dedo sobre o selo da espada cruzada.

– Ele disse que Eagor não tinha o direito de ordenar isso. – Ela passa um dedo fino por uma das pétalas macias. – E depois riu na cara do rei.

CAPÍTULO
VINTE E QUATRO

—————

— Sua vez, Elowen. – A voz de Ryder me desperta do meu devaneio e me faz voltar à taverna movimentada no vilarejo de Ladislava.

Ponho a minha carta da rainha na mesa, superando a do soldado, que Finnian jogou antes de mim. É um jogo simples, chamado Cortes, e pode ser jogado por até cinco participantes, cada um com sete cartas do baralho posicionado no centro do círculo. As cartas devem ser jogadas numa ordem estratégica para vencer, com o rei superando qualquer rainha, soldado ou bobo da corte. Se não tiver uma carta maior que a do jogador anterior, você precisa comprar uma e passar a vez, e é por isso que Saskia está olhando feio para mim.

Mas isso não dura muito, porque Ryder joga sua carta do rei e encerra a partida, enchendo os bolsos com as nossas moedas.

— Mais uma rodada? É por minha conta.

— Pra mim, não – responde Saskia, lançando um olhar para a minha cidra quase intocada. – Quer que eu leve você às minhas lojas favoritas? Vão fechar daqui a pouco, e eu já me cansei de jogar.

— Eu adoraria.

Sua perspicácia é ao mesmo tempo uma bênção e um tormento, mas hoje age a meu favor.

— Não sei se é uma boa ideia – comenta Finnian, olhando para o céu noturno através da janela.

— Ladislava é mais segura que Verendus. — Ryder começa a embaralhar as cartas de novo. — Mas não demorem mais que uma hora.

— Vou ficar bem, Finnian. — Aponto para as minhas pernas repletas de adagas. — Tenho meus corretivos pro caso de alguém encrencar comigo.

Ladislava lembra Verendus, e fica além da floresta que Cayden e eu atravessamos para chegar a Kallistar. É onde a maior parte do exército se instala quando não está na fronteira, e tem uma grande variedade de lojas e restaurantes. A maioria das pessoas anda armada até os dentes, carregando cestos e caixas para casa, mas é possível ver um vestido ou outro em meio ao mar de trajes de couro.

Saskia e eu andamos de braços dados no frio. O vento varre os caminhos serpenteantes de calçamento de pedra, ladeados por árvores outonais e lojas charmosas. As ruas estão quase desertas por causa do horário, mas o cheiro açucarado de um dia todo de preparo de bolos e xaropes de ervas paira no ar como um fantasma em um cemitério.

A sineta acima da porta da lojinha de pedra toca quando Saskia e eu entramos. O frio se esvai das minhas mãos, e aperto meu manto contra o corpo para não derrubar as ervas das prateleiras lotadas. O cheiro aqui é divino: flores, especiarias e algo que transmite uma paz absoluta.

— Lady Saskia, eu estava estranhando sua ausência! — A mulher miudinha de cabelo grisalho e comprido e de olhos calorosos sorri de trás do balcão. — E ainda trouxe uma amiga. — Ela pega os óculos, mas o sorriso desaparece de seu rosto quando me reconhece. — Majestade — diz às pressas enquanto se levanta tremulamente do banquinho, mas ponho a mão em seu braço antes que ela faça uma mesura.

— Isso não é necessário. — Eu sorrio e a auxilio a se sentar de novo.

— Posso ajudá-la a encontrar a receita de que precisa? — Ela balança a cabeça, sem parecer estar convencida de que não vou executá-la por não ter feito uma mesura. — O comandante Veles encomendou uma esta semana, mas ainda não veio buscar.

Uma expressão confusa surge no rosto de Saskia, mas ela pega a latinha cor-de-rosa decorada com flores amarelas das mãos da mulher e enfia na sacola. Desvio os olhos às pressas. É evidente que ele pretende dar o chá a uma mulher. A cidra que bebi não devia ser de boa qualidade, pois meu estômago começa a queimar de um jeito que prefiro não identificar.

– Vou querer o de sempre – diz Saskia enquanto deposita várias moedas no balcão.

Passeio pela loja enquanto Saskia conclui sua compra, e deixo que ela me conduza para o frio da rua depois que termina. Sinto os pelos da minha nuca se arrepiarem. Um sexto sentido que já salvou minha vida mais vezes do que sou capaz de me lembrar.

Empurro Saskia para trás de um grande carvalho quando sinto uma dor aguda no ombro. Minhas pernas bambeiam de leve, e levo a mão ao tronco da árvore enquanto arranco de mim um dardo cheio pela metade com um líquido azul-escuro.

Quebro a ponta e entrego para Saskia.

– Vai chamar Finnian e Ryder. Explica o que está acontecendo.

– Eu não vou deixar você sozinha.

– Você está desarmada, e o alvo sou eu.

Ela me abraça pelo ombro, tentando fazer com que eu me mova.

– Você está dopada. Não vai conseguir se defender sozinha.

Mexo o pescoço e pisco algumas vezes para tentar me livrar dos pontos pretos no meu campo de visão, sacando duas facas.

– Uma coisa que aprendi é que uma das minhas melhores armas é ser subestimada.

Passei quase a vida toda lutando em condições de inferioridade. Ter tudo contra mim não é razão para sentir medo, e sim uma motivação. Nunca fui capaz de ignorar as partes de mim que desejam arrancar sangue com as minhas lâminas, e hoje quero um rio vermelho fluindo pelas ruas de Ladislava.

Uma figura escondida nas sombras aparece em um galho mais próximo, se mantendo perto do tronco, enquanto uma dupla de assassinos de aluguel, um homem e uma mulher, avança na minha direção. Arremesso uma faca na direção da sombra, mas minha pontaria está descalibrada, e sinto meu corpo letárgico. Quem quer que estivesse ali cai no chão de pedra, mas sei que não o matei. Quando uma lâmina atinge o alvo, sinto as reverberações na medula.

Mais uma faca aparece na minha mão, como se nunca tivesse saído de lá, e ataco os mascarados no chão. A adrenalina me ajuda a resistir ao narcótico que usaram para me desnortear. O homem se desvia da lâmina quando a arremesso diretamente contra sua cabeça, mas minha intenção não era matá-lo, apenas separar os dois para eu poder enfrentá-los individualmente.

Desembainho a espada da cintura e a uso para bloquear o golpe da mulher. Seus olhos cheios de maldade encontram os meus quando nossas lâminas se chocam, e dou um sorriso ao notar a magnitude de seu ódio por mim. Isso vai tornar o ato de matá-la ainda mais satisfatório. Eu a empurro e projeto a minha espada lateralmente, mas ao bloquear ela comete o erro de posicionar sua lâmina mais baixa do que a minha. Me arriscando a perder o equilíbrio, mas me aproveitando da minha posição, dou um chute na barriga dela e ouço com prazer o som que seu crânio faz ao se chocar com uma pedra projetada acima das outras no chão irregular.

O homem avança, e só tenho tempo para me virar e bloquear o golpe antes de ser empurrada por ele. Mas, ao contrário da mulher, consigo me manter em pé e rodeá-lo.

– Está cansada, princesa? – o homem provoca.

Estou mais do que ciente da droga que percorre meu corpo a cada segundo que se passa, e temo que Saskia possa ter sido interceptada por outro agressor.

– Você costuma dopar todos os oponentes que enfrenta? – Eu giro a espada na mão. – Muitos homens têm problema de desempenho, mas ouvi dizer que com o remédio certo...

Ele solta um grunhido e avança, mas não confio no meu braço para bloquear o golpe, então me agacho e faço um corte em um ponto vulnerável de sua armadura. Teria tentado cortar seu pescoço, mas meus braços estão pesados como pedras. A mulher vem na minha direção, e nesse

187

momento escuto o som discreto de um arco sendo munido com uma flecha. Finjo que não ouço e uso a raiva dela a meu favor, bloqueando a espada e a empurrando para o lado no momento exato que uma flecha corta o ar e fura seu pescoço. Tiro uma faca da bainha na coxa e arremesso enquanto faço um giro, aproveitando o impulso para ajustar a mira e acertar o assassino que está no chão bem entre os olhos, com um estalo terrível.

Meus músculos gritam, e meu corpo me pede para ir ao chão, mas a minha mente me mantém na luta. Essa sempre foi a minha principal arma. Antes de ter uma lâmina, eu contava com a minha determinação para sobreviver apesar das circunstâncias. Meu braço arde por causa de um corte recém-sofrido, e meu sangue se derrama sobre as pedras do calçamento.

Minha visão fica turva nas beiradas, e o cabo da minha espada está escorregadio por causa do sangue.

Eu não vou morrer hoje, prometo a mim mesma.

O giro me deixou mais zonza do que eu esperava, e começo a tombar para o lado sob o peso da espada. O estalo de um tapa ecoa na rua ladeada de lojas, e meu rosto arde e meu maxilar lateja. As pedras chegam até mim em um instante, arranhando a palma das minhas mãos.

Ainda não me levantei totalmente quando ele dá um chute nas minhas costelas. Usando o impulso da pancada, fico em pé no momento em que uma flecha disparada atrás de mim se crava no seu braço.

Quase choro de alívio quando reconheço as penas.

Pela primeira vez nesta noite, o medo está estampado nos olhos dele antes de disparar pela rua, ziguezagueando para escapar de Finnian. Dou alguns passos em sua direção, mas sinto uma outra onda de vertigem, e minhas pernas cedem. Um par de mãos me agarra e me suspende antes que os meus joelhos atinjam o chão.

– Vá buscar o comandante. – O rosnado de Ryder reverbera nas minhas costas. – Sigam aquele homem!

– Ele vai se preocupar à toa – protesto, mas um cavalo já está galopando rumo à fronteira.

– Ele vai fazer muito mais do que se preocupar.

Sou arrancada dos braços de Ryder e fecho os olhos ao sentir o movimento brusco. Meu corpo todo está formigando, como se milhares de grãos de areia estivessem sendo salpicados sobre a minha pele. Sibilo quando Finnian me segura pelo braço, e o escuto praguejando ao perceber o sangue.

– Meus corretivos nunca me deixam na mão, Finny – falo com a voz arrastada.

– Eu não deveria ter deixado você sair. Porra. *PORRA*!

Abro os olhos e vejo o pânico instalado no seu rosto.

– Não é culpa sua. Não se culpe, por favor.

– Não interessa quantos soldados sejam necessários. Eu quero que cada centímetro de Ladislava seja vasculhado! Fiquem de prontidão pra novas ordens do comandante Veles, e espero um relatório na casa senhorial em uma hora. – A veia na têmpora de Ryder salta do rosto enquanto grita ordens para vários soldados na rua. – Também quero saber onde estão os merdas dos soldados de plantão, e que sejam trazidos até mim!

Eu não tinha percebido o tamanho da multidão que Saskia tinha trazido da taverna. Faço meu melhor para fingir que não estou abalada, mas isso só piora as coisas, então me apoio em Finnian enquanto observo os telhados à procura de mais uma ameaça.

– Majestade, a senhora infligiu algum ferimento a ele? – pergunta um homem mais velho com olhos cor de âmbar e um manto de Vareveth, inclinando a cabeça para me olhar nos olhos.

– Fiz um corte nas costas dele, e Finnian acertou uma flechada no braço.

Ele assente com a cabeça.

– Circulando, soldados! Vocês ouviram sua majestade. Encontrem o desgraçado e o tragam para o comandante.

Finnian me pega nos braços e segue Ryder até algumas montarias amarradas. Ele me segura com tanta força que seus dedos provavelmente vão deixar marcas na minha pele, mas percebo que seu corpo está mais relaxado. Sempre adorei a maneira de Finnian de encarar o mundo, e assumo o papel de protetora para garantir que ele nunca perca seu otimismo. Mesmo agora, dopada em seu colo, continuo esquadrinhando o perímetro em busca de ameaças, porque nunca vou deixar de me jogar na frente de Finnian para salvá-lo, mesmo se souber que a derrota é certa.

— Eu fico com ela — diz Ryder quando Finnian me põe em seu cavalo. — Me siga e se mantenha em alerta.

Fecho os olhos para não vomitar enquanto Ryder conduz a montaria pelas ruas, mantendo um braço sempre na minha cintura.

— Eu não devia ter sido tão descuidado — ele diz por cima do barulho dos cascos, com um tom de remorso e raiva.

— Não precisa se desculpar, isso me deixa constrangida.

— Entendido. — Ele ri com a boca colada ao meu ouvido. — Então que tal eu te pagar uma bebida pra comemorar o fato de ter dado conta de três assassinos mesmo dopada?

— Perfeito — murmuro, notando a tinta seca sob suas unhas com minha visão borrada. — Você é pintor.

— Eu tento. Mas não sou muito bom, não.

— Quem fala assim geralmente está mentindo. — Meu estômago continua a se revirar dolorosamente. — Estamos chegando?

— É logo ali na frente — ele garante, puxando de leve a minha trança para o lado antes de me envolver de novo pela cintura. — Eu seguro seu cabelo se você for passar mal. Atarah!

Felizmente não é necessário, pois quando o cavalo diminui o passo já estou melhor, e Ryder nos conduz por uma abertura nos portões de ferro com detalhes em ouro, subindo por caminho de terra ladeado por um arvoredo cerrado. Quando minha visão fica mais clara, é como se eu tivesse entrado em outro mundo, e uma casa construída em um vasto terreno aparece. Uma fonte com um dragão de boca aberta marca o centro da entrada circular. Trepadeiras sobem pelas torretas adornadas com vitrais. Minha visão ainda está borrada, e a lua cheia paira sobre a casa como se suas pedras escuras tivessem sido feitas para ser banhadas pelo luar, mas consigo ver o céu noturno, as montanhas e talvez até algumas flores nos vitrais.

    Finnian desce da sela e estende os braços para mim. Ele me pega no colo de novo e anda tão depressa que sou obrigada a fechar os olhos para não ver o mundo passando por mim como um borrão.

CAPÍTULO
VINTE E CINCO

Finnian me coloca no centro de um cômodo tão exuberante quanto o exterior da casa. É um lugar assombrosamente bonito, com vitrais retratando alguns dos desenhos que vi do lado de fora, além de um mar agitado. A mobília de uma madeira escura revestida com tecidos luxuosos está espalhada pelo local.

Me levanto às pressas quando sinto minhas pernas pousarem na borda da cama, e esfrego as mãos no rosto enquanto começo a andar de um lado para o outro. Se eu me sentar, vou dormir e sucumbir ao sedativo. Não posso perder o controle do meu corpo. Preciso continuar acordada.

– Elowen. – Saskia aparece na minha frente com um sorriso reconfortante e uma blusa grossa azul-marinho na mão. – Vou ajudar você a tirar essas roupas, e depois pegar um pano molhado pra limpar o sangue.

– Eu posso fazer isso sozinha, mas obrigada.

Saskia ignora minha tentativa de fingir que não estou abalada, e já está tirando as minhas botas antes de começar a soltar o corpete.

– Eu vou sair daqui. – Finnian beija minha cabeça antes de se retirar.

Saskia vai para uma porta diferente, e o som da água corrente surge em seguida. Retiro as camadas de baixo do meu traje e visto a blusa pela cabeça. Fica grande demais em mim, mas o cheiro reconfortante que traz me faz querer arrancá-la. Este lugar está me deixando tranquila demais. Eu deveria tomar um banho gelado ou tentar eliminar o narcótico do meu organismo.

– Por que não se deita um pouco? – oferece Saskia gentilmente quando termina de limpar o sangue do meu rosto e de cuidar das minhas mãos.

Faço que não com a cabeça.

– Acho que vou dar uma caminhada. Onde exatamente nós estamos?

– Você está nos aposentos privativos de Cayden. Não quero que bata a cabeça.

– Não posso dormir. Não assim.

A ansiedade comprime minha garganta, apesar de o resto do corpo estar mole.

– Você vai ficar bem – ela garante.

Preciso me acalmar. A falta de oxigênio só está turvando ainda mais a minha visão. Minhas pernas ficam moles, mas Saskia estende os braços para me amparar. Consigo me firmar e voltar a andar.

– Eu posso ficar acordada. Estou bem.

– Não vai acontecer nada se você dormir. Eu... – Ela se interrompe ao ouvir uma batida forte no andar de baixo.

– Ela foi *drogada, caralho*! – A voz de Cayden ressoa como um trovão. – O seu cérebro escorreu pela orelha ou sempre foi burro desse jeito?

– Não – murmuro ao sentir o peso do dia voltar com toda a força.

Os passos dele estão subindo a escada, quando deveriam estar se afastando de mim. Compartilhar aposentos num castelo sendo meu guarda é uma coisa, mas não sei o que vai acontecer se Eagor descobrir que estou na sua casa. Os boatos sobre nós circulam sem parar por Vareveth. Isso só vai complicar a coisa. Será que vai ameaçar nossa aliança?

Minhas pernas cedem sob o peso de tudo isso, mas braços fortes me envolvem antes que eu caia no chão, e meu rosto é puxado para junto de um peito coberto de couro preto. Eu seria capaz de reconhecer Cayden pelo cheiro de sua pele e pela maneira como suas mãos me seguram, como um bote salva-vidas em uma tempestade.

– Você veio – murmuro com um alívio que nem imaginei que sentiria com sua presença.

– Eu sempre vou estar aqui pra você, anjo.

Estava com saudade do som de sua voz. Eu me permito esse momento em seus braços, com seus dedos passeando pelo meu cabelo e me puxando de novo para junto de seu coração acelerado, mas o empurro para longe quando o pânico se instala.

– Você não devia estar aqui, ou talvez eu não devesse.

Mais uma onda de vertigem me invade, e me forço a andar de um lado para o outro de novo. Vou me obrigar a ficar bem, se for preciso.

– Por quê?

É uma pergunta muito simples, mas a maneira como Cayden a faz me leva a pensar que só o que ele precisa é saber quem colocou essa ideia na minha cabeça.

– Existem boatos sobre nós – me limito a dizer.

– Se pra você as fofocas mentirosas são um problema, me ofereço humildemente pra fazê-las virarem verdade.

O tapa que dou em seu peito parece mais um carinho, e me deixa zonza de novo. Cayden me segura pelas mãos, mas, em vez de me deter, dá um passo atrás. Saskia deve ter escapulido do quarto quando ele entrou – não há nenhum sinal dela além da cama desarrumada.

– Você está preocupada com o quê?

– Eu não posso perder o controle – murmuro. O nó na minha garganta se aperta. Estou acostumada a sentir mais medo do que sou capaz de admitir, mas nunca assim. Esse medo de lutar contra o inevitável. – Prefiro encarar um exército inteiro a não ter controle sobre o meu próprio corpo.

– Você está segura comigo, sempre. – Cayden desliza os braços suavemente sobre o meu corpo trêmulo. – Confia em mim, como fez na prisão. Eu estou aqui, e não vou embora. Não importa quanto tempo leve, você pode contar comigo.

Essa é uma versão de si mesmo que Cayden nunca vai mostrar para o restante do mundo, e me sinto ansiosa para ter isso, como um dragão protegendo seu tesouro nas histórias que eu lia. Sei que ele me protege porque precisa de mim para seus objetivos, assim como preciso dele, e talvez seja efeito do sedativo, mas o jeito como ele me olha está diferente. É como se, agora que seus olhos estão sobre mim, ele não conseguisse nem conceber a ideia de olhar para o outro lado.

— E se eu demorar cinco dias pra acordar?

Ele me pega nos braços e me coloca gentilmente na cama.

— Nesse caso, mais alguns boatos vão surgir.

Cubro os olhos e solto um grunhido que vira uma risadinha enquanto o temido comandante de Vareveth ajeita os travesseiros na cama antes de se sentar ao meu lado. Quando pensa que não estou olhando, seu rosto assume uma expressão de raiva tão intensa que um calor começa a irradiar dele. Uma cara que eu classificaria como uma promessa de morte. Sinto vontade de contornar sua cicatriz com o dedo, mas minha mão pesada continua imóvel sobre o cobertor, e Cayden está fora do meu alcance em mais de um sentido.

Ele pisca algumas vezes para mudar sua expressão quando me mexo, se afastando das trevas que residem dentro dele, seja por que for.

— Gostei das flores no seu cabelo.

Fico corada, pois tinha me esquecido de que havia prendido algumas flores roxas na cabeça, descendo pela trança.

— Obrigada pelas flores. São lindas.

— Não precisa agradecer.

— Me desculpa por ter atrapalhado sua programação.

Ele solta uma risada.

— Suas cartas foram o ponto alto do meu dia, e vê-la pessoalmente é uma sensação incomparável.

Minhas bochechas ardem ainda mais. As cartas dele eram o ponto alto dos meus dias, mas nunca vou dizer isso a ele. Meus olhos se fecham uma última vez, e acabo me permitindo confiar em alguém que não deveria.

— Cayden?

— Sim, El.

– Acho que senti a sua falta.

Sinto uma movimentação na cama, e algo macio encosta na minha testa.

– Eu senti mais a sua falta do que deveria, querida.

* * *

A água fria balança ao redor meu corpo enquanto boio no lago. Meu cabelo castanho-escuro se espalha ao meu redor e minha camisola de cetim gruda no meu corpo. Me deixo levar por essa calma pouco familiar antes de abrir os olhos.

O céu noturno aparece acima de mim, com estrelas brilhantes que fazem o vazio escuro reluzir. Agito os braços na água, passeando com as mãos por sua superfície sedosa. À minha esquerda, há uma serra; os cumes nevados das montanhas beijam as estrelas de maneiras que nunca pude.

Uma voz potente reverbera no céu quando estou prestes a estender a mão para pegar uma estrela.

– Você viu quem foi o filho da puta que fez isso?

Um relâmpago irrompe no céu, e eu me sento na mesma hora, batendo as pernas sob a água em vez de boiar. Olhando melhor, percebo que não, não é um relâmpago – as estrelas estão caindo.

– Eu vou encontrar quem foi, e o desgraçado vai sofrer de um jeito que nunca imaginou – rosna de novo a voz.

As estrelas caem no lago ao meu redor e chovem sobre a praia. Algumas inclusive se chocam contra as montanhas, fazendo-as estremecer. Uma mistura de neve e rochas despenca dos cumes para o lago. O medo se espalha pelo meu peito quando as enormes ondas chegam até mim. Meus braços cortam a água, enquanto meus pés batem sem parar, mas não há como escapar. As ondas começam a me levar cada vez mais para o fundo. A água queima minha garganta conforme caio no abismo sem fundo sob o meu corpo. Minhas mãos tentam remar para me levar à superfície, mas é como se eu estivesse nadando num xarope espesso.

Continuo me esforçando e me debatendo até subir à tona, respirando desesperadamente.

– Elowen! – Minha cabeça se vira para a margem; ouço alguém chamar o meu nome em meio às ondas, à avalanche e às estrelas cadentes, e é como se a voz estivesse bem diante de mim. – Elowen, *por favor*.

As ondas se acalmam, e sinto algo bem leve roçar meu rosto e deslizar pelo meu cabelo. Seguro aquilo com a mão, erguendo a cabeça para sentir seu toque quente no rosto. A voz na beira do lago é a mesma que fez as estrelas caírem e as montanhas estremecerem, mas agora está me chamando para mais perto.

A voz remove o frio do lago dos meus ossos e me envolve como um cobertor, entrando fundo no meu corpo e detonando dentro de mim algo que nunca senti. É um sentimento que não sei como descrever, mas quero mais.

Quero estar perto dessa voz. Algo está vibrando no fundo da minha mente, me implorando para não me aproximar mais, pois a voz é perigosa. Eu deveria nadar para longe e me esconder nas montanhas, mas não consigo ignorar o meu desejo.

A margem é ainda mais fria que o lago. Minha camisola de cetim e meu cabelo estão ensopados; grudam no meu corpo gelado enquanto o vento sopra forte ao meu redor. Uma silhueta que parece feita da mesma substância da noite se aproxima e me toma nos braços no momento em que luzes verdes, lavanda, prateadas, vermelhas e azuis cruzam o céu. Fico observando, boquiaberta, quando os cinco dragões aparecem. Não exatamente sólidos, mais como um contorno reluzente parecido com a escuridão que me envolve.

Eles fazem rodopios e mergulhos pelo céu, com suas asas poderosas estendidas enquanto circulam o lago. Estendo o braço para o dragão azul-brilhante que pousa à minha frente e sinto a textura sólida de suas escamas.

– Delmira – murmuro.

Todos os dragões pousam na beira do lago; parecem tão reais. A escuridão se move comigo, fluindo atrás de mim como uma sombra enquanto caminho entre as silhuetas gigantes, acariciando suas escamas. Sorin passa o focinho na minha panturrilha. Quando me viro, sua expressão é quase... brincalhona.

– Sorin. – Nunca me senti tão bem dizendo um nome. – Está querendo atenção?

Um zumbido vibra em sua garganta quando me aproximo, e ele passa o focinho em mim de novo, desta vez no braço. É estranho parecer tão real, apesar de eu conseguir ver através do seu corpo. Passo os braços ao redor de seu pescoço e dou um berro quando ele se endireita, me levantando junto. Os outros quatro dragões decolam, e um grito escapa da minha garganta quando Sorin bate suas asas poderosas e se junta a eles.

Observo meus dragões voando juntos como se fossem os donos do céu. Sorin continua sua subida, me levando de um jeito que não me obriga a forçar muito os braços. O vínculo que tenho com eles vibra suavemente no meu peito, e percebo o leve brilho dourado de suas escamas.

Esse sentimento é puro êxtase.

E não é real, porque sei que estou sonhando, mas me parece tão familiar.

– Eu vou matar todo mundo que se meter no nosso caminho – juro com a boca colada ao seu pescoço, sem saber quanto tempo ainda temos. – E, quando estiverem livres, vai ser a vez de vocês banharem Imirath com chamas.

Sorin ruge com força suficiente para sacudir as montanhas e fazer as estrelas fugirem pelo céu. É como se ele também soubesse que nosso tempo é limitado e quisesse nos manter aqui para sempre.

No céu com meus dragões, tenho a sensação de pertencimento, de estar em casa, que desejei por tanto tempo. Mas quero que Sorin tenha o controle total de seu corpo, para desfrutar deste momento sem se preocupar comigo, então peço que me deixe na beira do lago. Colo minha testa à sua quando ele me põe no chão e faz o mesmo zumbido de antes.

– Até breve, amorzinho – murmuro.

Ele me acaricia com o focinho uma última vez antes de se juntar de novo aos outros, e fico na beira do lago, incapaz de segurar as lágrimas enquanto tremores violentos sacodem meu corpo. A escuridão retorna e me oferece um pouco de calor.

– Demônio? – pergunto quando os tremores passam.

– Sim, anjo.

Um nome desaparece com a mesma velocidade com que apareceu. A escuridão me envolve e me recosta uma árvore, de onde posso ver meus dragões enquanto descanso. A maioria das pessoas foge da escuridão, mas não consigo afastar a sensação de que é exatamente aqui que preciso estar. Deveria ser algo frio e nada acolhedor, mas essa escuridão não tem nada disso. Meu rosto se recosta a algo quente enquanto envolvo nos braços a figura diante de mim.

– Não vai embora – murmuro, e continuo aqui, contente, enquanto a escuridão mexe no meu cabelo e passeia pelas minhas costas. Não quero sair nunca deste reino de sonhos e dragões.

Uma outra voz surge do alto das montanhas.

– Os relatórios... lá embaixo...

– Eu não quero sair do lado dela.

Eu aperto com mais força. Também não quero que minha escuridão me abandone. Uma risadinha vibra junto ao meu rosto.

– São só dez minutos – insiste a voz feminina.

Para minha decepção, a escuridão começa a se mover. Tento aproximar meu corpo de seu calor fugaz, que logo desaparece. O único calor que resta é o do toque levíssimo no meu rosto. Raízes de árvore envolvem meu pulso quando tento estender o braço. *Volta*, sinto vontade de dizer, mas as palavras morrem na minha garganta.

– Eu devia saber que você ia fazer manha. – Alguma coisa é colocada ao meu lado, e seguro com força, sentindo um cheiro familiar. – Eu já volto, linda. Não saia daqui.

A solidão envolve meu coração quando meus dragões são obscurecidos pelo sol, e seus rugidos soam tão distantes que meu coração se parte. Solto minha mão livre das raízes de árvore para poder segui-los, mas as luzes me cegam quando fico em pé.

CAPÍTULO
VINTE E SEIS

Sou arremessada no presente como se um trovão tivesse me despertado de um sono profundo.

– Venatrix! Onde está Venatrix? Onde estão meus dragões?

Tento me mover, mas as minhas pernas estão enroscadas nas cobertas. Finnian se aproxima e põe as mãos nos meus ombros.

– Calma, Ellie. Você está em segurança, na casa de Cayden.

Meu coração bate tão forte que sinto a pulsação na ponta dos dedos. Fico observando seu rosto preocupado enquanto recupero o fôlego, com algumas mechas de cabelo caindo no meu rosto. Minha mente está enevoada, mas juro que ainda sou capaz de sentir as escamas sob a palma das mãos. Meu braço não está mais doendo, mas sinto um latejar incômodo no queixo, onde o homem me atingiu.

Limpo a garganta antes de falar.

– Estou no quarto de Cayden?

Finnian assente.

– Ele ficou com você nos últimos três dias, disse que tinha prometido não sair do seu lado, e parecia que arrancaria minha cabeça quando eu me oferecia pra trocar de lugar com ele.

– Três dias! – Eu me levanto da cama. – Ailliard sabe disso?

– Se ele sabe que você ficou aninhada na cama com o comandante mais temido de Ravaryn? Alguém que ele condena com tanta veemência? Não. Ele sabe que está aqui, mas encobri o resto pra você.

– Pelos deuses, que caos.

– O caos pode ser divertido.

Escondo o rosto entre as mãos e solto um grunhido.

– O tratado de aliança ainda nem foi assinado, e precisamos da ajuda de Vareveth pra sobreviver. Não existe espaço na minha vida pra sentimentos.

– Então você admite que gosta dele?

– Ele é meu aliado. – Vou até onde estão minhas roupas, cuidadosamente dobradas, e começo a vesti-las para ter algo que fazer, sem me preocupar se Finnian está vendo meu corpo. – A morte dele seria bem inconveniente pra mim.

– Já parou pra pensar que muitas vezes as pessoas mais brutais também podem ser as mais gentis? Talvez seja por saberem que o mundo é um lugar horrível, então farão de tudo pra proteger as pessoas de quem gostam. – Finnian apoia os ombros nos joelhos e fica me observando do outro do quarto quando termino de me vestir. – É esse o tipo de amor que você tem por mim. Capaz de mover montanhas pra garantir minha segurança. Mas vou lhe fazer uma pergunta, e quero a verdade.

Assinto com a cabeça e espero.

– O tratado com Vareveth também inclui seus dragões?

Engulo em seco, sabendo que essa conversa já pairava no horizonte como uma tempestade.

– Meus dragões não são mencionados no tratado, mas Cayden e eu vamos nos infiltrar no castelo de Imirath depois da assinatura, pra trazê-los de volta. Nós invadimos a prisão de Kallistar umas semanas atrás pra forjar a chave da câmara em que estão trancafiados.

Ele passa as mãos pelo cabelo e inclina a cabeça, suspirando.

– Por favor, não me peça pra rever os meus planos.

– Não é isso. – Ele olha para mim de novo. – A ideia de te perder no meio de tudo isso é apavorante. Você é minha família desde o dia em que acordei em Aestilian com você sentada ao meu lado na cama. É a irmã que pedi aos deuses depois que perdi a minha no incêndio.

Ele se ajoelha ao meu lado enquanto tento impedir as lágrimas de chegarem aos meus olhos.

– Não consegui proteger você naquela noite, mas não vou falhar de novo. Tem meu arco a seu serviço e minha lealdade absoluta pra sempre. Vou ajudar você a recuperar seus dragões de todas as formas que puder.

Caio de joelhos e o abraço, enterrando meu rosto no seu pescoço quando ele me puxa mais para perto.

– Eu amo você, meu irmão.

Limpo as lágrimas de seu rosto e sorrimos em meio à dor que a vida nos impôs, aos medos que surgem a partir dos nossos traumas. Mas, por mais que a vida tenha nos tirado, também nos deu muita coisa. Não sei o que eu seria sem Finnian, e agradeço aos deuses por não precisar saber.

– Já chega de lágrimas, querida. Agora pode ir se lavar pra irmos juntos ao andar de baixo, onde suas facas e todos estão à sua espera. – Ele aponta para uma porta aberta. – Também vou pedir pra Cayden vestir uma camisa, pra você não ficar vermelha como um pimentão.

***

Finnian me conduz pelos corredores de uma casa encantadora. Entre entalhes intricados, lareiras de pedra, tecidos luxuosos, escadarias imponentes e janelas altas como árvores, este lugar é magnífico. Os aposentos privativos de Cayden são uma ala inteira reservada para ele.

Cayden chegou bem longe para alguém que veio do nada.

Passamos por uma porta dupla no fim de um corredor com janelas que leva a uma torre com teto abobadado. Uma luz suave nos banha enquanto o sol se põe atrás das montanhas, e fico sem fôlego quando entramos numa biblioteca com mais livros do que já vi na minha vida inteira. A sala é uma mistura perfeita de luxo e conforto, com móveis de couro e madeira escura cobertos com um tecido de um tom profundo de vermelho para combinar com os diversos tapetes. O fogo estala na lareira, o uísque está sobre a mesa, e um piano de cauda preto está posicionado diante de várias janelas com vista para um lago atrás da casa.

Saskia e Ryder me cumprimentam quando entram, e ele me conta que afiou minhas facas enquanto eu estava inconsciente, mas Cayden permanece calado ao piano, me observando como se fosse a própria encarnação da morte, calado, mas atento. Acho que eu não tiraria os olhos dele nem se um exército marchasse pela porta, e minhas pernas me levam em sua direção sem que minha mente emita o comando para isso. Seu olhar é uma contradição que ao mesmo tempo me paralisa e me atrai para mais perto. Olhá-lo nos olhos é um jogo perigoso em que eu não deveria me arriscar, mas ao que parece não consigo me conter.

Seu cabelo está bagunçado como se suas mãos tivessem passado por ele sem parar, e as olheiras são visíveis sob seus olhos injetados. As pernas compridas estão bem afastadas, e ele apoia um cotovelo sobre as teclas cobertas do piano, mas sei que sua postura não é um sinal de tranquilidade e relaxamento; seus olhos me mostram toda a sua sede pelo sangue de quem tentou me matar.

– Anjo – ele me cumprimenta.

– Demônio. – Meu transe se quebra quando passo por uma cadeira de espaldar alto e vejo a quantidade de relatórios espalhados na mesa. Não dá nem para ver a madeira por baixo. Me inclino para me informar sobre o que perdi, mas mãos envolvem minha cintura e sou puxada para longe. – Mas que diabos?

Cayden ignora meu protesto e me senta no banquinho do piano, se abaixando para murmurar no meu ouvido:

– Você passou três dias agarrada em mim. Agora não é hora de se fazer de tímida, El.

Não tenho tempo para pensar numa resposta, pois ele pega minhas facas de onde Ryder deve ter deixado, perto do piano, e fica de joelhos à minha frente. Minha respiração se acelera, e seus olhos se voltam para os meus lábios quando passo a língua para umedecê-los, sentindo calor como nunca na vida.

— Suas lembranças podem se confundir se você ler os relatórios. Me conta o que aconteceu, e Saskia vai tomando nota — ele diz com uma voz rouca enquanto põe uma das facas na bainha da minha calça e segura meu quadril com a outra mão, afastando um pouco minha camisa para acariciar a pele com o polegar.

O desejo que me domina se torna impossível de ignorar, então fecho os olhos para revisitar minhas lembranças. Uma névoa impenetrável está instalada sobre meus pensamentos, como as brumas que cercam Aestilian. Mas esta protege meu reino, enquanto a outra só me prejudica.

Revivo os acontecimentos daquela noite da melhor maneira que sou capaz, parando para esclarecer a minha mente confusa várias vezes. A cada pausa, Cayden acaricia minha cintura e põe outra faca na bainha para me incentivar a continuar. A pena de Saskia continua registrando tudo, e o tempo todo ela, Ryder e Finnian intervêm do sofá para acrescentar os detalhes importantes que deixo de fora.

— Você se lembra da aparência do homem? — pergunta Cayden, colocando a última faca na minha coxa, com os dedos perigosamente próximos da minha virilha. Me seguro no banquinho com força e consigo resgatar uma imagem das profundezas enevoadas.

— Ele tem uma cicatriz. — Abro os olhos e passo o dedo pela testa de Cayden, deixando-o por lá por mais tempo que o necessário enquanto a garganta dele se contrai e seus olhos se cravam nos meus. — Isso é o máximo que posso fazer. Eu estava mais concentrada em acabar com eles.

Cayden assente, dando um apertão nas minhas coxas recém-municiadas antes de se levantar e se recostar no piano atrás de mim. Estou mais tranquila depois de ter feito meu relato, mas o número de depoimentos que eles reuniram ainda me incomoda.

— Quantas pessoas viram que eu estava dopada?

— É difícil dizer — responde Saskia. — Todos os soldados na taverna estavam prontos pra batalha quando fui dar o alerta, e outros se juntaram a nós no caminho.

Mordo a bochecha para não fazer uma careta.

— Não precisa se preocupar com nenhuma percepção de fraqueza. — Eu me viro na direção da voz de Cayden. — Você enfrentou três assassinos de aluguel enquanto estava dopada. Se alguém a chamar de fraca, eu mesmo vou drogar a pessoa e contratar três assassinos pra fazer um ataque-surpresa.

— Eu digo o mesmo — corrobora Ryder, mas a tensão entre ele e Cayden é palpável.

— Preciso ir falar com Ailliard pra avisar que está tudo bem.

— Eu vou com você. — Saskia se oferece, mas deve ter notado minha cara de apreensão, porque acrescenta: — Posso ser sua desculpa pra ir embora, se precisar encurtar a conversa ou se cansar.

Sua oferta é extremamente tentadora. Apesar de ter dormido três dias, não me sinto descansada nem pronta para um duelo verbal.

— Tem certeza?

— Podemos partir pro castelo daqui a pouco. — Saskia se levanta, e seu vestido azul sem adornos flui junto com seus movimentos quando ela começa a sair da sala. — Você é minha aliada contra meus irmãos idiotas, então o mínimo que posso fazer é retribuir o favor.

Eu dou risada, e o sorriso dela se alarga.

— Adorei a ideia.

— Que grosseria! — grita Ryder, e ele e Finnian vão atrás dela, dizendo que vão buscar suas coisas, apesar de ser difícil de acreditar, considerando que Finnian nunca se hospedou aqui antes.

A biblioteca logo fica em silêncio total, o que me deixa inquieta. Coloco as pernas sobre o banquinho e apoio os braços no piano fechado.

— Por favor, não fica bravo com Ryder por minha causa.

Ele morde a bochecha, e com isso consegue parecer ainda mais furioso.

— Se ele não fosse como um irmão pra mim, estaria morto.

— Mas ele *é* seu irmão. — Estendo o braço e seguro sua mão. — A missão continua firme. Não gasta sua energia à toa.

Ele se apoia no cotovelo e aproxima o rosto do meu.

— Por que você não acredita que é digna da minha raiva?

Eu me afasto e levanto a tampa do piano para ter o que fazer com as mãos, batucando algumas teclas. Cayden solta um suspiro e se posiciona em pé atrás de mim quando percebe que não pretendo responder. Apoio a cabeça em seus ombros, e sinto meus braços se arrepiarem quando suas mãos grandes cobrem as minhas. Ele move nossas mãos, tocando uma melodia tão leve e terna que me faz pensar numa manhã tranquila.

Não tem nada de acidental nessa associação. Não adianta fingir que ele não está fazendo isso só para me tocar, e que eu não o impeço. Digo a mim mesma para tirar minhas mãos de debaixo das suas, para não apoiar a cabeça nele, para não deixar seu cheiro me inebriar. Mas minha pele está arrepiada, e sua proximidade claramente me faz perder a cabeça.

– Obrigada por ficar comigo – murmuro.

– Eu dei minha palavra. – Sua voz dança entre as mechas do meu cabelo.

– Eu sei, mas Finnian estava aqui. Você não precisava.

– Como sabe o que eu preciso ou não preciso?

A maneira como ele me diz essas palavras me faz virar a cabeça. Seus dedos se apertam em torno dos meus, e a melodia se torna mais sombria quando nossos olhares se encontram. Sei que ele sente quando me mexo no banquinho, e abaixa a cabeça em resposta. Um tremor sobe pela minha espinha quando seu hálito roça meus lábios.

A música para quando seus dedos deslizam sobre os meus e me seguram com força.

Sinto como se estivesse na beira de um abismo, prestes a desabar em queda livre. Meus olhos se fecham, mas sua expressão de desejo está gravada na escuridão que me aguarda. Ele solta uma das minhas mãos para segurar meu rosto, e um gemido sobe para minha garganta quando seu polegar acaricia a minha pele.

Inclino a cabeça para cima, concedendo a permissão que ele deseja.

– Vocês não vêm? – grita Saskia do corredor.

Me lanço para a frente às pressas e bato as mãos desajeitadamente nas teclas antes de me levantar do banquinho e ir para a porta. Cayden me acompanha com passos preguiçosos, as mãos nos bolsos, parecendo não se abalar nem um pouco. Abro a boca várias vezes para dizer alguma coisa, mas não sei ao certo o quê.

– Não precisa ficar sem palavras só porque quase me beijou.

– Foi um lapso de juízo da minha parte. – Ele sorri quando eu o olho feio. – Ainda não suporto você.

– Ah, é? – Ele estala os dedos. – Então me diga uma coisa, querida, você costuma beijar as pessoas que detesta?

– Não sei. Mas posso ir até a taverna testar essa teoria.

– Fica à vontade pra condenar à morte quem você quiser. – Ele dá de ombros e põe a mão nas minhas costas, me conduzindo para a porta da frente. – Vai ser divertido matar um por um.

CAPÍTULO
VINTE E SETE

De volta ao castelo, minha noite se torna monótona depois que Finnian e Saskia são convocados para uma reunião de conselheiros. O tempo passa irritantemente devagar, apesar de já serem 3h30 da manhã. Vou acabar cavando uma trincheira no chão se continuar andando de um lado para o outro desse jeito, mas Cayden não voltou, e minha ansiedade pulsa dentro de mim como um tambor de guerra.

As missões de Cayden como comandante de Vareveth são cercadas de perigo. Ele precisava amarrar algumas pontas soltas na fronteira, mas disse que voltaria. Desde que nos conhecemos, ele sempre apareceu quando disse que viria; na maior parte do tempo, sinto que não posso escapar de sua presença. Mas o silêncio em nossos aposentos é ensurdecedor.

Não consigo parar de imaginá-lo sangrando em uma vala em algum lugar, sabendo que tenho as habilidades necessárias para localizá-lo e curá-lo. Ele é o único que acredito ser capaz de fazer o resgate dos dragões. Confiar nele é mais do que idiota, e minha confiança não pode ser total, mas estamos unidos pela mesma vontade de vingança. Os assassinos de aluguel espreitam a cada esquina, ao que parece, mas estou cansada de me esconder e deixar que os *e se* definam minha história. Se o mundo se sente ameaçado por mim, vou dar motivo para isso.

O único consolo que encontro nesse tormento de precisar dele é saber que ele também precisa de mim. Somos duas pessoas independentes e sedentas por poder que estão juntas nesse ciclo de codependência. Para que meus dragões sejam libertados, Cayden precisa permanecer vivo, e para os dragões serem usados na guerra eu tenho que estar viva.

A porta do quarto dele está fechada a chave e trinco, mas isso não me impede de manter as facas em posição nas minhas pernas. Quem tem um histórico de viver enjaulado possui a capacidade de enxergar rotas de fuga que ninguém mais vê, e é por isso que os guardas à minha porta vão ser mantidos alegremente alheios ao fato de que a rainha está escapando por entre seus dedos.

O ar noturno me envolve quando abro a porta da varanda. A queda até o chão é mortal, mas passei a vida pulando de telhado em telhado em busca de informações, dinheiro ou sangue. Se eu morrer, talvez isso ensine uma lição de pontualidade a Cayden.

Posiciono a mesa e a cadeira na beirada da varanda para ter uma plataforma melhor para saltar e prendo as mechas soltas do cabelo atrás da orelha enquanto olho para o vazio da queda. No fundo, sei que ele só não está aqui porque foi detido por algum problema sério, e não vou ficar no castelo esperando como uma princesa dócil e mansa.

— Cayden Veles, se você não estiver sangrando, eu mesma vou tirar sangue de você — prometo diante da lua e das estrelas antes de correr para calar a parte do meu cérebro que está gritando para eu parar.

Minha bota bate na mesa com um ruído alto antes que eu me arremesse no ar. O vento acerta meu rosto e agita meu manto. Mantenho os olhos cravados na varanda de Cayden conforme me aproximo, sequer cogitando a possibilidade de fracasso.

Aterrisso agachada e sorrio por cima do ombro, mostrando o dedo do meio e mandando a gravidade para aquele lugar antes de sacar duas facas pequenas da bainha e arrombar a fechadura da porta dupla da varanda dele. Não é tão eficiente quanto as hastes de metal de Cayden, mas a porta logo se abre, e sou contemplada com a evidência de sua ausência.

Colo o ouvido à porta do quarto privativo de Cayden para me certificar de que nenhum guarda vai me ver quando eu sair para o corredor. É a única outra entrada para os aposentos, usada principalmente pelos serviçais. Seguro a maçaneta e faço uma careta ao ouvir o som do mecanismo sendo acionado. Fecho a porta logo depois de sair, com passos leves e cabeça baixa. Aprendi a me deslocar com uma sombra ao longo dos anos. A escuridão não é assustadora quando você é um dos monstros que faz morada nela.

A terra molhada amortece meu salto quando pulo por uma janela no andar mais baixo do castelo. É a maior diversão que tenho desde que Cayden e eu nos infiltramos naquela prisão. Jogo pedras para fazer os guardas se virarem para o outro lado e corro para a floresta que leva a Ladislava.

Minha garganta queima enquanto corro pela mata como se um espectro-das-profundezas estivesse em meu encalço. Os anos passados na floresta de Terrwyn me condicionaram a me manter alerta quando me movo em alta velocidade. Passei a maior parte da vida fugindo do perigo, e agora estou me dando conta do quanto aprecio uma perseguição. Não estou procurando encrenca, mas não me importaria de encontrar alguma pelo caminho.

Me movo silenciosamente por Ladislava, escalando uma construção e me escondendo acima dos soldados, que nem desconfiam da minha presença, com um sorriso largo no rosto. A lua é a única testemunha de minha missão secreta, e me divirto com esse flerte com o perigo.

Desço para um beco e monto numa égua dourada selada e pronta para cavalgar. Saskia tinha me informado sobre os estábulos de Ladislava, que sempre tinham montarias descansadas à disposição para o caso de um soldado precisar em uma emergência. Estalo a língua e a conduzo para as árvores, evitando a rua principal, e balanço as rédeas após alguns momentos, dando o sinal para sairmos em disparada.

O tempo passa depressa aqui, se desenrola como um novelo de lã perseguido por um gato. Sei que o tempo é precioso e que nós devemos aproveitar ao máximo o que temos, mas abrir mão de viver em troca de segurança me parece um desperdício. Quando chegar à escuridão eterna, quero ter a certeza de que vivi tudo o que podia.

A égua se assusta quando uma explosão ruidosa faz o chão tremer. Passo a mão por sua crina e murmuro algumas palavras para tranquilizá-la enquanto seguimos nossa jornada num passo mais lento. A curiosidade e o nervosismo se fundem dentro de mim, fazendo meu coração disparar e minha garganta se fechar.

Desço da sela e mantenho a cabeça abaixada ao entrar no acampamento, amarrando as rédeas num poste próximo da rua principal. Tem mais gente ainda acordada e andando por aí do que eu esperava. Seguro a bolsa com força entre as mãos suadas e vou me esgueirando entre as fileiras até encontrar a barraca preta e verde, a maior do local.

Ela chama a minha atenção como um marujo que vê a terra firme no meio de uma tempestade.

Ergo o queixo, não mais me importando em ser reconhecida, o que certamente acontece, considerando os murmúrios de surpresa. Mas não me importo com isso: entro sem ser anunciada e encontro Cayden *coberto de sangue*.

— Ah, deuses. — Meus joelhos amolecem, e vou correndo até ele, que olha para o copo de uísque antes de tirar os óculos de leitura e piscar lentamente para mim. — Você devia estar sentado.

Ele fica tenso quando passo as mãos sobre seu peito. O sangue empapa sua roupa, atrapalhando minha busca, então coloco as mãos por baixo do tecido e continuo. Quando volto a falar, minha voz soa bem mais apreensiva do que eu gostaria.

— Onde está o ferimento? Por que não tem ninguém aqui pra curar isso?

Suas mãos grandes seguram meu rosto, levantando minha cabeça quando ele se recupera do choque. Uma mistura de preocupação e desconfiança aparece em seus olhos, acompanhada de algo mais obscuro.

— Por que você está aqui? Está tudo bem?

— Você está sangrando!

Passo os dedos pelo relevo de seus músculos e não encontro *nada*.

— O sangue não é meu.

— Q-quê?

Agora é minha vez de piscar lentamente, confusa.

– O sangue... não... é... meu.

Me afasto dele de forma abrupta, limpando as mãos ensanguentadas na calça para tirar a sensação de sua pele da minha memória. Minha frustração só aumenta quando isso não funciona.

– Por que você não me contou logo?

– Eu gosto de sentir suas mãos em mim. – Ele sorri, mas não parece haver humor algum em sua expressão. Jogo minha bolsa na sua cara, mas ele a apanha no ar e a coloca sobre a mesa. Seus olhos me observam enquanto atiro meu manto sobre uma cadeira. – Você não deveria estar aqui.

– Eagor mandou você ficar longe de mim, não o contrário – retruco, e ele aperta o maxilar. – Mas você não parece se importar muito com esse aviso.

– E você não parece se importar muito com o fato de ter um monte de assassinos de aluguel atentando contra a sua vida, considerando que está andando pelas ruas como se fosse uma pessoa qualquer.

– Pensei que estivesse ferido! – Cravo as unhas na palma das mãos para me acalmar. – Se fosse possível fazer isso *sem* você, eu faria. E me pouparia de uma bela dor de cabeça.

– Eu digo o mesmo, princesa – ele debocha. Desde que nos conhecemos, nós nos atraímos e nos repelimos da mesma forma como a lua controla as marés, mas esta noite só há repulsa, nem sinal de atração.

– Eu não suporto você!

Tenho que conter a vontade de esfaqueá-lo quando ele aponta para uma das várias cadeiras desocupadas ao redor.

– Você tem ideia de como está perto de Imirath no momento? – O som de suas botas pesadas se aproximando preenche o espaço entre nós. – Pensa que *eu* não fico preocupado com isso?

Eu me recuso a me intimidar com seu olhar.

– E se outro assassino atacasse hoje sem ninguém saber que você estava vindo pra cá?

Abro a boca para falar, mas ele me impede, levantando meu queixo com o dedo.

— Também podemos discutir sobre a brilhante ideia de ir fazer compras numa loja de chás como se você não fosse a princesa perdida de Imirath que tem um vínculo com cinco dragões.

Ele avança quando eu recuo, me encurralando contra sua mesa.

— Se está irritado com isso, devia ter falado alguma coisa antes – respondo.

— Quando? – A luz das velas flutua sobre seu rosto, iluminando o sangue e a fúria. – Você estava dopada e assustada, então deixei minha raiva de lado.

Eu me encolho ao ouvir suas palavras.

— Talvez Eagor e Ailliard estejam certos. Um pouco de distância entre nós pode fazer bem. Quero um outro guarda pra ficar nos aposentos comigo.

— Elowen, que os deuses me ajudem. – Ele passa uma das mãos pelo cabelo, mas isso basta para capturar minha atenção. – A única forma de colocar outro homem naqueles aposentos é por cima do meu cadáver, e ainda assim alguma negociação seria necessária.

Eu o seguro pelo pulso, o encarando com o mesmo veneno. Sua mão está coberta de sangue seco. Com certeza deve haver hematomas por baixo dessa sujeira toda.

— Ou você me conta o que aconteceu, ou saio desta barraca e vou descobrir eu mesma.

Ele não dá um simples sorriso, mas ri com os dentes à mostra. Papéis se amassam embaixo de mim quando Cayden estende o braço abruptamente e me coloca em cima da mesa, se posicionando entre minhas pernas abertas e me cercando com seu corpo, enquanto me inclino para trás, me apoiando nos meus braços.

— Querendo ou não, eu vou proteger você.

— Eu digo o mesmo. – Ele é capaz de lidar com a minha raiva tão bem quanto eu consigo lidar com a dele, e é por isso que, mesmo quando seus olhos estão faiscando de fúria, sei que Cayden arremessaria uma lâmina em qualquer um que quisesse me fazer mal. – Você sabe tão bem quanto eu que estamos nessa juntos, o que significa que sempre quero saber seu paradeiro, se está tudo bem, se...

– Cuidado com o que vai dizer, El. Está começando a parecer que você se importa comigo.

– Só me importo com meus dragões.

Ele levanta meu rosto para o seu.

– Então por que baixou os olhos desse jeito pra dizer isso?

Meu interesse por ele é uma questão que faz parte da minha vida, mas que não consigo verbalizar. Encarar seu olhar é como levar uma facada no peito, mas não consigo parar. Seus olhos têm garras que se cravam na minha carne e me tornam refém. Minha mente me implora para lembrar dos motivos por que esse sentimento é proibido, mas ele está tão perto, e só o que consigo recordar é o quanto queria que a distância entre nós diminuísse ainda mais algumas horas atrás.

Cayden se aproxima para pegar algo atrás de mim e não desvia o olhar enquanto dá um gole em seu uísque.

– Encontrei o assassino que fugiu. – Assimilo a notícia e solto um suspiro trêmulo, cravando as unhas na mesa e esperando que ele continue. – Era um dos meus soldados. Estava colaborando com assassinos de aluguel de Imirath, deixando que cruzassem a fronteira. Acho que perdi a noção do tempo enquanto educava meu exército pra que entendessem o que aconteceria se sequer pensassem em machucar você e me trair.

Assinto com um gesto lento, sentindo o meu estômago se revirar ao ouvir a menção a Imirath.

– Acho que alguns dos seus soldados vão me querer morta só por ser a princesa de Imirath.

A expressão dele não muda quando afirma secamente:

– Então eles precisam morrer.

Se não o conhecesse, acharia que está calmo, mas seus olhos traem seu esforço para conter a raiva, pronta para ser liberada e transformada em uma arma. Às vezes acho que seu ódio vai acabar o incendiando de dentro para fora.

Observo o sangue seco em seu rosto, pescoço, antebraços e mãos. Meus batimentos disparam, e em meio ao silêncio que se instala me dou conta de algo. Ele acaricia meu pescoço e passa o polegar onde minha pulsação se concentra, parecendo perigosamente bonito.

– Você não foi pro castelo porque estava torturando seu soldado – murmuro.

– Pode complementar a frase.

Engulo em seco.

– Por minha causa.

– Muito bem. – Ele passa o polegar no meu pescoço de novo, e seus lábios se curvam quando sente minha pulsação acelerar. Seu rosto se aproxima do meu, mas não me mexo, o que me vale outra carícia com o polegar. – Você sabe o que acontece com traidores em Vareveth?

– Não – respondo com firmeza, apesar de me sentir totalmente instável.

– O comandante costuma escolher um soldado pra lutar em seu lugar, mas eu prefiro executar minhas próprias sentenças. A cerimônia começa com a oportunidade de um confronto físico com o traidor sem armas e armaduras, e depois o comandante pode escolher os métodos de tortura e execução.

Cayden me olha como se esperasse ser rechaçado, mas pensar nele lutando em meu nome a ponto de ficar com as mãos arrebentadas e ensanguentadas tem o efeito contrário em mim. Talvez seja porque ninguém nunca perdeu a cabeça para me vingar ou se enfureceu diante da perspectiva do meu sofrimento.

– O que você fez com ele?

Mal consigo respirar enquanto aguardo a resposta. Ele monitora minhas reações como um predador observando sua presa escondido nos arbustos.

– Ele disse várias coisas sobre você que me recuso a repetir, então cortei sua língua e continuei a execução sem aquela tagarelice abominável. Depois gravei essas palavras com a faca nas suas costas *bem* devagar. Reuni o exército inteiro pra dar o recado. Ele era amigo de alguns, mas garanti que terminasse a noite como inimigo de todos.

Cayden dá mais um gole no uísque.

Minhas palavras se arrastam pela lama na minha mente. Não tenho nada a oferecer a não ser o silêncio.

— Me desculpe por não mandar uma carta pro castelo, mas estava esperando pelas biliosas depois que o joguei na floresta. — Nunca vi essas criaturas, mas já ouvi muitas histórias sobre esses monstros serpentinos. O veneno de suas presas faz parecer que a pele da vítima está pegando fogo, paralisando seu corpo lentamente. — Esperei até o frenesi passar, arranquei sua cabeça e a trouxe de volta pro acampamento. Não sobrou muita coisa pra contar história, mas eu garanti que sofresse dores excruciantes até o último suspiro.

— Mas uma execução pública em minha defesa pode ser vista como... — Balanço negativamente a cabeça, sem conseguir conceber essa ideia.

— Eu jurei garantir sua proteção, Elowen. Você tem minha lealdade, e agora todo mundo sabe disso.

Ele desliza a mão para a base do meu crânio.

— Mas Eagor...

— Para de falar sobre Eagor — ele retruca.

— Meu povo precisa que esse tratado fique em pé.

— E vai ficar. — A intensidade de seu olhar me mantém imóvel na mesma medida que seu corpo. — Mas não vou me omitir em nome da diplomacia. Vou caçar todo mundo que prejudicar você, mesmo que sinta repulsa por mim. Não me arrependo de nenhum grito que arranquei dele. Saboreei cada um deles.

Não consigo imaginar por que ele acharia que posso ter repulsa por suas ações, sendo que faria o mesmo se estivesse em seu lugar. Posso mostrar para Cayden as partes mais sombrias de mim mesma, as partes obscuras que prefiro esconder, e encontrar consolo no fato de que dentro dele existe a mesma coisa. Ele nunca foi meu inimigo. É a primeira pessoa que quer derrubar meu inimigo comigo e por mim.

Vou lidar com as consequências disso quando vierem, mas hoje estou cansada de ficar em cima do muro. Virei as costas para ele depois que nos infiltramos na prisão, mas agora não vou fazer isso. Passo a língua nos lábios enquanto endireito as costas para me aproximar ainda mais. A boca dele se entreabre, e um estremecimento o percorre quando ponho a mão em seu rosto marcado. Cayden não vai arrancar nada de mim, então vou ceder por livre e espontânea vontade.

Suas mãos pousam na minha cintura, me segurando com força.

– El?

Meus lábios estão a centímetros dos seus, e a atração é quase mais do que consigo suportar.

– Sim?

– Cuidado, anjo. Se der a um homem um gostinho da salvação, ele pode querer mais.

Ele está se segurando tanto que seus braços tremem.

– É isso o que sou pra você? Sua salvação? – murmuro, roçando os lábios nos seus.

– Mesmo se for minha maldição, é um destino que aceito de bom grado.

Ele diminui a distância entre nós, e nossos lábios se encontram em uma colisão de paixões reprimidas. Tudo ao meu redor desaparece, como se o mundo nunca tivesse existido; a única coisa que resta é ele. Minhas mãos passeiam pelo seu pescoço e agarram seu cabelo, aprofundando o beijo. Um gemido me escapa quando sua língua entra na minha boca, e o que restava de seu controle se esvai. Ele me puxa pelos quadris e pressiona sua ereção contra o ponto pulsante entre minhas pernas que anseia por seu contato. Solto um gemido ao experimentar essa nova sensação, e ele grunhe contra os meus lábios. Deuses, é o som mais delicioso que já ouvi.

Arqueio as costas, envolvo sua cintura com as pernas e sou recompensada com mais um delicioso grunhido gutural. Ele me beija como se eu fosse a última mulher no mundo. Seu corpo se encaixa perfeitamente ao meu quando me deita na mesa, e eu remexo os quadris contra toda a sua extensão endurecida. Solto um suspiro com a boca colada à sua, e ele aproveita a oportunidade para começar a beijar meu pescoço, mordendo e chupando a seu bel-prazer enquanto mexe os quadris junto com os meus, espelhando meus movimentos ansiosos.

– Cayden – digo com um gemido enquanto ele suga uma parte sensível do meu pescoço. Meus dedos seguram seu cabelo com mais força, e minhas pernas apertam mais sua cintura.

Ele solta um grunhido no meu pescoço.

– Você vai acabar comigo.

Deuses, é mesmo verdade que o fruto proibido é o mais gostoso. Já fui beijada antes, mas nunca assim. É o tipo de beijo pelo qual eu mataria. Tiro as mãos de seu cabelo e as passo por baixo de sua camisa para abraçar suas costas musculosas.

– Fala o meu nome de novo – ele exige, mordiscando minha orelha. Mas seu nome fica preso na minha garganta pela combinação esmagadora de seus lábios, nossos corpos se esfregando e o peso dele sobre mim. Estou prestes a tirar essa mesa do caminho e arrastá-lo para a cama. – Eu disse pra você falar o meu nome – ele pede outra vez, movendo as mãos para agarrar minha bunda com firmeza e se colar a mim com mais força.

– Cayden – digo, ofegante, me contorcendo toda embaixo dele.

– Perfeito. – Seus dentes roçam a pele sensível do meu pescoço, e seus dedos passam pelo meu cabelo. – Gostou de me ver pedindo de joelhos, anjo?

Solto um gemido quando ele me morde, cravando as unhas nas suas costas. Arqueio as costas enquanto Cayden sobe lambendo até chegar na minha boca. Seus lábios encontram os meus outra vez, e eu o puxo pelos ombros, querendo-o ainda mais perto. Ele se inclina para a frente o máximo possível, considerando que a mesa é pequena demais para comportar seu corpo sobre o meu. Suas mãos passeiam febrilmente por mim, como um pecador à procura de redenção.

Ele sempre vai ecoar minha intensidade e me fazer querer mais. É um desafio, um aliado e um rival, tudo na mesma pessoa. Contorno as cicatrizes em alto-relevo em suas costas com os dedos, e sou recompensada com outro grunhido. Me sinto viva ao tocar sua pele descoberta. Nunca reagi dessa maneira a ninguém. É uma sensação viciante, e é impossível não querer mais.

– Comandante, eu trouxe... *Ah!*

A realidade desaba sobre mim, penetrando o universo em que nos refugiamos brevemente, e meu corpo fica tenso. Cayden não se afasta de imediato; em vez disso, continua em cima de mim por mais alguns momentos, esfregando os lábios inchados nos meus. Engulo o gemido que sobe pela minha garganta e me forço a parar de mexer os quadris, por mais que queira continuar. Ele me envolve com os braços e me puxa consigo quando fica em pé.

– Pode deixar o envelope aí perto da porta.

Cayden aponta com o queixo para uma mesinha com uma bandeja para correspondência enquanto passa a mão languidamente pelas minhas costas.

– Claro, senhor. – O serviçal abaixa a cabeça antes de colocar a carta na bandeja. – Gostaria que eu chame os generais pra discutir os detalhes?

Olho para Cayden e o sinto dizer *sim* antes de abrir a boca para isso. Seus olhos estão obscurecidos pela mesma exaustão desta manhã; o comandante precisa dormir. Eu o cutuco nas costas, e ele me olha, arqueando uma sobrancelha para mim antes de se virar de novo para o serviçal.

– Precisamos de um tempinho a sós – afirma Cayden.

– Peço desculpas, excelências.

O serviçal puxa nervosamente a bainha da túnica enquanto se retira da barraca.

Cayden tira uma das mãos das minhas costas e traz meu queixo para si, passando os lábios inchados sobre os meus e sorrindo quando escuta meu leve suspiro.

– Está tudo bem? – ele pergunta com a voz rouca, encostando a testa na minha.

– Vamos fazer a reunião de manhã. Você precisa dormir – falo com o mesmo tom de voz contido que ele, apesar de estarmos sozinhos. Seus olhos estão mais amenos do que antes, e isso me alivia um pouco.

– Acho melhor fazer agora – ele responde, acariciando minha cabeça.

– Com o tempo você se acostuma com a ideia de estar errado. – Ele me olha feio, mas sem muita convicção. – Você já encontrou e matou o assassino, então o que quer que esteja nesse envelope pode esperar até amanhã. Um espaço entre a gente agora vai fazer bem pra nós dois.

O que não digo é que ele é tentador demais para eu conseguir resistir, e não confio em mim mesma para isso.

Ele passa o polegar pelos meus lábios inchados antes de tirar as mãos de mim.

– Não olha pra mim desse jeito, como se estivesse tentando se arrepender.

– Você sabe que não podemos fazer isso. – Gesticulo apontando para nós dois, mas sem tirar os olhos dos seus lábios. – E se o seu serviçal contar que viu...

– O beijo? Ninguém vai acreditar. Você é bonita demais pra alguém como eu. – As covinhas se aprofundam no seu rosto quando ele percebe que fiquei corada. – Ele não vai falar nada.

– Como pode ter certeza?

– Porque ele sabe que morre se abrir a boca. – Ele se vira para informar ao serviçal sobre sua decisão antes de ir até o guarda-roupa e pegar uma blusa. – Precisa de ajuda com o corpete?

– Como é?

Solto uma risadinha nervosa quando uma imagem dele arrancando meu corpete surge em minha mente antes que eu seja capaz de impedir.

– Você vai passar a noite aqui, e duvido que queria dormir com isso.

Faço um gesto para apontar os pequenos ganchos metálicos no centro da peça enquanto ele me entrega a blusa, e digo:

– Eu posso soltar pela frente.

– Minha oferta ainda está de pé. – Tento olhar feio para ele, mas fracasso miseravelmente. – Você vai ficar aqui – ele diz, apontando para a abertura na barraca que leva a um espaço às escuras. Minhas mãos seguram com força a blusa quando o ciúme toma conta de mim ao ver que o segundo quarto de dormir tem um toque feminino.

– Vou dormir no sofá – murmuro num tom seco, sem me virar para ele.

Cayden pode fazer o que quiser com quem quiser, mas uma parte egoísta de mim prefere não saber. Ele chega mais perto, e seu calor nas minhas costas me dá vontade de me enrodilhar nele como um gato num facho de luz do sol.

– Recebi muitos elogios por esse quarto.

– Aposto que sim.

Quero nadar num rio congelante até recuperar a sanidade.

– Saskia achou que a roupa de cama era do seu agrado, mas direi com o maior prazer que ela estava errada. E Ryder talvez me amaldiçoe por não ter escolhido o tecido que ele preferia.

Eu me viro em sua direção e quase trombo no seu peito.

– O que você está dizendo?

Seus olhos dançam pelo meu rosto de um jeito com que estou começando a me acostumar.

– Sempre foi minha intenção trazê-la aqui, Elowen. Você apareceu mais cedo que o esperado, é verdade, mas mandei meu quarto de dormir ser montado na sala de reuniões enquanto estava fora. Agora faço as reuniões em outra barraca.

Não existe saída aqui – ou seja, se alguém quiser entrar na barraca, vai ter que passar por Cayden primeiro. Olho para as minhas botas, envergonhada e desnorteada.

– Não precisava ter feito isso.

– Meus motivos não foram totalmente altruístas. – Ele estende a mão para erguer meu queixo. – Bons sonhos, anjo.

CAPÍTULO
VINTE E OITO

Não sei o que pensei que fosse encontrar na fronteira... mas não era isso. Esperava algo sombrio e desolado – soldados feridos por toda parte e uma sequência incessante de gritos por socorro não respondidos. Mas é bem agradável, levando em conta o fato de que é um acampamento de guerra.

Cayden, que caminha ao meu lado, explicou que há três fileiras no acampamento. Nós estamos na terceira. A primeira é a linha de defesa, na segunda ficam as tendas médicas, e na terceira, os suprimentos e alojamentos. Tem até tavernas e mercados aqui – não são estruturas permanentes, mas barracas maiores onde os soldados podem confraternizar.

– Tem uma coisa que eu preciso contar pra você. – As palavras de Cayden fazem minha ansiedade disparar. Detesto quando as pessoas fazem isso. Seria muito menos enervante dizerem logo o que precisam, em vez de começarem criando essa expectativa. – Saskia e Ryder sabem.

Eu detenho o passo, boquiaberta.

– Quando foi que você contou?

– Deixei escapar quando você estava apagada. – Ele sorri ao ver minha expressão. Cayden é cauteloso demais para deixar alguma coisa escapar; se fosse um livro, seria uma sorte conseguir dar uma espiada no prólogo. Mas, como não me perguntou sobre minhas conversas com Finnian, não vou me meter em seus assuntos de família. – Saskia deduziu o que estávamos planejando quando voltamos da prisão, e ela e Ryder fizeram uma aposta pra ver quem revelaria primeiro.

– E apostaram que seria você? – As covinhas no rosto dele se aprofundam e me dizem tudo o que preciso saber. – Que filhos da mãe.

Estou pronta para dar início ao meu dia, agora que estou alimentada e cafeinada, então sigo o caminho para nossa barraca. A palavra *nossa* parece pessoal demais para a situação, mas é assim que é.

– Calma aí, anjo. – Cayden toca no meu cotovelo, me provocando um leve sobressalto. Ele puxa a mão de volta e aponta para a barraca à sua direita. – É aqui que eu faço reuniões agora.

Mais uma reunião para falar sobre alguém que tentou me matar – é praticamente uma nova tradição. Fico impressionada com o fogo aceso em um braseiro de bronze no centro da barraca, já que não há fumaça no ambiente.

– É um fogo encantado – explica Cayden atrás de mim. – Tem um no seu quarto de dormir.

Vou até lá para esquentar as mãos e comprovar que não há mesmo nada de fumaça.

– Que engenhoso.

– O fogo se ajusta à temperatura do ar. Se estiver frio, a chama se adapta para manter o ambiente aquecido. – Ele se senta à cabeceira da mesa comprida, rompe o selo de uma carta e desdobra as hastes dos óculos redondos com os dentes, parecendo sedutor até demais. – Mas você sempre pode ir se deitar comigo se estiver com frio.

Finjo que estou pensando a respeito, batendo com o dedo nos lábios, atraindo seu olhar exatamente para onde quero.

– Prefiro não procurar abrigo na cama de um criminoso. – Felizmente, ele não menciona a noite passada, nem os meus crimes. – Quantas leis você já descumpriu?

– Qualquer lei que interfira nos meus investimentos ou no exercício do meu poder, que me irrita ou que considero irrelevante. Quer uma lista?

– Você tem tinta suficiente pra isso ou vai precisar roubar mais?

Ele dá uma risadinha, e nesse momento Saskia entra na barraca, murmurando seus cumprimentos.

– Ryder está vindo do castelo acompanhando Finnian, então eles devem chegar em breve.

As vozes se tornam distantes conforme a conversa continua; estou atraída demais pelas chamas para me concentrar no que quer que seja. A lenha estala enquanto o fogo dança para mim. Tem alguma coisa se movendo ali, quase como uma mensagem secreta, e meu vínculo com os dragões pulsa dentro do peito. Vários pares de asas batem e farfalham no bruxulear do fogo. O suor brota na minha testa, mas não consigo parar de olhar para as cores dos olhos dos meus dragões se misturando com aquele brilho mundano.

Vejo os olhos deles.

Estão me encarando como se pudessem enxergar minha alma.

Uma mão me segura pelo pulso, me puxando para trás quando vou na direção deles, e minha pele se arrepia toda quando o transe é quebrado. Minha pulsação ecoa nos ouvidos, e fico olhando, incrédula, para um fogo como qualquer outro. O chão parece instável sob os meus pés.

– O que foi que você viu? – pergunta Saskia, com um braço em torno dos meus ombros e a mão ainda segurando meu pulso.

Me obrigo a olhar para ela quando Finnian e Ryder entram na barraca com alguém que não reconheço. Ele faz uma mesura para Cayden antes de contornar a mesa e vir na minha direção.

– Vi os olhos dos meus dragões – murmuro antes de passar a língua pelos lábios ressecados e forçar um sorriso quando ele se ajoelha, pega minha mão e a leva à testa.

– Rainha Elowen, eu lhe apresento o general Braxton de Vareveth – anuncia Ryder enquanto se senta à esquerda de Cayden.

– Majestade – ele diz antes de se levantar. – É uma honra conhecê-la.

Uma lembrança surge na minha mente.

– Você estava em Ladislava depois do ataque.

Era o homem que estava dando ordens enquanto Finnian me levava de lá.

– Sim, milady. Eu colaborei com o general Neredras para reforçar a segurança.

Sorrio e assinto com a cabeça, e Saskia me puxa pelo braço e me senta à direita de Cayden, se acomodando ao meu lado, em frente a Finnian. Ela prepara uma pena para tomar notas, e os olhos de Cayden passeiam pelo meu rosto antes que ele faça um gesto para Braxton começar.

– O comandante Veles descobriu o último assassino ontem à noite, e com a segurança reforçada em Ladislava, Verendus e na fronteira, não acredito na possibilidade de novos atentados. – Ele faz uma pausa, alternando o olhar apreensivamente entre mim e Cayden enquanto se move na cadeira. – Mas sinceramente não sei como eles poderiam ter conseguido fazer o que fizeram sem contar com um espião aqui.

– Em nossas fileiras? – questiona Saskia.

Os dedos de Finnian se retorcem sobre a mesa como se ele quisesse municiar seu arco com uma flecha.

– Não, um trabalho como esse só poderia ser feito por alguém com uma lealdade inquestionável a Imirath – responde Cayden no lugar dele. – Alguém que planeje os atentados discretamente, para acompanhar o desfecho.

– Os homens em que meu pai mais confia são os de sua guarda pessoal. – Meus dedos passam pelas minhas facas enquanto penso nos anos de torturas sofridas. Ele sabia que podia contar com o silêncio dos guardas. A ideia de que um deles pode estar me observando a cada passo me provoca calafrios. – Posso contar o que me lembro, mas provavelmente é alguém usando um nome falso, e a maioria dos guardas dele já deve ter mudado a essa altura.

– Qualquer informação é útil – afirma Saskia, e volta a interrogar Braxton.

A sensação no meu peito se torna mais aguda, mais persistente, e meus olhos são atraídos para as chamas de novo. O fogo está tentando me dizer alguma coisa, eu sinto nos meus ossos. Solto meu pingente do pescoço e largo a pedra da lua na mesa quando o metal queima minha mão.

Cayden aproxima a cabeça de mim, mas seu rosto é um borrão. A única coisa que consigo ver com clareza é o fogo.

– Está tudo bem?
– Só preciso tomar um ar.
Mas estou zonza demais para me levantar.
– Eu acompanho você – oferece Finnian, começando a ficar em pé.
– Eu já venho.
Me levanto da cadeira ainda de olho no fogo. Outra imagem se formou – o amuleto que ganhei da sacerdotisa. Lembro de tê-lo visto na mesa de Cayden na noite passada, e solto meu braço de sua mão, saindo da barraca sem olhar para trás.
– Elowen! – ele chama quando já estou na metade do caminho, e sei que Finnian vai vir correndo logo atrás. Vão me dizer que o uso do amuleto é muito arriscado, mas não vou permitir que falhemos.
Acelero o passo quando entro na outra barraca e pego o amuleto da mesa, soltando um suspiro de susto ao senti-lo pulsar em minha mão como um coração. O metal está quente, convidativo e tentador. Um contraste agudo em relação à primeira vez que segurei o colar.
– Larga isso. – Cayden detém o passo quando me vê levar o amuleto ao pescoço. Finnian, Ryder e Saskia aparecem em seguida, trocando olhares confusos e preocupados.
– A sacerdotisa disse que isso é essencial pra nossa missão – digo, tentando argumentar.
– *Você* é essencial – ele rosna. – O vínculo com seus dragões não depende desses feitiços baratos. Está na sua alma.
– Deixa esse colar de lado e vamos pensar numa solução juntos – sugere Finnian, dando um passo cauteloso à frente. Se eu piscasse, poderia ter perdido o olhar quase imperceptível que ele trocou com Cayden.
– Alguns riscos valem a pena.
Prendo a corrente no pescoço e me sinto desabando em uma escuridão sem fim antes de tudo ficar em silêncio.
A pedra úmida toca meu corpo e faz contato comigo através das roupas. Duas serpentes se enroscam nos meus braços em movimentos circulares, com uma poeira dourada irradiando de seus corpos e flutuando

no ar ao meu redor, iluminando o canto escuro onde estou. Meus dedos atravessam seus corpos transparentes, e ouço a aproximação de passos pesados. Tiro duas facas das bainhas e dou um salto à frente para atacar, mas o guarda sequer olha para mim.

Ele me *atravessa*.

A serpente rasteja para minha palma quando olho para baixo, e percebo que estou invisível. Não sou nada além de um sopro de ar frio neste lugar escuro e úmido.

A cobra no meu braço direito avança, e eu vou atrás. O amuleto obviamente me transportou para cá por um motivo, e não sei quanto tempo tenho. Não imaginava que o amuleto me faria seguir serpentes por um corredor, mas acho que coisas ainda mais estranhas já aconteceram na minha vida.

A serpente dá uma guinada, mas detenho o passo como se os meus pés estivessem cimentados no chão de pedra.

Estou em Imirath.

O amuleto pulsa no meu pescoço, me incentivando a seguir em frente, mas de repente não sou mais uma mulher de 25 anos diante de sua antiga cela. Sou a menina de 6 anos batendo nas grades atrás das quais estou presa.

Minhas pernas cedem, e fico sem fôlego. Cubro os olhos com as mãos e tento resistir à ofensiva das memórias que prefiro bloquear.

A poeira dourada ganha vida dentro da cela, assumindo a forma de uma garotinha e um homem enorme. Ele pega a menina pelo pescoço, batendo seu corpinho contra as grades, e juro que sou capaz de sentir a dor na parte de trás da cabeça.

– QUEBRE O VÍNCULO!

Fragmentos dourados se desprendem dela à medida que ele a sacode, mas essa rotina já é conhecida. Ela sabe que o guarda vai embora, e que vai manter aquele vínculo no peito enquanto estiver viva, sem se importar se for uma existência sombria, porque não está viva apenas por si mesma. Suporta tudo porque não tem escolha, mas mesmo se tivesse sempre escolheria viver, apesar de todo o sofrimento.

– Nunca.

O homem solta um rugido, jogando a criança no chão, fazendo os fragmentos dourados explodirem e desaparecerem. Meus ombros gritam com a dor fantasma, e ouço o som distante das correntes se arrastando no chão, sinto as pontadas de fome, sou lembrada da privação de sol e ar fresco.

Cravo as unhas na palma da mão e sinto as pernas tensas. Essa garotinha sobreviveu para se tornar a mulher que sou hoje. Sou mais do que minhas lembranças e o passado que me atormenta. Não sou mais a criança que trancafiaram. Sou sua ruína, como previu a profecia. Sou a mulher forjada pelas grades que derreti em minha mente, formando lâminas.

Sigo a serpente que desliza para mais adiante e passo pela minha cela sem olhar para trás. A escuridão me acolhe de maneiras que a luz não seria capaz, e no momento realmente não passo de uma sombra.

Sou Elowen Atarah, e ninguém vai me enjaular de novo – nem minha mente nem nada mais.

Atravesso paredes e portas, me deslocando livremente pela minha prisão. Mal me lembro do castelo; a maioria das imagens que guardo foram distorcidas pelo medo. Conforme os anos se passaram, Garrick mandou que me vendassem para ir à sala do trono. Eu não conheço os brilhos dourados, arroxeados e avermelhados do lugar que deveria ter sido meu lar. Atravessei o castelo acorrentada mais vezes do que trajada com laços e vestidos.

Há cristais e velas pendurados no teto do salão de baile. Por instinto, me escondo atrás de uma coluna quando vejo vários soldados protegendo uma escada, mas meus passos são incertos, e o amuleto me puxa para a frente. Prendo a respiração enquanto sou levada para os degraus, tomando cuidado para não fazer nenhum barulho. Sei que não podem me ver, mas caminhar diante de diversos soldados inimigos não é exatamente algo tranquilo – estando invisível ou não. A escada se bifurca no alto, e a cobra dá uma guinada à esquerda. O amuleto quase me enforca quando me puxa para esse lado.

Passamos por vários corredores vigiados, e corro para chegar ao meu destino mais depressa, temendo que a magia possa acabar. Atravesso uma porta de ferro, e o pulsar e os puxões de repente cessam. Olho para o amuleto, com medo de que a magia tenha se esgotado, mas a pedra escorrega por entre meus dedos quando uma sombra me envolve.

Um focinho me cutuca por trás, e antes mesmo de me virar já estou com lágrimas nos olhos. Os olhos vermelhos de Venatrix me encaram com desconfiança, e suas escamas escurecem. Todo dragão tem a capacidade de se camuflar ao ambiente quando está assustado ou em meio a uma caçada.

Ela inclina a cabeça para minha mão estendida, mas percebo que não consegue me ver, apenas sentir minha presença. Quando solta um resmungo, uma lágrima escorre pelo meu rosto e cai no chão, e Calithea avança para farejar. Ela se vira para os outros três e ruge.

Sorin se aproxima, colando seu rosto ao de Venatrix e assumindo o lugar dela na minha mão. Ela o morde, e ele revida. Parecem prestes a entrar em guerra um com o outro antes que eu estenda os braços para acariciar suas escamas. Suas pupilas se dilatam, e eles param de escancarar os dentes.

Quando me viro para acariciar Delmira, sinto uma corrente pesada. Meu sangue gela e ferve ao mesmo tempo quando noto que cada um dos dragões tem uma coleira no pescoço e grilhões nos tornozelos. Não percebi isso da primeira vez que os vi, aturdida demais com sua presença.

Uma raiva absoluta se derrama por mim como lava quente, e anseio pelo dia em que vou pintar o mundo com o sangue dos responsáveis por isso. Como se sentissem minha mudança de estado de espírito, começam a bater os pés no chão e rugir tão alto que a câmara inteira treme.

Esse é seu canto de guerra.

Talvez eu tivesse deixado a raiva de lado se a tortura fosse direcionada apenas contra mim, porém nunca vou perdoar Garrick por ferir e trancafiar meus dragões. Nem vou perdoar o exército de soldados colocados entre nós. Garrick pode usar a coroa, mas o fogo dos dragões tem força suficiente para derreter ouro. O título e a carne dele vão ser obliterados do mundo, e nós vamos seguir vivendo.

– Me dá mais tempo.

O amuleto começa a pulsar de novo, e tento arrancá-lo, mas há uma força invisível ao seu redor. Basilius está prestes a alcançar minha mão, com seus olhos arroxeados cheios de esperança e saudade, mas então uma barreira dourada me cerca, e nossos gritos se misturam.

CAPÍTULO
VINTE E NOVE

Meu corpo dá um sobressalto, como se eu tivesse acabado de ser acordada de um pesadelo. O amuleto foi arrancado do meu pescoço e jogado para o outro lado da barraca. Minha visão está cheia de pontos pretos, e meu coração bate como se eu tivesse percorrido a distância até Imirath, ida e volta, correndo. Os braços de Cayden me envolvem, e ele está ajoelhado junto a mim. Apoio a cabeça contra seu peito, incapaz de me equilibrar sozinha.

– Eu vi todos eles – murmuro, olhando para o amuleto. Minha mente não consegue compreender o que aconteceu.

– Quem exatamente você viu? – pergunta Saskia, baixinho, ajoelhando do meu outro lado, junto com Ryder.

– Meus dragões – respondo, insegura, forçando as palavras a atravessarem o véu de confusão. Tudo desaba sobre mim como uma avalanche: o calabouço, os dragões e *as correntes*. Levo a mão ao peito, procurando o buraco por onde meu coração foi arrancado, mas não encontro. – O amuleto me transportou para o castelo de Imirath.

– Tem certeza? – pergunta Finnian, com um arquejo.

Com as mãos trêmulas, eu me afasto de Cayden.

– Eu falei alguma coisa enquanto estava tendo a visão?

– Não – responde Saskia. – Cayden tentou arrancar o amuleto de você, mas queimou as mãos dele, então concluímos que poderia te prejudicar se mexêssemos com a magia que o criou.

– O único sinal de vida foram seus olhos ficando dourados. – As palavras de Cayden são enfatizadas por seu olhar. Um pedido de desculpas está na ponta da minha língua, mas ele faz que não com a cabeça, como se o estivesse pressentindo.

– Mesmo assim, aqui você pode falar livremente. Temos runas posicionadas pra garantir nossa privacidade – informa Ryder.

– Runas! – eu grito, ficando em pé.

– Você viu runas? – pergunta Saskia.

– Sim, as serpentes me levaram até lá.

– Ah, sim, claro – murmura Ryder. – Eu adoro essas tais serpentes, sempre tão confiáveis.

– Elas eram amistosas, apesar de meio mandonas.

– Eu arranco a cabeça delas pra você – resmunga Cayden.

– Parem de falar! Elas podem estar ouvindo.

Cayden e Ryder se entreolham brevemente e, então, assentem com movimentos lentos.

Pego uma pena e papel na mesa e começo a desenhar. Nunca tive talento artístico, mas acho que ficou bom. Saskia se inclina sobre o meu ombro para ver.

– Isso estava na porta da câmara dos dragões quando entrei.

Ela aproxima o papel dos olhos.

– É uma mistura de runas de silenciamento e fortalecimento, provavelmente pra reforçar a porta.

– Com a chave de sangue nós podemos abrir a porta, com ou sem runas – afirma Cayden, aquietando minhas preocupações antes que se formassem totalmente. – Você consegue recriar o caminho que pegou?

Saskia vai até um baú no canto da barraca e pega vários mapas depois que assinto com a cabeça, levando-os até a mesa para servir como referência. Os detalhes fluem com facilidade. Meu desespero não vai servir para nada no momento, mas minha memória sim. Ryder e Finnian anotam cada palavra enquanto Saskia e Cayden se debruçam sobre os mapas, apontando e arrastando os dedos pelos gráficos.

Na barraca só se escutam murmúrios quando termino meu relato. Finnian e Ryder comparam suas anotações antes de entregá-las para Cayden e Saskia. Neste momento, parecemos uma equipe, mas estou afundando. Tento compartilhar da atmosfera carregada de energia que flui pela discussão, mas só consigo pensar nos meus dragões. Minha visão fica enevoada quando penso em Basilius erguendo o focinho no ar em sua tentativa de me encontrar. Seus gritos ecoam na minha alma, mas não quero ignorar a dor a que estão presos.

– Isso é incrível, Elowen! – Saskia sorri para mim, e me esforço ao máximo para retribuir. – Eu estava tentando montar uma rota pelo castelo com base nos relatórios dos espiões, mas era isso o que estava faltando. Você consegue planejar uma rota do portão dos fundos até a câmara dos dragões? Acho que seria a melhor opção.

– O portão dos fundos? – pergunto, falando devagar, e Finnian se inquieta, se sentindo desconfortável.

– É onde você vai ter mais cobertura, e vou estudar o revezamento dos guardas a tempo para o resgate.

Ela me encara com um olhar esperançoso, e detesto ser aquela que vai jogar suas expectativas por terra.

– Não tenho como criar uma rota de qualquer lugar que não seja o calabouço.

Finnian sabe disso, mas mesmo assim abaixa a cabeça, decepcionado. A compreensão e o lamento invadem as expressões de Saskia e Ryder, e Cayden parece ter sido dominado por toda a ira existente em Ravaryn.

– Vou desenhar alguns mapas e examinar com você hoje à noite, se quiser – oferece Saskia. Me sinto grata por ela ter superado a tristeza de imediato. Um dos motivos pelos quais não revelo muito sobre minha vida em Imirath é justamente para ninguém sentir dó de mim.

– Perfeito. – Pego meu colar da mão de Cayden quando ele o estende para mim, ignorando o olhar que desvenda o meu sorriso falso. – O amuleto drenou minhas energias, então vou ficar no meu quarto de dormir até vocês precisarem de mim.

Uma vez sozinha, fecho os olhos e solto um suspiro, tentando dispersar uma parte da carga de sentimentos enquanto ponho o colar e fico mexendo no pingente. Se consegui sobreviver a todos esses anos, sou capaz de suportar mais algumas semanas.

Só porque estou baqueada não significa que estou arruinada.

Meu quarto de dormir é uma mistura de tons suaves e dramáticos, de toques florais e escuridão. É como se Cayden tivesse entrado na minha mente, não deixando passar nenhum detalhe. A cama de quatro colunas é coberta de renda branca no dossel, e a colcha tem um tom verde-sálvia com bordados florais dourados. Almofadas igualmente detalhadas estão espalhadas pelos sofás e poltronas, e na mesa de centro há um buquê de estelares e livros ao redor do vaso.

Sorrio quando imagino Cayden franzindo a testa diante de amostras de tecidos, e seguro o riso com as mãos enquanto mexo em uma pilha de livros coloridos e percebo que são histórias de amor. Como o conheço bem, sei que escolheu para mim os romances mais picantes. A outra pilha contém livros de jardinagem, alguns sobre remédios naturais e vários sobre dragões.

O carrinho com o serviço de chá no canto tem um conjunto de porcelana de pintura delicada e a lata amarela e cor-de-rosa que Saskia trouxe da loja em Ladislava. Abro a tampa e sinto o cheiro doce de lavanda e camomila, que aplaca a ansiedade.

Eu me viro no centro do recinto, curtindo a visão do primeiro lugar neste mundo que parece feito para mim. Não deveria ser Cayden a me dar esse presente, mas foi. Isso me leva a me perguntar que tipo de detalhe deixei escapar com minhas palavras, ou que talvez tenha revelado com meu olhar, e passou batido por todos, mas não por ele.

Me sento num sofá que mais parece uma nuvem e pego um livro com a capa de tecido cor-de-rosa, que ponho no colo. As palavras me dão asas quando preciso de um escape. Os livros são um sopro de vida na rotina mundana e abrilhantaram meus dias mais sombrios com sua mistura de palavras bonitas e esperança. Muitas vezes minhas melhores noites eram quando as velas derretiam e o amanhecer expulsava a escuridão enquanto eu estava perdida num labirinto de palavras e maravilhas.

Estou mergulhada nas páginas de uma história sobre amantes desafortunados quando Cayden abre a cortina que separa os quartos de dormir e se recosta no poste que segura a barraca, expondo os antebraços cheios de cicatrizes vermelhas e brancas e cruzando os pés.

– Quer conversar sobre o que você viu?

Marco a página com uma flor amassada e fecho o livro. Às vezes sinto que estou guardando as coisas dentro de mim há tanto tempo que não sei como me abrir.

– Posso fazer um curativo nas suas mãos? – Agora que o sangue seco foi lavado, dá para ver que as juntas dos dedos estão esfoladas e roxas. Eu deveria ter feito isso ontem à noite, mas tocá-lo, mesmo que da forma mais inocente, poderia levar a algo mais. – Preciso me ocupar com alguma coisa – acrescento quando ele olha para as mãos.

Ele se afasta do poste e pega meus suprimentos de cura, colocando a bolsa ao meu lado e se sentando à mesa, apoiando os braços sobre os joelhos. Puxo suas mãos e as coloco no meu colo enquanto pego a gaze e o unguento. Sempre encontrei paz curando as pessoas, porque não faço ideia de como me curar. Abro a lata e o adorado cheiro de alecrim chega ao meu nariz quando afundo os dedos lá dentro. Ele *destruiu* as juntas das mãos... por mim, e as queimaduras nas palmas só aumentam o estrago. Isso me leva a encará-lo, mas meus olhos não se contentam com pouco. Cayden é tão bonito que é impossível desviar o olhar.

– Eles estão acorrentados. – Continuo espalhando o unguento com movimentos delicados. – Imaginei que estariam, mas ver isso eu mesma foi diferente. Foram enjaulados quando meu pai nos separou, mas sempre rezei pra que ficassem soltos numa câmara alta e espaçosa. Era uma esperança tola, e aquela visão na prisão não me mostrou nada além do rosto deles, então não pude ver as correntes.

Ele suspira.

– Nenhuma esperança é tola.

Sacudo a cabeça, recusando seu consolo.

– Queria que pudéssemos partir hoje mesmo, mas tem gente demais que depende da assinatura desse tratado, e isso é...

– Sufocante?

Assinto. Às vezes queria que Ailliard tivesse se declarado rei, para eu poder me concentrar nos meus dragões, mas acho que foi por isso mesmo que ele me fez rainha. Com essa responsabilidade nos meus ombros, fui obrigada a dividir minha atenção.

– Você vai assinar o tratado até o fim da semana – ele afirma, convicto.

– O baile pra comemorar a aliança é só no fim do mês, e é só então que Eagor...

– Eu vou adiantar as coisas.

– Mas os convites já foram enviados.

– Elowen. – Ele aperta minha mão enquanto amarro a bandagem. – Por que você está teimando comigo?

– Não quero me decepcionar, mas acho que com você isso é inevitável. – Dou de ombros. – Você por acaso tem esse poder todo na corte?

– Bom, se recusarem, vou começar a incendiar as preciosas propriedades da nobreza até concordarem comigo. – Ele parece saber do que está falando, provavelmente por experiência própria. Continuo trabalhando no curativo da outra mão com dedos trêmulos, dando meu melhor para tentar controlar a ansiedade. Os gritos sofridos de Basilius ecoam nos meus ouvidos de novo, e meu coração dispara. Cayden levanta meu rosto quando termino de amarrar a segunda bandagem. – Você vai assinar o tratado em *cinco* dias.

– Está falando sério? – Minha voz sai tão fraca que bastaria um pingo de dúvida para ele afogá-la.

– Estou.

Me jogo nos braços dele antes de perceber o que estou fazendo, e ele fica tenso quando nossos corpos se encontram. É um abraço rápido, que não permito que a mente dele registre antes de me afastar às pressas e beijar seu rosto marcado. A confusão em seus olhos me força a apertar os lábios para não rir.

– Obrigada.

– Certo. – Ele limpa a garganta. – Pode retribuir me contando como você fugiu do castelo.

– Eu seduzi meus guardas. – Ele rosna um palavrão, desembainhando a espada e se levantando da mesa. – Estou brincando, demônio. – Cayden fica imóvel, já se preparando para sair, mas permanece onde está, tenso e preparado para uma execução. – Eu pulei da minha varanda pra sua.

Ele abaixa a cabeça e solta um grunhido, guardando a espada de volta na bainha.

– Então a consequência de uma falha de comunicação é pular de uma varanda?

– Eu pulei de uma varanda *pra outra*.

– Se eu não estivesse tão irritado com você, ficaria impressionado. – Ele me dá as costas, depressa demais para eu conseguir impedir. – Excelente escolha de leitura, querida.

– Me devolve isso! – Eu me levanto do sofá e jogo uma almofada, mas ele não se abala.

– Em que parte você está? Lembro que esse era especialmente pecaminoso.

– Ela estava corada quando você entrou? – grita Finnian do outro quarto.

– Não.

– Então não estava lendo nada lascivo nem romântico. Ela sempre enrubesce, dá gritinhos ou esperneia – conta Finnian.

Desde quando esses dois são tão amiguinhos?

– Finnian é um idiota – digo, bufando.

– Acho que não custa nada testar a teoria dele.

Cayden mantém o livro longe do meu alcance e continua folheando as páginas. Ele empurra minhas pernas quando tento me pendurar na sua cintura para obter vantagem.

— Olha que eu mordo você!

— Não me provoca com promessas que não pretende cumprir, anjo – ele ronrona. Empurro seu rosto, tentando desviar seus olhos do parágrafo cheio de luxúria que ele encontra em tempo recorde e está lendo em voz alta. — Que posição interessante a autora descreveu! Quer experimentar? Acho que dá pra tentar.

— Eu sacrificaria meu bebê primogênito pra estar numa aliança com qualquer outra pessoa.

Pulo sobre suas costas, e o livro está quase ao meu alcance, mas ainda distante. Pelo amor dos deuses, como eu queria que ele tivesse o tamanho de uma pessoa normal. Decido mudar de técnica e cubro seus olhos com as mãos.

— Mas eu acabei de chegar à minha parte favorita. — A risada dele faz minha barriga vibrar. — Ela se refere a si mesma como um doce cheio de creme. Comprei este livro justamente porque você adora confeitaria!

Finnian gargalha no quarto ao lado, e eu desço das costas de Cayden. Ele se vira para mim, e começo a empurrá-lo para o seu quarto de dormir depois de pegar o livro e o jogar no sofá.

— Eu li todos, pra podermos conversar sobre as melhores partes – ele consegue dizer em meio ao riso, olhando para a cama. — Se quer se enfiar nos lençóis comigo, é só me pedir com jeitinho.

— De jeito nenhum – respondo, detestando o frio na barriga que sinto ao olhar para suas malditas covinhas.

Sua risada é áspera, grave, ruidosa; é como um som que escapa de um encanamento enferrujado depois de anos sem manutenção. Já vi muitas expressões nele, mas é sempre bonito conseguir arrancar um sorriso sincero de alguém que quase nunca faz isso. A alegria é o que acho que combina melhor com ele.

Só percebo mais tarde naquela noite que Cayden foi a pessoa que se preocupou em tornar meu fardo mais leve e me fazer rir quando a desesperança tomou conta de mim.

CAPÍTULO
TRINTA

Meu vestido cor de marfim flui ao meu redor como um rio e brilha como neve recém-caída. Nunca usei nada tão lindo, nem seria capaz de imaginar um vestido como esse. O corpete é bordado com flores verdes, amarelas, roxas e cor-de-rosa que descem pela saia para emoldurar ambos os lados da fenda alta na coxa. Contas de pedra da lua descem pelos braços para criar a ilusão de mangas, e a coroa na minha cabeça tem dois dragões mordendo outra pedra da lua ao centro. Meus cachos escuros e volumosos chegam até o meio das costas, e Hyacinth delineou meus olhos com habilidade, fazendo-os se destacar como brasas em uma lareira quase apagada.

— O rei e a rainha de Galakin estavam em Urasos quando a data do evento mudou, e viajaram às pressas pra chegar a tempo — informa Ailliard enquanto me acompanha até o salão. — Você vai se sentar com eles, o comandante Veles, o rei Eagor e a rainha Valia.

— Tem alguma coisa sobre eles que eu deveria saber de antemão?

— Bom — ele começa, ligeiramente desconfortável. — O príncipe de Galakin é solteiro e mais ou menos dois anos mais velho que você. Eles não vão dizer nada oficialmente, mas uma eventual união pode ser mencionada. Seria uma excelente opção, considerando que você não pode ficar aqui sem um título permanente na corte, e isso colocaria uma boa distância entre você e Imirath.

– Ah – digo, me lembrando do aviso de Saskia. Um príncipe, além de todos os outros pretendentes que Valia mencionou. – É, acho que você tem razão.

– Mas hoje a questão não é essa. É celebrar você. – Ele me segura pelos braços. – Vários nobres de Vareveth vão disputar sua companhia, mas ninguém merece esta noite mais do que você. Não é só por ter nascido na família real que é uma rainha. É porque você governa com o coração, mas usa a inteligência como sua arma mais afiada. – Ailliard se inclina para a frente e me dá um beijo na testa. – Estou tão orgulhoso de você, minha cara. Não consigo comunicar nem metade do que deveria.

Abro um sorriso para ele, com lágrimas nos olhos.

– Agradeço por sua orientação ao longo de todos esses anos.

– Você foi quem fez tudo. – Ailliard dá um passo atrás e me olha da maneira que imagino que um pai olharia. – Quero me sentar antes de você entrar, mas lembre-se que nenhum desses homens que pretende disputar sua mão hoje está à sua altura.

Eu o observo enquanto ele se afasta, mas o que realmente quero é perguntar se Ailliard acha que um certo homem é digno. Sei o que ele vai responder e como isso vai fazer com que eu me sinta, então guardo essas palavras no fundo da mente para pensar a respeito em outro momento.

Braxton se adianta para bater em uma porta dupla adornada com espirais douradas e maçanetas de cristal. Todos os detalhes no castelo parecem saídos de contos de fadas. A cada passo, uma nova beleza, e uma energia majestosa emana de cada salão e torre.

Três pancadas fortes fazem o chão estremecer, e as conversas diminuem de volume. Aliso o vestido com as mãos e alinho os ombros, jogando o cabelo para trás.

Respira.

– Estimados convidados do rei Eagor Dasterian e da rainha Valia Dasterian. É uma grande honra apresentar às senhoras e aos senhores sua majestade, a rainha Elowen Atarah de Aestilian, princesa de Imirath, a Rainha dos Dragões!

Entro na luz dourada do salão enquanto cordas são dedilhadas e teclas são tocadas para produzir uma melodia angelical. Este lugar me enfeitiça. Trepadeiras verdejantes e grossas sobem pelas paredes e pelo teto, algumas dependuradas, e todas com pequenas flores brancas e roxas. Tem até uma árvore no meio da pista de dança, adornada com lanternas douradas. O tronco é alto, e os galhos se espalham como pernas de aranha.

As mesas são feitas de raízes retorcidas, e os convidados que lotam o salão se fundem em um mar de joias. Um assobio se eleva sobre os aplausos ruidosos, e meus olhos encontram Ryder. Seus cachos estão impecáveis, assim como a túnica azul-marinho que envolve seu corpo. Saskia está ao seu lado com as tranças presas no alto da cabeça e um vestido de veludo vermelho, simplesmente maravilhosa. Finnian também está sentado à mesa com os dois, e Ryder dá um tapinha em suas costas quando ele fica emocionado *de novo*. Seu traje branco e verde-sálvia faz o cabelo ruivo se destacar como os primeiros raios de sol sobre as montanhas nevadas.

Eagor me aguarda nos degraus que levam à plataforma elevada, segurando delicadamente a minha mão antes de passar o braço pelo meu. É difícil acreditar que apenas alguns meses atrás todos em Ravaryn imaginavam que eu estava morta, e agora estou aqui, desfilando pelo salão de gala de um castelo com uma coroa na cabeça, de braços dados com um rei. Ele me leva a um gazebo feito de mais raízes e vinhas retorcidas. As velas espalham um brilho quente pelo espaço privativo, iluminando os rostos desconhecidos à minha espera.

– Rainha Elowen, permita-me apresentar a rainha Cordelia Ilaria e o rei Erix Ilaria, de Galakin – diz Eagor, apontando para o casal.

– Que bom rever você. – Cordelia dá um passo à frente. Seu vestido tem a cor de um girassol, e combina com a pele escura e o cabelo acobreado. Ela sorri para mim como se tivesse encontrado um bibelô que quer levar para casa.

Erix se aproxima e leva a minha mão aos lábios. Ele tem o mesmo tom de pele da esposa e usa a mesma cor de roupa, mas seus olhos são castanhos, e o cabelo, grisalho.

– A garota que fez nascer dragões de ovos que, durante séculos, eram pouco mais do que pedras passadas de geração em geração na minha família. Nunca vou me esquecer desse dia.

– Não sei nem como agradecer por trazê-los pra mim.

A menção aos meus dragões é bem-vinda, assim como as pessoas que me deram os ovos.

A música cessa de repente, sinalizando que todos se sentem. O fogo lambe a minha nuca e a ansiedade faz as minhas mãos formigarem quando olho para Cayden. Ele está recostado em uma pilastra, com as mãos enfiadas nos bolsos de um traje preto impecável com adornos dourados. Parece mais um príncipe rebelde do que um comandante militar, pronto para me raptar para seu reino de terror e tragédia, mas sem deixar que nenhuma das duas coisas me atinja. Estou praticamente flutuando em um sonho enquanto caminho até ele, ciente de que para qualquer outra pessoa essa aproximação seria um pesadelo.

– Você está... – Seu tom de voz rouco me faz encolher os dedos dos pés. – *Linda* é uma palavra banal demais.

– Foi você que me deu este vestido – digo. Originalmente, usaria um traje verde e dourado, como uma ode a Vareveth. Pensei que tivesse sido um engano quando abri a caixa, mas então me dei conta de que cada detalhe havia sido pensado e criado apenas para mim, até os sapatos de salto, com tiras que sobem pelas minhas pernas como trepadeiras. – E foi você que desenhou.

Ele nega com a cabeça.

– Deve ter sido outra pessoa.

– Você é o único com quem eu converso sobre os meus dragões. Ninguém mais saberia o que essas cores significam.

Ele passa os dedos pelas pedrarias antes de roçar meu braço e apoiar a mão nas minhas costas, me conduzindo para a mesa e puxando a cadeira para mim. Meus braços ficam arrepiados quando ele se inclina para mais perto e diz:

– Não acredito que sua beleza precise de adornos, nem que exista alguma coisa que se compare, mas aquele vestido seria ofuscado por você.

Seu sorriso se alarga quando ele percebe que estou corada.

– O original também era bonito.

– Eu até concordo. – Por mais que morda o lábio, não consigo conter o sorriso no meu rosto, que se abre para ele. Seus olhos dançam pelas minhas feições como costumam fazer tantas vezes, absorvendo cada detalhe. – Mas não está à sua altura.

Erix conta uma história sobre suas viagens enquanto uma sopa cremosa de abóbora é colocada diante de nós. Levo a colher à boca, e uma mistura de canela e noz-moscada cria uma explosão deliciosa de sabores na minha língua. Cordelia murmura no meu ouvido os exageros na história do marido, como o monstro marinho que matou enquanto atravessava o mar Dolente, que na verdade era uma baleia, que ele nomeou e menciona o tempo todo. Quando esbarro acidentalmente meus dedos nos de Cayden debaixo da mesa, nenhum dos dois retira a mão.

– Meu filho, o príncipe Zale, teria adorado vir à festa, se a data não tivesse mudado – comenta Cordelia quando os serviçais começam a recolher os pratos. – Ele estava ansioso para conhecê-la.

– Lamento que ele não tenha vindo – respondo.

– Nós adoraríamos que fosse a Galakin um dia. – Desencosto de Cayden quando ela se vira totalmente para mim. – Você pode achar nosso continente até melhor que Erebos. É bem mais quente.

– A vidente da corte ainda está lá?

A expressão alegre dela se desfaz.

– Está, sim. Você precisa saber que nunca foi intenção dela que o rei Garrick...

– As escolhas do meu pai são de inteira responsabilidade dele – interrompo, deixando de lado o pedido desnecessário de desculpas e abrindo um sorrisinho. – Meus dragões são uma bênção, não um fardo.

O salão fica em silêncio quando Eagor se levanta e ergue a taça.

— A rainha Valia e eu agradecemos sua presença nesta celebração, considerando a mudança de data repentina, e faço um agradecimento especial ao rei Erix e à rainha Cordelia de Galakin. Vareveth sofreu por tempo demais nas mãos de Imirath, mas novas alianças surgiram dessa briga. — Eagor se vira dos convidados para mim e ergue de novo a taça. — Rainha Elowen, um brinde a novos inícios como nossa aliada. À Rainha dos Dragões!

— À Rainha dos Dragões! — ecoa o salão.

Os casais começam a se dirigir para a pista de dança quando o brinde termina. Cayden fica tenso ao meu lado e dá um longo gole no cálice de vinho, que parece pequeno em sua mão.

— Rainha Elowen, além de sua aliança, também pode me ceder sua primeira dança? — Eagor dá a volta na mesa e estende a mão para mim.

A ideia de ficar tão perto dele me deixa apreensiva, mas coloco a mão sobre a sua e escondo meu desconforto enquanto nos misturamos aos convidados. Eagor pousa a mão na base da minha coluna, e ponho a minha em seu ombro quando a dança começa. Ele me conduz nos passos que pratico desde pequena, pisando nos pés de Ailliard.

— Espero que esteja gostando de sua estadia em Vareveth — diz Eagor por cima da música.

— Está sendo ótima — respondo quando ele segura nos meus quadris para me erguer brevemente quando a música exige isso. Deixando de lado as tentativas de assassinato, houve também as partes boas.

Nós fazemos um passo para o lado, e ele me inclina.

— Sabia que havia uma chance de estarmos casados se você nunca tivesse saído de Imirath? — Meu sorriso fica mais tenso. Tudo em mim grita para me distanciar dele. — Minha mãe e seu pai só começaram as negociações, mas isso acabou quando você desapareceu.

Os soldados que iam à minha cela ironizavam as ofertas de paz que Garrick recebia. É um tirano sem nenhum senso de moral.

— Graças aos deuses por isso... — murmuro.

— Desculpe, o que você disse?

— Que não tinha ideia disso — respondo por cima da música. — É bom que esse arranjo não tenha dado certo, porque agora você tem Valia.

Giramos junto com os outros casais, mas a mão dele desce mais pelas minhas costas do que quando começamos a dançar.

— Nosso casamento é baseado em conveniência, não em amor. Temos outros... combinados.

Deuses, estou me sentindo acuada. A única coisa que posso fazer é sorrir e terminar a dança. Não posso me tornar inimiga dele a minutos da assinatura que vai determinar a diferença entre meu povo sobreviver e passar fome. Posso sofrer por eles mais um pouco.

— Há um bordel caríssimo perto do castelo. Às vezes a realeza ou pessoas de posse passam a noite lá, pra esquecer quem são e escapar dos olhos curiosos dos serviçais. — É um milagre eu não fazer cara feia quando seu polegar começa a acariciar minha mão. — A atmosfera é o suficiente pra querer ir e ter um encontro num quarto privativo.

— Por que você está me dizendo isso?

Não começa a tremer; continua sorrindo.

Não começa a tremer; continua sorrindo.

Não começa a tremer; continua sorrindo.

— Você viveu escondida durante toda a sua vida adulta. Não sei quanta experiência tem, e quero ter certeza de que vá ao lugar certo pra conseguir o que quer. — Os instrumentos tocam uma nota estridente, e ele aproveita a chance para pressionar minhas costas com os dedos, com força suficiente para que eu sinta sua mão através do tecido espesso do meu corpete. — Você é uma mulher muito bonita, Elowen.

— Não precisa se preocupar com a minha experiência de vida. Isso eu tenho de sobra. — A raiva, o nojo e a maldade borbulham dentro de mim. — Aliás, sabe como eu reajo a avanços indevidos? — Meu sorriso o deixa intrigado. — Dou um fim no assediador e faço parecer um acidente. Se uma princesa com vínculo com cinco dragões pode virar um fantasma, acho que qualquer um pode.

Ele faz uma careta e tropeça no último passo da dança. As portas do outro lado do salão se abrem e as trombetas soam, indicando que está na hora de assinar o tratado.

Abro um sorriso meigo para ele.

– Vamos, majestade?

– Claro – ele murmura, estendendo o braço para mim. Que essa seja a última vez que Eagor Dasterian me olha como algo mais que um aliado político.

Quando entramos, Cayden já está assinando o tratado, e me desvencilho de Eagor para fazer o mesmo no momento em que as portas se fecham atrás de nós. Um peso imensurável cuja magnitude eu desconhecia sai dos meus ombros a cada movimento da pena. Meu povo não vai passar fome, e enfim posso me concentrar nos dragões. Olho para o fogo na esperança de um vislumbre dos seus olhos ou da sensação do meu vínculo no coração, mas nada acontece.

Eagor mal tem a chance de pousar a pena sobre a mesa antes que Cayden o pegue pela túnica e o prense na parede mais próxima, fazendo sacudirem os batentes.

– Me solte!

– Você não me disse pra ficar longe dela? Agora sou eu te dizendo o mesmo, mas vai haver consequências *sérias* se ignorar meu aviso.

– Eu sou o seu rei!

– Estou pouco me fodendo mesmo se você fosse um deus. Se encostar a mão nela de novo, vou cortá-la fora com o maior prazer.

O tom dele é letal. É frio e sombrio, como a voz da própria morte.

– Nós estávamos dançando – rosna Eagor.

– Nós dois sabemos que você passou dos limites e, a não ser que queira ouvir boatos se espalhando sobre o pó que gosta tanto de cheirar, sugiro que não se esqueça de com quem está lidando.

Eagor fica pálido, e sua boca se abre com horror. Ele olha para Cayden como se estivesse diante de um demônio, e seus olhos se voltam para a porta.

– O tratado está assinado; é hora de voltar para meus convidados.

– Bom menino. – Cayden dá um tapinha em sua bochecha antes de empurrá-lo em direção à porta. Eagor cambaleia e ajeita a coroa antes de se retirar.

– O que foi isso? – pergunto, ofegante.

Cayden se vira para mim e diminui a distância entre nós, colando minhas costas à parede antes que eu consiga processar o que está acontecendo. Ele abaixa a cabeça para perto da minha, mas não me beija. Nosso coração bate em uníssono, e seu olhar candente parece quase perturbado.

– Cayden – digo, resfolegada. Ele abaixa mais a cabeça e leva a boca ao meu pescoço, mordendo e chupando o ponto sensível sob a minha orelha. – N-nós não podemos. Não aqui.

– Não importa – ele rosna contra meu pescoço, se colando a mim e me arrancando mais um gemido. Em seguida, puxa minha perna e a prende em sua cintura, e sua mão segura com força a adaga de dragão na minha coxa. – Deuses, como eu adoro isso.

Passo os dedos no seu cabelo enquanto ele murmura elogios com os lábios colados à minha pele e me toca como se fosse impossível tirar as mãos de mim. Todos os motivos existentes para nos afastarmos desaparecem quando sua boca desliza pelo meu corpo. Ele me trata como um segredo valioso que vai levar para o túmulo.

Cayden sobe pelo meu pescoço e apoia a testa na minha, me mantendo por perto sem levar a coisa mais longe do que já levamos. Ele parece contente só em ficar aqui, me olhando. Estamos dançando na beira do abismo sem a menor cautela.

– Você tem seu tratado – ele afirma com a voz rouca.

– Sim, você me amarrou pelo futuro próximo.

Minha voz parece trêmula até para os meus próprios ouvidos.

– Você já me tinha. – Ele solta minha perna e segura minha mão, me puxando abruptamente para longe da parede. – Vamos dançar.

– Quanta gentileza você me *convidar*. – Eu apresso o passo para acompanhar suas passadas largas. – Você me disse que não dança.

– Não vou me desculpar por querer que o reino saiba que você é minha esta noite.

Ele sorri para mim, e a luz das velas enfeita suas feições como o toque suave de uma amante, fazendo-o parecer inocentemente pecaminoso.

De verdade, não quero dançar com pretendentes nem sofrer os avanços de mãos-bobas. Digo a mim mesma que é por isso que faço uma mesura para Cayden quando ele se curva para mim. Sinto um frio na barriga quando me puxa mais para perto, e assumimos a posição da dança. As pessoas nos olham com uma mistura de descrença, inveja e curiosidade, o que me faz me perguntar se é mesmo tão raro assim ver Cayden dançar. Ele percebe minha ansiedade com a atenção que atraímos e levanta meu rosto em sua direção.

– Somos só você e eu, anjo. Mantenha seus lindos olhos em mim – ele murmura com a boca próxima da minha, me deixando com vontade de eliminar a distância entre nós, apesar dos olhos curiosos.

Cayden me puxa para a movimentação de tule e passos ensaiados. Ele me conduz como faz com seu exército, com movimentos firmes e definitivos, com uma elegância comedida. Ele não é do tipo que flui com a correnteza, e sim que comanda o fluxo das marés. Giro entre seus braços e colo minhas costas ao seu peito enquanto seguimos com os passos. A dança parece enriquecida pela velha magia impregnada nas raízes sob nossos pés. Eu me deixo levar pela onda de toques clandestinos.

Estamos mais próximos do que seria considerado apropriado, e com certeza o olhar vigilante da rainha Cordelia percebeu isso, mas não consigo me importar. Não preciso de um príncipe para validar meu poder ou meu lugar no mundo.

Sinto a respiração de Cayden na minha clavícula, e apoio a cabeça em seu ombro. Ele desliza nossas mãos entrelaçadas até minha barriga, e parece que foram feitas justamente para isso. O comandante me ergue do chão quando a música entra em um crescendo, e parece que a harpista está dedilhando as cordas do meu coração. Sentimos como se uma melodia há muito esquecida tivesse sido retirada de uma prateleira empoeirada e colocada diante de uma musicista para lembrar ao mundo de nossa história.

Meus braços envolvem seu pescoço quando ele desliza meu corpo contra o seu num ritmo pecadoramente lânguido. Nossas respirações se misturam em nosso próprio universo em meio ao caos. As cordas invisíveis amarradas ao redor dos nossos pulsos se entrelaçaram com a dança, mas talvez as coisas precisem dar um nó antes de arrebentarem.

Estrelas dançam em seus olhos quando ele me observa.

– Dança comigo de novo.

– Você não vai me convidar como se deve?

– Por que oferecer uma rota de fuga?

– Porque é de bom tom.

Ele faz uma careta, como se a ideia de ser educado o desagradasse.

– Não quero que se engane quanto ao que eu sou.

A música recomeça, e eu não me afasto. Sei que estamos sendo observados, mas quero ser egoísta mesmo assim.

– E o que você é?

– Um monstro, mas por você, e nunca pra você.

Um sorriso brota nos meus lábios.

– Posso ficar cansada demais pra sair daqui andando se continuar me fazendo dançar a noite toda.

– Então eu carrego você.

– Mesmo se eu pisar no seu pé?

– Sempre.

Ele me puxa para uma nova dança. Não me solta a noite toda, e sempre me traz para bem perto de si depois de me rodopiar para longe, fundindo nossos corpos como as estrelas se juntam em constelações no céu. Cayden me gira até eu não conseguir ver mais ninguém no salão além dele.

CAPÍTULO
TRINTA E UM

O vapor sobe do meu copo enquanto estou descansando na minha cama no castelo, folheando um dos livros de dragões que trouxe da fronteira. Tive um sonho em que assava tortas para eles depois de ler que, ao que parece, adoram frutas. A culpa que sinto por deixá-los está mais forte esta manhã, assim como a dor de sua ausência. Escondi isso bem enquanto tomava café com a rainha Cordelia, que passou a maior parte do tempo reclamando do frio. Ela e Erix partem de viagem para Galakin amanhã, querendo voltar para seu reino e seu *lindo* filho, que *sutilmente* incluiu na conversa antes que uma tempestade surgisse no mar.

Passos atravessam os aposentos, e nem preciso ver Cayden para saber que é ele. Sua presença provoca um choque elétrico dentro de mim.

– Tenho uma coisa pra mostrar pra você – ele avisa, se recostando numa das colunas da minha cama, e solto um grunhido em resposta. – Eu falei pra você não acabar com aquela última garrafa de vinho.

Saskia, Ryder e Finnian foram embora do baile conosco, e passamos a noite bebendo vinho, rindo e jogando conversa fora até o sol nascer. Saskia caiu do meu lado na cama depois de termos corrido descalças pelos jardins enquanto os demais nos perseguiam.

– Mas era de morango – murmuro, balançando as pernas para fora da cama.

Meu vestido esmeralda com adornos dourados esvoaça atrás de mim quando calço um par de pantufas de cetim. A ideia de usar salto alto hoje é inimaginável, mas deixei que o vestido enganasse minha mente para fingir que estou me sentindo melhor. As mangas translúcidas e soltas fluem como uma brisa, e os detalhes intricados do corpete e da saia me lembram os galhos baixos de um salgueiro.

– Sim, você me informou disso várias vezes enquanto me ameaçava com uma faca quando eu tentava tirar a garrafa da sua mão. – Pressiono os dedos na testa e solto outro grunhido. – Achei isso uma graça.

Ele fala como se rememorasse uma lembrança feliz. Só pode ser maluco.

– Você achou uma graça quando coloquei a faca no seu pescoço pela primeira vez?

Cayden lambe os lábios, e meus olhos traidores pousam neles enquanto ele fala.

– Da primeira vez, senti uma coisa bem diferente.

Nossos pés batem contra o chão de pedra enquanto ele me leva da torre, descendo por escadas espiraladas e por um labirinto de salões luxuosos. Estou até zonza quando chego à saída e dou o braço para ele quando passamos para o lado de fora. Cayden aponta para uma série de carroças e uma mulher com um pergaminho passando instruções para os serviçais. Caixotes repletos legumes e verduras, carnes, grãos, cereais e temperos estão alinhados na grama. Eu me lembro de ver caixotes de entrega sendo transportados para tavernas e lojas enquanto estava em missão, sabendo que não poderia levar toda aquela comida para casa comigo. A sensação é de que uma nuvem negra que me acompanhou durante anos enfim se dissipou, e a luz do dia acaricia meu rosto.

Aestilian vai seguir resistindo. Os pais e cuidadores não vão precisar deixar de comer para alimentar as crianças. As mãos de Nyrinn não vão mais tremer enquanto ela costura alguém. Os guardas que patrulham a fronteira vão estar atentos e lúcidos, e ninguém vai arriscar a vida andando no meio da neve para pegar migalhas.

Um calafrio me atravessa quando me recordo do inverno mais cruel que vivi em Aestilian. Passei a maior parte do tempo caminhando pela neve e descendo picos congelados depois de escurecer. Não conseguia pegar no sono de jeito nenhum, e Finnian estava mortalmente fragilizado.

Eu roubava e matava em nome da sobrevivência, mas Finnian nunca me perdoou por ter cedido minha parte da comida para ele, que descobriu minhas mentiras quando desmaiei no quintal e depois disso passou a monitorar minhas magras refeições com olhos de águia.

— Recebi a informação de que seu pessoal atravessou a fronteira. A carta datava de alguns dias atrás, então eles devem chegar em breve — revela Cayden.

Limpo a garganta, emocionada.

— Meus espiões estavam aguardando a notícia de que o tratado foi assinado. Provavelmente viajaram noite e dia para chegar tão depressa.

— Você não perde tempo, menina-sombra. — Ele me leva de volta para o castelo, e esfrego as mãos para aquecê-las. — Tenho uma proposta pra você.

— Diga — respondo, segurando o vestido para começar a subir as escadas.

— Seus soldados têm menos chance de sofrer um ataque ou roubo se eu mandar homens de Vareveth com eles. O deslocamento com esse monte de carroças vai ser lento.

Eu mordo o lábio, considerando a proposta.

— Você escolheria os soldados pessoalmente?

— Sim. Não incluiria ninguém que não fosse de extrema confiança.

É uma oferta generosa, mas a tentativa de assassinato que sofri me torna cautelosa.

— Eles podem atravessar o Fintan com meus soldados, mas não me sinto à vontade revelando a localização exata de Aestilian. Nós dois sabemos que nem todos no seu exército me consideram bem-vinda aqui. — Ele abre a boca para argumentar. — Mesmo com suas ameaças.

Ele cerra os dentes e fecha a cara.

— Depois da mais recente execução, ninguém ousaria, mas respeito sua vontade e vou transmitir a ordem.

Estou ciente de como ele é visto por seu próprio exército, e os rumores sobre a brutalidade e crueldade de Cayden são incessantes. Os olhares nos acompanham, e as damas da corte cobrem a boca com os leques para contar histórias sobre o comandante demoníaco e a princesa perdida dos dragões.

Finnian nos vê e se apressa em vir na nossa direção.

– Os soldados chegaram. Ailliard me mandou procurar você.

– Foi mais cedo do que o esperado.

É um alívio, de verdade. Quero resolver tudo o que é preciso antes de voltar a Imirath.

Seguimos Finnian até o salão por onde entrei pela primeira vez no castelo, e o som da água da fonte é sufocado pela risada retumbante de Ailliard. Me sinto mais ansiosa do que deveria, mas a impressão é de que estou conhecendo uma pessoa nova, apesar de saber que fui eu que passei por uma transformação. Estou mais forte e mais segura de mim mesma e de meu futuro, e não tenho como fingir que as coisas podem voltar a ser como eram.

Descemos as escadas para saudar Nessa, Lycus e Jarek. Nessa vem me abraçar com Lycus ao seu lado, enquanto Jarek continua sua conversa com meu tio. Eu rapidamente me afasto e dou o braço para Cayden, pois não quero receber o mesmo tipo de cumprimento de Jarek ou Lycus.

– Nessa e Lycus são dois dos guardas que fugiram de Imirath comigo. Este é o comandante Veles de Vareveth – digo, apresentando-os.

Nessa sorri, o que faz os cantos de seus olhos profundos se enrugarem, e estende a mão para ele.

– Prazer em conhecê-lo, comandante. Ouço histórias sobre suas vitórias já faz um bom tempo.

Cayden estende a mesma gentileza antes de perguntar:

– Vocês recebem notícias de Vareveth em Aestilian?

– Só porque é impossível manter Elowen dentro das nossas fronteiras, por mais que a gente tente.

– Como foi a viagem? – pergunto, tratando de mudar de assunto.

– Sem sustos. A senhora parece bem, milady – responde Lycus. Ele sempre foi um homem de poucas palavras e muitas formalidades. – O elixir funcionou maravilhosamente bem, senhor. Conseguimos estocar uma quantidade razoável de alimento antes da primeira geada.

Cayden assente com a cabeça.

– Vocês vão ficar por aqui quanto tempo? Vou pedir aos serviçais que preparem alguns quartos.

– Só até o fim do dia. Queremos levar a comida o quanto antes, e preferimos que nossa presença não seja detectada pelo rei Garrick – explica Nessa.

– Acho que é melhor assim – comento. – O comandante Veles vai me conduzir em uma viagem por várias cidades de Vareveth, agora que o tratado está assinado.

– Parece ótimo. – Nessa sorri, olhando para nossos braços dados. Não sei se sorriria tanto se soubesse o verdadeiro motivo do nosso álibi inventado. Ailliard surtou, mas, no fim, cedeu quando o convenci de que precisava ser mais exposta ao mundo.

– Nessa! Lycus! Eu me lembrei do que queria contar pra vocês – grita Ailliard para seus amigos, que fazem uma mesura e se afastam.

Cayden inclina a cabeça na minha direção quando eles não podem mais nos ouvir.

– Que tipo de histórias você ouviu sobre mim, anjo?

Dou de ombros.

– Não deviam ser grande coisa, porque nem me lembro.

Nos viramos para a frente quando Jarek se aproxima, e Cayden curva os lábios.

– Por que essa calça tão apertada?

Tusso para esconder o riso, mas a expressão de Cayden permanece gélida.

– Você vai morrer se sorrir?

– Vou – ele responde.

– Você sorri pra mim.

– Você é diferente.

– Majestade. – Jarek faz uma saudação para mim e beija minha mão. Mal consigo disfarçar a vontade de limpar os dedos na saia quando ele me solta.

– Que bom rever você, Jarek.

– Pensei que não fosse se candidatar pra fazer esta viagem, considerando o quanto sua presença em Aestilian é vital – comenta Finnian, que aparece ao meu lado.

Me sinto ladeada por dois cães de guarda.

Jarek claramente não detecta o sarcasmo de Finnian, e responde:

– Uma viagem pela minha rainha nunca poderia ser motivo de lamento.

– Certo, então – diz Cayden, entrando na frente de Jarek para bloquear seu acesso a mim e olhando em seu relógio de bolso feito de ouro. Com certeza não é por ciúme, mas, sim, por tédio e aversão. Finnian acha graça na grosseria de Cayden. – Vou me atrasar se não for embora agora.

– Aonde você vai?

– Roubar doces de crianças. – Ele sorri ao me ver revirando os olhos. – Tenho uma reunião pra discutir nosso assunto em comum. Fique à vontade pra comparecer também.

O mandante por trás das tentativas de assassinato contra mim ainda pesa na minha mente, mas não posso abandonar meu povo depois de terem viajado tanto para me ver. Por outro lado, não há nada que eu queira mais do que elaborar teorias e passar um pente fino nas ruas antes de partirmos.

– Não podemos discutir isso mais tarde?

Ele assente, segurando minha mão e a levando à boca.

– Ficarei aguardando ansiosamente, então, querida. Vejo você nos nossos aposentos.

Os serviçais apareceram para mostrar a cada um onde se instalar, e Finnian e eu tomamos isso como um sinal para darmos uma escapulida do castelo. Descemos vários degraus de pedra para chegarmos até onde estavam as carroças.

– Bom, essa disputa de botar o pau na mesa foi um bom entretenimento matinal – comenta Finnian.

– Deuses, Finnian – reclamo, mas sem conseguir segurar o riso.

– Cayden venceu, caso queira saber. Mas garanto que, se ficássemos mais um pouco, Jarek o teria desafiado para um duelo.

– Não estou nem escutando! – Cubro as orelhas com as mãos e corro para as carroças quando chegamos à grama. Minha risada torna meus movimentos descoordenados, mas ele não me alcança. Seria fácil para ele, considerando o tamanho de suas pernas, mas ele sempre me deixou ganhar, mesmo depois de ficar bem mais alto que eu. – Nós não somos mais amigos!

– Até parece, Ellie!

* * *

Estou exausta quando Ailliard e eu terminamos o cronograma de distribuição dos alimentos, e aceito de bom grado o chá que Nessa me traz.

– Como vai nossa pequena Moriko? – pergunto.

Ela e sua esposa adotaram uma garotinha de 5 anos do orfanato. Moriko é uma menina miudinha, com mais cachos do que corpo, e um amorzinho depois que perde a vergonha.

– Está bem. – Um sorriso tranquilo e cheio de amor surge no seu rosto. – Esme está tricotando blusas de frio para ela usar no inverno, e a coroa de flores que você fez continua ao lado da caminha dela. Deve estar numa idade de aprontar mais, porque anda se escondendo pela casa como vocês dois faziam quando eram mais novos.

Há uma leve batida na porta, e eu me levanto, enquanto Finnian ri baixinho ao meu lado, provavelmente se lembrando das mesmas brincadeiras de infância que eu.

– Uma carta do comandante Veles, majestade.

A serviçal faz uma mesura profunda antes de virar as costas e se retirar. Eu rapidamente rompo o selo para abrir a carta.

Elowen,
Cheguei à conclusão de que o assassino está em Verendus. Ryder e eu estamos indo investigar melhor. O grupo de soldados que vai atravessar o Fintan com sua equipe está reunido e à espera junto às carroças.
Até breve, anjo.

Cayden

Verendus é a área mais populosa do reino, o que significa que o assassino está escondido à vista de todos. Contraio os lábios enquanto repasso as novas teorias na minha mente.

– O castelo é muito maior, mas não é o melhor lugar pra se esconder – comenta Finnian.

– Não, sempre tem muita gente de olho em você num castelo – concorda Nessa.

A conclusão chega até mim como uma lufada de vento quando me lembro das palavras de Eagor.

O bordel.

As pessoas vão até lá para fugir da vida cotidiana. Ninguém estranharia um rosto desconhecido num bordel, porque todos estão lá em busca de *algo novo*.

Levo a mão à barriga e respiro fundo. Dois pares de olhos preocupados se voltam para mim.

– Ah, não, são suas regras mensais? – pergunta Nessa.

Eu assinto e forço meu rosto a assumir uma expressão de dor.

– Tudo bem se nos despedirmos agora? Finnian, a coisa está tão feia quanto antes de sairmos de Aestilian.

– Ah, minha querida, eu a levo de volta aos seus aposentos. Você não se importaria, certo, Nessa?

Graças aos deuses, ele entende meu pretexto.

– Claro que não – responde Nessa, dando um abraço em Finnian. – Nós precisamos partir em breve, de qualquer modo.

Nessa me dá um abraço, e faço o que posso para parecer que estou relaxando em seus braços, mas não estou nem um pouco tranquila no momento.

– Cuide-se, milady. Vou transmitir sua mensagem a Nyrinn assim que chegar.

Eu abro um sorriso.

– Boa viagem, Nessa.

– Vamos, querida. – Finnian põe a mão nas minhas costas. – Hora de ir para a cama.

Caminhamos devagar até a porta, mas saímos em disparada quando entramos no corredor. Finnian não pergunta o que está acontecendo ao descermos a escada quase nos jogando lá de cima. A confiança que construímos ao longo dos anos nos permite saber quando não é hora para questionamentos.

Só começo a falar quando saímos do castelo e continuamos correndo na direção dos estábulos.

– Eu sei onde está o mandante.
– O quê? Como? Onde?
– Num bordel. – Eu me forço a dizer essa palavra. – Tem um bem caro aqui perto do castelo, e lugares como esses são antros de fofoca. Se Eagor é um frequentador, podemos assumir que circulam rumores sobre Cayden e eu, já que o rei não aprova nossa proximidade.
– Puta que pariu – resmunga Finnian.
– Cayden e Ryder já estão a caminho de Verendus, e precisamos recuperar o tempo perdido e chegar até eles – explico.

Os estábulos têm cheiro de feno úmido e maçã. Finnian monta num cavalo que acabou de ser selado e estende a mão para mim. Nesse momento, Braxton aparece.

– Majestade. – Ele nos olha com desconfiança. – Recebeu a carta do comandante Veles?

Eu poderia dar um beijo nele pela aparição tão providencial.

– Sim. Você sabe exatamente aonde ele foi?
– Você está em perigo?

Ele leva a mão ao cabo da espada.

– Não estou, juro que não. Só preciso que me diga aonde ele foi.
– Ele e o general Neredras vão começar as buscas pelo Cálice dos Deuses, uma taverna na rua principal. Vocês precisam ir agora mesmo, porque eles não são de perder tempo no que fazem.
– Que os deuses o abençoem, Braxton! – exclamo, subindo na montaria e me segurando na sela quando Finnian sai em disparada. A floresta de colinas íngremes não é nada comparada à cordilheira de Seren, escondida pela neblina. – Vai você procurar Cayden e me deixa no bordel.

– Péssima ideia.

Ele puxa as rédeas para uma guinada à direita.

– Vai parecer tudo coordenado demais se aparecermos todos juntos.

– Qual é o seu plano?

Essa pergunta deveria me deixar constrangida, mas estou energizada demais para me preocupar com isso.

– Preciso que ele finja que fomos até lá pra dar uma escapada do castelo, considerando os boatos que circulam sobre nós. Se conseguirmos convencer as pessoas disso, o mandante vai se revelar quando estivermos *distraídos*.

Percebo que é um plano confiável, pois ele solta um palavrão baixinho e direciona a montaria para a rua principal.

– Tem certeza de que quer servir de isca pra um assassino de aluguel?

– Minha única certeza é que quero derramar o sangue dele até o fim da noite, e farei o que for preciso pra isso. – Eu aperto as mãos dele. Vou usar todas as armas do meu arsenal pra derrotar quem quer me prejudicar, inclusive a sedução. – Eu confio em você, sei que vai encontrar Cayden. Só estou pedindo pra você acreditar que consigo me manter viva enquanto isso.

O Rosa Dourada faz jus ao nome. Flores douradas e brancas enfeitam o bordel, escondendo-o e acentuando seu caráter de escapismo e anonimato. Uma música sensual se espalha até a rua, para atrair as almas curiosas que passam por ali. As janelas grossas de vidro obscurecem o que acontece lá dentro, mas sem esconder por completo.

Desço da sela e vou até o caminho da entrada, com a empolgação e o nervosismo crescendo a cada passo. A lembrança das mãos de Cayden no meu corpo ressurge, e um calafrio que não tem nada a ver com a brisa leve sobe pela minha espinha.

CAPÍTULO
TRINTA E DOIS

O volume da música sensual aumenta quando abro a porta, assim como meu nervosismo, mas não o suficiente para fazer com que me arrependa da minha decisão. Gemidos sussurrados chegam ao hall de entrada, e há uma mulher com um vestido dourado de cetim sentada atrás de uma mesa adornada com duas lamparinas incrustadas de rubis.

A mulher se levanta devagar e faz uma mesura.

— Majestade, eu bem que esperava que algum dia viesse ao Rosa Dourada.

— Ouvi dizer maravilhas. — Abro um sorriso gracioso antes de assumir uma fachada de maior recato. — Estou esperando uma pessoa.

Ela dá uma longa tragada no cachimbo antes de soprar a fumaça pelos lábios franzidos.

— Posso saber o nome, para levar a pessoa até você quando chegar?

— Comandante Veles.

Dizer o nome dele me deixa mais reconfortada do que deveria.

Um sorriso malicioso se abre nos lábios vermelhos da mulher.

— Segundo os boatos que circulam na corte, ele está encantado com você, milady. Agradeço por ter vindo hoje.

Seu vestido se arrasta atrás dela enquanto me conduz pelo hall de entrada e por cortinas cheias de brilho. Há várias velas sobre as mesas douradas, pingando cera e preenchendo o espaço com aromas florais.

Os tecidos drapejados dão uma sensação de privacidade, mas sem proporcionar isso de fato. Os diversos casais e grupos espalhados pelo local não chamam minha atenção, porque minha mente está concentrada apenas na sensação dos lábios de Cayden contra minha pele.

– Seu aposento privativo está equipado com tudo de que precisa, mas se desejar algum outro conforto é só avisar a mim ou alguém da nossa equipe – ela diz enquanto me conduz por um corredor igualmente luxuoso, sacando uma chave de uma argola no cinto e destrancando uma porta antes de entregá-la para mim. – O armário tem uma seleção de roupas de vários tamanhos e cores. Precisa de ajuda para despir o seu traje, milady?

– Eu me arranjo. Obrigada pela hospitalidade – respondo.

Ela faz uma mesura, fecha a porta e se retira. Pressiono a testa contra a superfície de madeira quando o pulsar entre as minhas pernas se torna incessante. Deuses, preciso me controlar antes que Cayden chegue aqui.

No guarda-roupa há peças bem-comportadas, que eu ignoro. Quero deixar de joelhos o homem que não se ajoelha para ninguém. Um pedacinho de renda vermelha que mal pode ser considerado uma calcinha, e as duas peças do conjunto combinadas deixam pouquíssimo espaço para a imaginação. Correntes finas de ouro abraçam minhas coxas, se acomodando entre as fendas altas em ambos os lados da saia longa de cintura baixa. Cada parte mais sensível do meu corpo é envolvida pela renda delicada. Mais correntes descem pelos meus ombros e pelo tronco, presas ao corpete minúsculo. Meus cachos escuros cascateiam pelas costas, e complemento o visual com um diadema de ouro na cabeça, com um rubi que desce para o centro da testa.

A porta se abre e se fecha atrás de mim, e ouço uma sequência de palavrões e preces pedindo forças. Passo as mãos pelo tecido delicado da saia antes de me virar para me deleitar com a expressão transtornada de Cayden. Ele me olha como se não soubesse ao certo se ama minha roupa ou se quer queimá-la. Sua mão segura com tanta força a maçaneta que as juntas dos dedos estão pálidas.

Seus olhos me devoram como se ele fosse um homem faminto que encontrou um oásis após vagar pelo deserto durante meses.

– Eu preciso matar alguém?

Minha pulsação está tão acelerada que mal consigo ouvi-lo.

– Ninguém encostou um dedo em mim.

– Mas alguém a viu antes que eu tivesse esse privilégio? – ele indaga, com o tom de voz ainda áspero. Estamos separados por poucos passos, mas sinto que são quilômetros. Cayden parece saído de um sonho sombrio, com suas roupas de couro, cicatrizes e armas. – Você é uma mulher cruel e uma bênção, tudo ao mesmo tempo.

– Cruel? – questiono. – Bom, com certeza vários outros homens adorariam...

Ele se afasta da porta e envolve sua cintura com as minhas pernas antes mesmo de me deitar na colcha bordada da cama. As pupilas dominam seus olhos, da mesma forma que o comandante me domina nessa posição. Mordo o lábio para não gemer quando sinto o volume de sua ereção contra mim.

– Você quer o sangue deles nas suas mãos? – Ele apoia um braço ao lado da minha cabeça e pressiona o outro contra as minhas costas, me arqueando e me puxando para mais perto de si. – Eu não sou um homem bom, Elowen. Nunca superestime minha compaixão, nem subestime minha brutalidade.

Estendo o braço para brincar com os cachos em sua nuca.

– Você não me assusta.

– É porque tenho um fraco por você, o que é um defeito na minha natureza. – Ele cola os lábios no meu pescoço e solta um grunhido quando o prendo com mais força com as pernas. Nunca senti esse tipo de atração por ninguém, e é inebriante. – Estou sedento pela sua visão e faminto pelo seu gosto.

Ele me ajuda a tirar seu casaco e volta a me tocar assim que a peça vai parar no chão, colando a testa à minha depois de subir beijando meu pescoço. Nossas respirações ofegantes se misturam quando digo:

— Mente pra mim, me toca, faz o que for preciso pra parecer que estamos aqui por prazer e nada mais. Me faz acreditar em você.

— Depois desta noite, ninguém no reino vai duvidar do quanto a desejo. — Seus lábios roçam os meus. — Só tenho uma condição. — Minha resposta sai num gemido quando ele mexe os quadris. — Vamos selar o trato com um beijo aqui primeiro. Eu disse que estou faminto. Você não pode me pôr diante de um banquete e me dizer pra pegar leve.

Levanto a cabeça, e sua respiração toca meu rosto, como se estivesse prendendo o ar até eu conceder o beijo. Suas mãos agarram meu cabelo, e ele me devora. Não é nada parecido com nosso primeiro beijo; esse é urgente e febril, com mãos que não se cansam enquanto não explorarem tudo o que desejam. Cayden não pede permissão; me domina com cada movimento de sua língua. Seus lábios e quadris se movem contra os meus, amplificando minha paixão e exigindo que eu ceda cada vez mais.

Meu grunhido de frustração vibra contra seus lábios quando puxo sua camisa para cima, mas ela continua a cair de volta no lugar. Ele dá uma risadinha, levando uma das mãos à nuca para arrancá-la quando interrompemos o beijo. Passeio com os olhos por cada pedacinho do seu tronco, impressionada a ponto de ficar sem palavras. Sabia que ele era musculoso, mas imaginar e ver são duas coisas bem diferentes. Cayden tem o corpo de um deus. Ombros largos, bíceps proeminentes e musculatura bem definida por toda parte, com a pele cheia de cicatrizes vermelhas, cor-de-rosa e brancas, pelos anos passados como assassino de aluguel e soldado. Ele também tem uma tatuagem das cinco fases da lua no lado esquerdo do tronco, além de um alinhamento de estrelas descendo pelas costelas.

— Não me olha assim — ele ordena, com uma voz carregada de luxúria.

— Por quê? — pergunto com a voz rouca.

— Porque assim nós nunca vamos sair deste quarto. — Ele passa os dedos pelo meu cabelo de novo, para me fazer sentar. — Vai ficar bem sem suas facas?

— Não tenho muita escolha. Se estamos aqui só por prazer, pra que as armas?

– Eles não têm como saber do que gostamos na cama.

Ele se afasta de mim e vai até minha pilha de lâminas, acrescentando quatro a suas bainhas das coxas e mantendo o cinturão de sua espada no lugar. Meu olhar se volta para uma longa fileira de cicatrizes que se estende do pescoço à cintura dele, e as linhas rosadas me deixam vermelha de ódio.

– Você matou quem fez isso?

A raiva faz minha pele queimar, e sei que vou matá-los pessoalmente se ele ainda não tiver feito isso.

– Lentamente.

Ele se vira de novo para mim e me dá um beijo na testa. Uma onda de desejo me invade quando vejo nossas facas se juntando.

A aura obscura que envolve o bordel me faz querer ficar aqui mais um tempo, com as sombras mascarando meus atos libidinosos. Todo mundo vira o pescoço na nossa direção quando Cayden me conduz a passos lentos pelo salão, como se quisesse que cada um dos presentes nos visse juntos. Eu me pergunto se o mandante já me viu, e se está achando que minha aparição aqui é algo bom demais para ser verdade.

Cayden escolhe uma namoradeira sob uma luxuosa cobertura dourada com uma bandeja de velas para proporcionar mais luminosidade. Meu coração dispara quando ele põe as mãos na parte posterior das minhas coxas e passa os dedos compridos pelas correntes que cobrem minha barriga antes de substituí-los por sua boca. Me sinto como se fosse uma chama viva, e ele, o oxigênio que me alimenta.

Sua pegada se torna mais assertiva, e Cayden me puxa para eu montar nele, me olhando com a mesma expressão de devorar a alma que revelou quando me viu pela primeira vez vestida assim. Me posiciono sobre ele sem tocá-lo, pois não quero que sinta o latejar entre as minhas pernas. Estamos em missão, é para ser só uma encenação, mas a reação do meu corpo é inegável.

– Tem certeza de que está tudo bem?

– Não – ele responde, fazendo o meu rosto queimar de vergonha. Ele põe as mãos nos meus quadris e me puxa para junto de si, sem deixar nenhum espaço entre nós. – *Agora*, sim, está perfeito.

Sua ereção pressiona minha zona encharcada, e ele passa os dedos pelas minhas costas, me fazendo arquear o corpo em sua direção. Quando envolve com os lábios meu mamilo, visível sob o tecido, jogo a cabeça para trás com um gemido. Ponho as mãos em seus ombros e começo a mexer os quadris no ritmo da música.

– Isso mesmo, anjo – ele grunhe. – O espetáculo não é pra eles, é pra mim.

Puxo seu cabelo para levantar seu rosto e cubro seus lábios com os meus. Nosso beijo é lento e sensual, do tipo que se dá porque sabe o que vem depois. Isso me dá vontade de arrancar suas roupas sem pressa e tocar cada pedacinho de sua pele com a boca. Continuo fazendo nossos quadris se moverem juntos e explorando seu corpo com os dedos, saboreando a sensação da sua pele e curtindo sua reação a mim. Quando o beijo termina, colo minha testa à sua e abro os olhos, encontrando os dele já abertos, me encarando. Mas, logo em seguida, se fecham de novo, e ele se inclina para a frente para me dar um beijo bem-comportado que transmite uma sensação incrivelmente íntima.

Ele nos puxa para o encosto do assento, me abraçando pela cintura enquanto apoio a cabeça no seu ombro. Cayden continua passando os dedos pelas minhas costas, com movimentos longos e relaxantes. Para quem está vendo, devemos parecer um casal com muita intimidade. Eu me aninho nele antes de me inclinar para trás de novo, apesar de seus abraços parecerem o lugar certo para mim. Nossos corpos podem ter parado de se mover, mas a tensão não se aliviou. Quanto mais ele me olha, mais a intensidade cresce. É como se energizássemos um ao outro através do toque.

Sua mão passeia das minhas costas para as minhas coxas, e estremeço quando se aproxima da minha calcinha encharcada. Estreito os olhos quando ele dá uma risadinha, oferecendo sua melhor versão de um olhar inocente, que mesmo assim é malicioso demais. Cayden me puxa e morde o ponto sensível que sabe que me deixa louca. Passo as mãos pelo seu pescoço, e ele me inclina para trás, com as mãos na minha bunda para que eu não pare de me esfregar nele. A música e os nossos gemidos aumentam de volume, e faíscas explodem atrás das minhas pálpebras fechadas. Seu abraço possessivo diz a todos os presentes que sou sua, e tentar me afastar seria um feito equivalente a derrubar o castelo pedra por pedra com as próprias mãos.

– Você acha que... – Ele me interrompe com outra mordida no pescoço, e o prazer é intenso demais para me deixar falar. – Não seja cretino – digo com um sussurro resfolegado.

– Do que foi que você me chamou?

Há um tom de perigo em sua pergunta, e ele afasta a cabeça do meu pescoço para me encarar.

– Cre... ah!

Ele pressiona os dedos na renda encharcada no meio das minhas pernas.

– Se me xingar de novo, ponho você de bunda pra cima na frente de todo mundo. – Minhas coxas se fecham sobre sua mão, mas isso não me faz desistir de xingá-lo, só me dá vontade de dizer todos os palavrões que conheço para ofendê-lo. A malícia brilha em seus olhos, sabendo que eu adoraria fazer isso. – O que você quer me perguntar, anjo?

Passo as mãos pelo seu peito, me perdendo entre as estrelas e cicatrizes. Quero saber mais sobre *ele*. Não sobre o comandante demoníaco. Cayden Veles está se tornando meu mistério favorito a desvendar.

– Anjo?

– Ah, é. – Eu limpo a garganta. – Você acha que a nossa performance está convincente?

Seus dedos deslizam pelo meu cabelo, agarrando-o pela raiz.

– Se quiser algo mais, é só pedir.

Meu cabelo se espalha pelas almofadas quando ele me joga para o lado e sobe em cima de mim. O sofá mal tem largura suficiente para acomodar seu corpo, mas Cayden dá um jeito. Sua língua passa pela minha barriga, e ele segue lambendo até os seios e termina o caminho no pescoço. Meu corpo se contorce sob o seu, desesperado por atrito, mas ele imobiliza meus quadris e enfia dois dedos na minha boca quando solto um gemido. Nenhum homem me olhou com um desejo sequer parecido com o seu; como se necessitasse de mim.

— Chupa — ele ordena.

Envolvo seus dedos com os lábios, girando a língua, subindo e descendo a cabeça de leve, para fazê-lo imaginar como seria aquilo no seu pau. Suas pupilas se dilatam e ele abaixa os quadris, enfim me presenteando com toda a sua extensão. Minha excitação só cresce, incontida, e começo a gemer ao redor dos seus dedos.

Cayden logo os substitui por seus lábios, e seu grunhido provoca uma onda de choque que chega até meu ventre. Ele dá estocadas mais fortes, e cravo as unhas nas suas costas. Minha cabeça está zonza e inebriada por ele, e eu o desejo tanto que até dói.

— Você está sendo tão boazinha comigo, Elowen.

Eu adoro seus elogios. E quero mais.

Ele desce com seus beijos pela minha barriga até realizar meu desejo e ficar de joelhos à minha frente. O homem que não se curva nem se ajoelha diante de rei ou deus nenhum não hesita em fazer isso para mim. Apoio a cabeça no braço da namoradeira para ver o que ele está fazendo.

— Cayden. — Não consigo dizer mais nada além de seu nome quando ele põe as minhas pernas sobre seus ombros, deixando uma trilha de chupões na minha coxa.

— Suas reações são viciantes. — Cayden puxa a parte central da saia para o lado e enterra o rosto entre as minhas pernas. Minha cabeça se move contra o encosto do móvel, e levo a mão à boca para não gritar. — Porra, perfeita demais. — Ele dá mordidinhas na minha calcinha, enviando ondas de choque por todo o meu corpo. Passo os dedos por seu cabelo, e ele geme entre as minhas pernas. — Não tem nada que eu queira mais do que puxar essa calcinha para o lado, mas a primeira vez que sentir o seu gostinho não vai ser por ninguém, vai ser porque você deseja o que tenho pra lhe dar na mesma intensidade do desejo que sinto.

Ele continua a me provocar, lambendo, sugando e mordendo, dando mais tempo e atenção aos lugares que fazem as minhas pernas tremerem. Estou toda trêmula quando Cayden volta a subir com os beijos, me mantendo imobilizada sob seu corpo, e não faço ideia de como vamos conseguir sair daqui depois disso. Mas, se ele vai me torturar com a língua, eu vou fazer o mesmo. Não vou ser a única a sair deste bordel com minhas prioridades totalmente distorcidas.

– Senta – ordeno, e ele obedece.

O comandante me puxa para seu colo antes que eu possa descer do sofá, mas ponho a mão sobre seus lábios quando tenta me beijar de novo e dou uma risadinha ao ver sua expressão irritada e ouvir seu grunhido de frustração.

Meus lábios roçam seu pescoço, e ele estremece embaixo de mim. Vou descendo e beijando, parando nos lugares que o fazem gemer, passando a língua neles, mordendo e sugando. Cayden puxa minha cabeça para mais perto de seu corpo quando faço isso, querendo que eu marque sua pele. Continuo minha exploração, beijando seu peitoral, seu tronco, suas várias cicatrizes e descendo pelo abdome até os chupões estarem visíveis do pescoço à cintura. Ele olha para as marcas com orgulho quando me pega pelo queixo, e eu fico de joelhos. Nunca me ajoelhei diante de um homem antes, mas com Cayden me sinto empoderada, pela maneira como ele realmente me vê – como sua salvação e sua danação em forma humana.

Olho para ele, batendo os cílios.

– Está gostando de me ver ajoelhada assim, demônio?

– Elowen. – Seu tom é áspero e pesado. Passo as mãos por suas coxas e seguro seu volume através da calça larga, desfazendo as amarrações com os dentes para lhe dar mais espaço. – *Porra, pelos deuses.*

Ele revira os olhos enquanto passo a língua pelo seu tronco e continuo o acariciando. Minhas coxas se juntam com força quando ele estremece, e percebo a cabeça do seu pau aparecendo por cima da cintura da calça. Ele está tão excitado quanto eu. Inclino a cabeça para poder lamber a pontinha.

– Caralho, El.

Suas mãos agarram meu cabelo para me manter ali. Apoio o rosto na sua barriga para continuar lhe dando prazer. Eu tiraria sua calça e o enfiaria na boca se tivéssemos contemplado a possibilidade de fazer sexo em público, mas me contento em ver o homem mais poderoso de Ravaryn se contorcer todo, arfando sob meu toque.

Seus dedos se enrijecem, e ele puxa minha cabeça para cima, fazendo minha boca se chocar contra a sua. É um beijo carnal e repleto de um desejo intenso. Ele morde meu lábio inferior, e me sinto desnorteada. Sou arrancada do chão e levada dali, mas não me importo para onde ele está me levando, só o que me interessa é seu toque.

Uma fechadura é trancada, e minhas costas são prensadas contra a porta. Os beijos de Cayden chegam a um novo patamar de ferocidade agora que estamos a sós. Seus quadris se chocam contra os meus, ele morde meu pescoço de novo, e não consigo mais conter o grito. Estou perto do clímax só com as preliminares.

– Por favor, me deixa tocar você – ele grunhe contra o meu pescoço. – Preciso tocá-la, El. Me deixa cuidar de você.

Pelo amor dos deuses, essas súplicas vão acabar comigo.

Seus dedos pressionam o lugar onde preciso tão desesperadamente. Não consigo nem falar, tamanho o alívio que isso me proporciona.

– Fale comigo, linda. Me diz se eu posso fazer isso.

– Por favor, não para – peço, quase soluçando.

– Porra, graças aos deuses.

Ele me carrega até o sofá diante da lareira e enfia dois dedos em mim depois de puxar minha calcinha para o lado. Enterro a cabeça em seu pescoço e solto um gemido alto. Meu corpo estremece todo enquanto ele mexe os dedos num ritmo lento e torturante.

– Você está toda molhada – ele diz, praticamente gemendo para mim. – Tudo isso é pra mim?

Mantenho a cabeça enterrada em seu pescoço. Ele enfia os dedos mais fundo.

– Reponde.

– Sim!

Não sei como ele me afeta tanto assim.

Eu queria detestar esse efeito tão poderoso que Cayden provoca sobre mim.

Seus beijos me consomem, seus dedos me dominam, e não consigo sentir nada além dele. Meu corpo parece estar em chamas, e ele atiça o fogo a cada carícia.

– Rebola nos meus dedos como se fossem o meu pau – ele murmura com a boca colada à minha.

– Está querendo fantasiar comigo? – Eu o seguro de novo, e ele cola a testa à minha. – Acho que consigo te arrancar uns gritos.

Ele solta uma risadinha e segura meus pulsos, parando de movimentar os dedos dentro de mim.

– Quando eu comer você de verdade, Elowen, não vai ser num bordel de quinta categoria. Vai ser num lugar onde possa fazer você gozar tantas vezes que vai ficar com a garganta doendo de tanto gritar meu nome. – Ele começa a mover os dedos lentamente de novo. – Vou te foder até arrancar da sua cabecinha a ideia de que somos apenas aliados.

Fico ainda mais molhada ao ouvir suas palavras, e ao sentir o poder que ele exala. Sua respiração está acelerada, e Cayden parece estar lutando contra a tentação de montar em mim e me comer aqui mesmo. Ele engole em seco e cerra os dentes.

– Agora seja uma boa menina e faça o que eu mandei.

Começo a remexer os quadris, rebolando devagar, querendo sentir seus dedos pressionarem cada terminação nervosa possível. Continuamos assim até ele não conseguir mais se segurar e começar a meter com força. A sensação é tão avassaladora que quase me leva às lágrimas. Não consigo nem respirar.

Ele pressiona a testa suada contra a minha de novo, mantendo seu olhar enlouquecido cravado no meu.

– Pode se enganar dizendo a si mesma que hoje estamos numa missão, mas nós dois sabemos que você não vai fingir nada. Não tem ninguém por perto, mas você ainda está sentada em mim. Pode gemer o meu nome porque os meus dedos estão fodendo você bem do jeitinho que queria.

Tento dizer seu nome, mas não consigo, por causa da magnitude do que ele está fazendo comigo.

– Adoro você toda descabelada assim, linda. – Ele lambe os lábios. – Um dia vai ser a minha língua no lugar dos dedos, e depois meu pau. Você ia gostar, né? Vai me querer te fodendo até não conseguir pensar em mais nada além do que nós fazemos juntos, que é sua nova religião.

– Cayden – digo com um gemido, cravando as unhas nas suas costas, sem conseguir responder, mas segura de mim a ponto de não negar nenhuma das verdades que suas palavras carregam.

Ele acaricia meu clitóris, e afundo a cabeça em seu pescoço para abafar um pouco dos sons que saem de mim. Até seu cheiro me deixa quase lá. Cayden puxa meu cabelo e me faz olhar para ele quando chego ao ápice. Eu grito seu nome enquanto ele extrai de mim todo o prazer que sou capaz sentir.

O que resta é só uma confusão de ganidos e gemidos enquanto me agarro a ele com todas as forças. Cayden solta meu cabelo e desliza as mãos pelas minhas costas em movimentos longos e suaves, beijando minha cabeça e massageando o couro cabeludo. Ele tira os dedos de mim e leva à boca para limpá-los com a língua, revirando os olhos.

– Eu quero fazer alguma coisa pra você.

– Ah, mas você fez, pode acreditar – ele responde, continuando a me massagear com as duas mãos. – Seu prazer é o meu prazer.

Ele segura meu rosto, percebendo meu desconforto com a ideia de deixá-lo insatisfeito, me dando uma série de beijos suaves e carinhosos até me fazer sorrir de novo.

– Acho que nossa missão foi um fracasso – murmuro, mexendo na renda da saia.

– Não foi, não. – Levanto a cabeça de repente. – Eu vi a luz oscilando embaixo da porta, e alguém ser jogado contra a parede. Foi por isso que não levei você pra cama.

Eu me inclino para a frente e sorrio quando seus olhos se concentram nos meus seios.

– Esse é o único motivo?
– Você e suas conversas – ele resmunga, me colocando em pé sobre minhas pernas bambas. – Todas as construções da rua principal têm celas de detenção na parte de baixo. Ryder está interrogando alguém, e nós vamos descer lá depois de trocar de roupa.

CAPÍTULO
TRINTA E TRÊS

Meu vestido balança com o vento gelado que sobe do porão escuro sob o bordel, e a escada precária parece prestes a desmoronar. As facas estão posicionadas nas minhas pernas, não importa o que eu vista, e algo trivial como um vestido não interfere na minha sede de sangue.

– Ele está imobilizado – avisa Ryder lá de baixo.

Dou aos meus olhos alguns instantes para se ajustar à luminosidade baixa proporcionada pelas tochas presas às paredes de pedra. O ar é úmido e fede a mofo. Obviamente ninguém desce aqui, a julgar pelas camadas de poeira que cobrem todas as superfícies. Um homem está de cabeça baixa, com uma cascata de cabelos escuros cobrindo suas feições. Seus pulsos estão acorrentados por dois grilhões presos às vigas do teto.

– Como você quer proceder? – pergunta Cayden.

– O quarto privativo dele precisa ser revistado, e suas companhias, interrogadas.

As línguas sempre afrouxam na cama.

– Vou começar pelo quarto – diz Finnian. Assim deve ser melhor. Ele nunca me julgou por querer vingança, mas isso não significa que aprove os métodos que estou disposta a usar. Alguma coisa no meu cérebro se alterou depois de conhecer a crueldade do mundo antes do que deveria.

– Bate na porta quando terminar, pra eu poder ajudar no interrogatório – pede Ryder.

Eu me viro para o homem quando Finnian fecha a porta. As correntes balançam conforme ele se mexe, levantando lentamente a cabeça. Eu já vi esse par de olhos sem alma antes.

– Princesa Elowen, prazer em revê-la.

A voz de Robick me atormentou durante anos. Como guarda de maior confiança de Garrick, ele levava as sessões de surra mais longe que a maioria, e parecia ansioso por esses momentos. *Desejava* esses momentos. Me espancar era a melhor parte de seu dia. Cayden e Ryder ficam tensos e trocam um olhar acima da minha cabeça.

Sinto uma vontade avassaladora de me jogar num tonel de ácido para livrar minha pele da memória das suas mãos. Ele podia parecer bonito para alguém que não eu, com seus olhos cor de safira e seu queixo quadrado. Mas abusadores usam seu charme como arma. Não é possível detectar sua presença como a de um veneno numa bebida.

– Robick. – Enfio a mão na fenda do vestido e saco duas facas da coxa, girando-as na mão enquanto dou um passo à frente. – Sou obrigada a confessar que gosto mais quando é você que está acorrentado.

Cayden e Ryder desembainham as espadas, e Robick ri quando olha para os dois.

– Eu não vou trair meu rei, já que a morte é inevitável.

– Você vai implorar pela morte antes que ela chegue – afirma Cayden.

– O infame comandante Veles – provoca Robick. – Dá pra saber só pela cicatriz.

Meu punho colide contra seu nariz, jogando sua cabeça para trás com toda a força. Uma ideia surge na minha mente, e embainho as facas para usá-la mais tarde, pegando uma vassoura no canto da cela, ouvindo na minha mente o som de uma vara quebrando minhas costelas, como se Robick estivesse me surrando neste exato momento. Arranco a ponta com cerdas e me viro de novo para ele.

– Estou vendo que as lembranças da nossa época juntos ainda estão vivas. – Faço meu melhor para ignorar a zombaria e me concentro na oportunidade nas minhas mãos. – Lembra de como você implorava?

Dou uma pancada em suas costelas com o lado quebrado da vassoura, e seu grito é um dos sons mais deliciosos que já tive o privilégio de ouvir. Recuo e desfiro várias pauladas até ouvir suas costelas estalarem.

– Pode me bater o quanto quiser. Eu não vou dizer nada – ele rosna.

– Estou batendo em você só por divertimento. – Dou risada enquanto acerto outro golpe, vendo o sangue na ponta quebrada do cabo com deleite. – Para informações, eu uso a tortura.

Dou uma paulada em sua barriga antes de descartar o cabo de vassoura e me posicionar diante de seu corpo dependurado. O sangue pinga de seu lábio quando levanto seu rosto em um gesto bruto, obrigando-o a me encarar com aqueles olhos que se acendiam quando me arrancava sangue pela primeira vez durante uma sessão. Eu temia sua presença mais do que a de qualquer outro, e o temi por muito tempo, mas agora acabou.

Ele desmorona quando largo seu queixo e olho para os ganchos no chão por onde passam as correntes.

– Preciso que as correntes sejam baixadas e que a mesa seja trazida pra mim.

A respiração de Robick fica mais pesada e trêmula.

– Com qual mão ele empunha espada? – pergunta Cayden.

– Com a direita.

Cayden põe a mesa onde preciso, e ele e Ryder reassumem suas posições atrás de mim. Os dois parecem prontos para moer Robick na pancada até não sobrar nada, mas é possível ver um toque de tristeza nas feições de Ryder. No caso de Cayden, porém, sua raiva o consome e o transforma no demônio comentado aos sussurros por todas as partes de Ravaryn. O demônio que provoca pesadelos em seus inimigos até no além-vida. Não há salvação ou reencarnação que sirva como escapatória contra Cayden Veles.

– Vocês têm minha permissão para esperar na escada.

– Nós vamos ficar – afirma Cayden, e Ryder confirma com a cabeça.

Desembainho a faca de novo, e o peso familiar da lâmina me traz conforto. Quando meus pesadelos deixavam minha garganta doendo de tanto gritar, eu pensava em um momento como este. Juntei todos os cacos de mim mesma, mesmo quando parecia que as peças não caberiam nas minhas mãos, e forjei uma espada afiada o suficiente para aniquilar qualquer inimigo. Encontrei consolo na vingança. A violência me transformou em um monstro, mas a dedicação fez de mim alguém letal.

– Quantos dragões eu tenho? – A mesa range quando ponho a mão de Robick espalmada na superfície da madeira. – Não quer falar? – Passo a faca por uma de suas maçãs do rosto, e ele grunhe quando aperto com força o bastante para arrancar sangue. – Nós podemos contar juntos.

Seu corpo estremece enquanto ele luta para não soltar os ruídos de dor e medo presos atrás dos lábios cerrados. Mas Robick não tem como impedir o grito gutural que ecoa ao nosso redor quando corto seu polegar e jogo de lado. O sangue esguicha do corte e cobre a mesa.

– Esse foi por Venatrix – digo por cima de seus gritos.

Decepo o segundo dedo, ignorando sua dor.

– Por Sorin.

O terceiro dedo.

– Por Calithea.

O quarto dedo.

– Por Basilius.

O quinto dedo.

– Por Delmira.

Chuto a mesa para longe quando termino e agarro seu rosto, espalhando sangue em seus lábios e apertando com mais força quando ele tenta recuar.

– Você está trabalhando com alguém daqui?

Espremo os cortes recém-abertos, que cospem sangue como uma cachoeira.

– Não! – ele grita. – Nem os criminosos querem fazer o trabalho depois que esse maldito sádico executou seu próprio soldado.

Não há nenhum sinal de mentira em seu rosto. Seu sangue escorre pelo meu rosto e empapa meu vestido, mas não tenho nenhuma pressa em limpar.

— Onde a chave das correntes dos dragões fica guardada?

— Não vai conseguir abrir com uma chave. — Ele abre um sorriso delirante e doloroso, voltando seu olhar para o meu pescoço. — O objeto usado pra isso foi roubado.

— O amuleto — afirmo. O amuleto deve se comunicar com as correntes, por ser forjado pelo mesmo tipo de magia. Seria melhor se a sacerdotisa tivesse se comunicado com verdades, e não com enigmas, para eu conseguir entender como ela sabia o que fazer.

A incredulidade surge em suas feições antes que ele possa impedir, arreganhando os dentes como um cão raivoso.

— Você vai tombar nessa guerra e sangrar até a morte como a cadela que é.

Meus olhos se voltam para os grilhões em seus pulsos, encarando de cima para baixo o homem que ajudou a tirar tudo de mim.

— Uma morte com uma lâmina nas mãos é bem mais digna do que morrer acorrentada.

— O rei Garrick foi esperto em trancafiar você.

— E um idiota por não ser capaz de me encontrar no exílio.

— Ele tentou salvar você daquela profecia — ele rosna.

— Me *salvar*? — Eu arqueio as sobrancelhas. — Perdão por não reconhecer a generosidade dele antes. Acho que também preciso agradecer a dedicação dele por preservar minha virtude, proibindo você de executar a tortura que gostaria por ter a intenção de me vender pra algum outro reino quando o meu vínculo fosse quebrado.

Apesar de prisioneira, eu ainda era uma princesa. Ele poderia me usar como um trunfo para o reino quando surgisse a oportunidade de um casamento vantajoso.

A espada de Cayden bate no chão quando ele se coloca entre Robick e eu, acertando um soco tão forte nele que as correntes rangem nas vigas do teto.

— Seu doente! — ele grita, enforcando Robick com as mãos.

Robick grita e se debate, mas não tem como escapar. Ryder puxa Cayden de volta antes que ele quebre o pescoço de Robick sem sequer perceber.

– Ainda não – ele rosna, tentando em vão acalmar Cayden.

– Ainda não – repito quando Cayden está prestes a avançar sobre Robick de novo.

Ele se detém, voltando seu olhar para mim, revelando toda aquela ira capaz de fazer alguém preferir morrer antes de ser alcançado por ele. Cayden hesita, mas assente com a cabeça, e Ryder o solta quando se certifica de que o comandante não vai atacar.

– Posso ter passado anos acorrentada, mas pode acreditar quando digo que é você que vai morrer assim – afirmo, me voltando para Robick. Ele está respirando pela boca, como um peixe fora d'água, com o sangue cobrindo a maior parte da sua pele. – Inclusive, vou aproveitar o momento pra agradecer por uma lição que aprendi com você.

Eu nunca fiz súplicas por mim mesma quando ele me batia; só pelos meus dragões. Implorava que fossem libertados. Aceitaria as surras até a morte se isso significasse que não sofreriam, e me sacrificaria por eles. Mesmo quando era espancada até mal conseguir me mover, ainda sentia meus dragões. O vínculo me mantinha conectada a este mundo quando a morte parecia bem mais convidativa que a vida.

– Você me ensinou que causar desespero é a maior das vantagens. – Rodeio seu corpo e dirijo minha frase seguinte a Cayden e Ryder. – Sabiam que os guardas e soldados de Imirath têm uma série de números costurados na camisa da farda?

Robick se debate contra as correntes, espalhando ainda mais sangue, mas não tem como escapar da faca com que corto sua camisa. Tomo cuidado para manter o tecido o mais limpo possível quando o guardo dentro do corpete do vestido.

– Isso ajuda na identificação dos corpos, se morrerem no campo de batalha ou em missão, e assim as famílias podem ser avisadas.

– Deixa a minha família fora disso – ele diz, com a voz engasgada.

– Agora é a minha vez de ensinar uma lição a você, Robick. Não ensine formas de tortura a alguém e depois espere que a pessoa esqueça de onde vem toda a sua dor.

– Eu conto o que quiser sobre os dragões. Eu sei como forjar a chave pra abrir a câmara!

– Eu também.

– Deixa a minha família fora disso, estou implorando pra você.

– Já fiz muitos homens implorarem; a sua súplica é bem fraquinha. – Eu estalo a língua. – Nós já sabemos tudo o que precisamos. Você não tem mais nenhuma carta na manga. Não tem ao que se agarrar.

– *Por favor, princesa!*

Dou risada de suas tentativas patéticas.

– Você se importa com a sua família, mas não tem o menor pudor de frequentar um bordel. Vou queimar o manto de moralidade que usa pra se esconder. Talvez comece contando a eles da vez em que você me desnudou.

A vergonha fervilha na minha garganta, mas vê-lo sofrer sob o peso de seus próprios atos faz valer a pena. Dou um passo à frente para cortar as roupas de seu corpo, para que se sinta tão minúsculo e humilhado quanto fez eu me sentir.

As ordens de Garrick não o impediam de ameaçar usar os métodos que gostaria, nem de manter suas mãos longe de mim. É exatamente por isso que resolvo castrá-lo com a minha lâmina. Para vingar a mim mesma e qualquer outra pessoa que ele tenha tocado sem consentimento. Ele grita e soluça, sangra e roga aos deuses. Mas suas preces são inúteis, porque as únicas deusas presentes somos minhas lâminas e eu.

Eu já o fiz se humilhar e sangrar, mas agora quero *ver* seu sangue escorrer. Minhas habilidades de batalha são a pontaria, a furtividade e a astúcia. Meus socos não são dos mais fortes, mas Cayden é capaz de fazê-lo sofrer o mesmo tipo de espancamento que recebi de suas mãos.

– Sua vez, demônio.

Cayden irrompe em uma onda de violência e ferocidade. Grunhidos selvagens escapam de seus lábios enquanto o sangue espirra em seu rosto e cobre suas mãos. Ele desfere socos sem parar, segurando Robick pelo cabelo para trazê-lo de novo ao seu raio de ação.

— Por favor — suplica Robick, arrastando as palavras. — Por favor. Por favor.

— Vou fazer você implorar pra morrer antes de Elowen acabar com a sua raça — rosna Cayden.

Robick desmorona nas poças de sangue quando Cayden solta as correntes dos ganchos no chão. Nós observamos enquanto ele se ergue com dificuldade, cambaleando até conseguir dar alguns passos mancos na minha direção.

Cayden lhe dá uma gravata antes do terceiro passo. Robick tenta se soltar, sujando ainda mais Cayden de sangue.

— Você vai morrer sabendo que, não importa o que tenha feito para Elowen, no fim ela venceu.

Cayden o solta e o arremessa novamente sobre o sangue. Robick me encara quando se vira de novo, respirando com dificuldade.

— Não olha pra ela, caralho.

A voz de Cayden é puro veneno quando ele se ajoelha, imobilizando o corpo de Robick entre as pernas. O comandante desembainha minha faca de sua coxa, cortando os olhos de Robick e fazendo seu corpo todo se contorcer, com gritos cada vez mais altos. Cayden abre a boca do homem, que guincha quando o sangue jorra de si como em uma fonte. A língua decepada é jogada de lado, e Cayden empurra a cabeça de Robick, fazendo-o se afogar no próprio sangue, que escorre para as narinas e se acumula na boca. Ele só é capaz de tossir e cuspir. Robick perdeu toda a capacidade de resistência quando é puxando para a frente, cuspindo seu sangue em Cayden, deixando o rosto e o cabelo dele encharcados.

Se houvesse uma personificação da raiva, seria essa versão de Cayden.

Ele arrasta Robick de volta ao lugar onde estava e o acorrenta ajoelhado. Neste momento, é um homem destruído e à beira da morte. O sangue se acumula sob meus pés e mancha a bainha do meu vestido. Faço questão de guardar essa versão de Robick na memória. Esse é o rosto que vai substituir o anterior em alguns dos meus piores pesadelos e lembranças.

– Você merece que essa tortura continue por vários dias – começo, me agachando diante dele. – Mas vou estar ocupada demais deixando Garrick e Imirath de joelhos e libertando meus dragões.

Ele solta um soluço quando passo a lâmina em sua garganta, e o sangue espirra no meu rosto pela última vez. Me sinto congelada no tempo. *Ele está morto*, digo a mim mesma.

Ele está morto.

Ele está morto.

Isso se torna uma espécie de coro sendo entoado na minha mente, mas a dúvida persiste. Cravo a faca em seu coração, e quando retiro a lâmina me preparo para enfiá-la de novo, mas uma mão segura meu pulso, e outra gentilmente afasta meu olhar de Robick, direcionando-o para a única pessoa que considero capaz de me entender neste momento. Ser compreendida e aceita é uma das maiores formas de intimidade. Ele não se intimida com meu lado sombrio; vem até mim e se ajoelha ao meu lado no sangue que derramamos.

– Estou aqui para o que precisar. – Não sou capaz de falar, então me agarro a sua expressão reconfortante e sua voz tranquila. Sua mão no meu rosto me impede de me perder em meu passado. – Mas ele está morto, El.

– Ele está morto – repito com uma voz rouca, e minha faca vai ao chão ruidosamente ao escapar dos meus dedos.

– Você teve sua vingança – ele fala baixinho, mas seu tom não tem nada de fraqueza.

– Eu queria que ele levasse as lembranças embora também.

Me pergunto como seria apenas passar pelo mundo em vez de ter que enfrentá-lo toda vez que saio de casa.

– Eu sei – ele murmura. – Mas, se me permitir, posso encontrar uma forma de ajudar você a carregar esse fardo quando ficar pesado demais.

– Lembrar de tudo me destrói. Às vezes não sei como faço pra viver com tanta dor. – Eu me recordo das marcas de chicotadas nas costas de Cayden. – Como você consegue?

– Uso as lembranças como armadura e munição. Ninguém tem mais vontade de vencer do que uma pessoa que já perdeu tudo. Não deixe que tirem mais nada de você. – Ele pega a faca e a estende para mim. – Você é muito mais corajosa do que pensa, e bem mais forte do que está se sentindo agora.

Guardo a faca na bainha da coxa, respirando fundo até meu coração parar de galopar dentro do peito. Ele está me dando uma escolha sobre como encerrar esta noite, mas não quero passar nem mais um segundo na presença de Robick. *Ele está morto.*

– Quero sair daqui – digo com firmeza. Cayden assente e me ajuda a me levantar, enquanto Ryder nos observa, fascinado. – Me desculpa por você ter que ver isso.

Não quero que ele tenha uma opinião desfavorável sobre mim. Encontrei felicidade nos momentos que compartilhamos juntos, nós cinco, e não gostaria de perder isso tão cedo.

– Nunca se desculpe por uma vida que você tinha o direito de tirar. Eu teria feito a mesma coisa. – Uma expressão sombria contorce seu rosto, e seus olhos castanhos encaram os meus, cheios de sinceridade. – Vou encontrar Finnian pra fazermos os interrogatórios e podermos ir embora o quanto antes.

Cayden põe a mão nas minhas costas e me conduz para a escada.

– Podemos tomar banho antes de ir, se você quiser.

Quando saímos para a luz, a prova da crueldade de que somos capazes está estampada em vermelho em nossa pele. Mesmo depois de nos lavarmos, a sensação vai permanecer. Ter qualquer parte de Robick em mim me enoja, mas preciso mandar um recado bem claro.

– Quero cavalgar até a fronteira assim – aviso, segurando sua mão. Cayden me faz sentir que não preciso enfrentar todas as ameaças sozinha, porque vai estar aqui comigo, sem me julgar, me entendendo e sendo tão sanguinário quanto eu. – Quero que meus inimigos saibam que destino vão ter quando atentarem contra a minha vida. Ravaryn considera minha existência uma ameaça, mas não vou continuar escondida.

– Na verdade, eu gosto quando você me ameaça. – Algo ganha vida dentro de mim quando ele passa os dedos pelo meu rosto como se eu fosse a coisa mais delicada que já teve nas mãos. – Seus inimigos são meus inimigos, El. Nunca duvide disso.

Parte III

O RESGATE

CAPÍTULO
TRINTA E QUATRO

—Que caminho você pegou quando fugiu de Imirath? – pergunta Saskia, olhando para vários mapas.

Minha mente se recorda do caminho gelado e traiçoeiro que percorremos.

– Fomos pelas montanhas.

Ela arregala os olhos, em choque.

– Quase ninguém sobrevive a uma trilha atravessando Etril.

– Foi por isso mesmo que pegamos essa rota.

A cordilheira de Seren se estendem pelo lado oriental de Erebos, mas a floresta de Etril fica bem entre Imirath e Vareveth. Feras monstruosas rondam seus picos gelados, e as condições climáticas por si só já são um risco para qualquer um que procure abrigo ali.

– Existem cavernas onde Cayden e eu podemos nos abrigar na primeira noite. São distantes da fronteira, mas dá tempo de chegar lá antes de escurecer.

Ailliard teria me levado para lá, caso Garrick não soubesse de sua existência. É um ponto de peregrinação religiosa do culto à Deusa da Vida, e rituais são realizados por lá de tempos em tempos.

Saskia estala os dedos, aprovando a ideia.

– Perfeito. Não tem nenhum feriado chegando, então elas devem estar desertas. A parte mais difícil vai ser atravessar a fronteira.

– É claro, permanecer ocultos e nos infiltrar no castelo não vai ser nada demais. – Dou uma risada baixinha e esfrego os olhos cansados.

– Alguém repassou pra você as informações que conseguimos ontem à noite?

Ela ergue a cabeça.

– Vocês saíram em missão? Onde?

A entrada da barraca se abre, e Cayden, Ryder e Finnian aparecem. Meus nervos ficam à flor da pele quando o comandante me encara com tanta intensidade que minhas pernas amolecem. A maioria das pessoas veste uma armadura antes de uma batalha, mas o traje de Cayden é feito de couro preto com adornos de prata. Pelo menos ele está armado até os dentes com facas, uma espada nas costas e machados duplos no cinto.

– Bom dia, meninas – cumprimenta Ryder, se colocando ao lado de Saskia e observando o mapa.

– Por que não me contaram que saíram em missão ontem à noite? Elowen ia me passar os detalhes agora – comenta ela. Olho para qualquer lugar menos para Cayden, que agora está em pé à beira da mesa. Meu rosto fica ainda mais corado quando Ryder sorri. – Onde vocês estavam?

Eu umedeço meus lábios secos.

– No Rosa Dourada, mas a questão não é essa...

– Que diabos você estava fazendo num bordel? – interrompe Saskia, e eu solto uma risada constrangida, levando a mão ao pescoço, que a essa altura já está vermelho, e me seguro para não me esconder debaixo da mesa.

– Elowen elaborou um plano para capturar o mandante por trás das tentativas de assassinato, e nós fomos ajudar – informa Cayden, com tranquilidade.

– Eu teria ajudado se tivessem me avisado – reclama Saskia.

– Sinceramente, Sas, eu nunca tinha visto Cayden tão... – Ryder faz um gesto com a mão, tentando capturar a palavra perfeita no ar – ... *dedicado* a uma missão.

– Também ando dedicado a silenciar vozes irritantes – retruca Cayden.

– Vocês podem terminar sua briguinha mais tarde. – Os olhos de Saskia faíscam na direção dos dois. – Elowen, o que você descobriu?

Que os deuses abençoem a sede de conhecimento de Saskia.

— Ele não conseguiu contratar mais assassinos de aluguel, estava trabalhando sozinho, e posso usar o amuleto pra soltar as correntes dos dragões. Acho que foram forjadas usando a mesma magia.

Quanto mais eu falo, mais o sorriso de Saskia se escancara. Talvez o conhecimento e a informação sejam mais importantes para ela do que água e comida.

— Que incrível! Descobriu o nome dele?

— Robick. — O clima na barraca fica pesado. — O chefe da guarda de Garrick.

— Eu teria ficado se soubesse que era *ele*. Você devia ter me falado. — Finnian fica vermelho de raiva, e suas mãos seguram a mesa com força. — Me diz que ele sofreu nas suas mãos.

— Sofreu, sim.

— Bom, seja lá o que você fez, ele merecia coisa pior — acrescenta Finnian. — Eu gostaria de atirar na fileira dos arqueiros, com sua permissão.

— Permissão concedida — responde Cayden.

A fileira dos arqueiros fica atrás da linha de frente, então meu coração não se aperta como se ele estivesse *em batalha*. Mas nenhum de nós dois tem experiência em operações militares dessa magnitude, então pergunto:

— Tem certeza?

— Matar mais soldados melhora suas chances quando atravessar a fronteira. — Ele fica em pé e se vira para mim, apertando carinhosamente meus braços. Tirando meus motivos egoístas, não há razão para pedir que ele não vá. — Está tudo bem com você?

— Claro. — Seguro seu rosto, o puxo até a minha altura e lhe dou um beijo no rosto. — Vai lá acertar seus alvos, arqueiro sanguinário.

— Encontro você assim que tudo isso terminar — ele diz antes de sair da barraca.

— Eu acompanho as técnicas de batalha, as mudanças de hierarquia e o desenvolvimento de armas de Imirath, por isso vou com Finnian — avisa Saskia enquanto guarda algumas penas no bolso e olha para Cayden e Ryder de novo. — Se cuidem.

– Isso sempre – responde Ryder.

– Essa garantia não me deixa nem um pouco tranquila – ela resmunga antes de sair.

– Essa falta de confiança é tão reconfortante – comenta Ryder. – Está pronto?

Cayden assente.

– Para o que der e vier.

Os dois se viram para sair da barraca, mas seguro Cayden pela mão antes que vá atrás de Ryder. Ele se volta para mim, e seu olhar confuso se desfaz quando percebe minha expressão de medo.

– Eu vou ficar bem – ele garante. – Não vamos conseguir chegar até os dragões sem achar um pronto fraco nas linhas inimigas.

– Então eu vou também.

Tento soltar sua mão para sair, mas ele nos mantém juntos e me puxa de volta, pressionando o peito às minhas costas e me enlaçando com os braços.

– Você nunca esteve numa batalha como esta.

– É uma experiência de aprendizado – argumento.

– Prometo treiná-la quando voltarmos de Imirath, mas se aparecer no campo de batalha hoje vai virar alvo, e não vou conseguir me concentrar em mais nada a não ser sua segurança.

Detesto essa sua maneira de manter a calma enquanto estou em pânico.

– Me parece que isso é problema seu. Pode deixar que eu resolvo as *minhas* questões. – Tento me livrar de seu toque, sem sucesso. – Se queria uma rainha submissa, deveria ter fechado esse acordo com outra pessoa.

– No caso, *você* é problema meu. – Sua risada vibra nas minhas costas. – E eu jamais perderia tempo com alguém inferior a você.

Afasto seu braço da minha cintura e me viro para encará-lo. É mais fácil fazer isso quando não estamos colados um no outro.

– Não posso apenas ficar aqui enquanto está todo mundo lutando.

– Vamos chegar a um meio-termo, então. – Ele suspira, observando meu rosto, como costuma fazer. – Gostaria de ser curandeira em uma das barracas médicas? Isso vai manter você ocupada.

Não é a mesma coisa que uma batalha, mas pelo menos é útil. Assinto antes de passar por ele na direção de seu cavalo. A batalha vai começar em tão pouco tempo que não quero perder um minuto procurando montaria. A segunda linha é distante, mas é possível vê-la daqui, e Cayden diminui o trote do cavalo quando passamos por lá. Não existe nenhuma trilha visível – é uma tática usada para retardar uma eventual invasão. Não sei aonde estamos indo, mas imagino que quanto mais a sujeira aumenta, mais perto chegamos. Paramos diante de uma das maiores barracas que já vi e descemos do cavalo.

– É aqui que você fica – ele diz.

– Vê se não morre. – A tentativa de deixar a conversa mais leve fracassa quando minha voz treme.

Ele segura meu rosto entre as mãos e fica me olhando com uma confiança absoluta, acariciando minhas maçãs do rosto com os polegares.

– Juro pra você que eu volto. E nunca faço uma promessa que não posso cumprir.

Um berrante grave corta o ar, e várias batidas de tambor vêm em seguida, me impedindo de dizer o que quer que seja. Seus olhos dançam pelo meu rosto de novo, e percebo que os meus fazem o mesmo, observando-o enquanto volta ao cavalo e só desvia o olhar para subir na sela.

– Caso se sinta deixada de lado, posso encontrar alguém pra você esfaquear mais tarde – ele grita por cima do ombro.

Eu cruzo os braços.

– Queria esfaquear você.

Seu sorriso se alarga.

– Adoro quando você é carinhosa comigo.

Um contingente de oito soldados feridos entra na barraca quando a batalha começa. Logo me distraio com suturas e bandagens. Curar sempre faz com que me sinta útil, e quando uma tarefa é cumprida e uma pessoa recebe cuidados sinto aflorar um senso de propósito e recompensa. Gosto de saber que tenho a capacidade de ajudar alguém, de cuidar dos outros. Os gritos dos feridos aumentam à medida que o tempo passa, assim como o cheiro de suor e sangue.

Pelo menos duzentas camas de campanha estão espalhadas pelo local, todas a uma distância idêntica uma da outra e equipadas com suprimentos médicos e de limpeza em uma prateleira logo abaixo. De vez em quando tenho de passar por entre os soldados posicionados ao lado dos leitos, conversando ou segurando a mão de um ferido. O trabalho dos curandeiros é rápido e preciso, e estão todos vestidos de preto. Às vezes percebo olhares curiosos para minha camisa verde, meu corpete marrom e a calça enfiada dentro das botas, mas isso muda assim que sou identificada.

Meu olhar passeia por entre os leitos à procura de conhecidos, e sinto o coração gelar quando vejo tranças num estilo familiar caindo pela beirada de um deles. O rosto de Saskia está contorcido de dor quando chego, e o sangue jorra de um corte em seu braço. Busco sinais de Finnian, mas não encontro nenhum.

– Oi, Sas – digo. Seus olhos se abrem, e o alívio que aparece em seu rosto ao me ver me provoca um aperto no coração.

– El – ela murmura. – Finnian não foi atingido. Eu mesma não fui pega em cheio.

Graças aos deuses. Balanço as mãos para parar de tremer e me mantenho concentrada no trabalho a fazer, selecionando os suprimentos sob o leito. Felizmente, nada grudou no ferimento, então pego o antisséptico e jogo em um pouco de algodão.

– Isso vai arder um pouco – aviso, e limpo o corte com a maior leveza possível.

Seu corpo treme sobre a maca, e lhe ofereço minha mão livre.

– Puta que pariu – ela reclama, apertando com tanta força que minha mão parece prestes a quebrar.

Saskia respira fundo e solta o ar devagar pelos lábios entreabertos, relaxando um pouco. Higienizo a agulha e passo a linha, pegando um pano limpo para tirar o sangue. O tecido encharcado cai com um baque surdo quando o descarto para fazer a sutura. Vou secando as partes necessárias enquanto dou os primeiros pontos e viro a agulha para costurar toda a extensão do corte.

– Está sentindo dor em algum outro lugar? – pergunto.

– Não, só no braço. – Fico contente em constatar que sua voz parou de tremer. – Obrigada pela ajuda.

– Não precisa agradecer – respondo, sem tirar os olhos dos pontos.

– Como você está, de verdade? – ela pergunta baixinho. – Depois de ver aquele homem de novo.

– Estou bem. – Faço uma breve pausa, sentindo seus olhos sobre mim. Mas não é para me analisar, é o olhar preocupado de uma amiga. – Cayden me ajudou.

– A tortura é uma das especialidades dele.

– Ele me ajudou depois da tortura – digo baixinho. Ele me viu tentando limpar o sangue embaixo das unhas, entrando em pânico e tremendo no chão por sentir um pedaço de Robick ainda em mim. Era coisa demais para lidar, então ele fez isso por mim, limpando o sangue seco das minhas unhas e das suas e me fazendo um chá de lavanda com camomila. – Ele ficou comigo.

"Me avisa se não quiser que eu encoste em você. Eu posso só ficar aqui sentado ao seu lado", foi o que ele me disse. Mas eu pedi que ficasse, e seu abraço me ajudou a dormir. Ele beijou minha testa antes de sair da cama ao raiar do dia, e eu fingi que ainda estava dormindo, covarde demais para encará-lo de imediato.

– Ele é um bom sujeito, apesar de não acreditar nisso – ela diz quando termino os pontos, e sou obrigada a concordar.

– Como está se sentindo agora? – pergunto.

– Melhor.

Eu gostaria de ter um tônico para aliviar a dor, mas com certeza ela deve ter um em sua barraca. Dou um abraço nela da melhor forma possível, e Saskia levanta seu braço não ferido para retribuir o gesto.

– Posso entrar na fila do abraço? – Fico em pé e corro até Finnian, jogando os braços no seu pescoço e sentindo sua risada vibrar junto ao meu rosto. – Antes que comece a me examinar, não estou ferido.

Dou um passo atrás para olhá-lo, para me certificar de que está mesmo sem nenhum arranhão. Meus nervos se acalmam um pouco com sua presença, mas não vou me tranquilizar enquanto Cayden e Ryder não voltarem.

– Ah, perdão por me preocupar com você. – Estendo a mão para bagunçar seu cabelo achatado pelo elmo. – Pode ir buscar água pra Saskia?

– Claro – ele responde antes de passar por mim para fazer o que pedi.

Vou até o leito ao lado do de Saskia e sorrio para um homem com um corte na perna, pego os mesmos suprimentos que usei antes e faço a sutura. Depois de terminar, atendo o paciente seguinte, repetindo o processo até perder a conta de quantas pessoas já tratei. Meus dedos estão dormentes e estou com sangue seco embaixo das unhas e espalhado pelos braços.

Termino de costurar uma mulher e olho para a entrada outra vez. É o ritual que faço sempre que concluo uma tarefa. Vou ganhar uma lesão no pescoço se Cayden não aparecer logo. Até mesmo a menor movimentação na entrada me faz parar o que estou fazendo e levantar a cabeça.

– Obrigada, rainha Elowen – diz a mulher enquanto limpo o sangue das mãos. Sorrio para ela quando joga as pernas para o lado e se apoia em outro soldado para sair da barraca.

Meus olhos permanecem grudados na entrada, mas Cayden não aparece. Incontáveis soldados entram e saem, mas nunca ele. Descarto o pano ensanguentado depois de limpar as mãos, e todos os motivos para ele nunca voltar vêm atormentar minha mente.

– Cadê você?

– Quem é o sortudo que está mobilizando seus pensamentos?

Me viro na direção da voz, e o alívio toma conta de mim. O cabelo ondulado de Cayden está achatado, e ele está coberto de uma mistura de sangue e poeira. Mesmo depois da batalha, continua bonito o bastante para me arrebatar. Ele se afasta do leito a que estava recostado e se aproxima, me cercando com os braços.

Me agarro à cama atrás de mim e me pergunto há quanto tempo ele está me olhando.

– Você não conhece.

– Ah, não? – Ele abre um sorriso sádico, com covinhas e tudo. – Eu adoraria me apresentar.

– O ataque foi bem-sucedido? – indago, comprimindo os lábios para esconder o sorriso. Caso tenha percebido que tem gente olhando, ele não liga a mínima. Sei que devemos ser cautelosos, apesar de o tratado já estar assinado, mas nunca fui fã de regras, e a ideia de desrespeitá-las com Cayden é tentadora demais.

– Nós partimos daqui a algumas horas – ele responde, depois de assentir com a cabeça.

Meu sorriso se abre. O perigo não me preocupa, porque vou voltar a ver meus dragões.

– Senta aí na maca. Vou fazer uma bandagem no seu ombro antes de irmos. – Eu o interrompo quando ele abre a boca para protestar. – Agora não é hora de ser orgulhoso. Tira a camisa e senta aí.

– Não estou sendo orgulhoso – ele resmunga, pegando a espada das costas e revelando o peitoral cheio de marcas de chupão, que exibe com gosto. – Ainda estou vivo e recebendo ordens de alguém com metade do meu tamanho; não tenho do que reclamar da vida.

CAPÍTULO
TRINTA E CINCO

Durante as horas seguintes, tomamos banho, arrumamos nossas coisas e nos preparamos. Conversamos sobre os detalhes no castelo, memorizamos a rota e os pontos de encontro, para o caso de nos separarmos. O nó na minha garganta piora a cada vez que Cayden tira o relógio do bolso; a corrente de ouro balançando em sua calça é um tormento para mim.

O ar parece rarefeito, não importa o quanto eu tente respirar fundo e me distrair amarrando as tiras de couro do traje roxo e marrom que usei quando nos infiltramos em Kallistar. Tenho uma espada presa nas costas e facas no cinturão largo e nas bainhas que descem pelas pernas.

– É melhor você comer alguma coisa – avisa Cayden enquanto acrescento xarope para adoçar o café que servi. Meus nervos não precisam de ainda mais estímulo, mas vou agradecer a mim mesma por isso quando estiver correndo para as cavernas.

Me viro para ele, que está no sofá afiando as espadas, com o mesmo traje de couro preto que usava da primeira vez que nos encontramos.

– Acho melhor não correr de barriga cheia.

– Você vai poder voltar pra casa voando depois de libertar os dragões? – questiona Ryder.

Faço uma careta sem querer.

– Eles ainda podem não confiar o suficiente em mim pra isso.

– A questão não é bem de confiança – responde Saskia. – Achei um livro antigo que fala de um vínculo que existe entre o ginete e o dragão. Ao que parece, esse vínculo nunca se perde, só fica dormente com o tempo, mas sempre vai estar lá quando precisar. O vínculo é... inevitável. Existem formas de renová-lo, mas você não vai ter tempo de fazer isso em território inimigo.

Faço um aceno de cabeça em resposta. Tive visões dos dragões, mas não sei como eles vão reagir quando me virem. Não sei se vão ficar aliviados, eufóricos ou enfurecidos. A profecia previa uma garota e cinco dragões com um vínculo que o tempo e a distância não seriam capazes de quebrar, mas os sentimentos sempre podem ser rejeitados, e as profecias nem sempre são verdadeiras.

Passo os dedos pela garganta, me lembrando do quanto gritei até ficar rouca e me debati contra Ailliard, implorando para me deixar voltar para buscá-los. Será que eles sentiram isso? Como será que foi para eles a experiência de sentir o vínculo enfraquecer, sem saber onde eu estava?

Eu era a princesa de Imirath, mas agora sou sua ruína. Vou libertar meus dragões e queimar o reino de Garrick até não sobrar pedra sobre pedra, por todo o sofrimento que me causou. Mas, no fundo, sei que vou libertar os dragões se eles não quiserem vir comigo. Talvez mais tarde eles voltem, mas não vou livrá-los de uma prisão apenas para colocá-los em outra. Eu os amo o suficiente para querer apenas o melhor para eles.

Cayden olha no relógio de novo.

– Está na hora.

Eu assinto, amarrando o manto marrom no pescoço e jogando a bolsa sobre o ombro. A tensão na barraca é quase sufocante. Todos entendemos o perigo da missão, mas não estou concentrada na queda, e sim na possibilidade do voo.

– Vou cavalgar até a fronteira com vocês e trazer as montarias de volta – avisa Ryder, mas Finnian e Saskia se põem em pé também, com expressões que parecem de impotência. Eu me sentiria da mesma forma no lugar deles.

Nós quatro cavalgamos até um arvoredo ao lado do acampamento. É tão denso que o luar mal consegue passar pelos galhos. Permanecemos em silêncio, conduzindo as montarias por cima de regatos, árvores caídas e raízes enormes que brotam do chão como pernas de aranha.

Cayden levanta a mão, fazendo um sinal para pararmos. A floresta está sinistramente silenciosa, tornando audível a respiração acelerada de Finnian quando ele desce da sela ao meu lado. Meu amigo me abraça assim que minhas botas tocam o chão, e sinto seu cheiro. Finnian se parece com o outono, mas tem cheiro de verão. Estar envolta nos braços da pessoa que se tornou minha família quando eu estava sozinha no mundo é uma das minhas sensações favoritas.

– Você não se esqueceu de tomar seu tônico este mês, certo? Porque costuma esquecer de se cuidar quando tem muita coisa acontecendo ao mesmo tempo. E não vai dar pra tomar o chá que alivia as suas cólicas quando estiver em Imirath, e às vezes suas mãos tremem de tanta dor, e a sua pontaria falha.

– Eu tomei meu tônico, sim – respondo gentilmente para encerrar seu falatório. – Volto antes do que você imagina.

– Amanhã mesmo, de preferência. – Eu me afasto um pouco do abraço para limpar as lágrimas do seu rosto sardento, mas ele deve perceber a ansiedade no meu rosto, porque tira os braços de mim quando pergunta: – O que foi?

– Em praticamente todos os sentidos, você é meu irmão. – Meus olhos começam a arder. – Tem uma carta na minha primeira gaveta...

– Não.

– É só uma precaução.

– Não, Elowen. – Ele passa as mãos pelo cabelo, e parece estar com vontade de gritar. – Não consigo nem pensar em perdê-la.

– Eu vou voltar pra você. Sempre volto. Mas preciso garantir seu futuro caso aconteça alguma coisa. – Falo com a maior calma, fazendo o meu melhor para confortar a primeira pessoa a me fazer rir na vida. A primeira pessoa a me mostrar o que é viver. Nunca precisamos de parentesco de sangue para sermos irmãos, e sei que o vínculo que criamos é algo que vou carregar comigo para o além-vida ou para a próxima vida, quando chegar a hora.

– Eu amo você, Ellie. – Ele pressiona os lábios na minha testa. – Amo você demais. Não me obriga a ter que aprender a viver sem você.

– Você não vai precisar, não.

Finnian teve que aprender a viver sem sua família uma vez, e não vou obrigá-lo a fazer isso de novo. Vou fazer o que for preciso para voltar para ele.

Saskia está se despedindo de Cayden, e sei que ele está fazendo o possível para reconfortá-la, mas sua falta de jeito, dando tapinhas na cabeça dela, quebra um pouco da tensão do grupo. Ela só se afasta quando ouve nossa aproximação, então se joga em mim, envolvendo meu pescoço com os braços.

– Vejo você na volta. Me recuso a aceitar qualquer outra coisa.

Eu a abraço forte.

– Pode começar a planejar onde vamos comprar nossas roupas de inverno.

Ela dá uma risada chorosa em resposta.

– Até mais ver, Atarah – diz Ryder quando solto Saskia. – Vê se não deixa nosso amigo morrer por lá.

– As facas trapaceiras dela provavelmente vão me derrubar antes de Imirath – responde Cayden, olhando de novo no relógio. – É melhor vocês voltarem.

Ryder parece querer discordar, mas apenas assente. Ele e Cayden trocam um aperto de mão e tapinhas nos ombros.

– Até a volta, irmão.

Quando eles vão embora, somos envolvidos por um silêncio inquietante. Meu manto flutua para longe dos tornozelos, quase como se a natureza quisesse nos convencer a ficar em Imirath. Ainda faltam algumas horas para o sol nascer, mas precisamos passar pelas linhas inimigas e nos infiltrar profundamente no território de Imirath antes do amanhecer.

– Somos só você e eu, anjo – ele comenta.

– Ainda não sei se isso é bom ou ruim.

– Quando descobrir, me avisa.

Ele não precisa nem me perguntar se estou pronta antes de começarmos nossa jornada; nós dois estamos prontos há anos. Atravessamos a floresta como o Senhor e a Senhora da Morte e da Vingança rondando as almas que vão levar a seguir. Meu vínculo vibra prazerosamente no meu peito quando avançamos um bom pedaço pelo território inimigo, e eu o incentivo na minha mente, tentando enviar algum conforto por meio de suas fibras sólidas dentro de mim.

Espiamos soldados de Imirath vindo em nossa direção e nos mantemos nas sombras enquanto aguardamos sua passagem. Sempre vou amar a noite, não só pela lua e as estrelas, mas também pelo conforto e a segurança que a escuridão proporciona. Eles ignoram por completo nossa presença enquanto passam com as espadas embainhadas na cintura.

A luz das tochas passa por entre as árvores como raios de sol por vitrais conforme nos aproximamos do acampamento deles. Nos embrenhamos ainda mais na floresta, mas não há cobertura suficiente. Há soldados por toda parte.

– Fica aqui – murmura Cayden.

Eu o seguro pelo pulso antes que ele possa sair do abrigo proporcionado pela colina pedregosa.

– Está maluco?

– Depende de pra quem perguntar – ele responde, olhando no relógio de novo. – Não temos muito tempo. Volto antes mesmo de você sentir minha falta, querida.

Depois disso, ele desaparece. Não ouço nem seus passos. É como se tivesse se fundido à noite, como se não fosse nada além de uma sombra. Agradeço aos deuses por nunca ter precisado enfrentá-lo como um inimigo. Os segundos se tornam minutos, e ainda não há sinal dele quando subo para o alto do morro para espiar. Há um confronto em algum lugar à distância, e não sei se é apenas uma escaramuça ou uma luta de verdade, mas não vou ficar aqui só olhando.

Ailliard me afastou dos meus dragões, e Imirath nos manteve separados; não vou deixar que o mesmo aconteça entre mim e Cayden. Prefiro me lançar ao perigo a ficar segura sem ele. Nós somos aliados, e estamos juntos até o fim.

Estou tão ansiosa que minha respiração se torna difícil. O medo que sinto de Imirath é paralisante, mas não deixo que isso atrapalhe a fluidez dos meus movimentos. Me mantenho em meio às árvores, saltando de um tronco a outro para que as patrulhas não me vejam.

Um braço me pega pela cintura no meio de um salto, e uma mão cobre minha boca. Dou uma cotovelada no estômago do agressor e pego uma faca, apontando-a para atrás, para sua cabeça, mas a mão posicionada na minha cintura se move para o meu pulso.

— Você e suas facas, El. Sei que você adora isso, mas agora não é um bom momento.

Cayden me joga sobre os ombros e me carrega para trás de uma rocha partida em duas.

— Eu poderia ter matado você! — esbravejo baixinho quando ele me põe em pé.

— Que coisa mais linda de se dizer.

Ele se encosta na pedra e me puxa mais para perto.

— O que você...

Cayden encosta minha cabeça no seu peito para cobrir minha orelha e minha boca, abafando meu grito quando uma série de explosões faz o chão tremer. Estamos a uma distância suficiente para a poeira não chover sobre nós e as chamas não nos atingirem, mas todos os soldados nos arredores correm para o local, sem saber que a verdadeira fonte do incidente está aqui comigo.

— São como cães de caça perseguindo carne fresca — ele diz.

Saímos rapidamente de nosso esconderijo, descendo o morro que escalei para encontrá-lo, e corremos para um desfiladeiro com um córrego raso mais abaixo. Os soldados continuam gritando ordens para apagar as chamas enquanto saltamos para longe, aterrissando na barranca enlameada. Continuamos avançando até chegarmos ao chão firme da floresta, e nos deslocamos entre arbustos carregados de frutas silvestres vermelhas

299

e árvores retorcidas com raízes tão altas que às vezes passar por elas era como atravessar verdadeiras arcadas. Uma névoa cristalina paira sobre o chão, recobrindo-o como uma manta.

O sol expulsa a noite, e seguimos em silêncio, eventualmente parando para nos esconder quando uma patrulha passa cavalgando. Me prendo à certeza de que a cada passo que dou em Imirath me aproximo ainda mais dos meus dragões. Eles me mantêm centrada. Quero viver uma vida que me faça ansiar pela manhã seguinte e por todos os pequenos momentos que virão.

Sinto um peso se desprender dos meus ombros quando chegamos às cavernas. Duas cachoeiras descem pelas pedras cobertas de musgo, e o gelo emoldura a lagoa sob elas, como em um retrato pintado pela mão impecável da natureza. Bebemos de nossos cantis até a última gota e os abastecemos nas cascatas antes de escalarmos cuidadosamente até as cavernas atrás delas. Flores estreladas de um roxo-claro delimitam a entrada.

Jogo minha bolsa para dentro e entro em seguida, me sentido grata pelo musgo presente aqui, para proporcionar algum conforto enquanto descansamos. Cayden se coloca diante de mim, espelhando minha posição e se recostando na parede.

– Você plantou aqueles explosivos durante a batalha? – pergunto.

Ele confirma com a cabeça.

– Eu precisava estar por perto, para o caso de o temporizador não funcionar.

– Muito inteligente da sua parte.

– Vou ignorar seu tom surpreso e aceitar isso como um elogio – ele diz, e morde uma maçã. – Coma alguma coisa. Você não comeu antes de sairmos, e prefiro não ter que carregar você até o castelo. Isso pode atrair alguns olhares indesejados.

Reviro os olhos, procurando um pedaço de queijo na minha bolsa. Às vezes me esqueço do quanto ele presta atenção em mim – é quase como se estivesse com fome só de me ver sem comer. Ficamos em silêncio enquanto comemos, ouvindo as quedas d'água e aceitando a paz momentânea. Ele fica em pé quando terminamos, desamarrando o manto e o estendendo no chão.

– O que você está fazendo?

Ele me olha, aguardando.

– Você está morrendo de frio, e nós não podemos acender uma fogueira.

– Eu vou ficar bem.

Ontem à noite foi diferente, digo a mim mesma. *Um amigo ajudando uma amiga.* Mas sei que amigos não se olham do jeito que ele me olha. Quando seus olhos estão sobre mim, é como se ele ansiasse pela minha presença.

– Você prefere ficar bem ou estar confortável?

Ele se senta sobre o manto e dá um tapinha no lugar ao seu lado. Seu calor é tentador. As cavernas são lindas, mas a umidade está acabando comigo. Desamarro o manto e vou até ele sem fitá-lo nos olhos enquanto Cayden põe um braço atrás da cabeça e nos envolve com o tecido. Pressiono meu rosto gelado em seu pescoço conforme ele acaricia minhas costas e meu cabelo, puxando uma das minhas mãos para sua boca, para esquentá-la, beijando meus dedos quando termina.

– Sempre adorei o som da água – ele comenta. – É tranquilizador, embora ainda assim poderoso. É como o som da vida depois de passar tanto tempo cercado pela morte incessante.

– É por isso que sua casa tem uma lagoa?

– É um dos poucos lugares onde minha mente se aquieta.

Meus olhos se fecham à medida que seu calor, seu cheiro e seu toque me acalmam.

– E onde mais?

Ele dá uma risadinha, me abraçando com um pouco mais de força.

– Talvez um dia eu conte pra você, anjo.

– Me acorda em algumas horas pra eu ficar de vigia depois – murmuro, sonolenta.

Nunca pensei que fosse conseguir dormir em Imirath, considerando que é o lugar onde meus pesadelos mais sombrios têm origem. Mas nos braços de Cayden consigo me imaginar em um lugar longe daqui. A cada carícia suave nas minhas costas, ele me transporta para onde amuleto nenhum é capaz. Não parece que estou em Imirath; tudo o que me cerca tem a ver com Cayden.

CAPÍTULO
TRINTA E SEIS

Um aperto no meu braço tenta me acordar, mas eu o afasto, me agarrando ao calor inebriante que me faz sonhar com florestas, rios e o luar sobre um jardim verdejante. Mas uma risadinha é o que faz meus olhos se abrirem, porque Cayden está parado ao meu lado com um dedo pressionado ao sorriso presunçoso em seus lábios.

Não tenho tempo de ficar com vergonha, porque já consigo ouvir.

Crack.

Crack, crack, crack.

Cayden me ajuda a levantar e saca sua espada, enquanto eu tiro duas facas das bainhas, e nos escondemos no fundo da caverna. De jeito nenhum vamos conseguir sair daqui sem sermos vistos.

— Vou arremessar uma faca se alguém colocar a cabeça pra dentro — aviso.

Ele assente.

— Parecem ser no máximo quatro.

Um pássaro começa a piar, com o tom ficando mais agudo conforme o canto se prolonga. Cayden fica imóvel e ainda mais alerta. Ele se desencosta da parede quando o trinado se repete.

— Ryder — ele rosna, andando até a entrada da caverna, e eleva o tom de voz o suficiente para quem se aproxima também ouvir. — Elowen, que sorte a nossa por termos não só uma, mas três crianças idiotas.

Vou correndo até ele, espiando pelo desfiladeiro as três figuras mais que familiares envolvidas pelos raios de sol. Solto uma torrente de palavrões, ciente de que deveria ter me certificado melhor de que Finnian não descumpriria as ordens. Cayden deve estar pensando o mesmo sobre Ryder e Saskia. Inferno, nós teríamos ido atrás deles se estivéssemos em seu lugar, mas isso não significa que eu aprove essa decisão absurda.

O trio troca olhares preocupados e se atrapalha com as palavras quando termina a escalada e chega à caverna, tentando nos convencer através de uma lógica que se resume a gestos descoordenados e frases pela metade. Ryder agita os braços como se fosse um vextree patife tentando levantar voo.

Cayden eleva a voz acima da deles.

– Vou separar vocês como se fossem prisioneiros se não conseguirem dizer uma frase que faça sentido.

Saskia dá um passo à frente e alinha os ombros.

– Nossa intenção quando conversamos era ficar em Vareveth, mas eu não conseguia parar de pensar nos perigos dessa missão. Nos diferentes contextos em que poderiam acabar se dando mal.

– Eu já estava preparando as minhas armas quando Sas comentou sobre suas preocupações – revela Ryder.

– E você? – pergunto para Finnian, cujos olhos permaneceram grudados em mim o tempo todo.

Ele dá um passo à frente.

– Estava lendo a sua carta.

Solto uma risada incrédula, sem nenhum humor.

– Eu o nomeei meu herdeiro para o caso de eu morrer exatamente aqui!

– Você também teria vindo atrás de mim – ele se limita a responder.

– E você teria vindo atrás de nós – afirma Ryder, dando uma encarada em Cayden. – Vivia me seguindo nas missões, mesmo sendo *você* quem me treinou.

– Você também me escoltava sempre que eu saía de casa – acrescenta Saskia.

– Você era um riquinho de merda que mal tinha saído das fraldas e queria ser um assassino de aluguel – responde Cayden para Ryder. – E você nunca saía armada – ele acrescenta para Saskia.

– Bem desnecessário dizer isso – reclama Ryder. – Pode espernear o quanto quiser, mas sabe muito bem que nunca me deixaria entrar em território inimigo sem sua cobertura. Você ficou do meu lado mesmo quando as possibilidades de sucesso eram baixas, e nós lutamos e conseguimos.

Cayden passa as mãos pelo cabelo, ciente de que não tem argumentos contra isso. Qualquer resposta que der vai ser hipócrita ou mentirosa.

– Não venha me dizer que esperava que, depois de amar você por metade da minha vida, eu fosse ficar feliz com sua aparição aqui – digo para Finnian.

Ele dá outro passo à frente, se aproximando o bastante para apertar os meus ombros.

– E não venha me dizer que esperava que eu fosse simplesmente deixar você ir embora.

Nenhum dos três demonstra um pingo de arrependimento por ter atravessado a fronteira, o que devem ter conseguido fazer enquanto os soldados se encarregavam da explosão. Deixamos uma trilha para eles seguirem, como cervos fugindo de uma comitiva de caça. Detesto o fato de minha raiva estar diminuindo quanto mais eu ouço, quanto mais percebo o desespero em seus rostos e o alívio por terem nos encontrado. Acho que o amor nem sempre se mostra deixando a pessoa amada ir embora; às vezes se revela a seguindo até os confins do mundo, por mais traiçoeira que possa ser a jornada.

Uma estranha sensação se instala no meu peito: um senso de pertencimento. Escondida em uma caverna úmida em um reino onde todos me querem morta, nunca me senti mais segura. Seria uma honra lutar ao lado de qualquer um aqui, mas não posso escolher suas batalhas por eles. Somos um grupo que se formou com base no alinhamento de objetivos, mas o que eu não tinha percebido era a importância de quem estaria ao meu lado quando esses objetivos fossem cumpridos.

Solto um suspiro fechando os olhos.

– Droga.

– Não ouse desistir – murmura Cayden. – Você passou cinco dias me olhando feio porque eu chutei um cachorro *no seu sonho*.

– Era um cachorrinho muito fofo.

Dou uma cotovelada em suas costelas, sorrindo enquanto ele me olha com uma expressão incrédula. Ele joga a cabeça para trás e solta um grunhido.

– Deduzo que todo mundo acha que vocês foram nos acompanhar em nossa excursão por Vareveth?

– Sim – responde Saskia.

– Certo. – Cayden aperta a ponte do nariz entre os dedos. – Já chega de falar sobre sentimentos, isso está me dando dor de cabeça, e estou cansado demais pra esse tipo de merda. Ryder, é bom você ter trazido bastante comida, porque acabou com a minha na última missão.

Finnian e Saskia me abraçam, enquanto Cayden e Ryder continuam trocando alfinetadas. Está mais escuro na caverna do que deveria, então me desvencilho dos abraços e me viro para Cayden.

– Você não me acordou!

Ele dá de ombros.

– Você revela muita coisa enquanto dorme. Estava divertido.

– Eu não falo dormindo.

– Bom... – Finnian se interrompe quando olho feio para ele.

– Você disse o meu nome algumas vezes – acrescenta Cayden.

Eu cruzo os braços.

– Você é a pessoa mais irritante que eu já conheci. Devia estar sonhando com o dia em que nunca mais vou te ver.

– Mas mesmo assim estou nos seus pensamentos, querida.

Enquanto estou de vigia, a escuridão logo vem de encontro à floresta, como uma amante que volta para casa depois de um longo dia. Seu abraço é gentil, mas envolvente, com apenas pequenos animais silvestres perturbando o silêncio. Todos dormem pacificamente, menos Cayden, que acorda a cada dez minutos. Ele está tão tenso que é como se sua mente se rebelasse contra a vulnerabilidade que o sono provoca.

Saskia é a primeira a se sentar, e os outros logo a seguem – sem nenhuma finesse, devo dizer. Ryder se enrosca no próprio manto quando Finnian solta um grunhido, pensando que um urso entrou na caverna.

Cayden nos faz rir até nossa barriga doer imitando Ryder, que fecha a cara enquanto come seu pão, mandando todo mundo para o inferno.

O luar banhou a floresta com seu tom azulado, nos proporcionando luz suficiente para nos orientarmos. Continuamos evitando as estradas principais o quanto possível, tomando o cuidado de não fazer muito barulho. Em determinado momento, a floresta se torna um borrão. Não penso em nada além de pôr um pé atrás do outro. O ar exala umidade quando nos aproximamos do rio Emer. É o rio mais longo do continente, se estendendo da cordilheira de Seren ao mar Dolente. Diz a lenda que, antes que os deuses nos abandonassem, a Deusa das Almas vivia na floresta de Etril e mandava os mortais chorarem suas lágrimas de tristeza no Emer.

Todo ser humano é um sofredor, seja no amor ou na vida, porque sentimos tudo. Não somos como os deuses. Não importa o quanto tentemos nos distanciar das emoções, ainda estamos em suas garras. É por isso que o rio é tão imenso: toda alma viva tem algo a lamentar.

A lua se esconde, e as estrelas desaparecem quando o sol começa a abrir frestas na escuridão. O Emer fica mais ruidoso; o que era um zumbido discreto é agora uma torrente estrondosa. Me sinto agradecida quando Cayden levanta a mão, e me apoio numa árvore, abaixando a cabeça para recuperar o fôlego.

– Tem um grupo de soldados à frente. As selas das montarias têm o tridente dos Atarah e o símbolo da coroa – ele murmura. – Sete estão dormindo, e um está de vigia.

– Graças aos deuses – digo, resfolegante, o que me rende olhares de estranhamento de Finnian, Saskia e Ryder. – Eu não quero passar a viagem toda correndo a pé.

– Você quer matar pessoas que estão dormindo só pra ficar com os cavalos? – questiona Finnian, falando devagar.

– Eles não vão mais precisar deles, de qualquer forma – diz Cayden.

– Nossa, vocês dois... – Ryan não completa a frase. – Qual é o plano?

Finnian põe uma flecha no arco.

— Vou derrubar o que está de vigia antes de revelarmos nossa posição.

— Fiquem pra trás, pra poderem pegar quem tentar escapar — diz Cayden, sacando a espada e um machado.

Nos esgueiramos pelas moitas enquanto Finnian se desloca silenciosamente pela mata em busca de um local com uma melhor linha de tiro para o vigia. A flecha cruza o ar, perfurando o pescoço do homem, mas, na queda, ele cai sobre as panelas, fazendo barulho suficiente para acordar os demais.

— A ideia não era essa! — grita Finnian, e corre aos risos para a batalha.

Cayden arremessa o machado, jogando um soldado para trás quando o acerta no crânio, enquanto eu derrubo outro com uma faca antes que cheguem até nós. Saskia fica mais recuada para observar a batalha com Finnian, buscando aberturas para atingir os inimigos sem nos colocar em perigo.

— Abaixa, Ryder! — eu grito, arremessando a faca em alguém que se aproxima por trás dele, enquanto Finnian derruba um soldado que corre para um cavalo.

Nós três fluímos como a brisa, encerrando a breve escaramuça como se lutássemos juntos há anos. Nos ajudamos quando é possível e confiamos um no outro quando não é. Minhas mãos estão sujas de sangue depois de derrubar meu último soldado, me esquivando de seu golpe e cravando minha lâmina em sua nuca. Ele vai ao chão, gorgolejando o próprio sangue, e logo se junta aos demais patrulheiros no além-vida.

Embainho minha espada, e Finnian e Saskia chegam até nós, fazendo pedras e folhas rolarem morro abaixo. Cayden apoia a bota no peito de um soldado morto e arranca o machado de sua cabeça, enquanto eu começo a recolher minhas facas.

— Achei uma coisa! — grita Saskia, levantando uma carta que encontrou ao revistar os cadáveres. — Podemos usar isso para atravessar o Emer.

— Como? — questiona Finnian. — Não somos parecidos em nada com essa patrulha.

— É uma ordem de retorno a Zinambra para um baile de máscaras. Não é dirigida a ninguém específico, o que significa que foi distribuída pra vários soldados na fronteira.

Há um pequeno estalo na mata atrás de nós, e ficamos em silêncio enquanto pegamos as armas de novo. Mas não é nada. Provavelmente só um pequeno animal em busca de comida.

– Vamos conversar melhor quando chegarmos à cidade. Agora precisamos nos concentrar em atravessar o Emer – sugiro.

As montarias e o acesso à ponte vão diminuir significativamente nosso tempo de viagem. Nenhum dos soldados está com armaduras de Imirath, apenas trajes de couro e túnicas, como nós. Ryder pega o dinheiro que encontra e subimos nos cavalos, levando os três restantes conosco para deixá-los em algum lugar fácil de localizar e lavar o sangue das mãos. Abandoná-los sozinhos na mata me incomodaria mais do que matar homens adormecidos.

Percorremos a cavalo a rápida distância até a travessia, e minha ansiedade cresce a cada segundo. As rédeas se tornam escorregadias por causa do suor quando saímos da floresta, e uma ponte curvada de pedra se ergue sobre o rio, coberta de um musgo que escorre e cria cascatas em miniatura. Eu pararia para admirar a paisagem se não estivéssemos na fila para conversar com os dois soldados de Imirath de plantão, ou se não houvesse outros vinte espalhados pela travessia, revistando carruagens e carroças. Cayden saca uma máscara preta e a prende atrás das orelhas.

A fila se divide quando chegamos à metade, e sigo atrás de Cayden, que entrega a carta para o soldado. Ele lê rapidamente, dando uma olhada em nós dois, mas se detendo em mim.

– Estão vindo da fronteira?

– Sim – responde Cayden.

Eu me obrigo a manter um sorriso agradável, tranquilo e imperturbável.

– Qual é o nome do general que entregou esta carta?

– General Davian – responde Cayden mais uma vez, me poupando de gaguejar como uma idiota tentando buscar na mente uma informação que não tenho.

O olhar irritado do soldado se volta para Cayden.

– Quem é você pra responder por essa mulher?

— O marido dela — ele diz sem hesitar.

Minhas mãos se contraem, e sinto um frio na barriga ao ouvir essa maldita palavra, mas ponho a culpa na situação.

— Sei. — A desconfiança dele só cresce. — Tire a máscara.

— Senhor, por favor. Isso é mesmo necessário? — indago, ouvindo o leve ruído de Ryder começando a sacar a espada atrás de mim.

— Temos ordens estritas do rei.

O tempo parece passar mais devagar quando Cayden leva a mão à máscara. Se Robick sabia de sua cicatriz, certamente outros também sabem.

— Ele está doente! Com uma febre altíssima. — Dou uma fungada alta. — Eu não sou soldado, sou curandeira. Vim com meu marido da fronteira pra ficar perto dele, mas essa doença está além das minhas capacidades. — Começo a evocar as lágrimas e um tom de voz embargado. — Viemos procurar um curandeiro em Zinambra enquanto o restante da comitiva participa das festividades. Por favor, senhor, não quero que os deuses tirem meu marido de mim tão cedo.

— Você está coberta de facas.

— Só pra me precaver dos ladrões na estrada.

Dou um leve e discreto chute na canela de Cayden, que se inclina para o lado, grunhindo antes de fingir um acesso de tosse que faz o soldado recuar.

Uma fração de empatia se mistura a seu senso de autopreservação.

— Nada de tirar a máscara pelo restante da viagem. Boa sorte pra vocês.

Ele nos deixa passar, e continuo às lágrimas enquanto Cayden se mata de tossir, mas para quando estamos a uma boa distância. Dou uma espiada nele com o canto do olho enquanto tira a máscara e cai na gargalhada, que logo contagia todos nós.

— Sua cobrinha traiçoeira — comenta Finnian, cavalgando ao meu lado.

— Que performance comovente — acrescenta Ryder. — Quase me levou às lágrimas também.

CAPÍTULO
TRINTA E SETE

Chegamos após o escurecer à capital de Imirath, a cidade de Zinambra. Estamos em um atracadouro anexo à hospedaria onde Finnian entrou momentos atrás. A cidade é composta de várias ilhas, com canais entre elas. A água se agita sob a madeira escura e desgastada dos barcos com redes de pesca penduradas nas laterais que balançam ao sabor da correnteza, entre pequenos pedaços de gelo. A fumaça quente expelida pelas chaminés é um contraste zombeteiro com o vapor que sai dos meus lábios enquanto respiro.

Finnian dá um fim a esse sofrimento quando nos chama à porta da frente, com os cachos cor de brasa dançando ao vento.

– Quase todos os lugares estão lotados por causa do baile, mas eles têm um quarto no sótão que podemos usar.

– Desde que tenha uma cama e um banheiro, para mim basta – responde Saskia, entrando na hospedaria, uma construção feita da mesma madeira cinzenta e desgastada do atracadouro.

O frio vai se esvaindo de mim depois que entramos. A hospedaria é também uma taverna, como a maioria, e o cheiro de um ensopado pesado de inverno paira no ar. Mantenho a cabeça baixa, para não correr o risco de fazer contato visual com a pessoa errada, e sigo os passos de Finnian até uma escada estreita.

O teto é torto e inclinado, o que obriga três de nós a se agachar enquanto subimos vários patamares, só parando quando os degraus terminam diante de uma única porta. Finnian passa os dedos em cima do batente para pegar a chave, fazendo a poeira se espalhar pelo ar. As dobradiças rangem quando ele abre, e a vista do canal proporcionada pelas três janelas grandes é de tirar o fôlego.

Barcos com lampiões brilhantes escorregam sob as pontes, carregando pessoas cobertas de peles em busca de desfrutar da paisagem. Tudo é mais escuro aqui do que em Vareveth, tanto em termos de arquitetura como de sensação. As construções têm ângulos abruptos e escadarias inclinadas que levam até a água. Alguns restaurantes ficam em ilhas privativas que se espalham pela cidade. As pessoas andam de braços dados pelas ruas estreitas, algumas com máscaras recém-pintadas e outras comentando em alto e bom som sobre os vestidos luxuosos de veludo e seda que chamariam a atenção de qualquer pretendente no baile.

O quarto conta com peles grossas e cobertores espalhados, mas, mesmo se estivesse vazio, seria melhor que dormir ao ar livre de novo. É um lugar limpo, quente e seguro o suficiente. Me deito sobre as peles e me enrolo em um cobertor grosso depois de desamarrar meu manto. É uma luta manter os olhos abertos enquanto os demais se instalam.

– Chaga mais pra lá – esbraveja Saskia. – Se me chutar durante a noite, jogo você no canal.

Cayden segura o riso quando Ryder fica boquiaberto, mas logo se recompõe e encara a irmã.

– Olhar pra sua cara já vai me dar pesadelos mesmo.

Os irmãos Neredras matariam um pelo outro, mas, deuses, não perdem uma oportunidade para trocar alfinetadas.

– Vamos elaborar um plano – ela diz, olhando para Cayden.

– As pessoas devem estar usando os convites para o baile como moeda de aposta, então precisamos encontrar um salão de jogos.

– Nós vamos pra jogatina? – pergunta Ryder.

– Eu não faço apostas, a não ser quando já sei o resultado. Nós vamos roubar convites – explica Cayden.

– Também vamos precisar de trajes pro baile – acrescento.

— Deuses, nós estamos parecendo uma quadrilha — comenta Finnian, aos risos.

— Não pensa nisso como um roubo. — Sorrio para ele. — Pensa nisso como uma transferência de propriedade.

— Sua bandida — ele responde. — Precisamos definir como vamos nos infiltrar no castelo. Como ninguém nos conhece, chegar pela porta da frente, de máscara ou não, é um risco.

— É por isso que também vamos roubar os uniformes dos guardas do castelo — digo, logo atraindo a atenção de todos. — Vocês três vão entrar pelo calabouço e invadir a sala do capitão da guarda pra forjar uma ordem pra todos os guardas da torre leste comparecerem a uma reunião de emergência na ala oeste. Depois disso, um de vocês vai ao baile pra passar o sinal pra mim e Cayden.

— E depois? — questiona Ryder.

— Depois saiam do castelo e comecem a viagem de volta pra Vareveth — responde Cayden.

— Mas como vocês vão nos encontrar?

Cravo as unhas na palma das mãos.

— Os dragões são... imprevisíveis. Podem me seguir imediatamente, ou podem levar mais tempo pra aceitar o vínculo quando forem libertados. — *Podem matar você por tê-los abandonado. A ideia de que ainda a amam pode ser só invenção da sua cabeça.* — Queremos fazer o possível pra fugir e sobreviver, mas o caminho que vamos tomar vai depender das circunstâncias.

— Falsifiquem papéis de viagem também, quando estiverem na sala do capitão. Vocês podem roubar um barco e subir o Emer. É a cobertura perfeita, porque o baile vai acontecer ao mesmo tempo — acrescenta Cayden.

Abro um sorriso de gratidão para ele, antes que fixe seu olhar intenso no grupo de novo, desafiando qualquer um a nos contrariar.

Finnian e Ryder ficam de boca fechada, e Saskia mexe nas tranças.

— É um horror que essa seja a nossa melhor opção — ela murmura.

***

O salão de jogos vibra sob meus pés, e já consigo sentir o cheiro de fumaça de cachimbo que sai pelas janelas abertas. Me agarro à beirada do telhado e desço para um parapeito antes de subir em uma viga de madeira, me desviando por pouco de uma teia de aranha e cobrindo os dedos de poeira. Se não estivesse de máscara, acabaria denunciando minha posição com um acesso de tosse. Cortinas roxas pesadas descem em formato de estrela do teto pontudo, combinando com as toalhas das mesas lá embaixo. Moedas vão ao chão, brigas começam e terminam e pessoas beijam seus preciosos ganhos com lágrimas escorrendo dos olhos enquanto me esgueiro pelas vigas como uma aranha, tecendo uma teia de ladroagem e enganação.

Estou fazendo o que fiz pela maior parte da vida, aguardando e observando, reparando nos detalhes que a maioria pensa que ninguém nota. Um homem tirando uma carta do bolso para trapacear no jogo. Uma mulher surrupiando a carteira de um homem no balcão enquanto o hipnotiza com seu sorriso. Um casal que sai do armário de casacos com as roupas mais amarrotadas do que quando entraram.

Um homem bate palmas e grita irritantemente, fazendo um estardalhaço em torno de dois papéis com bordas prateadas. Consigo ver daqui as letras elegantes convidando para o baile. Deuses, as pessoas facilitam demais. Parece que imploram para serem roubadas.

Quando já vi o bastante, me viro para a janela e salto pelas vigas, tomando o máximo de cuidado para não cair e quebrar o pescoço lá embaixo. Cayden segura meu braço quando apareço e me puxa para cima.

– Ouviu alguma coisa interessante, menina-sombra?

Fico sem reação ao escutar novamente as primeiras palavras que ele me dirigiu na vida, e vejo seu rosto iluminado pelo luar, assim como na floresta, quando fechamos nosso acordo. Mas nós mudamos desde então, para o bem ou para o mal. Ele sempre me olhou com essa intensidade. Sempre soube que ele entraria até em um incêndio para me salvar do perigo, e queimaria vivo quem me prejudicou depois que eu estivesse em segurança. Me carregaria por campos de batalha, por mundos inteiros, ou até me roubaria de um deus para cumprir seus objetivos. Mas existe uma leveza nos seus olhos agora, uma familiaridade. Isso me assusta e me empolga ao mesmo tempo.

– Tem um homem que ganhou dois convites e vai sair em breve – aviso.

Ele assente com a cabeça, e nos inclinamos pela beirada para observar a porta da frente. Cayden assobia quando aponto, e Ryder se desencosta da parede para seguir o homem. Pulamos de telhado em telhado, sentindo o cheiro defumado de peixes e carnes se misturando ao ar úmido e salgado. Em todos os meus pesadelos sobre Imirath, nunca imaginei que haveria tanta... vida. A sensação é de que fui enganada, mas sei que não. É difícil descrever esse sentimento. Eu podia ser uma dessas pessoas andando pelas ruas com trajes finos ou passeando de barco entre jardins flutuantes, mas sou uma ladra, e não uma princesa. Uma parte minha lamenta o que perdi, mas sei que nunca abriria mão do que tenho hoje.

Descemos quando Finnian e Saskia entram no caminho do homem no fim de uma rua deserta. Ele detém o passo e ergue as mãos trêmulas.

– Eu não quero confusão.

Ryder bate com o cabo da espada na cabeça dele, que cai no chão sob nossos olhares. No máximo, ele vai acordar com uma dor de cabeça enquanto se lamenta por ter perdido os dois convites que Saskia se abaixa para pegar do bolso de seu casaco.

– Vamos colocá-lo no estábulo – sugiro, apontando para uma baia aberta.

– Sua gentileza não tem limites – comenta Cayden, pegando o homem nos braços. Eu posso ter ajudado a assaltá-lo, mas ainda tenho *alguma* compaixão. Cayden o joga sobre o feno com o mesmo cuidado com que alguém descartaria carne podre.

– Vi uma taverna a algumas ruas daqui. Deve ter uns guardas ainda fardados por lá – diz Ryder. – Temos que começar, já que precisamos de três uniformes, e não é o tipo de coisa que dê pra roubar de uma loja.

– Dois – retruca Cayden.

Ryder franze a testa.

– Três.

– Eu matei um guarda enquanto vocês descansavam e guardei o uniforme num tonel vazio ao lado da hospedaria.

– Nós íamos fazer isso *juntos*.

Ryder parece ofendidíssimo, apesar de ter ouvido que era uma coisa a menos para fazermos.

– Peço desculpas por não ter tirado uma soneca com vocês. Sei que o contato pele a pele é importante pros bebês e suas mamães.

Cayden se recosta num poste e começa a cortar uma maçã que pega de um barril, estendendo a faca para perto da minha boca para me oferecer um pedaço. Ele passa os dedos no meu rosto quando aceito, tão rápido que parece até uma alucinação.

– Nada disso. – Ryder me puxa para o seu lado, passando o braço pelos meus ombros enquanto Cayden nos observa, mastigando a maçã sem se alterar. Deve estar acostumado ao jeito dramático de Ryder a essa altura. – Você vai ficar de guarda agora, e ela vem com a gente.

Engulo a maçã quando Ryder sorri para mim, já sabendo que não vou gostar do que ele está planejando.

CAPÍTULO
TRINTA E OITO

— Isso foi o melhor que vocês conseguiram arrumar? Eu estava certa. Detestei o plano.

— Esse plano é à prova de falhas – afirma Ryder, e atrás dele Finnian assente, convicto.

Olho para Saskia em busca de ajuda, mas ela encolhe os ombros, me olha de cima a baixo e diz:

— Detesto concordar com eles, mas você está incrível. Cayden pode ter um ataque do coração, mas vai ser divertido.

Eu reviro os olhos.

— Por que nenhum de vocês pode fazer isso?

— Porque você, minha querida, mostrou todo o seu talento como atriz lá na travessia da ponte – explica Finnian.

— Seu apoio é admirável. – Tiro as mãos dele dos meus ombros. O frio está maltratando minha pele exposta, e já cansei de discutir. Só quero acabar logo com isso. – Aproveitem o espetáculo.

— É só canalizar a energia daquela noite no bordel, raio de sol – brinca Ryder enquanto abro a porta da taverna.

— Vou canalizar minha faca no seu olho, isso sim, Neredras – respondo, jogando um beijinho para ele.

Dou as costas para os três, que estão sorrindo como crianças numa loja de doces, e me concentro na missão. Se é para fazer isso, de jeito nenhum vou fracassar. *É pelos dragões*, lembro a mim mesma enquanto vou desfilando até o balcão, apoiando os cotovelos na madeira escura e abrindo um sorriso meigo quando o taverneiro aparece. Já usei meu charme muitas vezes para convencer os homens a fazer o que quero, e esse caso não é diferente.

– O que deseja, querida? – ele pergunta, secando uma caneca com um pano e mergulhando com o olhar no meu generoso decote.

– Uísque com mel, por favor.

Jogo os cachos sobre o ombro enquanto ele serve minha bebida, sutilmente passando os olhos pelos presentes e encontrando o guarda, que já está me olhando, sentado num sofá de couro preto sob uma rede de pesca pendurada. Ele está admirando meu vestido dourado, que deixa bem pouco espaço para a imaginação, com as intricadas aberturas no corpete e o tecido fino que brilha sob a luz fraca. Abro um sorriso malicioso quando ele me olha de novo e me viro para a frente como se tivesse ficado desconcertada.

– Aqui está, milady – diz o taverneiro, colocando o copo diante de mim com uma mesura fingida.

O comportamento abusado dele torna meu sorriso mais autêntico por um breve instante. Dou um gole na coragem líquida enquanto uma sombra me envolve e um braço coberto com tecido roxo com um bordado no punho na forma de tridente espetando uma coroa pousa ao meu lado no balcão.

– Posso presumir que esteja aqui para o baile?

Sua voz é suave e confiante.

– Por que a pergunta?

– Queria saber se vou ter a sorte de nossos caminhos se cruzarem duas vezes.

Mordo minha bochecha para não fazer uma careta de desdém, e o sorriso contido continua nos meus lábios.

– E quem disse que vão se cruzar hoje?

– Eu rezo aos deuses pra que sim. – Ele ri e se aproxima. – Qual é o seu nome?

– Faye.
– Quer ir sentar comigo, Faye?
Não.
– Sim, eu adoraria, meu caro...?
– Evrin.

Pego o meu uísque e dou o braço para ele. Nesse momento, a porta da taverna se abre. Minha pele se arrepia, mas isso não tem nada a ver com o vento frio que entra. Sinto sua presença. É como um sexto sentido. Quando dou uma espiada em Cayden, seu olhar está cravado no local onde minha mão toca o braço de Evrin. Eu já o vi furioso, mas dessa vez é diferente. Ele sabe como controlar a raiva, mas, nesse momento, exala imprevisibilidade e sede de sangue. Ryder parece ao mesmo tempo eufórico e apavorado quando Cayden estica o pescoço.

– Azar o dele. Você está comigo, lindinha – diz Evrin, me puxando para longe.

– Ou algo do tipo.

Tento dizer a mim mesma que isso é um bom lembrete do que somos um para o outro. Cayden está comigo por causa dos meus dragões, e eu estou com ele por causa do seu exército, mas a cada minuto que passa fica mais difícil me lembrar disso, principalmente quando o escuto empurrar Ryder para a parede, sabendo que, se fosse qualquer outra pessoa, a essa altura já estaria morta. Nós não podemos ficar juntos, não podemos sentir o que sentimos, e isso é desesperador. Às vezes parece que não há nada que possa me afastar dele, que estamos destinados a ficar juntos, mas a realidade da nossa situação me magoa mais do que quero deixar transparecer.

Finnian consegue separá-los e força Cayden a se sentar numa banqueta. Ele pede um uísque, vira tudo em um gole e não tira os olhos de mim enquanto voltam a encher seu copo. Eu estaria mentindo se dissesse que não adoro o poder que tenho sobre ele, ver o quanto fica aflito ao saber que esse é seu castigo por ter saído sozinho em território inimigo. Imaginar o que fariam com ele se fosse pego só me faz querer prolongar seu sofrimento. Uma tarefa a menos em nossa lista é um alívio, mas correr esse risco foi desnecessário e irresponsável.

Ele mantém o capuz na cabeça, e as sombras que escondem seu rosto me fazem sentir como se estivesse brincando com a morte em pessoa.

Dou um sorrisinho.

Ele cerra os dentes.

– Você o conhece? – pergunta Evrin.

Levo o uísque aos lábios, me certificando de que Cayden veja direitinho a bebida que escolhi.

– Não. Ele não é o tipo de homem com quem costumo me misturar.

Cayden olha feio para mim, provocando um calafrio na minha espinha. Volto minha atenção para Evrin, passando os dedos por seus ombros e recuando sutilmente. Por mais que eu queira que Cayden sofra, detesto a ideia de me aproximar desse homem. Uma parte de mim tem vontade de esfaqueá-lo e acabar logo com esse aborrecimento todo. Dou risada quando preciso, me certificando de que acredite que estou encantada com seu senso de humor. Meus olhos se iluminam quando ele fala sobre suas promoções dentro do castelo, e trato de ficar corada quando Evrin paga minha conta e pede mais um uísque para mim.

Jogo a cabeça para trás, empinando sutilmente os peitos e afastando meus cachos do pescoço. Uma banqueta se arrasta no chão, mas não dou atenção, visualizando meus dragões para levar a encenação até o fim. Estou cansada desse braço nos meus ombros, que me dá vontade de esfregar a pele com força, e da coxa encostada na minha, que me transmite uma sensação horrorosa.

– Está com calor? – pergunta Evrin.

– Muito. – Dou uma bufada e faço beicinho. – Você pode ir lá fora comigo?

Seu sorrisinho me causa calafrios, e ele me ajuda a me levantar, colocando a mão bem mais para baixo do que seria apropriado.

– Eu adoraria.

Meus dedos roçam o cabo da adaga quando ele abre a porta e nos leva para os degraus da frente, quase me empurrando até o beco ao lado da taverna e nos posicionando entre alguns barris no canto mais escuro possível.

– Deuses, eu queria fazer isso desde o momento em que vi você pela primeira vez.

Giro nos meus calcanhares, e um par de mãos envolve a cabeça de Evrin e torce seu pescoço até um estalo alto ecoar pelo espaço restrito. Ele desmorona, revelando Cayden logo atrás, com o maldito capuz ainda na cabeça.

– Eu mesma ia acabar com ele – digo, mas estou ofegante.

– Disso eu não tenho dúvida. – Ele passa por cima do corpo como se fosse uma poça d'água, chegando tão perto que consigo sentir a essência de seu cheiro masculino. – Mas queria ter a honra de torcer esse pescoço eu mesmo. Teria inclusive prolongado a dor, se pudesse derramar sangue no uniforme.

– Ele mal pôs a mão em mim.

– Ah, querida. – Ele dá uma risadinha. – Não importa se um homem *mal* puser a mão em você, essa vai ser a última coisa que vai fazer na vida. Eu já disse pra não tentar me tornar um homem melhor. Por você, Elowen, eu viro a pior versão de mim mesmo.

– Não fala assim. – Agarro meu vestido para me impedir de tocar nele. – Foi só uma missão. Precisamos de um uniforme da guarda, e eu fiz o que precisava fazer.

– Eu também.

– Eu não sou sua, Cayden. *Não posso* ser sua. – Minha voz sai frágil como um lago congelado nos primeiros dias de primavera. – Sei que alguns limites foram ultrapassados...

– Esse limite foi obliterado muito antes do que imagina.

– Nós somos aliados. Trabalhamos juntos. Seu rei proibiu...

Ele solta um grunhido, me fazendo recuar para a parede da taverna e colocando as mãos de ambos os lados da minha cabeça, me forçando a encará-lo.

– Por que acha que eu deixaria qualquer coisa que seja nos afastar? Eu procuro por você desde que era um menino, quando o mundo todo acreditava na sua morte, quando parecia inútil... mesmo assim, eu te procurava.

Meu coração se acelera quando ouço essa confissão.

– P-por causa do meu poder.

– Não seja tonta, Elowen. – Ele sacode a cabeça, segurando meu queixo com uma das mãos. – O que existe entre nós vai muito além do poder. Você me levou à loucura. Me assombra enquanto durmo, e está na minha mente assim que acordo. Sua presença é uma agonia pra mim, mas eu rezo por essa dor se isso significar mais um momento com você.

– Isso não é justo! – Dou um empurrão em seu peito, mas ele não se move. – Você está sendo cruel, Cayden.

Ele passa os dedos pelo meu cabelo, e seu olhar se ameniza um pouco.

– Cuidado, anjo. Esse seu olhar contrariado não me machuca tanto quanto antes.

Olho para sua boca.

– Isso machuca você?

– Profundamente. – Ele aproxima o rosto do meu. – Seu fogo me hipnotiza.

– Você faz de tudo pra virar um alvo.

– Talvez. – Ele passa o polegar pelos meus lábios. – Mas isso não muda o fato de que você é a mais doce maldição que recaiu sobre mim nesta vida.

Minha respiração se acelera, e ele enfia o joelho entre minhas pernas quando tento juntar as coxas. Ajeito sutilmente os quadris, mas ele percebe na hora e se cola a mim com mais força. Encosto a cabeça em seu peito e solto um gemido, e quando sua mão agarra meus quadris para me esfregar contra sua perna eu não o impeço.

Ele murmura meu nome com a boca colada ao meu cabelo, me prensando contra a parede com uma das mãos e mexendo na fenda do meu vestido com a outra. Só de pensar que Cayden faz exatamente o que eu preciso faz minha cabeça girar.

– Quero enterrar a cabeça entre as suas pernas antes de esse cadáver esfriar. Talvez a alma dele fique um pouco mais pra ver como cuido da minha mulher.

Ele leva a mão entre minhas pernas, enfiando os dedos sob a calcinha e acariciando meu clitóris com movimentos circulares. Agarro seu bíceps e seguro um gemido quando ele põe um dedo em mim, enfiando e tirando algumas vezes antes de removê-lo de vez e limpar com a língua, gemendo e me levantando enquanto isso. Então me põe em cima de um barril e ergue a saia do meu vestido.

– Eu não queria que ele encostasse um dedo em mim.

Não sei por que digo isso, mas, quando penso que Cayden pode duvidar de mim, isso me dói.

– Eu sei, querida – ele afirma baixinho. – Mas e eu, você quer?

– Quero.

Ele tira minha calcinha e a enfia no bolso.

– Se inclina para trás e deixa essas pernas bonitas abertinhas pra mim.

Meu corpo se enrijece tamanha a adrenalina e o prazer que estou negando a mim mesma, e me contorço toda quando ele me deixa exposta ao ar frio enquanto se ajoelha. Cayden puxa meus quadris para a frente e joga minhas pernas por cima dos ombros.

– Tão perfeita, em todos os sentidos.

A primeira lambida me provoca um tremor no corpo todo, e enfio os dedos no seu cabelo enquanto minha cabeça rola contra a parede. Ele me lambe como se estivesse faminto por seu prato favorito, com medo de nunca mais prová-lo de novo. Me saboreia, me devora e enfia os dedos devagar para estimular meu prazer. Faz tudo com calma, sem se apressar nem se incomodar por estarmos em território inimigo.

Os ruídos de prazer fluem livremente dos meus lábios, e faço o meu melhor para ficar quieta, mas é difícil demais, pois ele sabe exatamente do que preciso.

– Não se passou um dia sem que eu tenha pensado em como seria seu gosto quando eu enfiasse a cabeça no meio das suas pernas.

Sua língua gira e faz movimentos acelerados, e as minhas costas se arqueiam, desencostando da parede. Estou arfando, toda aberta, do jeito que ele me quer. Cayden solta um grunhido contra meu corpo quando rebolo os quadris na sua cara, tão sedenta por ele que não consigo nem pensar direito.

– Você – ele diz, arfando – é uma delícia.

Ele dá um apertão nas minhas coxas, me puxando mais para fora do barril e me abrindo ainda mais. Sua boca se fecha em torno do meu clitóris e ele me chupa, estendendo a mão para tapar minha boca e abafar meu grito e o barulho de protesto que se segue quando tira a boca de mim.

– Sei que adora ser barulhenta, anjo, mas precisamos dar uma segurada, porque se alguém aparecer eu vou ter que parar e matar o desgraçado, e nenhum dos dois vai ter o que quer.

– Desculpa – digo, resfolegada, quando ele tira a mão da minha boca.

Ele sacode a cabeça.

– Nunca fui obcecado por nada. – Ele aperta meu clitóris com o dedo, e juro que vejo estrelas. – Mas isso... – Sua língua vai descendo, provocando a minha entrada. – Você... – Ele começa a me dar beijos melados, e estou pertíssimo da rendição total. – Eu não tenho como me segurar.

Ele acrescenta um terceiro dedo, que dobra para alcançar exatamente o lugar certo.

– Cayden, eu... Eu estou...

Sua mão abafa de novo meus gritos, e meus quadris têm um espasmo enquanto ele continua a me lamber em meio à onda de um prazer abrasador e avassalador.

Cayden sobe com seus beijos pelo meu corpo quando termina, substituindo a mão pelos lábios e enfiando a língua na minha boca. É um gesto carinhoso e lento, e sei que ele não espera nada de mim, mas é por isso mesmo que o agarro pelos ombros e o empurro para a parede atrás de nós. Os beijos se tornam mais quentes, e levo a mão ao seu cinto.

– Elowen, se roçar um dedo que for no meu pau, vou debruçar você em cima desse barril. – Um grunhido torturado escapa de seus lábios, porque continuo abrindo as fivelas. – A primeira vez que eu comer você vai ser num lugar onde não precise abafar seus gritos, e vou ter tempo pra memorizar cada lugarzinho que arranca reações suas.

Entrego a espada quando retiro o cinturão e passo a mão pelo seu peito, colocando os braços ao redor de seus ombros e murmurando contra seus lábios:

– Está perdendo o controle, soldado? – Ele solta um suspiro trêmulo. – Está com medo de não dar conta de mim?

Ele agarra o tecido ao redor dos meus quadris, com os olhos faiscando.

– Acho que sou o único homem capaz de dar conta de tudo o que você é capaz, e com gosto.

– Então prova. – Eu o seguro por cima da calça e sugo seu lábio inferior. Ele revira os olhos antes de fechá-los, e começo a beijar seu pescoço. O tremor que sinto no seu corpo é revigorante. – Você quer? Na minha boca?

– Caralho – ele murmura. – Quero.

– Humm. – Vou desamarrando sem pressa sua calça e o acaricio em toda a sua extensão quando ele o põe para fora. – Você ficou com sede de sangue quando me viu com aquele guarda? Foi uma tortura pensar nele com as mãos em...

– Sua provocadora barata. – Ele segura meu cabelo e puxa meu rosto para perto do seu outra vez. – Fica de joelhos como uma boa menina e abre a boquinha.

Ele mantém as mãos no meu cabelo quando me abaixo à sua frente. A pedra fria arde na minha pele, mas ajuda a criar ainda mais a atmosfera de depravação. Ele é bem maior do que qualquer um com quem já estive, mas não lhe dou a satisfação de dizer isso. Ponho a língua para fora, lambendo de leve da base até a ponta, envolvendo a cabeça com os lábios antes de soltar com um estalo.

Quero deixá-lo maluco. O homem que está sempre no controle. Quero fazê-lo perder a cabeça. Cayden me olha com uma cara de quem deceparia a própria mão se eu pedisse.

Continuo a masturbá-lo enquanto passo a língua pelas veias antes de enfiá-lo na boca. Ele cobre o rosto com a mão, apoiando a cabeça na parede da taverna e soltando uma série de palavrões entre dentes. Sugando até deixar as bochechas côncavas, começo a acelerar o ritmo, subindo e descendo com a cabeça, querendo arrancar mais gemidos dele.

– Isso mesmo, querida. Você fica linda assim, de joelhos.

Sua reação a mim me faz comprimir as coxas uma contra a outra, apesar de ainda estar pulsando por causa do que ele fez momentos atrás. O assombro em seus olhos quando me olha me faz querer continuar, abocanhando-o ainda mais até engasgar.

– Caralho, mulher. – Enfio as unhas nos seus quadris, incentivando-o a meter mais fundo na minha boca. – É perfeita demais.

Fico gemendo com seu pau na boca quando ele puxa meu cabelo com mais força e sua estocadas se tornam mais descoordenadas. Meus lábios se contraem ao redor dele, e minha mão o masturba no ritmo que percebi que ele adora. Não demora muito para Cayden grunhir meu nome e se derramar na minha garganta, e continuo movendo a mão até que se recoste contra a parede, arfando e soltando palavrões. Ele me levanta do chão e me coloca no barril, massageando meus joelhos depois de vestir a calça de novo. Eu me recosto em seu peito, e Cayden acaricia meu couro cabeludo, apoiando o rosto na minha cabeça. Então desamarra o manto e envolve meus ombros descobertos, passando as mãos nos meus braços para me aquecer.

Não nos movemos por alguns instantes, só ouvindo a água do canal batendo nas construções enquanto recuperamos o fôlego. Ele beija meu cabelo algumas vezes antes de levantar meu queixo e dar um beijo bem carinhoso na minha boca. Não ligo se a culpa pelo ocorrido é toda do nosso desejo e nada mais. Estou em Imirath. Vamos libertar meus dragões. Estou cansada demais para analisar por que não posso querê-lo, então só me deleito em tê-lo por agora.

– Eu não sabia que tinha alma até você roubar a minha – diz Cayden. Dou risada em resposta, beijando-o de novo quando ele me ergue do barril e me coloca em pé. – Onde diabos encontrou esse vestido e esses saltos?

– Saskia afanou da bolsa de uma dançarina quando ela não estava olhando, mas quero vestir meu traje de couro antes de voltarmos pra hospedaria. – Andar por aí com esse vestido com certeza vai atrair muita atenção indesejada. – Ah, e também consegui um uniforme de guarda!

– E eu perdi sete anos da minha vida. – Ele se abaixa de novo para me beijar, mas me empurra abruptamente para trás de si quando alguém assobia da entrada do beco.

– Ora, os dois não estão uma gracinha assim descabelados? – comenta Ryder, parando ao lado do cadáver. – *Deuses*, como vocês são depravados!

Eu reviro os olhos.

– A gente só estava discutindo.

– As discussões são as nossas preliminares. – Cayden se abaixa para sussurrar isso no meu ouvido, e dou um beliscão no seu braço.

– Então tá. – Ryder se agacha ao lado do guarda para tirar a túnica roxa e os coturnos pretos bem engraxados. – Eu também sempre fico com manchas de batom no pescoço depois de uma discussão.

CAPÍTULO
TRINTA E NOVE

Saskia balança um doce com recheio de geleia de framboesa na minha frente para me reanimar, mas nem a cafeína dá conta a essa altura. Só que isso não me impede de abrir a boca e dar uma bela mordida quando ela o coloca perto o suficiente. Quando voltarmos a Vareveth, vou dormir por uma semana. Cada rangido da madeira na hospedaria me acorda, estou preocupada demais em ser capturada durante o sono em Imirath.

– Melhor assim? – pergunta Saskia.

Abro a boca para uma segunda mordida, saboreando o xarope de baunilha que derrete na minha boca.

– Sim.

A sineta acima da porta da casa de chá toca, e me sento a tempo de ver Finnian vindo até nossa mesa. Estou aguada por um café, mas Imirath não tem comércio com Galakin, então começo o dia com chá de rosas. O gosto é de perfume.

– Tem uma loja de vestidos na ilha ao lado da nossa, e vi algumas mercadorias perto da porta dos fundos.

– É melhor que menos gente veja nosso rosto hoje – respondo, terminando meu chá.

Prefiro evitar os guardas do castelo preocupados com o paradeiro de Evrin... a não ser que estejam dispostos a virar comida de peixe. Enfio o que restou do doce na boca e vou com Saskia para a porta.

Os comerciantes têm barracas montadas nas ruas lotadas, gritando para apresentar seus produtos. Vou me esgueirando por entre as bancas, saias armadas e fogueiras. Alguns flocos de neve estalam sob minhas botas enquanto atravessamos a ponte de pedra, ladeada por tochas a cada poucos passos. Meu estômago se revira quando percebo que são montadas de modo a parecer dragões cuspindo fogo... e mais ainda quando olho para o canal e vejo que é assim em todas as pontes.

Coloco o capuz do manto para esconder a cara fechada, que só se desfaz quando chegamos à loja de vestidos e tenho com o que me ocupar. Não devo ter dificuldade em encontrar um vestido fino, a julgar pelas cortinas de cetim nas janelas e os candelabros dourados que emolduram a porta com um vitral de peônia no centro. Nos encostamos na parede do estabelecimento ao lado da loja para monitorar discretamente a porta dos fundos, mas percebo que não é usada com muita frequência.

– Por que abriram essa porta quando você esteve aqui antes? – pergunto.

– Por causa de uma entrega. Eu poderia pegar um vestido da carroça, mas estavam embrulhados e não dava para ver o tamanho.

Seguro as hastes de metal que Cayden me deu e me desencosto da parede. Não há nenhuma carroça por perto, então é melhor agir enquanto temos uma brecha para isso.

– Finnian, vai vigiar. Se alguém chegar, você dá o sinal.

Saskia e eu atravessamos a rua, mantendo a cabeça baixa como se estivéssemos nos protegendo do frio, e não tramando um roubo. Ela fica atrás de mim, abrindo discretamente o manto para me esconder enquanto enfio as hastes na fechadura, ouvindo a voz de Cayden dando as instruções na minha mente – o maior embaixo e o menor para afastar a lingueta do ferrolho. Viro a maçaneta devagar e espio pela fresta para garantir que não haja ninguém ali. É um escritório, mas está vazio e tem duas araras de vestidos, o que é tudo que importa.

Entramos e fechamos a porta atrás de nós, e Saskia vai até a janela para ficar de olho em Finnian. Os modelos daqui combinam com a arquitetura do reino: luxuosos e dramáticos. Em Vareveth, os vestidos são feitos com materiais que flutuam ao redor do corpo como se estivesse sempre sob uma brisa de primavera, com mangas compridas de renda e bordados delicados. Imirath tem camadas e camadas de saias sem fendas, decotes altos e quadrados e estampas elaboradas. São lindos à sua maneira, mas não são para mim. É assim que me sinto em relação ao reino como um todo.

Passo os olhos pelas araras e escolho um vestido azul-celeste com bordado de pérolas na saia volumosa e corpete com mangas longas que se prendem no dedo do meio. Encontro uma sacola com laços cor-de-rosa e guardo o traje, o que é um feito, considerando a quantidade de tecido.

– Puta que pariu – murmuro quando uma voz no salão se eleva e passos se aproximam.

– Não tem ninguém no beco. Hora de ir.

Saskia abre a porta e a fecha um segundo antes de a dona da loja entrar no escritório, e não quero me demorar porque ela vai notar a ausência do vestido em pouquíssimo tempo. Finnian passa por nós sem olhar para mim, e discretamente transfiro a sacola para sua mão, a caminho da hospedaria.

Saskia e eu nos afastamos da loja, nos juntando à infindável feira livre de novo, mas claramente não nos misturamos à multidão tão bem quando eu gostaria, porque uma voz autoritária grita atrás de mim:

– Você! Parada aí.

Todos ao nosso redor se afastam, abrindo caminho para o guarda do castelo de quem eu me lembrava vagamente da taverna.

– Encontre uma máscara pra mim e vá atrás de Finnian. Vejo os dois na hospedaria – murmuro para Saskia, soltando seu braço e dando um passo à frente.

– É perigoso demais – ela sibila.

Sorrio por cima do ombro.

– Essa é a melhor parte.

Um segundo guarda aparece, e os dois fecham a cara para mim, desembainhando as espadas. Claramente já me consideram culpada. Eu sou mesmo, mas um pouquinho de decoro cairia bem.

– Senhores, posso saber por que estão me abordando?

– Um homem desapareceu ontem à noite. Por acaso você sabe alguma coisa a respeito?

– Homens são como carruagens. Se perder um, é só pegar o próximo. Eventualmente, todos acabam se misturando, então vão precisar ser mais específicos.

Ele franze os lábios sob o bigode grosso.

– O nome dele é Evrin.

– Era.

Duas das minhas facas encontram o alvo na garganta deles, e disparo para recuperá-las em meio aos gritos da multidão e desmaios de algumas donzelas. Salto sobre uma banca e corro pela feira pulando de uma superfície para outra. As quinquilharias se espalham pelo chão, bijuterias estalam sob minhas botas e lenços voam atrás de mim como plumas ao vento. A aglomeração é grande demais para eu me esgueirar entre as pessoas, e vejo Saskia se esforçando para fugir, com um guarda em seu encalço.

Sem pensar nas consequências, estendo o braço e jogo uma garrafa de rum em uma fogueira, lançando chamas escaldantes sobre a cobertura das barracas desta parte da feira. O fogo se espalha depressa. Todas as atenções estão sobre mim, mas pelo menos Saskia pode se safar. Escapo por pouco de uma flecha quando pulo da última banca, procurando freneticamente uma rota de fuga, mas as ruas são tão pequenas e estreitas que é como tentar seguir uma abelha num labirinto.

– Parada aí! Em nome da coroa! – grita um guarda, correndo na minha direção. Deuses, se ele soubesse a ironia dessa afirmação. Estou a segundos de jogar mais uma faca, já lamentando a perda porque sei que não vou ter tempo de recuperá-la, quando alguém atrás de mim derruba um guarda com uma de suas próprias facas.

– Onde foi parar sua discrição, menina-sombra?

– Sua presença deve ter me contaminado. – Abro um sorriso, correndo na direção de Cayden e Ryder enquanto vários guardas nos perseguem. Nos esgueiramos pelas ruas laterais, que felizmente não têm barracas, mas ainda assim estão tão congestionadas que passamos mais tempo empurrando pessoas do que correndo. A única vantagem é que os guardas penam tanto quanto nós. – Cadê o terceiro uniforme?

– Escondido na hospedaria, pra não chamarmos atenção andando com essa coisa por aí – diz Ryder, ofegante. – Mas *agora* eles vão querer nos acusar de assassinato!

– Eles já têm uma suspeita sobre Evrin!

– Você lembra do nome dele? – resmunga Cayden.

– Não é hora pra isso – rosno.

Dobramos uma esquina, nos livrando momentaneamente dos guardas e margeando um canal. Não podemos entrar na hospedaria e comprometer nosso único lugar seguro no reino. Nossas opções diminuem a cada minuto. Ordens estão sendo emitidas para bloquear todas as ruas das proximidades, e a imagem de um calabouço surge na minha mente, mas logo a queimo e deixo as cinzas para trás enquanto fujo.

Cayden nos guia até os degraus que levam ao canal, olhando para trás antes de subir num barco preto reluzente e desamarrar a corda que o prende ao atracadouro. Ryder enfia um chapéu de pele na cabeça, e eu me enrolo num cobertor para cobrir o cabelo e as roupas de couro. Cayden veste um manto bordô, provavelmente deixado para trás pelo dono da embarcação, e zarpa, remando por sob a ponte com um exército de guardas à nossa procura.

Ficamos escondidos no canal, usando os pilares de pedra para nos encobrir até ser seguro sair. Aperto o cobertor com força ao meu redor. Agora que estamos em movimento na água, percebo que está tão frio que partes da ponte estão cobertas de gelo, e é impossível não sentir a umidade congelante nos ossos.

Cayden é o primeiro a falar:

– Pessoalmente, acho admirável você ser procurada num reino como ladra, assassina e princesa.

– Só você mesmo pra considerar isso um elogio – resmunga Ryder.

* * *

Cinquenta, cinquenta e um, cinquenta e dois...

Olho para o mesmo céu de quando era uma criança trancada no calabouço e conto as mesmas estrelas, mas me sinto uma pessoa completamente diferente. Talvez seja um mecanismo de defesa, mas quando penso em mim quando mais nova, é como se estivesse me observando *de fora*. Minha mente é um espelho, e eu desprezo o reflexo que vejo.

O luar dança sobre o canal, se exibindo para um reino que não o merece. Meus dedos estão dormentes de agarrar a beirada do telhado, mas, apesar do frio que parece mil agulhas na minha pele, não consigo ficar de fato amortecida. Fiz meu melhor para tentar tranquilizar meus dragões, sabendo que o vínculo estava ativo pela maneira como meus olhos brilhavam no reflexo da faca e desejando oferecer a eles algum conforto. Mas quando me afasto de nossa conexão para deixá-los descansar sou soterrada por uma avalanche de sentimentos.

Raiva. Desespero. Solidão. Saudade. Desamparo.

Quando eu era mais nova, talvez pensasse em pular se estivesse sentada em um lugar tão alto assim, mas sobrevivi graças ao amor pelos dragões, e a esperança de construir uma vida para mim reluzia mais que todo o reino de Imirath. Mas, às vezes, a chama esfria, e me desvencilhar dos grilhões da minha mente não é fácil.

A janela se abre, e alguém se senta ao meu lado, tocando as botas nas minhas.

– Você devia estar descansando – digo.

– Dava pra sentir o cheiro de madeira queimando lá de dentro. – Cayden bate com o dedo na minha cabeça. – El?

– Hum?

– Para de olhar pra lá. – Seu tom de voz é gentil.

– Não consigo. – Meus olhos estão grudados nas rochas escarpadas que parecem mais uma fortaleza do que um castelo e nas estátuas brancas de dragões ladeando o caminho para a entrada principal. Respiro fundo, trêmula, e só fecho os olhos quando começam a arder de novo. – Você viu as tochas de dragão? Ou os estandartes de dragão que enfeitam a rua principal?

Com o canto do olho, vejo que ele assente.

– Eu arranquei alguns quando tive a chance.

– Obrigada – murmuro, cutucando sua canela com minha bota.

No entanto, o brilho que seu olhar manda para mim logo se apaga, e me vejo cercada pela escuridão de novo, cercada por Imirath. Me sinto presa como quando o amuleto me mostrou minha cela. Estar aqui... parece que não consigo respirar. A silhueta escarpada do castelo perfura minha alma, rompendo os pontos que costurei quando fui embora.

Ele desliza a mão sob meu cabelo e acaricia meu pescoço com os dedos.

– Não se feche em si mesma, a não ser que queira me deixar entrar também.

Uma risada alquebrada ressoa no meu peito. É oca e surge da confirmação de que Cayden Veles está em mim, na minha mente, e não quero que saia. Eu o deixo me inclinar para trás até ficarmos ambos olhando a lua e as estrelas, que sempre me trouxeram conforto.

– Você adora a noite – ele comenta.

– É verdade. – Vários momentos de silêncio se passam, mas a paciência dele é admirável. São muitas lembranças a me consumir, e talvez seja por isso que algumas transbordam. – Eu tinha o costume de contar as estrelas, e ainda faço isso, mas começou quando estava trancada no calabouço. Tinha uma frestinha na pedra, só o suficiente pra espiar lá fora fechando um dos olhos. Assim eu podia me concentrar em outra coisa que não fosse a dor.

Não tem muito que Cayden possa dizer a respeito. Uma parte de mim se sente culpada por colocá-lo nessa posição. Estou prestes a me desculpar quando ele responde:

– Eu contava pingos de chuva. – Ele limpa a garganta, inclinando a cabeça para me olhar. – Quando morava na rua, pra me distrair da fome, às vezes usava isso pra me concentrar em outras coisas que não fossem os meus pensamentos. Ou a dor.

– É por isso que você adora água? – pergunto.

Ele assente com a cabeça.

– É por isso que usa sua pedra da lua todo dia? – ele pergunta. Eu confirmo com a cabeça. – Vai me falar por que veio aqui pra fora ou prefere ficar em silêncio?

Solto um suspiro, contando as estrelas para me reconfortar, cada vez mais atenta ao barulho da água lá embaixo.

– Estou com medo. – Admitir isso é mais difícil do que confessar por que adoro a noite. – Estou com medo de encarar os dragões de novo. Estou com medo do que pode acontecer com você. Estou com medo de estar levando todo mundo pra uma armadilha.

– Só podemos ter coragem de verdade quando nos mantemos firmes mesmo com o medo corroendo tudo por dentro.

– Você não tem cara de quem sente medo.

– Eu sou insensível, na maioria das vezes... – Ele se ajeita para poder me olhar, e pega um dos meus cachos com o dedo. – Mas tenho medo de certas coisas. A maioria hipotéticas.

– Eu tinha medo que um vextree subisse pelo encanamento da minha sala de banho e me puxasse lá pra baixo.

Ele ri.

– Você tem um fogo selvagem queimando aí dentro, e não tenho a menor intenção de apagá-lo. Sabia que íamos acabar aqui assim que fizemos nosso acordo. Sempre vou acreditar em você, mesmo quando você não entender como é possível.

– Você acredita que os dragões ainda vão me querer?

– Acho difícil imaginar uma realidade em que você não seja bem-vinda.

Abro um sorriso choroso quando ele passa as costas dos dedos na minha bochecha. Sinto uma ânsia de ter mais desse seu lado, que Cayden não mostra para o mundo.

– Existe uma chance de sermos reconhecidos amanhã. Se isso acontecer e acabarmos nos separando, preciso que prometa que vai me deixar. Foge do castelo e vai ganhar essa guerra. Eu sou um alvo mais visado que você.

Ele se desencosta de mim e passa a mão pelo meu rosto.

– Eu não recebo ordens de você, princesa, e não vou mentir pra tranquilizar ninguém.

– Por favor – peço, com a voz embargada.

– Vou encontrar uma forma de desafiar até a morte pra manter você aqui. Nós temos um acordo. – Ele se vira de forma abrupta, segura meu queixo e aproxima nossos rostos. – Lembra do que falei sobre as promessas que faço pra você?

– Você não faz nenhuma promessa que não possa cumprir.

– Eu nunca vou deixá-la pra trás. Somos nós dois até o fim, seja qual for. Se você tiver que morrer com uma lâmina na mão, eu morro ao seu lado com uma espada na minha. – Ele fala como se isso fosse uma maldição, como se detestasse dizer essas palavras, mas não houvesse opção, pois estava condenado a expressar seus pensamentos por alguma força maior.

O caminho que estamos percorrendo é traiçoeiro e implacável, e a floresta ao nosso redor está repleta de frutas venenosas, desfiladeiros que podem nos arremessar em um salto para a morte e criaturas vindas diretamente de um pesadelo. Não existe mapa ou bússola para nos orientar, mas seguimos adiante mesmo assim. Vou de mãos dadas com ele enquanto caminhamos na escuridão, contando apenas com a luz da lua e das estrelas, com o som distante da água como nossa única companhia.

– Detesto essa sua teimosia – respondo, apoiando a testa à sua. – E detesto essa sua mania de sempre saber o que dizer.

Ele prende um cacho de cabelo atrás da minha orelha.

– O que mais você detesta em mim?

Eu poderia aproveitar a oportunidade e me esconder atrás de uma piadinha, mas ele merece mais que isso. Então abro um espaço entre nós, só o suficiente para poder me inclinar, beijar seu rosto marcado e murmurar junto à sua pele:

– Detesto que é impossível pra mim detestar você.

Sua risadinha suave faz cócegas nos meus lábios.

– Então acho que sou um cara de sorte.

CAPÍTULO
QUARENTA

―Quer parar de olhar pra todo tudo mundo como se quisesse matar um?

Dou um soco em Cayden com força suficiente para ele sentir mesmo por baixo de duas camadas de roupa. Metade de seu rosto está coberta, mas seu olhar intenso *ainda* é capaz de chamar atenção.

― E se eu quiser matar todo mundo aqui?

Olho para ele e deixo um sorriso se abrir no meu rosto.

― Então só peço pra você esperar umas horinhas que mais tarde eu ajudo.

O gelo é substituído pelo fogo quando seus olhos me encaram, e meu coração dá uma cambalhota dentro do peito.

― Você é a criatura mais magnífica que eu já conheci.

Suas palavras incendeiam algo dentro de mim, e retribuir o sentimento é inevitável. O gibão prateado e preto que ele está usando com a máscara combinando, que se inclina como se tivesse chifres, cria uma aura sombria e encantadora no ar. Estar em sua presença é como me perder numa terra de maravilhas e perigos, e nunca quero ser encontrada.

Os campos diante do castelo estão ocupados por uma série de barracas que exibem riquezas para encantar os convidados. Entramos na última delas, um sinal para Finnian, Saskia e Ryder irem na frente, rumo ao calabouço. Nenhuma despedida foi feita antes, apenas um simples *"Não morram"* quando saímos da hospedaria e seguimos cada qual por seu caminho.

Até agora, andamos em meio às barracas cheias de bolos que parecem bonitos demais para comer – juro que um tinha borboletas cor-de-rosa que se mexiam entre as camadas. Vimos pedras preciosas enormes, fontes de vinho espumante, tapeçarias bordadas com as lendas dos deuses e máscaras pintadas a mão para quem tiver se esquecido da sua. Mas disso eu não preciso: Saskia encontrou para mim uma máscara branca que brilha como a luz das estrelas e parece fazer brotar um par de asas do meu rosto. Ela também teve o capricho de pôr duas pérolas idênticas no meu cabelo depois de prender bem a parte da frente para trás.

O ar na última barraca é úmido, e uma onda de cor invade meus sentidos, roubando o ar dos meus pulmões quando o cheiro de primavera me envolve. É como se tivéssemos entrado em um mar de arco-íris. Para todo lugar que me viro nesta estufa, vejo flores lindas e de cores vivíssimas; algumas se abriram em tons que nunca vi. Trepadeiras enfeitadas com velas e flores de um tom clarinho de rosa caem do teto, e estendo a mão para passar o dedo em uma pétala sedosa. Sempre adorei senti-las com as pontas dos dedos.

Mas é uma distração, nada mais. Isso se torna claro quando chegamos à outra extremidade e o ar da noite nos envolve de novo. A ansiedade deixa meus nervos à flor da pele, como mil agulhas me espetando, e cravo os olhos na torre leste de obsidiana. Só mais um pouco e vou estar lá, onde preciso estar. O fracasso não é uma opção. O caminho que leva ao castelo é feito da mesma pedra branca das pontes de Zinambra, revestido de pureza para esconder a corrupção de que nos aproximamos.

Uma sede de sangue começa a se sobrepor aos meus nervos, elevando-se dentro de mim como o ataque de uma cavalaria. Estou mergulhada no passado, me afogando nele. As trepadeiras surgem das profundezas das sombras, envolvendo meus tornozelos para me puxar para baixo. O castelo é uma prisão, uma jaula, é a raiz dos meus pesadelos. Quero sair daqui o quanto antes.

– Para de se preocupar comigo – peço, sentindo os olhos de Cayden sobre mim.

– Me preocupar com você virou uma coisa natural pra mim. – Aperto seu bíceps enquanto continuamos andando. – Vou garantir que você consiga o que quer, por mais sanguinário e profano que seja.

– Você parece tão seguro de si. Já se esqueceu de que Garrick é uma ameaça das mais sérias?

Por mais que eu deteste admitir, Garrick governa seu reino com punho de ferro.

– Nada que seja fácil vale a pena – ele responde, se interrompendo por um breve momento para entregar nossos convites ao serviçal à espera.

Graças aos deuses por essas máscaras. Passamos pelos guardas da entrada sem que nenhum deles saiba que está recebendo a princesa perdida e o comandante inimigo em seus venerados salões.

– Garrick é um tirano – ele continua. – Tem influência, mas não é o estrategista que imagina. O poder vira caos nas mãos de quem não sabe usá-lo.

– Você fala como se fosse um servo do poder.

– É o poder que se ajoelha diante de mim, querida. – Sua risadinha sombria dança pelo meu pescoço. – Quer reduzir tudo aqui a cinzas ou derrubar pedra por pedra? Que seja. Eu vou estar bem ao seu lado.

Observo a decoração luxuosa e as demonstrações vulgares de riqueza enquanto caminhamos lentamente rumo ao salão de gala. Retratos obscuros da cordilheira de Seren e das vitórias de Imirath adornam as paredes pintadas com pequenos dragões dourados. *Meus dragões.* Garrick nunca se proclamou rei dos dragões, mas ao que tudo indica é assim que deseja ser visto.

Eu desvio o olhar.

– Quero mostrar ao mundo as garras que criei quando cortaram as minhas asas.

Todas as injustiças que sofri vão ser respondidas com justiça, mas o julgamento vai ser na minha corte. Nunca me consideraria indulgente quando a questão é punir malfeitos. Não me engano pensando que tenho uma moralidade impecável ou que sou uma pessoa magnânima, mas a verdade é que o mundo virou as costas para o meu sofrimento. Talvez um dia eu consiga aposentar minhas lâminas, mas com certeza não em um futuro próximo.

Fitas douradas e prateadas descem do teto e se enrolam nos pilares do salão de gala. Cayden e eu encontramos alguma privacidade ao lado de um deles depois de aceitarmos vinho de um serviçal particularmente empenhado em agradar. Vários guardas do castelo estão presentes, mas não os impostores que estou procurando. Passamos o tempo observando as pessoas em silêncio; ocasionalmente, invento histórias elaboradíssimas sobre alguns casais e convidados. Cayden revira os olhos e resmunga sobre o meu gosto pelo drama, mas depois é ele que começa a apontar para as pessoas e pedir para ouvir mais.

– Tem alguma mesa em que possamos deixar isto? – pergunto, gesticulando com o cálice na mão quando uma mulher de vestido roxo-escuro e um colar de ouro desce a escada com um pergaminho enrolado.

Mas uma serviçal interrompe antes que Cayden tenha a chance de responder:

– O vinho não está do seu agrado, senhorita?

Cayden se aproxima um passo, colocando a mão nas minhas costas enquanto eu solto um suspiro e sorrio.

– Está do meu agrado até demais. – Puxo a mão dele para a frente, para cobrir minha barriga. – Não vou poder beber mais por um bom tempo.

– Meus parabéns aos dois! – Ela pega meu cálice e o põe sobre a bandeja. – Gostaria de alguma outra bebida, senhor?

Ele faz que não com a cabeça, conseguindo fingir um sorriso simpático.

– Estou me contendo, em solidariedade à minha esposa.

Essa maldita palavra me faz tremer como se fosse um templo abandonado enfrentando uma tempestade.

– Que lindo. – Um sorriso surge no rosto dela quando olha para nós dois. – Espero que aproveitem bem a noite.

Eu relaxo encostada em Cayden quando a serviçal some de vista. Só um pouco mais de encenação e estamos livres. O desejo de correr para a câmara dos dragões é avassalador.

– Como está sua noite, minha *esposa*?

Ele me aperta com mais força pela cintura, me puxando para perto.

– Depende se você vai dançar comigo pra ajudar a passar o tempo, *marido*.

– Isso pode ser arranjado, considerando que gostei da outra dança que tivemos. Não sei se se lembra, mas você estava no meu colo, e com bem menos roupa. – Imagens do bordel surgem na minha mente, e meu rosto fica corado enquanto tento me desvencilhar dele. – Não precisa sentir vergonha. Foi assim que nós fizemos a Elowen II.

– Cala essa boca – respondo, bufando e desistindo da briga, relaxando em seu abraço de novo enquanto sua risada vibra contra as minhas costas.

A mulher termina de descer a escada, parando no meio do patamar e elevando a voz acima do falatório.

– Estimados convidados do rei Garrick Atarah, gostaríamos de lhes dar as boas-vindas ao baile de máscaras de Imirath! Hoje temos uma celebração como nenhuma outra, que marca o início de uma próspera amizade. – A plateia começa a aplaudir, e eu seguro o braço de Cayden. – Damas e cavalheiros, por favor recebam nosso inabalável líder, o comandante de nossos exércitos, o protetor do reino, o único e legítimo ocupante do trono de Imirath... o rei Garrick Atarah!

O barulho é abafado quando o vejo de novo, e o braço de Cayden me impede de cair. Mas não é o medo que me abala, é o choque. Pensei que vê-lo fosse ser pior que regressar ao castelo... mas ele é só um homem, não o monstro cheio de garras que minha mente pintou. Qualquer homem pode ser morto, inclusive um rei. Tem quem veja os monarcas como invencíveis, mas todos os seres humanos sangram igual. O cabelo longo e preto de Garrick tem mechas grisalhas, e quando ele tira a máscara para se dirigir aos presentes, seu olhar sequer é ameaçador. Quase me dá vontade de rir.

Ele não voltou a se casar depois que minha mãe morreu carbonizada, mas percebo seus maneirismos. Está traumatizado para sempre; talvez tenha medo do dia em que minha alma volte para atormentá-lo. Mas estou aguardando nas sombras para atacar, e quando fizer isso vou cravar minhas presas tão fundo em suas veias que curandeiro nenhum vai ser capaz de impedir o veneno de fazer efeito.

– Você já quis o trono de Imirath? – pergunta Cayden.

– Não. Eu nunca poderia viver aqui – respondo sem hesitação ou remorso. – Mas acho que preciso começar a pensar em pra onde ir depois da guerra.

– Por que você precisaria de um lugar pra ir?

– Eu não tenho uma posição permanente na corte de Vareveth. Galakin parece interessante, acho.

Preciso de uma solução de longo prazo para o meu povo. Eagor não vai continuar mandando suprimentos depois que a guerra acabar, e mudei muito nesse meio-tempo para conseguir voltar a viver feliz em Aestilian. O mundo é grande demais para eu me manter escondida no meu cantinho. A libertação é imensa quando perdemos a vergonha de existir.

Cayden fica tenso atrás de mim.

– Você quer uma posição permanente na corte?

– Eu... – Inclino o pescoço para olhá-lo, mas ele continua encarando Garrick. – Ainda não pensei a respeito.

Interrompo esses pensamentos e os enterro em um lugar onde nem eu posso encontrar. Garrick levanta a mão para silenciar a plateia, dando um passo à frente para começar a falar. Graças aos deuses estou de máscara, porque é impossível disfarçar a desconfiança em minha expressão. Ele não assumiu seu lugar no trono, na plataforma elevada, mas parece estar se preparando para fazer um anúncio.

A voz de Garrick estronda pelo salão como um trovão:

– Damas e cavalheiros, antes de meus agradecimentos por terem viajado a Zinambra para comparecer às festividades, gostaria de explicar a razão por que nos reunimos em celebração. É com o mais imenso prazer que anuncio a rainha Aveline e o rei Fallon Lilura, de Thirwen!

Mais uma rodada de aplausos começa quando os governantes se juntam a nós, ambos com trajes prateados confeccionados à moda de Imirath. Eles são de um reino mágico, assim como Galakin. Imirath não baniu a magia, mas também não está entranhada em sua cultura e, em parte, é por isso que odeiam tanto ter Vareveth do outro lado da fronteira. Antes de Eagor assumir o trono, a magia corria solta em seu reino; agora só é encontrada por quem sabe onde procurar. Cayden claramente é uma dessas pessoas, e vou extrair essa informação dele um dia.

Sempre achei estranha a forma como as pessoas julgam o que não conhecem, em vez de tentar entender e apreciar coisas novas. O mundo seria bem diferente se todos parassem de considerar o desconhecido uma ameaça. As pessoas permanecem na ignorância se não abrem a mente para novos ensinamentos. Continuam paradas no tempo, como estátuas, enquanto tudo ao redor se move.

– Você já desconfiava disso, não? – questiono.

– Quem você acha que tomou a iniciativa pra que os governantes de Galakin comparecessem ao baile da aliança?

– Muito esperto.

Ele suspira.

– Ainda não entendo por que você se surpreende com isso.

Os guardas flanqueiam Garrick e os governantes de Thirwen enquanto eles vão em direção à plataforma elevada do salão, e os acordes da primeira dança começam a soar. Um borrão de tule e veludo se desloca para a pista de dança, com todos ansiosos para se apresentar diante do rei. Cayden segura minha mão, me puxando para a celebração e fazendo uma mesura. Ele me põe em movimento e me conduz na dança, composta de três círculos; o do meio se move na direção oposta dos outros dois. Nós giramos e deslizamos até a música terminar, e Cayden me deita em seus braços, me mantendo nessa posição por mais um tempo.

– Você odeia dançar – murmuro.

Ele abre um meio-sorriso.

– Você é minha única exceção.

– Você é secretamente bonzinho – comento enquanto ele nos põe em pé de novo, roçando os cachos enfeitados com pérolas atrás dos meus ombros e acariciando de leve meu pescoço.

– Detesto vê-la nos braços de outros homens, e desejo a morte de cada um deles, sem me importar se são boas pessoas. – As covinhas dele se aprofundam. – Melhor assim?

Reviro os olhos, dando as costas antes que Cayden possa ver meu sorriso. Todos os olhos estão em Garrick, que está com o cálice erguido para um brinde.

– O reino de Imirath tem a honra de se aliar ao reino de Thirwen, embora o motivo que torna necessária essa aliança muito me entristeça. – Ele faz questão de colocar a mão onde *deveria* estar seu coração. – A princesa Elowen Atarah, minha filha perdida, depois de passar anos escondida por assassinar nossa rainha, se aliou a nosso inimigo! Ela derramou o sangue dos Atarah, e vai morrer por isso.

Ainda estou aqui, pai.

Saque sua lâmina que eu mostro como sou boa em derramar o sangue dos Atarah.

– Com a ajuda de Thirwen, vamos encontrar uma forma de romper seu vínculo com os dragões. A princesa dos dragões, o comandante demoníaco e o rei-fantoche em breve vão existir apenas na lembrança.

Olho feio para ele, imaginando todas as formas como um homem pode ser morto.

Garrick ergue seu cálice.

– À aliança!

– À aliança! – ecoa a plateia.

As pessoas bebem à vontade, os casais na pista de dança se agarram a seus parceiros enquanto aplausos ricocheteiam nas paredes e janelas. Garrick faz um gesto para que uma segunda dança comece e estende a mão para a rainha Aveline.

– Ryder está aqui – murmura Cayden.

Graças aos deuses. Dou o braço para ele, que me conduz para longe da pista de dança até o local onde Ryder cumpre com perfeição o papel de um guarda de Imirath. Minha adrenalina dispara a cada passo que dou, me afastando de Garrick e me aproximando dos meus dragões.

É a hora.

O momento pelo qual esperei durante quinze anos.

– Tão desajeitada – reclama Cayden, me sentando em um banco estofado, ao lado do qual está Ryder. Ele se ajoelha diante de mim e puxa minha bota. – Guarda, você poderia dar uma olhada no tornozelo da minha esposa? Acho que sofreu uma torção enquanto dançava.

Ryder sai de seu posto e se ajoelha ao lado de Cayden, falando baixo e depressa:

– Convocamos a reunião e forjamos os papéis de viagem. Não sei quanto tempo vocês têm até os guardas perceberem, então peguem a primeira escada passando pela arcada... suas espadas e machados estão lá.

– Estão todos bem? – pergunto.

Ryder assente com a cabeça.

– Finnian e Saskia estão providenciando um barco, e vamos pra casa imediatamente. – Seus olhos se detêm em Cayden, e a angústia que sente por deixá-lo para trás é evidente. – Não dê uma de idiota.

– Eu digo o mesmo, irmão – responde Cayden.

– Ainda te devo uma bebida, raio de sol. Você não pode morrer com pendências, fica feio pra sua alma. – Os olhos de Ryder encontram os meus. – Vai logo pegar aqueles malditos dragões.

CAPÍTULO
QUARENTA E UM

A escadaria é claramente usada apenas por guardas e serviçais, considerando a ausência de decoração. Arrancamos as máscaras e as jogamos de lado, e começamos a fazer o mesmo com nossos trajes.

– Preciso que desamarre meu corpete.

– Se quer que eu a ataque, deveria ter avisado antes. – Cayden não perde tempo e, em vez de desamarrar, rasga a peça ao meio. – Puta que pariu – ele murmura quando passos se aproximam rapidamente do alto da escada. Tento alcançar uma faca por baixo das camadas da saia, pois estou com as minhas e as de Cayden, mas tem tecido demais aqui. Cayden me puxa, segura o corpete para impedi-lo de cair e me prensa contra a parede. – É hora do espetáculo, princesa.

Ele cola os lábios aos meus, e dou um grito de surpresa, mal tendo tempo de me recuperar antes que a porta no alto dos degraus se abra. Acabo cedendo à insanidade do seu plano, beijando-o de volta e enroscando os dedos no seu cabelo. Cayden enfia a língua na minha boca e o joelho entre as minhas pernas entreabertas, onde um latejar familiar se instala.

– Podem ir se largando. Não tenho tempo pra isso – diz o guarda, descendo às pressas.

Cayden levanta minha perna, e um gemido escapa dos meus lábios quando o sinto tirar uma faca da bainha. Ele passa o polegar na minha coxa, e quase sinto seu elogio no ar.

– Vou precisar separar os dois à força? – questiona o guarda, com a voz bem ao nosso lado.

Mas ele não tem tempo de pôr a mão em nós, pois Cayden gira a faca atrás das costas, transfere-a para a outra mão e crava a lâmina no pescoço do homem sem descolar os lábios dos meus. Ele só recua quando o guarda vai ao chão, então tira o gibão e expõe os trajes de couro. Passo os braços pelas mangas das minhas próprias vestes e posiciono minhas armas quando volto a me situar, enquanto Cayden vai tirando suas facas das bainhas nas minhas pernas.

Subimos dois degraus por vez e passamos pela porta depois de constatarmos que o caminho está livre. Olho ao redor para me orientar, evocando a memória das cobras me guiando pelo castelo. Nosso passo é veloz, e só paramos para espiar nos cantos dos corredores, mas ao que parece os guardas da torre leste ainda não sabem que a ordem que receberam era uma farsa.

Sinto minha pele esquentar, mas não pela corrida ou porque volto a ficar nervosa. Sinto minha mente começar a vibrar, e o vínculo no meu peito ganha vida. Deixo que esse instinto me guie sem a menor prudência, e não demora muito para Cayden espiar pela parede do último corredor.

– Tem seis guardas na entrada da câmara. Vamos atacar juntos, mas aproveita a primeira oportunidade que surgir pra entrar. Eu vou depois que tiver matado todos. – Ele tira a chave e o amuleto do bolso e os põe na minha mão. A escuridão que habita em mim vem à tona diante da perspectiva da matança. – Anjo sanguinário.

– Você adora.

– Mais do que deveria. Derruba o da esquerda.

Ele tira uma faca da coxa e contorna a parede para entrar no corredor com um passo indolente e cheio de marra. Arremessamos juntos as lâminas e matamos dois guardas. O sangue do que foi morto por Cayden espirra no homem ao lado.

– Vocês estão guardando uma coisa que me pertence aí – afirmo quando vêm na nossa direção, e Cayden saca uma segunda espada. – Eu voltei por eles.

O barulho da festa abafa os sons de aço se chocando. A decisão de deixar Garrick para lá é facílima. Meus dragões são muito mais importantes que ele, e sempre vão ser. Juntos, vamos nos tornar a imagem dos pesadelos do rei de Imirath.

Cayden corta a barriga de um guarda como se fosse manteiga quente, derramando suas vísceras sobre o piso polido. Depois de arrastar minha espada do estômago ao queixo de outro guarda, chuto-o para trás antes que seu sangue espirre na minha cara. Em vez disso, chove sobre mim com orvalho.

– Vai! – grita Cayden enquanto enfrenta os últimos dois guardas.

– Tem certeza?

– Você está se esquecendo de uma coisa, anjo – começa Cayden enquanto crava a lâmina na perna de um dos guardas. – Eu gosto disso.

Um sorriso ensanguentado se abre no seu rosto, e o guarda diante dele recua antes que Cayden se solte de vez. Saio correndo e enfio a chave na fechadura, abrindo a porta agora vermelha e reluzente, que se fecha atrás de mim, me deixando envolta em escuridão.

Um grunhido grave ecoa pela câmara, e uma mistura de agonia e saudade faz meu coração se apertar. Sonhei tanto com esse som. Às vezes podia jurar que o ouvia quando estava em Aestilian, assombrada por essas lindas criaturas.

Meus olhos se ajustam à falta de luminosidade, e me vejo diante de um par de olhos verdes e reluzentes.

– Sorin – murmuro. Meu coração se desfaz em pedaços e se recompõe ao mesmo tempo. Ele inclina a cabeça enquanto me olha.

A única luz é a do luar, que entra pelas várias janelas com vista para a cordilheira de Seren. Eles vivem acorrentados e são obrigados a contemplar os céus que não podem alcançar. Como diabos um amuleto vai destravar os grilhões ao redor de seus pescoços e tornozelos?

Levanto as mãos e dou um passo à frente, com a intenção de mostrar que não quero fazer mal a eles. Só o que desejo é poder abraçá-los, e percebo que estou chorando somente quando sinto o gosto salgado na língua. A câmara é vasta, feita de pedra vulcânica preta, mas um dragão não tem limites. Eles nascem para reinar sobre os céus, e não para ficar confinados.

O cheiro no ar é de fezes de dragão e da carniça das carcaças de animais que ainda não foram removidas. O único pequeno sinal de bondade é a fonte com água corrente de onde podem beber. Eles acompanham minha respiração e meus passos; suas íris vibrantes estão coladas em mim, mas as escamas continuam pretas.

Venatrix rosna quando enfio a mão no bolso, com os olhos vermelhos brilhando como fogo.

– Eu nunca faria mal a vocês. – Minha voz soa surpreendentemente calma, apesar das lágrimas e do nervosismo. – Vou tirar vocês daqui.

Venatrix para de grunhir, e tiro o amuleto do bolso, erguendo-o ao luar e fazendo os dragões gritarem em uníssono. A magnitude do volume do som me faz cair de joelhos. Eles se debatem contra as correntes, raspando com as garras no chão para se aproximarem. O amuleto começa a queimar a palma da minha mão, e sinto na alma que não é a mim que deseja, assim como não desejava Cayden quando o queimou.

Jogo a peça no espaço entre os cinco e, juntos, eles cospem fogo, iluminando a câmara e fazendo meus olhos marejados ficarem ainda mais cheios de lágrimas. Não acredito que isso seja real. Parece que vou acordar a qualquer momento, a quilômetros daqui. Estou bestificada com a forma como suas chamas dançam juntas, e ainda mais por suas asas, que agora consigo ver.

Da última vez que estivemos juntos, eles eram pequenos a ponto de ficarem empoleirados nos meus ombros, e agora são criaturas magníficas, maiores do que eu imaginava. Perdi tanta coisa... é um tempo que nunca terei de volta. Lembranças que nunca vou poder guardar. Deixo a tristeza de lado da melhor forma que consigo e me concentro na missão.

Chispas sobem das chamas e se juntam, formando linhas vermelhas faiscantes que se enrolam em torno das correntes. Quanto mais fogo os dragões cospem, mais fortes essas linhas se tornam. Engasgo com a fumaça que domina o ambiente, e quando penso que não vou aguentar mais, os grilhões se rompem e caem no chão. Eles jogam a cabeça para trás, rugindo cada qual à sua maneira. Um som de tirar o fôlego e cortar o coração.

Eles merecem muito mais deste mundo, e vou garantir que tenham isso.

Consigo me pôr em pé de novo, mas os dragões chegam até mim num instante. Me mantenho onde estou, sem saber ao certo o que fazer. Eles mantêm as asas fechadas enquanto me rodeiam, com os corpos de escamas pretas se fundindo sem esforço. O pânico cresce. Para cada canto que me viro há um novo par de olhos sobre mim. Um estalo ecoa na câmara quando um golpe brutal me acerta nas costelas. Eu me dobro sobre mim mesma, caindo de joelhos enquanto a cauda recua.

Supero o choque inicial e me levanto.

Se é disso que precisam, eu aceito.

Outra cauda me acerta na lateral das costelas, mas cerro os dentes e aguento firme. Se eles quisessem acabar comigo, eu estaria morta em questão de segundos.

— Eu tentei voltar pra vocês.

Uma cauda me acerta na coxa esquerda, acompanhada de um guincho que deixa meus ouvidos zumbindo.

— Nunca foi minha intenção abandoná-los.

Minha garganta está seca e dolorida por causa da fumaça, mas não me movo. Mereço toda a raiva deles, seu sofrimento e as pancadas que me deram. Durante muito tempo, senti ódio de mim mesma por não ser capaz de voltar para eles. Havia reinos, exércitos e assassinos de aluguel entre nós, e tentei encarar o mundo sozinha, dar tudo por eles, mas falhei vez após vez. Todos os planos que elaborava tinham defeitos demais, por causa da minha falta de sabedoria.

As visões me enganaram, ou talvez eu tenha sido ingênua demais por acreditar que manteriam seu amor por mim como mantive o meu por eles.

Mais uma cauda me acerta no lado direito das costelas, e vou ao chão de novo. Continuo caída por mais alguns momentos, me equilibrando sobre os joelhos.

– Eu sinto muitíssimo – murmuro, com minha voz falhando na última palavra. – Mas vocês não têm como me odiar mais do que eu me odeio.

Meu corpo lateja, e cada respiração parece uma facada. Estou zonza pela fumaça e pela dor, e sinto uma vontade avassaladora de me deitar. Quero muito estender a mão para eles, mas as pancadas cessaram, e não gostaria de atiçar sua raiva de novo.

Suas cabeças se aproximam, pairando sobre a minha, e as escamas revelam rapidamente o brilho das cores vibrantes antes de voltarem ao preto. Isso acontece mais algumas vezes enquanto me olham, como se não acreditassem que sou real. Sorin cutuca minha bota com o focinho e fareja minha perna.

Escuto uma pancada atrás de mim, e fico em pé quando Calithea solta outro rugido ensurdecedor. Levanto as mãos para tapar os ouvidos, mas Delmira percebe e me dá uma rasteira com a cauda. A parte de trás da minha cabeça atinge o chão de pedra, e as manchas no meu campo de visão estão piores quando volto a me sentar.

– *ELOWEN*!

Cayden grita meu nome como se estivesse amaldiçoando cada pedaço de chão que nos separa. Meus sentidos estão entorpecidos, mas viro a cabeça a tempo de vê-lo correr até mim, jogando seu corpo sobre o meu quando uma flecha passa zunindo, tão perto que balança algumas mechas de seu cabelo. Ele ampara minha queda com a mão sob minha cabeça, e um fogo ofuscante flui sobre nós como um rio. Tento afastar Cayden de mim, para que ele possa correr até a parede, para bem longe dos dragões, mas ele puxa minha cabeça para seu pescoço e me aperta com mais força.

– Eu disse que somos nós dois até o fim, anjo – ele recorda. Tento falar, mas minha garganta está seca, e só consigo tossir. Meu corpo está fraco pela privação de oxigênio e, quanto mais tento resistir, mais forte Cayden me abraça. – Acho que descobriram que a reunião era uma farsa.

Seu queixo anguloso está contraído, e ele encara a porta com uma promessa gélida e irredutível de matar conforme o sangue escorre de um corte sob seu olho, e enquanto isso as chamas continuam a fluir.

Os guardas seguem avançando, entrando na câmara apesar da irracionalidade do ato. Eles agem como cachorrinhos de Garrick, mais que dispostos a correr para o fogo. Ordens são gritadas do outro lado da porta, e em breve o castelo vai estar cercado. Cayden sai de cima de mim, tira algo do bolso e volta a me esconder sob si enquanto uma explosão poderosa faz a câmara estremecer e as pedras voarem ao nosso redor. A parede de janelas se espatifa em pedacinhos. Depois da explosão, ele fica em pé, me segura pela mão e me ajuda a levantar.

– Precisamos fugir pra cordilheira de Seren e atravessar a floresta de Etril – Cayden explica.

– É um plano melhor do que sermos capturados.

Não há soldados de Imirath alocados nas montanhas, pois viver lá é quase suicídio, principalmente nos meses de outono e inverno. Sinto um frio na barriga quando saltamos para o chão abaixo e os dragões decolam para o céu.

Aterrissamos sobre uma pilha de neve e saímos em disparada para a floresta enquanto um vento gelado sopra dos picos nevados.

– Você esteve carregando uma bomba durante todo esse tempo?

Cayden sorri.

– Eu não recomendo sair em missão sem uma.

Minhas pernas enfraquecem quando um rugido retumbante ecoa atrás de nós e chamas são lançadas na direção da torre de onde os dragões escaparam. Outros dois deles enfiam as garras no buraco já de tamanho considerável, escancarando-o ainda mais. Sinto algo no peito que sobe para a minha cabeça, mas não tenho tempo de analisar o que é, pois o chão começa a tremer. Seguimos adiante e voltamos a correr. Quanto mais eu fujo, mais forte se torna a atração provocada pelo vínculo.

Vejo um par de olhos verdes quando pisco.

Fecho os olhos de novo.

Olhos verdes.

De novo.

Olhos verdes.

O rugido cresce, e sei que os guardas estão ganhando terreno. Uma flecha corta o ar e se crava em um tronco de árvore próximo da minha cabeça.

Fogo. Um sussurro esfumaçado se forma quando obrigo minha mente a apelar para o vínculo.

Fogo. Dessa vez, o pensamento é mais alto.

– Aquela é a princesa! Ela não pode escapar! – alguém grita atrás de nós.

Cayden e eu nos embrenhamos em meio a algumas árvores estreitas enquanto mais uma saraivada de flechas é disparada em nossa direção. Os projéteis ricocheteiam nos troncos grossos, arranhando minha perna ferida e o topo do ombro de Cayden.

– Continua! – grito para Cayden, mas diminuo o passo, me virando para encarar o exército enquanto eles atacam.

O vínculo está vivo dentro de mim. Minha ligação com os dragões é poderosa o bastante para suportar a magia, o tempo, o exílio e a tortura. Eu sei fazer a cerimônia da união, mas não preciso disso para forjar o que compartilho com eles.

– Elowen, eu vou jogar você por cima do meu ombro, porra – rosna Cayden.

– Confia em mim.

Cayden solta um palavrão, me empurrando para trás de si e sacando a espada, disposto a enfrentar até um ataque de cavalaria para me defender. O vínculo pulsa no meu peito como um tambor de guerra. A princesa dos dragões perdida voltou, e quero que todos vejam quem eu sou.

– Sorin! – grito, entrando na frente de Cayden. – Queime todos eles.

Ele aparece em um instante, dizimando um batalhão em questão de segundos. O cheiro de carne carbonizada se espalha pela floresta, e soldados envolvidos pelas chamas correm para todas as direções, berrando até entrarem em colapso e irem ao chão. Sorin aterrissa em meio ao fogo, rugindo a poucos centímetros do meu rosto quando se aproxima de mim. Meu cabelo é jogado para trás enquanto observo sua boca cheia de presas, mas não recuo. Para o mundo, talvez eles nunca passem de monstros, mas eu vejo sua alma brilhar em seus olhos.

As escamas esmeralda estão todas à vista agora que está em seu elemento, e ele me olha silenciosamente. Não como dentro da câmara: não existe maldade em seus olhos agora.

Ele é etéreo.

Seu corpo está quente por causa das chamas, mas estendo a mão, abaixando a cabeça enquanto aguardo seu próximo movimento. Um gemido vibra no fundo de sua garganta quando pressiona o focinho contra a palma da minha mão, e o som de contentamento que vem a seguir é como música para os meus ouvidos.

Eu olho nos seus olhos, em busca da cor que procuro em todas as florestas.

– Eu estava com saudade de você, meu menino lindo.

Ele se inclina mais para a frente, encostando a testa à minha, batendo as asas e pisoteando o chão. O vínculo deixa de me pressionar; está contente. É como deitar na grama depois de uma batalha, sentindo o sol e a paz sobre o corpo. Dou risada quando percebo quão brincalhão ele está, mas sei que deseja abrir as asas.

– Pode voar a noite toda, meu querido. – Dou um passo atrás para observá-lo novamente. – Nos encontramos pela manhã.

Ele guincha mais uma vez, passando o focinho de leve na minha perna machucada enquanto acaricio suas escamas antes de vê-lo decolar para a noite, dançando entre as estrelas acompanhado por outros quatro dragões de cores vibrantes. Com as chamas às minhas costas, me viro e noto que Cayden está olhando para mim, boquiaberto... me encarando como se estivesse na presença de uma deusa.

CAPÍTULO
QUARENTA E DOIS

A determinação é a única coisa que impulsiona meu corpo ferido e dolorido pela floresta gelada. Vou precisar de pelo menos dois bules de chá para acalmar a sensação de queimação e frio na garganta, e de um banho escaldante para recuperar a sensibilidade dos dedos dos pés. A esta altitude, conseguimos chegar ao Emer bem mais rápido do que na viagem para Imirath, mas isso não é um consolo quando os uivos bestiais e assustadores substituem o silêncio da floresta.

Fazemos uma pausa, e levo as mãos à boca em uma tentativa de aquecê-las.

– Posso tentar convocar os dragões de novo.

– É melhor não revelarmos nossa posição. Se soltaram as feras atrás de nós, quer dizer que perderam nosso rastro. – Cayden se aproxima e esfrega meus braços, me oferecendo um pouco de calor com a fricção. As feras vão ser capazes de farejar o sangue que escorre dos nossos ferimentos. – Vamos ter que atravessar o Emer, mas as pontes daqui não estão em condições de sustentar peso nenhum.

Isso pode ser uma sentença de morte, principalmente quando entrarmos na floresta de Etril. Mas não temos alternativa, e sempre soubemos que a viagem de volta a Vareveth seria feita com opções limitadas. Nossas vidas foram construídas através de decisões difíceis, e o conforto e a facilidade nunca foram uma possibilidade.

– Prefiro morrer lutando a esperar que essa escolha seja feita por mim – afirmo.

Começamos a correr de novo, acelerando o ritmo quando os uivos ficam mais altos. Meus hematomas e a temperatura congelante formam uma combinação agoniante, mas pelo menos minhas costelas não estão quebradas. As árvores começam a rarear quando o rio largo surge diante de nós, nos separando da sinistra Etril. Minha respiração é expelida do meu peito como um pássaro assustado quando os respingos gelados atingem meu rosto.

— Não desiste — ordena Cayden, dando o primeiro passo para dentro do rio e soltando um palavrão entredentes. Eu faço o mesmo, e seguro um gemido.

Ele desce para o leito do rio, e a água sobe até a sua cintura, o que significa que vai ficar na altura dos meus ombros, se não mais alta. Suas mãos trêmulas me pegam pela cintura, mas, em vez de me ajudar a descer também, Cayden me põe sobre o ombro direito e começa a atravessar a água gelada.

— Aguenta firme. — Ele me segura com força pelas pernas. — É uma ordem, princesa.

Faço o que ele diz, me agarrando ao cabo da espada presa às suas costas, e enfim consigo admitir que uma farpa com o formato de seu nome atravessou as barreiras que construí em torno de mim mesma. Alguma coisa nele faz com que eu me sinta viva, como se tivesse encontrado o lugar que estava procurando sem saber para onde estava indo.

O reflexo de uma fera branca e peluda na água chama minha atenção, e viro a cabeça e a vejo farejando em meio às árvores, justamente onde estávamos. Tem a altura de um cavalo, mas é muito mais letal, a julgar pelas presas para fora da boca pingando veneno e as inquietantes pupilas brancas e leitosas que a fazem parecer possuída.

— Cayden, me solta — murmuro, mas ou ele não me ouve por causa da correnteza, ou se recusa. — Precisamos nos esconder da fera.

A criatura vai nos ver se sairmos do rio, e com isso toda essa fuga não serviria para nada. Não vou deixá-lo morrer só para me proteger do frio, e chuto seu peito com força. A dor repentina o desequilibra, e a água congelante me cerca. Eu engasgo sob a superfície, engolindo um belo bocado

355

enquanto tento despertar meus reflexos embotados. A água perfura meu corpo como milhares de agulhas, ferindo cada pedacinho de mim e me levando à loucura.

– Puta que pariu, mulher. Você é suicida? – ele esbraveja, envolvendo meu corpo com o seu e colocando o meu rosto no seu pescoço.

– S-se esconde.

Ele muda nossa posição, ficando de costas para a correnteza e encontrando abrigo atrás de um aglomerado de pedras. Nossos corpos tremem juntos, o dele mais ainda agora que estamos imóveis e encharcados.

– Eu ia atravessar você pra que pudesse ir na frente. – Apesar da raiva, há certa ternura no seu desespero. – Você está com um ferimento na cabeça. O frio vai piorar qualquer vertigem que venha a sentir.

– Ir na frente? – Minha voz treme. – Pra onde?

– Me acompanha com esses seus olhos bonitos, El. – Cayden passa a mão nas minhas costas e volta a falar quando constata que estou escutando e entendendo. – Tem um vilarejo ao norte daqui. Corra até lá sem olhar pra trás.

Faço que não com a cabeça, me segurando com mais força ao seu pescoço.

– Não me pede pra fazer algo que você não faria.

– Eu sempre vou encontrá-la. – Ele põe a mão gelada no meu rosto. – Você precisa seguir em frente. Não deixe sua chama se apagar. Você tem seus dragões, mas pra mim tudo não passa de um grande vazio se não tiver você.

Tentei por vários meses me convencer de que ele era só uma distração, mas distrações não deveriam me manter acordada à noite, me perguntando se está tudo bem com elas. Eu não deveria desejar me perder em uma distração.

– Nós vamos lutar juntos ou fugir juntos. Eu não vou deixar você. – Colo minha testa à sua. – Arremessa uma faca o mais longe que puder pra distrair a fera, e vamos juntos pra esse vilarejo.

Me solto dele e fico em pé sobre o leito gelado do rio, sentindo a água subir acima dos ombros. Cayden tira uma faca da coxa, olhando feio para mim, incrédulo, como se estivesse ao mesmo tempo adorando e odiando o fato de que me recuso a abandoná-lo. Em silêncio, ele arremessa a faca, sabendo que tentar discutir só vai nos fazer ficar mais tempo na água. Entrelaçamos nossos dedos e saímos do rio o mais depressa possível. Sinto um latejar na perna, na cabeça e nas costas, mas não deixo que isso me impeça de entrar na floresta de Etril.

– O vilarejo é longe? – pergunto, batendo os dentes e lutando para ficar em pé.

– Uns oito quilômetros.

Não pergunto como ele sabe da existência desse vilarejo misterioso e me concentro em chegar. Se fosse um lugar mapeado, Ailliard teria me levado para lá quando fugimos de Imirath. Confio em Cayden para me guiar pela floresta, principalmente quando as árvores começam a ficar borradas. Não é à toa que quase ninguém mora aqui, ou que existe o boato de que é a morada da Deusa das Almas. As árvores, as mais altas que já vi, se distribuem em fileiras quase perfeitas, e não há sinais de vida, apenas o assobio terrível do vento.

Uma onda de vertigem me atinge, e paro um pouco para recuperar o equilíbrio, apoiando a mão em um tronco, só percebendo que o galho mais baixo arranha minha perna ferida quando é tarde demais. Fecho os olhos e faço o possível para afastar a visão instável do mundo.

– O que foi, querida? – murmura Cayden, ficando de joelhos à minha frente, verificando com cuidado o corte na minha perna.

– Só estou um pouco zonza, como era de se esperar. – Me obrigo a abrir os olhos, soltando um gritinho de surpresa quando ele me pega no colo e recomeça a corrida. – Eu posso correr sozinha. Já estou melhor.

– O calor humano vai ajudá-la até podermos parar pra tomar banho – ele responde.

Eu me aninho mais próxima, ciente de que perderia essa batalha assim como ele perdeu a outra no rio, e deixo que me carregue pelo resto do caminho na floresta.

Voltamos a ficar em silêncio enquanto Cayden corre, e seus batimentos me embalam a um estado de semiadormecimento de que só saio quando ouço um cavalo bufando ao atravessarmos o vilarejo. É um lugar decadente e dilapidado. Luzes quentes escapam das pequenas casas de pedra com telhado de palha, e há construções que parecem inabitáveis. A neve recobre o vilarejo como açúcar de confeiteiro em um bolo, caindo do céu onde as silhuetas de dragões se misturam com a escuridão. O comandante atravessa uma rua de terra vazia, com os olhos fixos na hospedaria.

– Como você sabe que este lugar existe?

– Foi aqui que eu nasci. – Seu desconforto é visível, e o incomoda mais que o frio. Ele hesita, mas me põe no chão antes de entrarmos, e meus joelhos ficam bambos com a súbita proximidade do calor. As mesas e os banquinhos do balcão estão cheios de gente bebendo de suas canecas e fumando cachimbo. Cayden atrai o olhar do homem atrás do balcão, que joga o pano de prato sobre o ombro largo e faz um aceno positivo em nossa direção. – Vai ficar perto do fogo. Eu não demoro.

Me aproximo da lareira e levanto as mãos trêmulas à minha frente, tentando não cair enquanto chego o mais perto que posso das chamas. O calor entra pelas minhas botas encharcadas, proporcionando um pouco de sensibilidade aos meus dedos dormentes.

– Eu posso esquentar você, amorzinho – diz uma voz masculina de uma das mesas. Seu amigo dá um tapinha em suas costas e olha para ele como se fosse o responsável por pendurar as estrelas no céu.

Contraio os lábios. Essa é a penúltima preocupação que tenho no momento, sendo a primeira os soldados de Imirath.

– Acho que eu não aguentaria o seu cheiro.

– Eu gosto de mulher brava.

Ele se levanta, sob os olhares ansiosos dos amigos. Estreito os olhos e alinho os ombros, pronta para lançar outro insulto, mas um par de mãos me pega pela cintura.

– Eu também – afirma Cayden, encarando o homem por cima da minha cabeça. – Ele estava perturbando você?

– Foi só uma brincadeira.

O homem começa a recuar.

– Ela está rindo, por acaso? – questiona Cayden. – Experimenta dar em cima dela de novo, e a última coisa que verá é uma faca voando para o meio da sua testa. Adoro esse instinto violento dela, sabe, e não me incomodo de limpar a sujeira depois.

Cayden não espera pela resposta e me afasta do fogo, me conduzindo por alguns degraus até o quarto. É um lugar simples e charmoso, sem frescuras, com apenas uma cama, da qual me obrigo a desviar os olhos. Ouço o som de água no cômodo ao lado enquanto a serviçal prepara o banho que Cayden deve ter pedido, e vou até o fogo recém-aceso. Começo a soltar as fivelas e os nós do meu traje de couro e quase deixo escapar um gemido ao sentir o alívio da pressão sobre meus hematomas. Cayden faz o mesmo, dando um passo além e tirando também a camisa.

Deuses, como eu vou *dormir* ao lado de um homem assim? Além disso, nós não temos uma troca de roupas. Enquanto desamarro as botas, me pergunto como vai ser quando seu corpo musculoso se colar ao meu, mas o frio na minha barriga logo se transforma em irritação ao ver a serviçal saindo da sala de banho e olhando para Cayden com coraçõezinhos estampados nas íris. Fico em pé e me coloco à sua frente, e ele não esconde o sorriso enquanto acaricia meus quadris.

Ela desvia os olhos e se dirige à porta, murmurando:

– Já encerrei por hoje, e não tem mais ninguém aqui pra esquentar a água. O jarro na prateleira é abastecido todas as manhãs, pra higiene matinal.

– Você primeiro, demônio – digo.

– Sem chance. Jogo você na banheira se for preciso, e não vou ser gentil.

– Eu não quero que seja. – Minha respiração fica presa na garganta quando vejo que ele faz uma pausa enquanto desamarra as botas. – Só entro se você entrar comigo.

Ele me olha, e me pergunto se está se recordando da ocasião em que se ajoelhou à minha frente.

– Tem certeza?

Estou queimando de desejo, apesar do frio.

– Tenho.

CAPÍTULO
QUARENTA E TRÊS

O vapor nunca pareceu tão convidativo, e rapidamente me afundo na banheira antes de abrir lugar para Cayden entrar logo atrás de mim. A água sobe até a borda com sua presença, mas olhar para ele é tentador demais, então me concentro em tirar os grampos e as pérolas com que Saskia enfeitou meu cabelo.

– Precisa de ajuda? – ele pergunta quando percebe que estou com dificuldade.

Solto um suspiro.

– Saskia caprichou bastante.

Ele começa a remover cuidadosamente as pérolas, passando os dedos pelo meu cabelo para desfazer os diversos nós.

– Adoro seu cabelo. – Seu tom parece... tímido. – Não importa como esteja.

Eu também fico um pouco tímida.

– Você tem algum penteado favorito?

Ele passa um dedo pelas minhas costas, me provocando um calafrio.

– Quando trança a parte de cima, enfeitando com flores, e deixa alguns cachos pra emoldurar o rosto. Você está sempre linda, mas... – Cayden se interrompe, rindo baixinho, e sou capaz até de ver as covinhas se aprofundando quando ele sacode a cabeça. – Posso lavar pra você?

Assinto com a cabeça, por não confiar na minha voz. Seus dedos começam a massagear meu couro cabeludo antes de cobrir meu cabelo com um cheiro leve e limpo de sabão. Ele é cauteloso, desmanchando os nós sem puxar com força demais, e é estranho pensar que arrebentou essas mesmas mãos várias vezes para me defender. Meus braços amolecem enquanto relaxo, curtindo a sensação de ser cuidada como nunca fui. Mas seus dedos se detêm, e suas pernas ficam tensas ao meu lado. Sem olhar para baixo, passo a mão pelo corpo, respirando fundo quando pressiono um machucado.

Cayden segura meu pulso com a mão ensaboada.

– O que aconteceu?

O afeto que senti de Sorin me abandona, e só o que resta é a vergonha. Cayden inclina a cabeça e enxágua meu cabelo enquanto tento encontrar palavras.

– Os dragões não ficaram muito felizes quando me viram. Me encararam como se eu fosse uma ilusão e tentaram comprovar que eu era real, mas... – Limpo a garganta contraída e começo a mexer no meu pingente. – Posso lavar o seu cabelo agora?

– Não precisa fazer isso – ele responde. – Mas você pode, se quiser.

Olho por cima do ombro enquanto ajoelho entre suas pernas, desaprendendo a respirar por um instante. Já vi seu peitoral muitas vezes antes, mas duvido que algum dia vou me acostumar com sua beleza. As cicatrizes cor-de-rosa, brancas e vermelhas se destacam contra a pele oliva, e as estrelas se espalham pelas costelas acima da superfície da água. Ele passa as mãos nas laterais do meu corpo quando me acomodo, e me encara como se não houvesse mais ninguém que quisesse à sua frente neste momento... como se não existisse mais ninguém no mundo além de mim.

Seu peitoral sobe e desce num ritmo inconstante enquanto ele me observa, passando a língua pelos lábios devagar e concentrando o olhar no meu peito.

– Linda – murmura, mais para si mesmo do que para mim. – Você é a encarnação da beleza.

Ele se afasta da borda da banheira, para eu poder lavar seu cabelo sem derramar água no chão. Sua ereção cutuca minha barriga, e mordo a boca para impedir um gemido de escapar, mas Cayden segura meu rosto e com o polegar afasta com cuidado meu lábio dos dentes. Seu hálito aquece minha boca, e sua mão na minha coxa me esquenta por inteira. Coloco uma mão no seu peito e molho um pouco o corte em seu bíceps e o outro sob o olho.

– Conversa comigo, querida. – A ternura em seu tom intensifica minha reação a ele.

– Os dragões se acalmaram quando perceberam que eu não era uma ilusão – começo, erguendo seu queixo para jogar um pouco de água em seu cabelo. Poderia passar horas cuidando de suas mechas macias e onduladas. Cayden fecha os olhos, e me pergunto se alguém já cuidou assim dele, e em um acesso de egoísmo torço para ser a primeira. – Mas o método de verificação deles foi me golpear com a cauda.

Ele abre os olhos, e toda a expressão pacífica desaparece do seu rosto enquanto examina os hematomas.

– Por favor, não os julgue por isso. Eles sofreram demais. É um pequeno preço a pagar. – As lágrimas escorrem dos meus olhos, e logo as enxugo. – Sei que você não vai concordar, então não precisa dizer nada, mas eu mereço essa dor.

– Não, El. *Não*. – Ele suspira, se inclinando para encostar a cabeça na minha barriga, ainda acariciando meus flancos. O hematoma à direita vai do peito ao umbigo, e o da esquerda tem mais ou menos metade do tamanho. Ele me puxa para baixo gentilmente, me sentando entre suas pernas de novo, e se inclina para a frente para beijar minhas lágrimas. – Você não merece essa dor.

– Deuses. – Eu forço uma risada. – Desculpa por ficar assim de novo.

– Escuta só. – Ele se inclina para trás e segura meu rosto entre as mãos. – Ser capaz de suportar a dor não quer dizer que mereça sofrer.

– Às vezes eu me sinto tão culpada... – Provo o gosto salgado das lágrimas. – Por sobreviver.

– Eu entendo. – Ele estende o braço sob a água para segurar minha mão, que põe no seu rosto rasgado pela cicatriz. – Mas agora eles estão livres, não apenas sobrevivendo. Estão voando por aí.

Eu sorrio, me virando para a janela embaçada, me sentindo mais leve por saber que meus dragões estão no céu ali por perto.

— Por quanto tempo você me procurou, exatamente?

— Procurei por você em todo lugar que ia, desde que me entendo por gente. — Ele passa uma das mãos pelo cabelo molhado antes de acariciar meu braço. — Vi você uma vez quando era criança, no último festival de solstício de verão antes do seu aprisionamento.

Fico boquiaberta.

— A gente se conheceu quando era criança?

— Deuses, não. Eu era só um plebeu. Quebrei o pulso caindo de um telhado, de onde estava tentando vê-la melhor. Você estava de vestido roxo, com dragões pousados nos braços, dando pão de mel pra eles, sozinha no seu próprio mundo, e eu queria fazer parte disso. — Ele ri, e o som de sua felicidade me aquece por dentro como raios de luz dourada. — Até obriguei minha mãe a me ensinar a receita do bolo de mirtilo que me fez de aniversário, pra conquistar sua amizade.

Me inclino para a frente, passando as mãos por suas ondulações molhadas enquanto imagino uma versão mais jovem de Cayden em pé num banquinho, com o rosto sujo de farinha e mirtilos na mão.

— Bom, eu provavelmente ia gostar muito mais de você se me levasse um bolo na floresta, em vez de me amarrar numa árvore.

— Ia nada. Eu quase coloquei fogo em casa tentando fazer o bolo. — Ele põe a mão no meu quadril de novo. — Anjo, você é a doença que atormenta os meus pensamentos, e eu não tenho a menor intenção de encontrar a cura.

— Mas todo mundo pensava que eu era um fantasma — respondo, incrédula.

— Eu nunca disse que você era fácil de encontrar. — Ele acaricia o meu rosto com as costas dos dedos. — Durante o meu período de trevas, você foi uma luz. Quando fiquei mais velho, seu poder passou a ser um grande atrativo, verdade, e eu não tinha a menor intenção de me apaixonar, mas agora nos conhecemos, e você é... tudo. Às vezes olho pra você e penso que estou sonhando, mas sei que é impossível, porque nunca teria conseguido imaginar alguém assim.

Suas palavras fazem meu coração disparar, e eu bem que gostaria de descrever esse sentimento, mas nunca experimentei nada parecido na vida. Ele me transporta para um lugar onde ninguém mais é capaz de me levar, e adoro quem sou quando estou lá. Pressiono os lábios sobre sua cicatriz e vou descendo, saboreando a sensação da sua pele na minha boca. Seu coração está acelerado sob minhas mãos, e ele enrosca os dedos no meu cabelo, me mantendo perto de seu corpo quando termino.

– Você é um homem bom, Cayden Veles. Bem melhor do que a maioria, apesar de não acreditar.

– Não fala isso – ele murmura.

– Por quê?

Seus olhos estão cheios de desejo, mas as palavras que diz as seguir deixam meus nervos à flor da pele.

– Eu segui você até Aestilian.

– *Não*. Você não fez isso. Eu não te ouvi. Eu teria... – Sento na banheira e cubro o peito com o cabelo. – Eu teria ouvido se me seguisse. Eu não entendo.

– Eu era o assassino de aluguel mais bem pago de Vareveth justamente pela minha capacidade de me mover em silêncio. – Seu tom de voz é calmo, gentil. – Não revelei a localização pra ninguém, e nem uma alma viva soube que estive lá.

As gotas de água que caem do meu cabelo para a banheira preenchem o silêncio, e quando percebo sua ausência de remorso comento:

– Você não está arrependido.

– Não consigo – ele confessa. – Eu te perdi depois daquele festival, e me recusei a cometer o mesmo erro outra vez. Você sempre foi a única pessoa por quem achei que valia a pena me arriscar. Se sumisse nas sombras depois de ter reencontrado seu rastro, *esse* seria o meu maior arrependimento.

Durante todo esse tempo, pensei que ninguém tivesse se incomodado quando desapareci. Até as tentativas de assassinato eram infrequentes, e pararam anos atrás. Imaginei que minha existência fosse insignificante como um floco de neve caindo na terra, derretendo e desaparecendo sem deixar vestígios. Mas, por toda a vida de Cayden, eu permaneci em sua mente, independentemente do que tenha mudado.

– Se ninguém sabe que você me seguiu, por que está me contando? – Minhas palavras saem como um murmúrio rouco.

– Você me arruinou por esta vida, a próxima e pelas que virão depois. – Seus lábios grossos se contraem num meio-sorriso, e seu maxilar permanece cerrado enquanto os olhos esmeralda me observam com intensidade. – Me perdi irrevogavelmente em você, a única coisa que quero pra mim. Sou capaz de ferir qualquer um por você, inclusive eu mesmo. – Ele se inclina para a frente para me dar um beijo no rosto e se agarra à borda da banheira quando recua. – Sei que não é pouca coisa, e que deve estar desorientada depois de ouvir tudo isso. Vou dar um tempo pra você pensar.

Seguro seu pulso antes que ele tenha tempo de sair.

– Eu não quero tempo nenhum. – Nós já sofremos o suficiente. Eu o levaria amanhã mesmo para Aestilian, se tivéssemos tempo para isso. E teria feito a mesma coisa em seu lugar. Além disso, Cayden abriria mão de sua própria felicidade para não ter que esconder isso de mim. – Quero você, o homem que encarou circunstâncias impossíveis e nunca desistiu de mim.

Seguro seus ombros e cubro seus lábios com os meus. Ele permanece imóvel, mas se derrete quando passo os dedos por seu cabelo e envolvo seus quadris com as pernas. Cayden me beija devagar, e as reverberações se espalham por todo o meu corpo. Ele causa um incêndio dentro de mim e me faz perder a cabeça. Anseio por ele enquanto me contorço em seu colo, desesperada para sentir algum atrito, e esfrego os quadris nos seus.

Talvez sempre tenhamos sido inevitáveis.

O beijo ganha um sentido de urgência. Percebendo meu desejo, sem interromper o beijo, Cayden se levanta da banheira com minhas pernas ainda envolvendo sua cintura. Eu o abraço com mais força e me pressiono contra seu peito, desfrutando da sensação de tê-lo colado a mim sem nada entre nós. Ele me põe na cama e descola a boca da minha para passar os lábios pelo meu pescoço, parando nos pontos sensíveis que sabe que eu adoro. Arqueio as costas e cruzo os pés atrás de suas costas para puxá-lo mais para perto, mas ele não se move.

— Preciso sentir seu gostinho de novo. — Ele nos vira e se deita embaixo de mim. — Assuma seu trono, princesa. — Tento ir mais para trás para montá-lo, mas ele me segura pelo quadril. — Senta na minha cara.

— N-na sua cara? — gaguejo. — Como você vai conseguir respirar?

— Respirar não é minha maior prioridade no momento. — Ele me puxa mais para cima, segura minha cintura com força e me leva à sua boca. Seguro meu grito de alívio, mas ele afasta minha mão de apoio e a prende junto ao meu corpo. — Não falei pra agachar — ele rosna. — Falei pra *sentar*.

Minhas pernas se abrem em torno de sua cabeça, e ele solta um grunhido de aprovação, me acariciando com reverência. Seus olhos se reviram quando sente meu sabor, e me agarro à cabeceira da cama para não cair. Fico me contorcendo em cima dele, incapaz de conter os gritos de prazer enquanto ele me proporciona tudo de que preciso e um pouco mais. Minhas coxas tremem violentamente, e Cayden remexe meus quadris para a frente e para trás, amplificando ainda mais meu prazer.

— Maravilhosa, é assim mesmo — ele rosna quando começo a mover os quadris como me mostrou. Em seguida agarra meus seios, e jogo a cabeça para trás, gemendo seu nome. Minha vontade é de me render completamente a ele e nunca mais abandonar esse prazer.

— Não vou comer você enquanto não gozar na minha boca.

Ele acelera o ritmo, sentindo que estou quase lá. Envolve meu clitóris com os lábios e faz um movimento de sucção enquanto solto um grito que me faz temer que alguém apareça para ver se está tudo certo. Em vez de se contentar com isso, ele continua me torturando até eu abrir mão de qualquer autocontrole, me esfregando na sua cara e buscando o clímax que só ele é capaz de me proporcionar. Eu desmorono gritando seu nome enquanto Cayden me faz esquecer de mim, e só nos vira quando se certifica de que já terminei.

Sua risadinha sombria dança pela minha pele enquanto ele beija minhas coxas, os hematomas no meu tronco, meu pescoço e, *enfim*, meus lábios. Não existe nenhum traço de arrogância em seus olhos quando se inclina para trás, apenas desejo e afeto. Levanto uma mão trêmula até seu rosto, e ele aceita a carícia, inclinando a cabeça para beijar minha palma.

– Ainda está tudo bem, linda?

Me inclino para beijá-lo e sussurro:

– Está.

Ele acomoda os quadris entre minhas pernas e cola a testa à minha.

– Nunca fui religioso, mas vou idolatrar você a ponto de fazer inveja aos deuses.

Cayden brinca com a minha entradinha, passando o pau para cima e para baixo enquanto cravo as unhas nos seus ombros e o puxo mais para perto, cansada dessa provocação torturante. Respiro fundo quando ele começa a me penetrar, pois preciso de tempo para me ajustar a seu tamanho. Ele grunhe e agarra os lençóis ao lado da minha cabeça, colando seus lábios aos meus quando solto um suspiro.

– Não para – eu imploro.

Ele remexe lentamente os quadris contra os meus.

– Nós vamos fazer caber. Pode deixar comigo, anjo, relaxa.

A dor se dissolve em prazer, e em pouco tempo estou gemendo sem parar embaixo dele. Quanto mais molhada fico, mas profundas são suas estocadas, acompanhadas de palavrões e elogios enquanto ele se puxa para fora para esfregar o pau no meu clitóris e o enfia de novo em seguida. Começo a mover os quadris contra os seus, querendo proporcionar tanto prazer quanto estou sentindo. Ele me penetra com mais força e rapidez, e envolvo sua cintura com as pernas para fazê-lo vir mais fundo.

– Mais forte – peço com um gemido, porque sei que ele ainda está se segurando, com medo de me machucar.

Mas Cayden obedece, e juro que vejo estrelas caindo do teto.

– É assim que você quer ser comida, linda? – Ele fica de joelhos, levanta meus quadris e começa a estocar com força. – Quero que responda quando pergunto alguma coisa, El. Então me fala... estou realizando as fantasias que você tem à noite, quando a ouço gemendo meu nome no travesseiro?

Solto um suspiro de susto, mas estou envolvida demais pelo prazer para sentir qualquer tipo de vergonha.

– Você ouviu aquilo?

– Me masturbei pensando nisso. – Ele sorri. – Você imaginou que ia ficar assim, comigo inteiro dentro, como a rainha gananciosa que é?

– Sim – respondo com um gemido, amplificando meu prazer ao imaginá-lo acariciando seu pau para mim. – Fiquei com raiva por me deixar com tanta vontade.

– Que princesa safadinha. – Ele tira de dentro de repente e me vira de bruços. – Eu devia ter aberto suas pernas e dado o que você estava pedindo.

Não consigo nem contar quantas noites meu desejo por ele me impediu de dormir, me virando na cama sem parar até desistir e dar um jeito eu mesma no latejar que sentia no meio das pernas. A vontade de atravessar os aposentos e ir para a cama dele era avassaladora, e acho que nunca mais vou conseguir me segurar agora que sei como é, melhor que qualquer coisa que eu poderia imaginar.

Arqueio as costas para ele, apoiando o rosto no colchão, e abro bem as pernas, com os quadris para o alto. Ele se masturba um pouco, me observando com um olhar cheio de tesão.

– Você é tão boazinha comigo, querida.

Não deixo o colchão abafar meus gemidos quando ele me penetra de novo, e a cabeceira se choca contra a parede a cada estocada forte. Cayden agarra minha bunda e se inclina para a frente para enroscar os dedos no meu cabelo e puxar minhas costas contra seu peito.

– Deuses! – grito quando ele enfia a mão entre as minhas pernas e me acaricia.

– Não são os deuses que estão aqui neste quarto. Sou eu. Então trata de gritar o meu nome, ou fica quieta. Nenhum deus ou homem vai ser capaz de te foder como eu.

Seu tom é enlouquecido e voraz, e Cayden solta um gemido grave quando me aperto em torno dele. Levo a mão ao seu rosto e puxo sua boca para a minha.

– Eu só quero você e mais ninguém – confesso.

Ele abaixa a cabeça e passa a língua no meu pescoço antes de me virar de novo e me puxar pelas coxas, ajoelhar e continuar as estocadas, me mantendo em seu colo enquanto movimenta meu corpo no seu pau. Manchas brancas dançam no meu campo de visão com o atrito adicional.

– Eu sou seu – ele resfolega, entrando mais fundo. Sua boca encontra meu ponto sensível de novo, e me comprimo toda ao redor dele ao chegar ao ápice, arrastando as unhas nas suas costas. Isso o faz chegar lá também. Nossos lábios colidem com tanta força que mal chega a ser um beijo. Ele se senta sobre os calcanhares e encosta a testa suada no meu ombro. – Porra – murmura.

Eu dou risada.

– Exatamente. Porra.

Ele me põe na cama, me olhando nos olhos para se certificar de que estou bem quando sai de dentro de mim. Um sorriso preguiçoso aparece nos meus lábios antes de beijá-lo de novo, gemendo baixinho quando relaxa no meu abraço.

– Entra debaixo das cobertas enquanto eu penduro suas roupas em frente ao fogo – ele diz e vira as costas.

Faço um ruído de protesto e tento agarrá-lo, mas ele ri baixinho e estende o braço para tirar minhas mãos de seu pescoço, beijando ambas as palmas. E quando volta e se deita com a cabeça apoiada na mão, sinto minhas pálpebras pesadas.

– Eu nunca vou perder você de vista.

– Você não devia dizer isso como se fosse uma ameaça.

Solto um suspiro quando ele se abaixa para beijar meu pescoço.

– Parece mesmo uma ameaça. – A confusão estampada no rosto dele me faz rir. – Eu não entendo esse sentimento.

– Calma, demônio. Isso é novidade pra mim também.

– É enlouquecedor, mas não quero parar – ele murmura quando se deita ao meu lado, me puxando para junto do seu peito e me envolvendo nos braços como se estivesse com medo de que alguém fosse me roubar dele enquanto dorme.

Beijo suas cicatrizes e as estrelas que pontilham sua pele enquanto ele brinca com o meu cabelo. É estranho me sentir assim, completamente contente, e é difícil acreditar que não estou sonhando. Eu me sento na cama, beijando a cicatriz do seu rosto de novo, alternando o olhar entre o antigo ferimento e seus olhos.

– Você me conta mais sobre isso?

Suas mãos param um pouco de acariciar meu cabelo, mas logo em seguida retomam o movimento.

– O que você quer saber?

Comprimo os lábios, mas não desvio o olhar.

– Foi culpa de Garrick? – Ele continua enrodilhando os dedos no meu cabelo, mas não responde. A chuva bate na janela, e o fogo estala na lareira, mas seu silêncio faz com que eu me sinta culpada. – Eu não devia ter perguntado.

– Tudo bem – ele diz num tom gentil. – Você está me perguntando coisas que ninguém nunca perguntou, então preciso de um tempinho pra encontrar as palavras certas.

Ele respira fundo, passando as mãos nas minhas costas.

– Meus pais viviam na clandestinidade, mas minha mãe ia a Imirath pra ver as amigas de vez em quando. E às vezes me levava junto. – Ele limpa a garganta, e eu continuo passando os dedos em seu peito. – Ela deve ter sido reconhecida por um guarda enquanto me procurava na feira, porque os soldados de Imirath apareceram na nossa casa naquela noite.

Cayden se levanta da cama e enrola um cobertor na cintura antes de me pegar pela mão e me levar até a janela. Jogo um cobertor nas costas e me recosto nele quando seus braços me envolvem pela cintura.

– Eu digo *casa* por questão de costume, porque só era um lar mesmo quando meu pai não estava lá. – Ele aponta para o que parecem ser as ruínas de uma cabana em meio às árvores. – Eles abriram um corte no meu rosto quando matei um soldado... disseram que era um lembrete pra saber quando desistir de lutar. – Eu me viro em seus braços e levo a mão ao seu rosto. Cayden se encolhe um pouco antes de relaxar contra a minha palma. Me lembro de nossa conversa depois da infiltração em Kallistar... ele só tinha 11 anos. – Desculpa a falta de eloquência, é que estar aqui de novo é como... Eu nunca conversei sobre esse dia.

– Não precisa ter pressa, Cayden – digo, e ele me dá um beijo na cabeça. – Você conseguiu se despedir dela?

– Não, eu... – Ele sacode a cabeça. – Com certeza o pessoal do vilarejo acendeu uma pira pra cremação dela, mas eu não estava aqui pra ver.

– Você gostaria de ter um ritual de despedida? – questiono, me obrigando a não perguntar para onde ele foi depois desse dia trágico. A confusão desaparece do seu rosto quando volta a olhar para as árvores, e ele assente.

– Tem certeza de que não quer dar uma olhada lá primeiro? Eu posso ir junto.

– Não tem mais nada pra mim lá. Os soldados de Imirath puseram fogo na casa, mas não conseguiram destruir tudo, e os saqueadores devem ter levado o que sobrou.

Eu me viro para a janela e vejo o brilho dourado nos meus olhos no reflexo do vidro enquanto convoco Venatrix. Não consigo vê-la em meio à tempestade e à escuridão, mas seu fogo chega em questão de segundos, queimando o que restou da casa da infância de Cayden enquanto ele me abraça. Continuamos em silêncio, e passo os dedos pelos seus antebraços, apoiando a cabeça no seu bíceps até ele me virar e segurar o meu rosto entre as mãos.

– Nós dois carregamos o peso do passado, a diferença é que minhas cicatrizes não são tão visíveis – murmuro. – E sou tão grata por você ter sobrevivido.

– Todas as suas partes, cada cicatriz, visível ou não, são maravilhosas pra mim.

– Posso plantar alguma coisa lá pra ela na primavera, caso queira voltar – ofereço.

– Planta um jardim na minha casa em vez disso – ele responde. – Ela não ia querer ser lembrada num lugar assim, e as flores te deixam feliz. Ficar longe de você é difícil demais pra mim, e não quero deixar de dormir ao seu lado nunca mais.

Eu enrubesço.

– Vou precisar de ferramentas.

– Combinado. – Ele roça os lábios nos meus. – Eu arranjo um jeito de dar as estrelas de presente pra você, se for esse o seu desejo. Você pode ter tudo o que quiser, querida.

Ele me beija, e a única coisa em que consigo me concentrar é em entrelaçar nossos corpos de novo. Tudo é lento, inebriante e terno. Ele acaricia minhas coxas e murmura palavras carinhosas contra a minha pele. Nunca me senti tão apreciada, e me pego rezando em silêncio para que a lua seja gentil e nos conceda mais alguns momentos antes de amanhecer.

CAPÍTULO
QUARENTA E QUATRO

Uma rajada de vento sacode as janelas, me despertando. Estendo o braço, esperando encontrar Cayden ao meu lado, mas sinto só um espaço frio e vazio no colchão. Olho para a lareira, onde um novo pedaço de lenha estala e aquece o quarto, mas suas roupas não estão aqui.

– Cayden? – chamo, detestando a vulnerabilidade que sinto quando não obtenho uma resposta, e dou um gole de água para aliviar o ardor na garganta.

Ouço passos subindo os degraus, e ignoro a dor nas costelas para pegar uma faca na mesinha de cabeceira. A porta se abre com um rangido, e Cayden arqueia uma sobrancelha quando me vê assim, enlouquecida.

– O sexo foi tão ruim assim?

Ele fecha a porta com o pé e coloca a bandeja do café da manhã sobre a mesa, joga dois mantos sobre uma cadeira e larga um saco de aniagem no chão. Claramente, andou ocupado...

– Terrível. Absolutamente horrendo.

– É mesmo?

Ele lambe os lábios enquanto segura o meu rosto entre as mãos. Sua proximidade acalma meus nervos e desperta algo lascivo em mim.

Estendo o braço para pegar seu cinturão e puxá-lo mais para perto.

– É.

Ele ergue meu queixo e abaixa a cabeça para me beijar. Comprimo as coxas uma contra a outra quando sua língua entra na minha boca, me acariciando e provocando. Sinto um frio na barriga e me jogo em seus braços, mas nesse momento ele afasta a boca da minha e fica sorrindo para mim, todo presunçoso.

– Sempre um demônio. – Olho feio para ele. – O que tem no saco?

– Maçãs, anjo. – Ele sorri, me pegando nos braços e me colocando no colo, balançando um copo de café com um toque doce de xarope na frente do meu rosto. – Nós temos planos pra depois do café da manhã.

***

Saímos da hospedaria depois que Cayden paga a conta, e ele aponta para um par de cavalos amarrados perto da entrada.

– Pelos deuses! Cayden Veles, o estimado comandante de Vareveth, agora rouba cavalos? – Pulo sobre uma sela e tomo as rédeas. – Uma noite comigo e sua moral imaculada já está corrompida.

Ele olha por cima do ombro e dá uma piscadinha.

– Minha alma é sua pra você corromper o quanto quiser, querida.

Ele nos conduz pelo arvoredo atrás da hospedaria, sem olhar para trás, para as ruínas da casa de sua infância, quando deixamos o vilarejo. Espero que tenha visto as chamas como uma forma de virar a página. Viver com uma perda assim é como ter uma ferida mal cicatrizada, que nunca se cura e sangra quando você menos espera. Uma vegetação luxuriante se ergue quando deixamos Etril para trás, e fico admirada com a vista quando dou uma guinada à esquerda com Cayden.

Montanhas rochosas e nevadas se estendem diante de mim, fazendo com que me sinta como um grãozinho de areia diante da grandeza do mundo. O desfiladeiro coberto de neve a que Cayden me trouxe chega ao seu ponto mais alto logo antes de um declive íngreme, sob a qual está o lago mais azul que já vi. Respiro fundo, acreditando convictamente que o simples fato de estar na natureza é capaz de nutrir a alma.

— Convoque os dragões — pede Cayden, deixando o saco de maçãs aos meus pés. — Você disse que leu num livro que eles gostam de frutas, então peguei isso no estábulo.

— Nada de pão de mel?

— Desta vez não, querida.

Eufórica, solto um gritinho e pulo em seus braços despreparados para me segurar. Ele cambaleia um pouco até se recuperar, me abraçando e rindo.

— Obrigada — digo, beijando seu rosto.

Me ajoelho na neve, mas só faço alguma coisa quando uma sombra surge na frente do desfiladeiro, como vapor subindo de uma chaleira. O olhar dourado de Calithea recai sobre mim quando ela pousa na beirada do desfiladeiro e mexe no saco de maçãs com o focinho, batendo as patas no chão de empolgação e jogando neve lá para baixo com isso. Olhando para aquela dragoa, me lembro de como era miudinha e engulo a tristeza que surge por todos os anos que perdemos.

— Ainda não, fofinha. — Levanto o saco nos braços, mas sua língua bifurcada aparece para roubar uma maçã caída no chão. — Calithea!

Ela engole a fruta em uma bocada antes de mergulhar no abismo, angulando as asas com pontas brancas enquanto chama os demais. Eles aparecem em um instante, com suas escamas de cores vibrantes parecendo ainda mais lindas com o pano de fundo da paisagem invernal. As marcas em rosa e dourado nas costas de Venatrix brilham sob o sol da maneira como ela sempre quis.

Delmira é a segunda a pousar na minha frente, e passo a mão em suas escamas azul-celeste. Suas marcas são espirais e têm cor de girassol no peito e nos tornozelos. Ela me rodeia e decola quando jogo uma maçã para o alto.

Meu coração vai juntando seus cacos na presença deles, e o vínculo se fortalece no meu peito como se houvesse um ferreiro lá dentro cunhando as peças necessárias para nos unir. Nossas almas foram forjadas nas mesmas chamas; nada é capaz de me separar deles. Uma coisa é sonhar com dragões, vê-los dançar é outra bem diferente. Sorin é todo verde-esmeralda com asas e chifres de pontas pretas, girando no ar com Basilius, o único dragão sem nenhuma marca. Ele é cor de lavanda da ponta da cauda ao focinho.

Jogo uma maçã o mais longe que consigo, vendo-os zunir pelo ar colados no rastro de Venatrix, que a apanha. Bato palmas, incentivando-a quando faz um giro mais alto que os dos demais. Cayden ri atrás de mim, sentado junto a uma árvore e acompanhando o espetáculo. Sorin pega a segunda maçã e cola sua testa à de Venatrix, com os olhos verdes cheios de presunção.

Enquanto os dois continuam sua guerrinha particular, cheia de empurrões e guinchos agudos, me certifico que Delmira, Calithea e Basilius também peguem várias frutas. Quando percebem que sua mesquinharia os está privando de guloseimas, decretam um cessar-fogo e voltam para a brincadeira. Continuamos até o saco esvaziar, mas eles não param de voar e girar no ar, dando rasantes no lago antes de baterem as asas e subirem de novo com enguias penduradas na boca. Bem... todos menos Sorin, que dá um grito quando Venatrix joga uma em seu rosto e cola a testa à minha, aborrecido.

Não imaginei que o rosto dos dragões pudesse expressar tantas emoções.

Tento me arriscar a montar em suas costas, mas ele recua. Perceber a incerteza em seu olhar me dá uma pontada no coração, mas abro um sorriso para tranquilizá-lo e acaricio seu pescoço. Vou voar quando estiverem prontos, e enquanto isso me satisfaço em me sentar ao lado de Cayden e apoiar a cabeça em seu ombro conforme os observamos.

– Se existe alguém capaz de transformar feras letais cuspidoras de fogo em cachorros gigantes, é você – ele murmura.

– Você adora isso. – Dou um cutucão em suas costelas. – Domar feras é minha especialidade.

Ele revira os olhos, pois não deixa passar a insinuação que fiz, e responde apenas:

– Minha adoração por você cresce a cada dia.

Faço uma careta quando Basilius chuta a cabeça de Calithea, mas ela se recupera prontamente e o acerta com a cauda.

– Você acha que os outros estão bem? – pergunto baixinho.

– Acho que sim. – Ele aperta minha perna para me reconfortar. – O foco de Imirath está em nós, e nossos amigos estão indo na direção oposta, com papéis de viagem. Finnian e Ryder devem ter deixado Saskia maluca a esta altura.

Solto uma risadinha nervosa.

– Acho que você tem razão, mas é melhor seguirmos viagem enquanto ainda temos luz do dia pra cavalgar.

– Como quiser, querida.

Espanamos a neve da calça e subimos nas montarias de novo enquanto os dragões voam lá em cima, sempre à vista. Estou adorando isso de eles ficarem por perto. Nas raras ocasiões em que há clareiras entre as árvores, um dos dragões vem voar ao meu lado, me olhando com o canto do olho. Estou ansiosa para levá-los a um lugar onde posam se sentir em casa, e desejo apreciar cada momento que posso com essas doces feras.

CAPÍTULO
QUARENTA E CINCO

Estou tão exausta que poderia até cair do cavalo. Viajamos sem parar para sair do território inimigo e voltar para nossos amigos o quanto antes. Os dragões matariam qualquer um que nos ameaçasse, é verdade, e tornam o descanso bem mais fácil, mas toda vez que fecho os olhos penso em todas as possibilidades de perigo que Finnian, Saskia e Ryder podem ter encontrado.

O lado bom é poder aprender mais sobre os dragões, como o quanto gostam de enterrar a cabeça na neve e mergulhar escondidos em lagoas para me assustar quando emergem da água. Também adoram me ver debaixo deles. Às vezes se curvam para apoiar o pescoço na minha cabeça e me esconder do mundo usando suas asas.

A notícia do resgate deve ter chegado a Vareveth a essa altura, e eu ainda não pensei no que vou dizer a Ailliard quando nos virmos. Entendo sua relutância em relação aos dragões, considerando que mataram minha mãe, apesar de ter sido em legítima defesa. Um animal acuado não pode ser culpado por atacar, principalmente quando ainda eram tão novinhos. Qualquer um que lide com magia sabe que as consequências podem ser mortais, e meu pai deveria ter pensado nisso antes de tentar quebrar nosso vínculo.

As montarias nos levam adiante, e meu coração acelera no peito quando ouço os ruídos do acampamento de Vareveth: a conversa dos soldados e o som de aço se chocando com aço. Fizemos a viagem pelas montanhas para podermos atravessar a fronteira sem nos preocuparmos com soldados de Imirath. As barracas surgem por entre a vegetação da floresta, e faço minha égua acelerar o ritmo.

Os dragões mergulham das nuvens em uma formação triangular perfeita liderada por Basilius, e seus rugidos são os únicos sons altos o bastante para superar a algazarra dos soldados que saem correndo das barracas para olhá-los. Chegamos à multidão, diminuindo o galope para não atropelar ninguém, e logo avisto Saskia pulando e aplaudindo, com as lágrimas escorrendo no rosto enquanto nos observa.

Coros começam a ser entoados, todos centrados em Cayden, nos dragões e em mim. As pessoas lançam olhares maravilhados para o céu, sem conseguir acreditar no que estão vendo. Alguns chegam a desmaiar de cara no chão. Finnian sai de uma barraca atrás da multidão e vem correndo até mim. O alívio que me domina é tamanho que pulo da sela.

O sorriso de Finnian é contagioso, e ele me pega nos braços e me joga para o alto. Seu grito é abafado pelo meu peito, e jogo a cabeça para o alto para comemorar junto com todo mundo. Os dragões aparecem como se estivessem tentando falar comigo, e as risadas que escapam de mim são de felicidade incontida. Minhas costelas doem, mas não existe desconforto capaz de estragar este momento.

Bagunço os cachos de Finnian quando ele me põe no chão, me sentindo grata por ele estar vivo. Sua perda seria uma que minha alma não suportaria. Saskia abraça Cayden, e os lábios dele estão curvados de um jeito que me leva a acreditar que está dizendo algo sarcástico. Ela confirma isso quando dá um tapa na cabeça dele. Nesse momento, Ryder sai de uma barraca e quase cai de cara no chão quando Venatrix pousa ao seu lado.

Saskia vem correndo até mim com os braços estendidos, e eu me jogo em seu abraço quando nos encontramos no meio do caminho.

– Estou tão feliz por te ver – digo.

– Deuses, que saudade de você.

– Eu também senti saudade, Sas.

Ela me leva até onde Ryder está, abraçado com Cayden e com o punho fechado no ar, entoando o coro para os dragões. O último nó de preocupação se desata no meu peito, e meus joelhos quase cedem. Chegamos sãos e salvos. Não consigo me conter quando mais lágrimas escorrem dos olhos de Saskia, e me perco na emoção do momento.

Entramos na barraca de onde Finnian e Ryder saíram e nos sentamos ao redor de uma mesa. Logo fica claro que eles também não dormiram, mas ao que parece já estão aqui há tempo suficiente para terem se lavado e se trocado.

– Como sabiam que era pra vir pra extremidade da fronteira? – pergunto. Pensei que só os veríamos de novo quando estivéssemos na parte próxima ao castelo.

– Vimos os dragões escaparem enquanto navegávamos no canal. Sabíamos que vocês iam ou morrer ou fugir da torre, então esse era o único caminho que podiam ter pegado – conta Saskia com um sorriso triste.

– Mas vão ficar felizes em saber que nosso generoso rei Eagor organizou um banquete de celebração pra amanhã à noite – murmura Ryder.

Cayden solta um grunhido e se recosta na cadeira, e também não posso dizer que estou contente com isso. Prefiro uma noite na taverna, ou um dia todo de sono. Afundo na cadeira, mas volto a ajeitar a postura quando meu corpete aperta um hematoma.

– Quer que eu afrouxe os laços? – pergunta Cayden.

Eu assinto e fico de costas para ele e de frente para o empolgadíssimo Finnian, que batuca com os dedos nos lábios. Quando o corpete está mais confortável, Cayden puxa minha cadeira para mais perto da sua e acaricia minhas costelas.

– Eu sabia! – exclama Ryder, apontando o dedo para Saskia.

– Aí, sim – diz Finnian, fazendo uma dancinha na cadeira que faz parecer que ele precisa se aliviar. Saskia se inclina para a frente, apoia os cotovelos na mesa e massageia as têmporas.

Cayden solta um suspiro.

– Sabe, eu queria poder tomar um tônico pra me esquecer dessas coisas que fazem.

– Por acaso... – Eu aponto com a mão para os três enquanto chego à minha conclusão. – Vocês fizeram uma aposta sobre nós estarmos dormindo juntos?

– E fazia sentido, considerando que aconteceu mesmo – argumenta Finnian.

– Ninguém saiu perdendo – acrescenta Ryder.

– Você e eu ganhamos dinheiro – diz Finnian, apontando para si mesmo e para Ryder. – E vocês fizeram sexo. – Ele aponta para Cayden e eu antes de se voltar para Saskia. – Bom, você perdeu dinheiro, mas não precisa mais ver esses dois se devorando com os olhos o tempo todo como dois bichos no cio.

– Quanta elegância, Finnian – acrescenta Cayden, sarcástico.

Eu estreito os olhos para ele.

– É, acho que você devia virar poeta.

– Estou com uma privação de sono séria demais pra ter que lidar com todos vocês de uma vez – resmunga Saskia, mas a alegria em seus olhos contradiz suas palavras.

Eu me levanto da mesa, precisando de um banho, e Finnian e Cayden anunciam que vão buscar comida para nós. A água fumegante acaricia meus músculos doloridos, e a fome é a única coisa que me motiva a me mover. Se pudesse comer na banheira, não sairia daqui nunca. Sorrio para mim mesma quando vejo meus óleos e sabonetes favoritos na bandeja e me cubro de espuma até minha pele ficar vermelha. Cayden tinha mencionado que possui barracas em outras partes da fronteira, e acho que todas estão equipadas com coisas para me trazer conforto, considerando que as embalagens ainda estavam fechadas. Depois de ver o quarto que ele preparou para mim em sua barraca de costume, eu não deveria me surpreender.

Visto a blusa verde e a calça preta de algodão que venho usando nas últimas semanas, e que Saskia deve ter pegado antes de ir atrás de nós.

As roupas de Cayden são confortáveis demais. Seco o que restou de água no cabelo e sou atraída para a mesa pelo aroma das carnes com crostas de ervas, os legumes temperados e as batatas amanteigadas.

Cayden faz um prato enorme e o coloca diante de mim quando me sento ao seu lado, apoiando seu braço sobre a minha cadeira, acariciando minhas costas de vez em quando. Já percebi que ele não consegue manter as mãos longe de mim por muito tempo.

– O que aconteceu na câmara dos dragões? – pergunta Ryder. – Imagino que tenha dado tudo certo, considerando que os cinco estão aqui, rodeando a barraca.

– Bom... sim e não. Os hematomas no meu corpo e na minha perna são por causa dos dragões – respondo depois de dar um gole na cidra. – Mas Sorin queimou alguns soldados pra mim. Ele é o verde.

– Ela está sendo modesta – interrompe Cayden. – Elowen dizimou um batalhão inteiro em segundos.

Abro um sorriso ao lembrar, e envio um carinho para Sorin através do nosso vínculo.

Ryder assobia.

– Me lembra de morrer seu amigo.

– Eles destruíram o castelo após serem soltos das correntes? – pergunta Finnian.

– Foi Cayden que explodiu tudo – respondo.

Saskia solta um grunhido.

– Você gosta demais de explosivos pro meu gosto.

Cayden pega sua caneca com um sorriso.

– Acredito que preciso ampliar minhas habilidades pra ser o mais letal possível.

Um mar de risos nos envolve, e relaxo na presença dos meus amigos. Cada pessoa nesta barraca me ajudou de alguma forma, me recebeu de braços abertos em sua vida sem questionamentos, não se limitando a abrir portas para mim – me ajudaram a arrombar as portas e deixá-las em pedacinhos. Encaramos juntos o perigo e voltamos mais fortes.

Tenho meus dragões e um lugar onde sinto que não preciso diminuir quem sou. Estar com pessoas que realmente aceitam você é uma sensação mágica.

Minhas pálpebras ficam pesadas, e a exaustão encerra o dia antes do que eu gostaria. Voltaremos ao castelo amanhã, mas nenhum de nós está pronto para a viagem até Verendus. Há quatro cômodos além do espaço principal da barraca, sendo um o quarto de dormir extra que Finnian agora ocupa, o quem me deixa com...

Cayden beija minha mão.

– É o quarto à esquerda, anjo.

– Espera aí, galã. – Ryder chama a atenção de todos. – As divisórias são finas – ele avisa, apontando para mim e depois para Cayden.

– Da próxima vez que pensar em alguma coisa, fica ruminando uns dez segundos na sua cabeça antes de abrir a boca – recomenda Cayden.

– As divisórias são finas! – repete Ryder.

– Esse ciúme não combina com você, meu caro.

Ryder olha feio para ele por cima da cerveja antes de empurrá-lo pelo ombro. Deuses, esses dois brigam como um casal de velhinhos. Mas basta olhar para eles para saber que fariam qualquer coisa um pelo outro.

Finnian se levanta da cadeira e passa o braço pelos meus ombros para me levar para o quarto de Cayden.

– Eu fico com ela enquanto você toma banho, Veles. Ela é minha garota há mais tempo.

Estou cansada demais para acrescentar o que quer que seja, então só rio baixinho e me apoio em Finnian. Sempre vou ser a garota dele. Me deito na cama e me acomodo num casulo de conforto, enquanto Finnian se estica ao meu lado por cima das cobertas. Ficamos deitados de frente um para o outro, e nem sei quantas vezes já dormimos assim antes, quando nossos pesadelos nos acordavam no meio da noite. Nós dois tivemos infâncias sofridas, e a única proteção que tínhamos contra o mundo era um ao outro.

– Está tudo bem? – murmuro.

– Estou só assimilando tudo. – Ele franze a testa. – Fiquei morrendo de medo de nunca mais ver você.

– Sei como é essa sensação. – Entrelaço meus dedos nos seus, extremamente grata por vê-lo sem um arranhão. – Mas medo de fazer apostas sobre a minha *vida pessoal* você não teve.

Ele abre um sorrisão, rindo baixinho.

– Vou comprar um agrado pra você com o que ganhei.

– Quero mais um daqueles doces de framboesa que comi em Imirath.

– Combinado.

– Você podia ter perdido dinheiro nessa – resmungo.

– Ah, Ellie. – Ele solta um suspiro e faz uma cara de quem está prestes a me dizer que as fadas que deixam presentes para nós no dia do solstício de inverno não existem. – Aquele homem não consegue parar de olhar pra você, e fica procurando quando você não está por perto. Mas quando encontra... parece que é sempre a primeira vez que está te vendo.

Meu coração dá uma cambalhota dentro do peito.

– Você está se revelando bastante observador.

– Eu me encarreguei de zelar pelos seus melhores interesses amorosos.

Dou risada, me enrolando um pouco mais nas cobertas.

– Bom, ninguém nunca vai ser bom o bastante pra você, Finny. Então, quando estiver interessado em alguém, é melhor que ele seja homem o suficiente pra me encarar. Se magoá-lo, vou cumprir todas as inevitáveis ameaças que vou fazer.

– Digo o mesmo, e não esperaria nada menos de você. – Ele se inclina para a frente para beijar minha testa. – Boa noite, minha querida.

– Amo você – murmuro antes de perder de vez a batalha contra o sono.

Sou recebida pela magia da noite com sonhos vívidos projetados nas minhas pálpebras. Meus dragões estão aqui, e é quase como se eles se recusassem a abrir mão de mim para qualquer coisa, inclusive para descansar, agora que estamos reunidos. Voo com eles e rodopio entre as nuvens, saltando de um para o outro para poder montar em todos. Mas uma leve pressão na minha testa me acorda antes que eu possa tocar uma estrela.

— Pode voltar a dormir, anjo. Sou só eu — murmura Cayden, dando outro beijo na minha testa.

Esfrego os olhos e pisco algumas vezes para me localizar. Minha blusa está levantada até pouco abaixo dos seios, e Cayden está com bandagens brancas de algodão nas mãos. Ele se senta ao meu lado com o cabelo molhado e a calça baixa na cintura, fazendo meus dedos do pé se dobrarem sob as cobertas. E ainda mais quando ele começa a enrolar as bandagens no meu corpo, com os dedos roçando a parte de baixo dos meus seios enquanto arqueia as minhas costas para eu não precisar fazer isso.

Um suspiro escapa dos meus lábios quando as bandagens esquentam.

— Deuses, isso é mágico. — Minhas costas ficam imediatamente rígidas. — Isso é mágico mesmo?

Ele sorri para mim enquanto amarra as bandagens e se inclina para me beijar logo acima da cintura da calça. Comprimo os lábios para abafar o gemido, e ele desliza a calça pelas minhas pernas e a joga no chão. Com um segundo rolo, começa a fazer a bandagem na minha coxa.

— Não é justo. Quero saber onde a magia está escondida. — Seu sorriso vira uma risadinha. — Vou dar uma facada em você se disser alguma vulgaridade.

— Princesa Elowen, sua mente é poluída demais. — Ele se deita e me abraça. — Eu só queria recordá-la de quando disse que nunca iria pra cama com um criminoso.

— Faço esse tipo de coisa só pela emoção, acho. O mundo não vai acreditar que o comandante de Vareveth tem um lado gentil.

— As pessoas vão escrever baladas sobre essa ironia. O comandante tem um fraco pela rainha que encostou uma faca no seu pescoço. — Ele me beija no local onde minha testa está franzida quando paro de sorrir e se apoia sobre o cotovelo. — Que foi?

Engulo em seco e respiro fundo.

— Eagor vai ser um problema... pra nós?

Ele desliza a mão pelo meu tronco até chegar no meu rosto, passando o polegar na minha bochecha.

– Não vou deixar que ele, nem ninguém, me afaste de você.

Cayden abaixa a cabeça para me dar um beijo demorado e carinhoso, reconfortante e tranquilizador. Não quero soltá-lo, mas sei que preciso. Se continuar assim, vou querer me embrenhar ainda mais nas cobertas e passar o dia todo assim. Levo a mão ao seu cabelo para puxá-lo mais para perto, e solto um suspiro em sua boca.

– As divisórias são finas! – grita Ryder do quarto de dormir ao lado.

Cayden solta um grunhido e deita no meu pescoço.

– Como foi que ouviu isso? – pergunta a voz de Finnian, se juntando à discussão.

– Eu. Escuto. *Tudo*.

– Fiquem quietos – esbraveja Saskia.

– Se a gente estivesse trepando, vocês não teriam dúvida – acrescenta Cayden, e dou um soco no seu braço. – Eu não falei que seria por sua causa.

Bufando, dou as costas para ele, que assim não vê que estou corada, mas beija meu rosto antes de se acomodar atrás de mim e me puxar para mais perto. A escuridão me envolve de novo, assim como os sonhos com dragões.

CAPÍTULO
QUARENTA E SEIS

———

Um leve brilho amarelo é refletido pelo lago quando me viro para as colunas cobertas de trepadeiras verdes com flores brancas. Escapei do olhar vigilante de Braxton para ver como estão meus dragões antes do banquete de celebração. Eles ainda estão se acostumando comigo, e imagino que vá levar algum tempo para nos sintonizarmos por completo, mas estamos em um estágio muito gostoso e curioso. Isso significa que eu sorrio sempre que largam a carcaça de um bicho morto aos meus pés e os parabenizo pela caçada.

Eles me reconhecem lá de cima, voando sobre o lago enfeitado com centenas de velas flutuantes, mas estão entretidos demais no céu para se submeterem ao chão. Um caminho de velas até um gazebo coberto com o mesmo tipo de trepadeira e flores brancas das colunas chama minha atenção, assim como a movimentação lá dentro. Tiro os sapatos de salto e os carrego nas mãos, pisando na grama fria para investigar, e meu coração me impulsiona adiante quando percebo quem é o responsável.

– Olá, linda – diz Cayden, só se virando para me encarar quando termina de acender uma vela, estendendo a mão para me ajudar a subir os degraus. Sinto meu corpete me apertar mais a cada passo.

– O que é tudo isso? – questiono, observando o cobertor com almofadas e o cesto com vinho e doces até a borda. São do mesmo tipo que comi em Imirath e adorei. Um buquê fresco e elaborado de peônias cor-de-rosa, girassóis e estelares, que deve ter custado uma fortuna, enfeita um dos cantos.

– Era pra ser uma surpresa – ele murmura, atraindo minha atenção quando limpa a garganta e puxa o colarinho do gibão preto.

– Cayden, você está nervoso?

– Eu nunca fiz isso. – Ele aponta para as coisas ao nosso redor. – Então não sei como me comportar. Desculpa se exagerei. Quer beber alguma coisa? Acho que eu vou...

Seguro suas bochechas coradas entre as mãos e colo seus lábios aos meus, enlaçando seu pescoço com os braços enquanto sua mente tenta voltar a funcionar. Ele suspira contra meus lábios e os separa devagar, passando os dedos para cima e para baixo nas minhas costas. Mexo nas pontas do seu cabelo e apoio a testa contra a sua depois do beijo.

– Você vai me deixar mal-acostumada mesmo, né?

– Totalmente mimada – ele responde.

Seus olhos se acendem quando passo as mãos em seu peito e umedeço os lábios antes de deitar no cobertor, arqueando um pouco as costas ao pegar o vinho rosé gelado. Seu olhar se move dos meus quadris para os meus lábios conforme ponho a boca no gargalo da garrafa e dou um gole generoso.

– E se eu quiser ser mimada agora, comandante? – Deixo a garrafa de lado e subo o vestido pelas pernas, afastando bem as coxas. – E então?

Ele se ajoelha, com as pupilas dilatas e a expressão de um demônio depravado que quer consumir minha alma. Devo dizer que gosto da ideia de ter o homem mais perigoso de Ravaryn comendo na minha mão. Ponho o pé em seu peito quando ele tenta se aproximar, mas Cayden puxa meu tornozelo para cima e deixa minha perna se apoiar nele.

– Quero vê-la se tocar. – Nossos olhares permanecem grudados enquanto ele tira o cinto lentamente, se desgrudando apenas quando faço o que ele pede. – Já está molhadinha pra mim, anjo?

Confirmo com a cabeça, enfiando os dedos em mim, mas isso não me oferece muito alívio. Ele se posiciona entre as minhas pernas e chupa meus dedos enquanto me penetra. Minhas costas se arqueiam no cobertor, mas ele permanece imóvel, impedindo os meus quadris de se moverem.

– Você pensa que pode abrir as pernas e me torturar desse jeito sem nenhuma consequência, querida? Eu estava à beira da obsessão antes de nos beijarmos, mas agora não tem mais volta.

Eu puxo seu cabelo, forçando-o a se mover, mas ele faz um ruído que é meio um riso e meio um grunhido antes de baixar os lábios para a pele sensível do meu pescoço e meu decote cavado, me levando à loucura.

– Não temos muito tempo – aviso, resfolegada.

– Acha mesmo que estou preocupado com essa porra de jantar quando você está embaixo de mim? – Ele estende o braço para esfregar meu clitóris, e eu solto um gemido. – Então você enfim deixou de lado essa ideia de que não é certo ficarmos juntos?

– Sim!

– Uma parte sua quer ser pega em flagrante, não quer? – Cayden começa a se mover devagar, e tento afundar a cabeça em seu pescoço, esconder a verdade escancarada na minha cara, mas ele segura meus punhos contra o chão. – Quer que a vejam comigo enfiado bem fundo, o comandante fodendo a princesa que não pode ter com essas malditas flores no cabelo.

– Está mais pra demônio – digo, ofegante, quando as estocadas se intensificam. Suas mãos febris deslizam pelo meu corpo sobre o vestido, e eu faço o mesmo com ele antes de enfiar os dedos sob o tecido e enterrar as unhas em suas costas.

Ele levanta meus quadris do chão e enfia tudo em mim, mordendo e chupando os pontos sensíveis no meu pescoço. Inclino a cabeça para lhe dar mais acesso. Não há provocações, nem preliminares, nem carícias suaves, só puro tesão.

– Demônio, comandante, criminoso... isso não faz diferença nenhuma se eu estiver dentro de você.

Para mim também não. Ele recebeu ordens para manter distância, e a ideia de que seu rei nos encontre assim é uma ironia tão deliciosa que quase faz com que eu me derreta toda no pau dele. Não quero um príncipe de Galakin nem um lorde de Vareveth. Quero o comandante atormentado com um lado obscuro. E já estou comprometida demais para me importar com as consequências. Nós dois devemos parecer desesperados e famintos juntos. Amantes proibidos que não se incomodam nem em tirar a roupa toda, porque não querem desperdiçar nenhum de seus preciosos momentos juntos.

Me contraio ao redor dele, que interrompe o beijo com um gemido grave quando olha para onde nossos corpos se unem.

– Depois desse jantar, quero você na minha cama de pernas abertas, pra eu poder te degustar por horas – ele rosna no meu ouvido, dando uma mordidinha no lóbulo da minha orelha. – Quero deixá-la de pernas bambas. Gritando meu nome como se fosse uma prece. – A lembrança do que sua língua é capaz quase me faz gozar. – Quero guardar na memória como você fica quando geme o meu nome.

– Você é exigente demais pro meu gosto – respondo, apertando com mais força minhas pernas ao redor dele para virá-lo de barriga para cima. – Já esqueceu quem eu sou?

Eu deslizo por sua ereção até sentir meu corpo preenchido, dando um grito.

– Deuses, El – ele diz, ofegante, apertando minha cintura com força e levantando meu vestido. Seu peito se move descompassado sob as minhas mãos, e começo a rebolar os quadris, encarando-o com os olhos semicerrados e turvos. – Eu posso comer você todo dia pelo resto da vida que ainda vou morrer faminto.

Começo a me mover mais depressa, quicando sobre ele até pontos de luz surgirem no meu campo de visão e meu corpo implorar por um alívio. Correntes de prazer percorrem meu corpo como relâmpagos quando Cayden me puxa para a frente e começa a estocar de baixo para cima, alcançando uma parte que faz algo se incendiar dentro de mim. Mordo e chupo seu pescoço, marcando-o antes do banquete. Seu gemido vibra junto aos meus lábios quando me afasto e olho para ele, encontrando seus quadris no meio do movimento.

– Você fica tão linda quando está me cavalgando, princesa, mas quando goza é perfeita.

Deuses, essa boca. Ele estende a mão no espaço entre nós para mexer no meu clitóris, e os meus lábios se entreabrem quando explodo ao redor dele e fagulhas de prazer intenso me atravessam. Cayden nos vira de novo e perde todo o controle, levando o meu prazer ao auge mais uma vez enquanto suas estocadas acabam comigo. Nossos beijos se tornam colisões de língua e dentes, e estou perdida demais em meio ao orgasmo para conseguir formar qualquer palavra. Os únicos sons que se ouve são gemidos e pele se chocando contra pele até ele atingir o clímax e abafar seu grito com os meus lábios.

Ele enche a minha clavícula de beijos quando sai de dentro de mim e o guarda de volta na calça antes de arrumar meu vestido, que é feito com milhares de cristais prateados, como um céu estrelado. As mangas são justas nos braços, mas ficam largas na altura dos punhos, se estendendo até o chão. Cayden beija a fenda alta, dando uma piscadinha para mim enquanto beija minha adaga de dragão antes de limpar o batom da boca.

Pego um doce do cesto e cravo os dentes na geleia de framboesa e na massa amanteigada.

– Não quero ir a esse banquete. Quero comer isso a noite toda.

– Não fala isso – ele diz com um grunhido, dando uma mordida no meu doce antes que eu possa impedir. – Eu sempre vou fazer o que você quiser, e um de nós precisa ser responsável aqui.

Viro a garrafa e dou mais um gole no vinho, encolhendo os ombros. Algumas pétalas cor-de-rosa caem ao meu redor quando passo os dedos no cabelo e saco minha faca para dar uma olhada no meu reflexo e arrumar a maquiagem.

– Tudo certo com você? – ele pergunta num tom gentil.

– Estou bem.

– El...

Mordo a língua. Dizer qualquer coisa além de que estou bem sempre foi uma luta para mim, porque detesto sentir como se estivesse descarregando o peso dos meus sentimentos em cima dos outros. É mais fácil abrir um sorriso que ninguém vai questionar por ser uma fachada mais palatável.

– É que eu estou... preocupada com a reação de Ailliard aos dragões. Ele os culpa pela morte da minha mãe.

– Vou ficar ao seu lado quando for conversar com ele – diz Cayden.

– Preciso fazer isso sozinha, mas procuro você quando terminar.

Guardo a faca na bainha e me levanto depois de calçar os sapatos de salto alto. É melhor fazer isso sem Cayden, considerando que meu tio pode se voltar contra ele quando anunciarmos a mudança de status da nossa relação.

– Eu estou bem-arrumada assim?

Ele não parece totalmente convencido, mas não discute.

– Está maravilhosa.

Meu rosto fica corado, e ele se deleita com isso.

– E não parece que nós acabamos de...

– Bom, você está com aquele brilho nos olhos. – Seus lábios se curvam num meio-sorriso. – Tenta parecer mais mal-humorada.

– Pode deixar que vou fazer a minha melhor imitação de você.

Dou um beijo no seu rosto antes de me soltar de seu abraço e sair do gazebo, com Cayden em meu encalço.

CAPÍTULO
QUARENTA E SETE

Cayden e eu atravessamos a soleira, nos juntando ao grupo de generais e conselheiros políticos. O banquete é realizado em um salão com uma vista maravilhosa do lago – mas, felizmente, não do gazebo. Todos os cômodos do castelo são luxuosos, mas com um ar etéreo. Os sorrisos dos presentes se voltam para nós. Eles vão passeando pelo ambiente, bebericando e ouvindo a harpista manipular as cordas com maestria.

– Mais dois de nossos honoráveis convidados! – anuncia Eagor, dando um passo à frente para apertar a mão de Cayden e beijar a minha. – Ver um dragão pessoalmente é mais do que eu esperava pra minha vida.

– Eles são mesmo magníficos – respondo, olhando para a janela a tempo de ver Delmira voando por perto.

– De outro mundo – ele diz. – Tenho uma coisa que gostaria de discutir com você, comandante.

Cayden lança um olhar rápido para mim.

– Pode falar na frente dela.

Eagor cerra o maxilar, mas intervenho antes que os ânimos se exaltem.

– Ailliard deve estar me esperando.

Cayden se inclina para me beijar no rosto.

– Encontro você daqui a pouco.

— Quanto a isso, não tenho dúvida — murmuro, e abro um sorriso quando ele me encara.

Encontro Saskia e Ryder, mas não Finnian, e Ailliard vem até mim com passos apressados. O alívio me invade quando ele me envolve em um abraço que tira até meus pés do chão. Meus hematomas doem, mas o calor dos curativos de Cayden me conforta quando meu tio me põe em pé novamente. Vou procurar na mesa do comandante por uma lista de lojas de magia em Ladislava, e vou passar a semana toda explorando.

— Você não está contrariado? — pergunto.

— Só estou feliz por estar sã e salva. — Ele aperta meus ombros e olha ao redor. — Podemos ir pra sala de visitas pra uma conversa mais reservada?

— Claro, mas você viu Finnian? Pensei que ele já fosse estar aqui a essa altura.

— Ainda não, mas com certeza deve estar pra chegar. Sabe que ele sempre chega atrasado. — Ele nos conduz para fora do salão e fecha a porta. — Gostou de Imirath?

— Eu... acho que sim. Mas isso teve mais a ver com a minha companhia.

Não há nada de *errado* com Imirath, mas não é um lugar que desejo revisitar.

— Muitas vezes me lembro da beleza de Zinambra. — Seus olhos assumem uma expressão sonhadora quando nos acomodamos no sofá diante do fogo. — Eu tenho notícias.

— De Aestilian?

— De casa — ele responde. — Finalmente podemos voltar.

Dou uma risadinha suave.

— Preciso ficar aqui e lutar na guerra, mas você não é meu refém. É livre pra voltar, se quiser.

— Não. — Ele sacode a cabeça. — Para *casa*.

Casa.

Casa.

A confusão no meu rosto se transforma em incredulidade.

Ele não pode estar falando de...

– Imirath.

Meu estômago dá um nó quando meu tio proclama essa palavra com tamanha reverência. Aperto um hematoma com o cotovelo para confirmar que não estou sonhando.

Me afasto dele no sofá e engulo a bile que sobe pela minha garganta.

– Não entendo o que está dizendo.

– O rei Garrick cancelou a recompensa por sua cabeça depois que você levou os dragões. Viajei até a fronteira com uma bandeira branca pra me reunir com soldados de Imirath; seu pai quer que você vá pra casa, e se a paz for rompida, estaremos do lado certo da guerra.

– É mais fácil meu pai me acorrentar e me trancafiar de novo do que me receber no castelo – argumento.

– Essa história toda ficou no passado. – Ele faz um gesto de desdém com as mãos. – Vai fazer as pazes com isso com o tempo.

– Me diz uma coisa: quando Garrick joga um osso, você vai atrás correndo com o rabinho abanando?

A tortura que sofri só ficou no passado porque não é ele que precisa conviver com todas as lembranças.

– Ele não vai matar você, Elowen. – A voz dele assume um tom mais defensivo.

– Ainda bem que você nunca teve filhos, se é esse o seu parâmetro do que é um bom pai. – Solto uma risada seca. – Prefiro pôr fogo naquele castelo a assumir o trono e prolongar o reinado dos Atarah. Meus dragões não vão voltar pra prisão, e nem eu.

– Essas feras são instáveis e perigosas.

Ele estende a mão para mim, e seu olhar se atenua um pouco, o que só aumenta minha desconfiança.

– O que você sabe sobre isso?

– Elowen, por favor, seja...

– Não ouse querer determinar minha reação à sua traição. A máscara caiu, e estou vendo quem você realmente é. – Eu me levanto do sofá para pôr alguma distância entre nós. – O que sabe sobre isso?

395

Ele solta um suspiro e acaricia a barba, avaliando as consequências de me revelar agora ou quando eu estiver próxima o suficiente de *seu rei* para queimá-lo.

— Seu pai nunca feriu fisicamente os dragões. Preferiu perturbar a mente deles contratando um mago pra recriar sua essência, apesar de você estar no calabouço, e acredito que continuou fazendo isso enquanto estava em Aestilian. Garrick proporcionou a eles alguma esperança e alento antes de lhes tirar até mesmo isso, mas não é um homem mau, Elowen. Todos nós temos sangue nas mãos.

Fico horrorizada quando me lembro como os olhares dos dragões se atenuaram na câmara antes que Cayden entrasse. Eles foram torturados a ponto de sentir que precisavam atacar a esperança para não se contaminarem com essa ilusão. Sei que sentiam minha dor quando eu estava no calabouço, então devem saber que minha vontade não era abandoná-los quando desapareci.

— Minhas mãos não têm sangue suficiente, e logo vão estar cobertas de cinzas — afirmo.

Garrick é meu pai. Deveria ser o homem a me proteger do mundo, não a manchar as próprias mãos com meu sangue.

Ailliard fica em pé e imita minha posição, parando à minha frente e alinhando os ombros para parecer maior do que é.

— Você é uma princesa no exílio. Aestilian não tem como protegê-la dos outros reinos do mundo. Foi uma escolha sua sair do esconderijo, e eu avisei que era uma tolice. Imirath pode proporcionar a segurança de que precisa.

— Eu fui acorrentada quando tinha menos de cinco anos! É dessa segurança que eu preciso?

— Ele fez isso pelo bem do reino! — grita Ailliard. — A profecia dizia que você podia ser a ruína de Imirath. Ele escolheu ser em primeiro lugar um rei, e só depois um pai.

— E quanto a Galakin? Não foi você que disse que eu deveria considerar uma oferta de casamento de lá, pra me distanciar de Imirath? — A percepção da condescendência dele me atinge com toda a força, e a raiva me domina. Meu sangue ferve, provocando uma explosão de temperamento, e começo afiar as garras. – Eu libertei meus dragões de trás das muralhas onde ele se esconde. As muralhas que você me fez acreditar que eram impenetráveis. Você me manipulou, me fez acreditar que não me contava os detalhes sobre o castelo de Imirath pra me proteger, disse que um resgate seria impossível.

– Você não precisa mais de Galakin agora que seu pai retirou a recompensa – rosna Ailliard. – Você está sendo irracional.

– Pra mim, trancafiar uma criança num calabouço por um capricho pessoal é ser irracional. A profecia mencionava uma possibilidade, mas o destino de Garrick foi selado por suas próprias ações. Ele é uma caricatura patética de rei, e vai morrer como o covarde que é. – Mexo os ombros, sentindo minha raiva venenosa percorrer meu corpo sem antídoto. – Ainda bem que meus dragões mataram Isira. Eles me pouparam desse trabalho.

– NÃO FALE DESSE JEITO DA MINHA IRMÃ!

O corpo dele estremece, e seu rosto está vermelho a ponto de parecer que vai explodir.

– Você sabia de tudo o que sofri enquanto ainda estava acontecendo. – Minha risada sobe de tom até se tornar uma gargalhada estridente e maníaca quando a verdade se torna clara. – Você me tirou de Imirath depois que ela morreu pra se vingar do meu pai, e só se arrependeu quando se deu conta do tamanho da traição que cometeu no seu momento de impulsividade. Ah, tio, você é mais do que só um frouxo. É um tolo.

– Você vai voltar pra Imirath comigo, nem que seja à força. Com o tempo, vai entender.

Ele nem tenta negar a acusação que fiz, porque não pode. Acreditei que meu tio me amava porque fui cega. Na verdade, eu era só um investimento malfeito e um caso de compaixão mal direcionada.

– Você sabe de tudo que aqueles guardas fizeram comigo, com a aprovação do meu pai, e mesmo assim quer que eu volte.

Não é uma pergunta, mas ele responde sem remorso.

– Sim. O rei Eagor está informando o comandante Veles sobre a mudança de planos. Não pense que abrir as pernas pra ele vai lhe garantir alguma lealdade.

Não deixo a minha mágoa transparecer no meu rosto.

– Você parece amargurado. Quando abriu as pernas pra Garrick, não teve o resultado que queria?

Ele escancara os dentes como um animal raivoso.

– Seu juízo está turvado. Você se deixou encantar pela vida que leva aqui, mas isso não é real. Não é onde você deve estar. Cayden não vai entrar em guerra por causa de uma mulher, e Finnian só vai se beneficiar da estabilidade que Imirath proporciona.

Meu pai vai usar Finnian contra mim na primeira chance que tiver.

– Você é ainda mais ignorante do que pensei se acredita que a fúria de Garrick pode sequer fazer sombra à minha. Posso ter sofrido em suas mãos, mas agora é a vez dele de sofrer nas minhas, e nas garras dos meus dragões. Ele vai colher o que plantou.

– Deixe de lado a hostilidade e ouça a voz da *razão* – Ailliard apela, dando um passo à frente com o desespero estampado no rosto. – Essa busca por vingança é uma aberração. Você não pode viver pra matar, precisa ser mais inteligente do que isso, Elowen. Pense no seu futuro. Ninguém é capaz de amar uma criatura assim tão vil.

– Claramente – respondo, com raiva de minha voz por ter saído embargada quando encaro os olhos de um homem que cresci acreditando que estava ao meu lado. Ele nunca foi um herói para mim, a única heroína da minha história sou eu, mas foi alguém que lutou comigo. É doloroso olhar para Ailliard e ouvi-lo dizer essas coisas.

– Eu amo você. – As lágrimas brilham em seus olhos. – Mas só o amor não basta.

Pisco várias vezes, cravando os dentes nas bochechas para não desmoronar. Essa traição me queima por dentro. Me arrebenta, me afoga e me faz sangrar. Preciso encontrar Finnian antes que meu tio faça alguma coisa.

— Vou conceder um ato de misericórdia a você hoje. Uma vida por uma vida, por ter me salvado uma vez. Não volte pro seu quarto nem pra Aestilian. Pegue um cavalo e suma da minha frente, porque o que lhe devo já está pago, e da próxima vez que vir você, não vou hesitar em cravar uma faca tão fundo nas suas costas que vou ter que abrir o seu cadáver carbonizado pra recuperá-la. E fique longe de Finnian, Cayden, Ryder e Saskia. Pra mim, você já está morto.

Ailliard me encara do outro lado da sala, me olhando como se não me reconhecesse mais. Só que ainda sou a mesma Elowen que sempre fui. Quem mudou foi ele. A tensão entre nós é tão pesada que me empurra para a porta, de onde dou uma última olhada para o meu tio antes de me virar. Me recuso a deixá-lo ver a mágoa que me causou.

Quando meus dedos encostam na maçaneta, uma dor aguda percorre minhas costelas, e um candelabro de ouro vai ao chão ao meu lado, enquanto uma mão firme me agarra pelo cabelo. Ailliard me puxa para trás e me dá um soco nas costelas marcadas por hematomas antes de me jogar no chão.

— Você é a princesa de Imirath, e vai cumprir seu dever com o seu reino — ele rosna enquanto sai da sala.

A porta é trancada, e eu limpo o sangue do canto da boca antes de tentar me levantar. Os dragões rugem atrás das paredes, sentindo minha agonia, e trato de acalmá-los antes que acabem derrubando o castelo com todo mundo dentro.

Descobrir como foram torturados torna ainda mais difícil para mim manter a calma. Minha presença foi usada de tal forma durante o aprisionamento que a primeira reação deles passou a ser me atacar. Garrick podia não conseguir romper o vínculo, mas tentou condicioná-los a me matar.

Não existe saída alternativa da sala, nem janelas por onde escapar. Eu me obrigo a ficar em pé, respirando fundo e devagar para acalmar os nervos. Estou suando frio, e o que mais quero no momento é fugir para onde ninguém possa me achar além dos meus dragões e das pessoas que entraram comigo em território inimigo e ficaram ao meu lado.

Mas lutar é uma dívida que tenho comigo mesma. Não sou mais quem eu era, mas ainda preciso me transformar totalmente em quem eu sou.

Arrebento a maçaneta com o candelabro e abro a porta no momento em que Ryder aparece. Ele faz uma careta ao ver o sangue escorrendo da minha perna pela ferida reaberta e me joga uma espada reserva.

– Um grupo de soldados de Imirath se infiltrou no banquete – ele informa.

Cerro os dentes enquanto prendo a espada na cintura.

– Porra, como foi que passaram pelos guardas? Estão todos sob as ordens de Cayden.

Ryder engole em seco.

– Ele me mandou buscar você.

– Por quê?

– Porque não pôde sair de lá. – Ryder umedece os lábios. – Eles pegaram Finnian como refém.

Ouço o som de vidro quebrando, e o rugido de Venatrix estronda pelo salão.

CAPÍTULO
QUARENTA E OITO

Finnian está mais pálido que de costume, e ajoelhado diante de um soldado de Imirath. O sangue escorre de seus lábios e mancha o gibão branco. Ele me olha do outro lado do salão como se desejasse correr até mim e para longe de mim ao mesmo tempo, me mantendo afastada do perigo. Mas eu sempre vou segui-lo, mesmo que isso signifique ir à guerra. Meu coração vem parar na boca, e de repente somos como duas crianças de novo, separados por um ladrão na floresta. Foi a primeira vez que eu soube que me jogaria na frente de Finnian para impedir que qualquer lâmina o atingisse.

Finnian não.

Meu Finnian não.

Venatrix arrebentou a parede de janelas, e seu corpanzil ocupa metade do salão. Os outros dragões estão por perto, mas não cabem aqui, por mais alto que seja o teto. Cayden arremessa uma faca no pescoço de um conselheiro, interrompendo seus cochichos com Eagor, e Valia grita quando o sangue espirra em seu rosto.

Ryder me escolta até o local onde Cayden, Saskia, Braxton e vários outros generais estão reunidos. O sangue que Cayden derramou rega o jardim de cadáveres que deve ter plantado antes que eu voltasse ao banquete. Provavelmente derrubou muita gente depois que mandou Ryder me buscar, e parou quando Finnian foi colocado diante da ponta de uma faca. Venatrix se move atrás do nosso grupo, mantendo as asas próximas do corpo, com a cabeça bem acima da nossa.

– Princesa Elowen. – Eagor é o primeiro a falar. – Sei que pode não parecer, mas este é o início de uma paz duradoura.

– Paz? – repito. – Que tipo de paz começa com o meu irmão sendo ameaçado com a ponta de uma faca?

– É só uma precaução.

Balanço negativamente a cabeça, furiosa demais para conseguir falar, com o olhar alternando entre Eagor e Finnian. As portas se abrem com estardalhaço, e dois soldados de Vareveth arrastam o corpo ensanguentado de Ailliard e o jogam no chão antes de se juntarem a nós. Eu até pensaria que meu tio estava morto, caso não tivesse começado a se arrastar na direção de Eagor e Valia. Seu olho direito está inchado e fechado, e ele tem um corte na testa, com o sangue escorrendo pela lateral do rosto.

É estranha a sensação de estar de luto por alguém que ainda está vivo.

– Adorei o que você fez com seu rosto – comenta Finnian, e o guarda que o segura dá um soco em seu rosto.

– Tira a mão dele! – exijo. – Tira a mão dele ou a matança não vai acabar aqui dentro. Vou descobrir onde cada um mora e queimar suas casas com suas famílias dentro.

– Você não é como seu pai – retruca Ailliard. – É pior.

– E mesmo assim ela é muito melhor que você – rebate Cayden, passando os olhos pelos presentes. – Nunca fui de perdoar ninguém, e não estou disposto a começar hoje.

– Nós temos uma chance de fazer a paz! – grita Eagor. – Se a mandarmos de volta para o rei Garrick, ele vai nos pagar uma soma considerável e aliviar a tensão nas fronteiras.

– Eagor é um imbecil amaldiçoado com a própria ignorância – murmura Saskia.

– Vamos fazer uma troca de prisioneiros – anuncio. – Soltem Finnian e podem ficar comigo.

Vou encontrar um jeito de fugir, ou morrerei em meio ao fogo dos dragões antes que tenham a chance de me acorrentar de novo, mas nunca vou condenar uma pessoa que amo ao mesmo destino.

– NÃO! – grita Finnian quando Cayden me segura pelo pulso.

– Nem tenta me afastar dele – aviso. – Não vou vê-lo morrer.

– Ele não vai morrer – garante Cayden, baixando o tom de voz para só eu ouvir. – Vou causar uma distração. Finnian é esperto e vai saber usar isso a seu favor. Vou fazer o que for preciso pra tirar a gente vivo daqui, mas, por favor, entenda que não era assim que eu queria que acontecesse.

– Pode fazer o que for preciso – respondo, concentrada demais em tirar Finnian das mãos do inimigo para me preocupar com detalhes, dando um aviso para Venatrix se preparar.

– Prometo que vou deixar você satisfeita – ele diz antes de ajeitar os ombros e se dirigir aos presentes. – Não vai haver troca nenhuma.

– Ela é a princesa do nosso reino, então vai entregá-la pra nós se não quiser ver este aqui rasgado ao meio – retruca o guarda que está segurando Finnian.

– Ela é a minha rainha – afirma Cayden, declarando sua lealdade e lançando uma onda de desconfiança sobre nossos inimigos. – Mesmo que conseguissem mandar Elowen pra Imirath, no que está óbvio que já fracassaram pateticamente, eu começaria uma guerra pra buscá-la de volta.

– Você começaria uma guerra por uma mulher? – grita Eagor, incrédulo. – Você é o comandante de Vareveth, sua lealdade pertence à coroa!

– Você não imagina o que sou de capaz de fazer por ela – responde Cayden, me segurando com mais força pelo pulso. O suor começa a se acumular na base do meu pescoço. – Minha lealdade de fato pertence à coroa. Eu, Cayden Veles, comandante de Vareveth, recorro a meu direito de desafiar o trono, declarando ineptos os monarcas reinantes.

O salão vira um caos, e Finnian acerta a virilha do guarda que o segura. Venatrix salta sobre nós e dá um golpe de cauda, arremessando os guardas que tentam perseguir Finnian na parede. Eu o encontro no meio do caminho e lhe dou cobertura até voltar para o nosso lado. Ele segura meu rosto entre as mãos quando estamos a salvo.

– Nunca mais se ofereça pra Imirath de novo – ele rosna.

Abro um sorriso.

— É só você não ser capturado de novo que eu não vou precisar fazer isso.

Ryder dá um tapinha no ombro de Finnian, e um outro general lhe entrega uma espada sobressalente. Venatrix continua a rugir para manter nossos inimigos do outro lado do salão quando fazem menção de atacar. Ryder e Saskia tentam chamar a atenção de Cayden, mas seus olhos gelados estão cravados em mim, e me dou conta do que ele acaba de declarar aos presentes.

Ele desafiou o trono.

— O que você está fazendo? — digo quase em um sussurro.

Ele não deveria conseguir me ouvir em meio às profanidades gritadas por Eagor, Valia e Ailliard e aos conselheiros e soldados de Imirath que tentam passar por Venatrix, mas consegue.

— O comandante de Vareveth tem o direito de desafiar o trono quando se casa com alguém de sangue real. — Ele dá um passo à frente e me estabiliza quando sinto minhas pernas ficarem bambas. — Essa cláusula foi incluída em nossas leis após a guerra civil, pra impedir outra guerra interna em Vareveth, garantindo uma forma de derrubar os monarcas reinantes legalmente com o apoio do exército.

— Você sabia o tempo todo da existência dessa cláusula?

O chão parece tremer sob meus pés, prestes a rachar e me mergulhar em um abismo. Uma expressão dolorosa surge em seu rosto, mas Venatrix chama nossa atenção quando joga a cabeça para trás, e o cheiro de fumaça toma conta do recinto.

— Se o salão pegar fogo, não vamos ver as pessoas fugindo — avisa Saskia, e eu peço para Venatrix parar. — É melhor lutar com nossas lâminas. Fica mais fácil conquistar aliados na guerra se demonstrar autocontrole.

Tudo está se movendo tão rápido e girando ao meu redor. É como se eu não tivesse tempo nem para respirar, como se estivesse correndo vários passos atrás de todos enquanto já se aproximam da linha de chegada.

— Tudo bem — eu digo, tirando as mãos de Cayden de cima de mim. Ele vai desafiar o trono legal ou ilegalmente para me manter segura, mas a ilegalidade faria com que todos os reinos de Ravaryn nos virassem as costas ou pegassem em armas contra nós. — Eu me caso com você.

— El, eu não me apaixonei por você por causa de uma lei. — Ele dá um passo à frente, e eu recuo. — Por favor, acredita em mim.

— Me poupe dos detalhes até essa confusão ser resolvida — respondo.

Ele cerra o maxilar e assente, desembainhando a espada.

Pelo amor dos deuses... não acredito que estou fazendo isso. Uma vida com ele não me parece uma opção ruim, de forma nenhuma, mas a minha mente é minha pior inimiga e começa a reviver todas as interações que tivemos. Parece que ele percebe que a minha memória está distorcendo tudo, transformando cada olhar furtivo em algo calculado.

Ordeno que Venatrix deixe o salão, mas ela permanece por perto, junto com os demais dragões. Os guardas ao redor sacam suas espadas e as apontam para nossos inimigos. Fui longe demais e me sacrifiquei muito para deixar o poder escorrer por entre os meus dedos agora. Eu vim do nada, e agora tenho um reino a capturar. Vou sacudir as próprias estrelas que os deuses colocaram no céu e derrubar as montanhas que forjaram na terra.

A vingança é uma promessa assinada com sangue.

— Isso é loucura! — grita Eagor. — Eu sou o rei, seus bastardos do caralho!

Cayden estala a língua.

— Pensei que um homem da sua posição não precisasse recorrer à linguagem de baixo calão.

— Vocês não passam de um bando de ladrões — rosna Valia, com as lágrimas escorrendo pelo rosto. — Reino nenhum vai respeitar uma rainha que subiu ao trono se comportando como uma puta ou um rei que cometeu regicídio.

— São palavras bem venenosas pra uma vagabunda que não sabe nem empunhar uma lâmina — respondo. — Estou morrendo de medo, sério mesmo.

Cayden gira a espada em suas mãos, e deixo as discussões e os ruídos de lado enquanto elejo meus alvos. Meus batimentos diminuem de intensidade, e entro no transe hipnótico da batalha. É minha chance de pôr para fora toda a raiva, o medo, a confusão e a indignação que fervilham dentro de mim. Estou em uma terra de ninguém, feita de humilhação e fúria. Não posso estar em campo aberto, gritando até tudo o que me atormenta ceder, mas posso matar para manter minha clareza.

– Atacar! – ordena Cayden, e os dois lados entram em confronto.

Arremesso minha adaga de dragão em um soldado de Imirath que avança em minha direção, matando-o no ato e já entrando em confronto com outro. Golpeio com a espada, mas deixo o conselheiro se esquivar para poder chutá-lo na virilha e cortar seu pescoço quando ele se inclina para a frente.

O salão é tomado pelos sons de aço se chocando contra o aço, gente gorgolejando sangue e gritos de guerra. Cayden derruba os conselheiros que cercam Eagor e Valia, mas ela já está morta, e o comandante ordena que um soldado prenda Eagor antes que possa se matar.

Continuo detendo os avanços de um guarda, mas o homem chuta minha perna ferida antes que eu tenha a chance de me esquivar. Minha perna cede, e passo a lâmina por sua barriga enquanto meus joelhos atingem o chão em uma pilha de entranhas. Minhas costelas latejam, e eu tusso sangue na mão, usando a espada para me colocar de novo em pé.

Finnian está em confronto com um conselheiro.

Ryder enfrenta dois deles, brandindo as espadas em uma ancestral dança de guerra.

Saskia atravessa um soldado de Imirath com a lâmina.

Registro o movimento com o canto do olho antes de ter a chance de encontrar Cayden, e me concentro em Ailliard, correndo em meio a sangue e corpos tombados. Identifico seu alvo, e um pavor se instala no meu estômago enquanto meu coração vai parar na boca.

– Ailliard, para!

Sinto nos ossos cada passo que ele dá na direção de Cayden, que está enfrentando três soldados habilidosos de Imirath que se uniram para pegá-lo de uma só vez. Meus dedos se fecham ao redor do cabo da faca, e me lembro de meu tio em diferentes momentos da minha vida.

Aquele Ailliard está morto. Faz parte do passado, e por lá vai ficar para sempre. Meu futuro foi reescrito em uma linguagem que ainda não sei decifrar, mas Cayden faz parte dele; eu conseguiria reconhecê-lo em qualquer vernáculo.

Cayden se jogou na frente de um dragão por mim, e meu tio me jogou aos lobos assim que ouviu um estalar de dedos vindo de Imirath.

Arremesso minha faca, acertando Ailliard entre as costelas. O tempo se move mais devagar enquanto vejo seu corpo tombar, a cabeça se arrebentando contra o piso polido. Ele era uma das pessoas mais fortes do mundo para mim, e agora está de joelhos, gritando por causa da lâmina que cravei fundo em seu corpo. Meu vestido se arrasta pelo sangue e sobre os corpos espalhados pelo mesmo caminho que ele tomou. Passo por cima de meu tio, e meus saltos esmagam cacos de vidro quando dou as costas para as janelas quebradas.

– Você tinha razão, tio. – Convoco Calithea, e sua sombra aparece de imediato, com as asas prateadas se abrindo em ambos os meus lados. Ele subestimou minha capacidade de encontrar consolo nas chamas. Meus olhos brilham em um tom dourado, e ele fica boquiaberto, horrorizado.

– Só o amor não basta.

As chamas de Calithea se projetam, envolvendo Ailliard, e seus gritos e o cheiro de carne queimada tomam conta do salão.

CAPÍTULO
QUARENTA E NOVE

Eu o matei.

Eu o matei.

Meus olhos se enchem de lágrimas, e um soluço escapa da minha garganta, apesar de não ter nenhum direito de estar ali. Me sinto febril, e arquejos alquebrados saem pelos meus lábios, como borboletas se metamorfoseando em meio a ações irrevogáveis. Calithea me cutuca com o focinho quando caio de joelhos, evitando os cacos de vidro, e dou as costas a Ailliard para colar minha testa à dela.

– Tudo isso é real, amorzinho – digo com um soluço. – Garrick não tem mais como manipular sua mente.

Passo a mão em seu focinho, e quando mais um soluço me escapa, eu recuo para limpar as lágrimas do rosto. Ailliard é um egoísta por me fazer viver com essa culpa, mas eu não gostaria que outra pessoa o matasse. Não entendo como pôde olhar no meu rosto e sonhar com o reino que me torturou.

"Quando sua mãe engravidou, pensou que você fosse sua bênção. Mas eu vivi o bastante para saber que você era sua maldição."

A voz de Ailliard ressoa na minha cabeça.

Meu corpo treme tanto que sinto meus dentes se chocando uns com os outros. Ele ia matar Cayden. Não importa o quanto esteja chateada com ele, jamais deixaria isso acontecer.

"Você precisa deixar de lado essa sua raiva porque, não importa o quanto lute, nunca vai ser forte o bastante para conseguir as coisas que quer."

– Sai da minha cabeça.

Fecho os olhos com força e cubro os ouvidos com as mãos ensanguentadas, mas os ataques verbais de Ailliard não param. Seus insultos estão gravados na minha memória, e seu cadáver, estampado atrás das minhas pálpebras.

"Seu vínculo com esses dragões foi a pior coisa que já me aconteceu."

Sinto duas mãos se fecharem sobre os meus pulsos, e abro os olhos repentinamente. O olhar preocupado de Cayden está grudado em mim, e seu rosto está todo respingado de sangue. Seu gibão está rasgado na altura do bíceps, e há um corte em seu peito, além de um sangramento no corte reaberto sob o olho. Tento entender o que ele está me dizendo, mas não consigo me concentrar nos seus lábios. Não consigo me focar em nada. Tudo me parece difícil demais de assimilar.

A traição de Ailliard.

A morte de Ailliard.

A cláusula do casamento.

Desvencilho meus punhos das suas mãos e o empurro.

– Você sabia – acuso com a voz rouca.

– Elowen, por favor. – Cayden estende a mão para mim outra vez, com olhos suplicantes. – Preciso só que respire fundo agora. Podemos falar sobre o resto mais tarde.

Balanço negativamente a cabeça, fechando os olhos para me livrar da tontura.

– Onde está Finnian? Onde? FINNIAN!

Um par de braços familiares me afasta do corpo de Ailliard, e Finnian puxa minha cabeça para junto do seu pescoço.

– Estou bem aqui, Ellie. Agora respira.

Minha respiração está rasa e acelerada, mas minha cabeça fica mais leve a cada segundo, com Finnian passando as mãos no meu cabelo embaraçado, murmurando que está tudo bem. Agarro sua camisa e o puxo mais para perto, sentindo seu cheiro. Não consigo mais me segurar, e começo a chorar em seu pescoço. Grito e soluço até minha garganta doer. As lágrimas encharcam sua pele e deixam novos rastros no meu rosto.

Eu me afasto para olhar em seus olhos marejados.

– Por favor, não fica com medo de mim.

– Eu nunca teria medo de você.

– Eu não faria isso com você nunca. – Tento me voltar de novo para meu tio, mas Finnian continua me segurando firme pelos ombros. – Por favor, precisa entender que eu nunca faria isso com você. Ailliard não me amava, ele... ele...

Finnian limpa as minhas lágrimas e segura meu rosto entre as mãos.

– Eu sei. Você me ama, e eu amo você. Ellie, você não é um monstro.

Finnian é a única pessoa que amei além do meu tio, mas sempre percebi as diferenças nas maneiras como eles me tratavam, que eram como a noite e o dia. Ailliard dizia que cuidava de mim, mas Finnian nunca precisou disso, eu apenas sabia. O sangue escorre dos meus dedos para os cotovelos, e parece que estou usando luvas vermelhas. Viro as mãos e as observo antes de voltar os olhos para o meu vestido manchado. Será que parte desse sangue todo é de Ailliard? Está empoçando ao meu redor, chegando à minha alma, manchando-a ainda mais. Minha respiração acelera e faz a dor nas minhas costelas se agravar.

Abaixo a cabeça, segurando meu tronco, me esforçando para respirar. Cayden chega até mim em um instante, e estou exausta demais para empurrá-lo de novo.

– Você foi atingida nas costelas?

Assinto. Estamos todos avariados de uma forma ou de outra. O olho esquerdo de Finnian está inchado e fechado, e seu gibão ainda está manchado das feridas. Saskia tem um corte na panturrilha. Ryder está com a mão no flanco enquanto sua irmã sustenta seu peso, e precisa de um curandeiro imediatamente.

– Eu deveria costurar o Ryder – digo.

– O médico da corte vai subir pros nossos aposentos – responde Cayden, afastando o cabelo do meu rosto.

Tento falar, mas comprimo os lábios e fecho os olhos com força quando uma nova onda de dor me atinge.

– Cayden...

– Eu sei, querida. Estou aqui com você.

Ele me pega nos braços, tomando o cuidado de não encostar nos meus machucados, e me leva do salão de banquete encharcado de sangue.

* * *

Saskia passa a escova e os dedos pelo meu cabelo, trançando as mechas molhadas nas minhas costas. Ninguém nunca escovou meu cabelo assim antes, e eu não sabia o quanto isso era relaxante. Fecho os olhos, desejando me manter presente nesse momento de paz.

O chá que Cayden mandou já esfriou, e fico surpresa por ele esperar tanto antes de aparecer. Não está ferido, mas parece enlouquecido e torturado quando se recosta no batente. Eu o vejo e permaneço em silêncio, enquanto Saskia amarra um laço lavanda na ponta da minha trança para combinar com a minha camisola.

– Me avisa se quiser que eu volte – diz ela quando se levanta do sofá, com a cauda do robe comprido a seguindo ao passar por Cayden, olhando para ele com tristeza.

Volto os olhos para o meu colo, mas isso não faz diferença, porque em segundos ele está ajoelhado na minha frente.

– El, por favor, olha pra mim.

Dói olhar para Cayden, sentir o que estou sentindo em vez de ser consumida apenas pela raiva. Estar perdida nessa sensação confusa de luto, ansiando pelos seus braços, mas sem saber se deveria.

– As pessoas da realeza se casam por conveniência o tempo todo.

Ele põe a mão nas minhas coxas.

– Não era meu plano evocar essa cláusula, nunca foi.

– Mas evocou. – Eu me levanto do sofá, passando por ele na direção da lareira. Minha perna lateja dolorosamente, mas me mantenho onde estou. – E deu a cartada na hora certa.

– Eu aceito de bom grado ser o vilão, se for pra garantir sua segurança. Não ligo se este reino virar cinzas, se for pra você sobreviver. Nunca quis ser rei, e é por isso que nunca falei disso com você. – Ele dá um passo na minha direção, parando a centímetros de mim, mas mesmo assim longe demais. – Você não sai da minha cabeça desde a noite em que nos conhecemos, mas eu já sabia que não teria mais volta desde muito antes.

Fico com raiva de mim mesma quando os meus olhos se enchem de lágrimas.

– Quando foi que soube da cláusula?

– Na noite do baile da aliança – ele responde, cerrando as mãos na lateral do corpo para se segurar e não vir até mim. – O pessoal de Galakin abordou você pra falar de casamento, e parecia que eu não ia conseguia mais respirar.

– Você me enganou durante semanas!

– Eu queria ter alguma coisa pra oferecer depois que passássemos um tempo juntos, se você quisesse mais que um comandante, mas não vou mentir nem pedir desculpas. Não sou um herói. Esse é quem eu sou, Elowen, e sou seu. Por inteiro, cada parte sombria. Até a lua cair no mar e todas as estrelas se apagarem.

Balanço negativamente a cabeça, mas Cayden se aproxima e segura meu rosto entre as mãos.

– Eu sempre fui seu, apesar de você não ser minha. Não há limites pro poder que tem sobre mim. Mesmo se me desprezar, vou continuar sendo seu pra sempre.

Agarro sua camisa, mas não o puxo mais para perto.

– Você sempre diz tudo o que eu quero ouvir, mas não sei como acreditar. – Posso estar brava com ele, mas não tenho como arrancá-lo do fundo do meu coração. – Você diz que nunca quis ser rei, mas agora é o rei de um dos reinos mais poderosos de Ravaryn. Tem sede de poder, e vi até onde é capaz de chegar pra obtê-lo. A cláusula é parte do jogo, e você me usou como um peão num tabuleiro.

— Tenho sede de *você*. É a minha rainha, sempre foi, mesmo quando isso era um ato de traição — ele diz, passando os polegares no meu rosto antes de se abaixar para beijar minha testa. Quando recua, seus olhos suplicam para que eu acredite nele. — Eles não queriam a gente no mundo deles, então criei um mundo novo.

Olho para ele, e todas as palavras que conheço desaparecem, como se nunca tivessem existido. Minha mente é um labirinto que às vezes nem eu mesma sei atravessar. Fui traída e abandonada tantas vezes que antídotos viram venenos, palavras sinceras se distorcem em segundas intenções.

— Você não me traiu, mas uma mentira por omissão é tão errada quanto isso.

— Por favor, meu amor.

— Preciso de um tempo.

— Posso dar o que você quiser — ele promete, tentando abrir um sorriso reconfortante, mas nunca o vi assim tão abatido. — E vou passar o resto da vida provando que não fiz isso por uma coroa.

— Não sou uma mulher que se deixa convencer facilmente.

— E eu sou um homem que adora um desafio.

Uma lágrima escorre pelo meu rosto, o que só alimenta meu ódio por mim mesma.

— Talvez quem vai levar a melhor sobre você vai ser a minha mente. Não sei como parar de pensar o tempo todo. Não sei como confiar em palavras. Minha vida mudou num instante quando eu era criança, e desde então venho tentando evitar outra situação como aquela.

— Vou acabar com qualquer dúvida que você tiver, basta me dizer.

Faço que não com a cabeça, com mais lágrimas escorrendo dos olhos. Não recebi muita bondade na vida, e sempre que mostrei minhas emoções no passado fui retribuída com raiva, pois meus sentimentos se revelaram inconvenientes para os outros, mas Cayden está sendo tão gentil que não sei como entender isso. É como se eu estivesse com a respiração presa, esperando pelo baque, para que ele revele quem realmente é, mas isso não acontece.

Os eventos desta noite pesam como pedras amarradas aos meus tornozelos, me puxando para o fundo do mar. Luto para voltar à superfície, mas não adianta. Eu me afasto dele, o que faz com que me sinta ainda pior, mas me recuso a desmoronar em seus braços. Parece que Cayden arrancou um pedaço do meu coração, mas também é o único que pode colocá-lo de volta.

Preciso que ele entenda que não vou varrer as coisas para debaixo do tapete só porque em seus braços eu me sinto inteira. Prefiro ser mutilada e respeitada a ser amada e enganada. Preciso ficar sozinha com meus pensamentos, mesmo que eles me torturem, mas uma coisa de que estou certa é a minha vontade de mostrar ao mundo que, se quiser se voltar contra nós, vai acender a própria pira ou cavar a própria cova. Nós tomamos Vareveth, e é inevitável que os demais governantes de Ravaryn se sintam ameaçados.

– Preciso que mande uma mensagem pra suma sacerdotisa – aviso. – Nossas coroas e nosso compromisso foram conquistados com sangue, e a guerra virá, mas os meus dragões vão estar do nosso lado. É só isso que quero de você hoje.

Ele passa a mão pela minha trança, e me forço a não desmoronar quando olho para ele.

– O reinado do Rei Demônio e da Rainha dos Dragões.

CAPÍTULO
CINQUENTA

O sol se põe atrás da montanha enquanto Cayden me conduz para a margem do lago, andando pelo corredor aberto pelos presentes, entre nobres que nos juraram lealdade e soldados mais do que dispostos a colocar suas armas a nosso serviço. Mas creio que eles sempre viram Cayden como um rei. Um tambor de guerra emite uma batida lenta, fazendo ondular a água em que Eagor se ajoelha, e duas fogueiras ao seu lado queimam todos os estandartes e tapeçarias com o selo dos Dasterian. A fumaça dança entre as asas dos dragões, que voam alto.

O reinado dele acabou, mas o meu está só começando.

– Eagor Dasterian – começa Cayden. – Você foi condenado à morte por ordem do rei e da rainha de Vareveth. Os que não são capazes de se manter no poder não têm direito de se esconder sob a fachada da força.

Eagor cospe, mas não com força suficiente para nos acertar. Sua roupa não recebeu uma gota de sangue do banquete, um sinal claro de que nunca lutou por seu povo.

– O regicida e sua puta.

Suas palavras não me abalam, já que ele está de joelhos e à mercê da coroa que costumava usar. Eu matei meu tio e ganhei um reino; queimar um rei-fantoche é uma tarefa simples. Basilius desce do céu, e suas escamas cor de lavanda brilham sob o sol.

– Queime – eu murmuro, e as chamas caem como uma chuva enquanto os gritos de Eagor ecoam pelo céu. Seu corpo se debate na água, procurando um remédio para a dor excruciante, mas Basilius continua cuspindo fogo até Eagor ficar em silêncio.

– Longa vida ao rei Cayden e à rainha Elowen – saúda Ryder. – Os Conquistadores de Vareveth!

A multidão repete a saudação, e Cayden e eu damos as costas para as chamas, criando uma imagem implacável para combinar com as sombras que temos por dentro. Sua coroa de obsidiana no alto da cabeça orna com o gibão preto com bordado vermelho e o manto da mesma cor. Meu vestido é um espelho do traje dele, com chamas bordadas no manto preso às alças e à saia, que se espalha ao meu redor, e a coroa dourada de dragão me consolida como a rainha que nasci para ser.

Quero ser ao mesmo tempo luz e sombra, gentil e cruel, suave e feroz. Sou a carrasca e a curandeira. Crio sonhos com o desespero e esperanças com a desolação.

O vínculo contrai meu peito, e ergo os olhos para o céu, mas meus dragões estão pousando na água rasa à minha frente, me procurando com os olhos para serem tranquilizados. Uma luz dourada sobe das minhas palmas pelos meus braços em longos volteios, irradiando no ar ao meu redor como minúsculos flocos de neve.

Cayden se vira para mim com uma expressão de espanto e confusão.

– A luz formou uma coroa. Foi você que fez isso?

– Não. – Fagulhas douradas continuam a subir das minhas palmas, se enrolando no meu corpo e salpicando a superfície do lago até deixá-lo brilhando como uma joia.

– *Você mandou me chamar, Filha das Chamas. Estou aqui para atiçar as brasas que vivem em você* – murmura uma voz ao vento, assim como meses atrás.

– A sacerdotisa está aqui – murmuro. – Ela está me chamando.

Vejo uma figura de capuz vermelho sendo conduzida pela grama por Braxton antes que Cayden tenha a chance de responder, e ordenamos à multidão que se disperse. Sobramos apenas nós, Finnian, Saskia e Ryder.

— *Você nunca temeu as chamas, Rainha do Fogo, mas muitos temerão as suas.*

Ela tira o manto e revela os cachos castanhos, se ajoelhando aos meus pés e se curvando para colar minha mão à sua testa.

— É uma honra ter sido chamada, majestade. Vou aonde as chamas mandarem, e o vento carrega as chamas pra perto de você.

— Ouvi dizer que as sacerdotisas podem realizar cerimônias para fortalecer vínculos — respondo, fazendo um gesto para ela ficar em pé.

— Sim, milady, mas seu vínculo não é deste mundo. Ele transcende o ordinário. — Seus olhos se voltam para a minha esquerda e observam as fagulhas ao redor do pulso de Cayden, correndo por seu cabelo ondulado e o unindo a mim. — Que curioso.

— Como assim?

Ela sacode a cabeça, deixando a pergunta no ar, mas ao que parece não tem uma resposta a dar.

— Vou fazer o que puder pra acessar o vínculo e curar o que o tempo roubou, mas preciso de suprimentos para o feitiço. Alguém pode me levar às cozinhas?

Braxton dá um passo à frente e oferece seu braço, e a sacerdotisa o agradece, segurando sua manga e desaparecendo no castelo. As fagulhas continuam fluindo e se agarram aos chifres e às asas de cada dragão. Eu me sento na areia junto com os outros, feliz em ouvir seu falatório enquanto espero a sacerdotisa voltar.

Confiem em mim, comunico através do vínculo. *Eu nunca faria algo para prejudicar vocês.*

Quando ela volta, Finnian aperta minha mão antes que eu entre com a sacerdotisa no lago e me sente diante dela na água gelada, que arde na minha pele. Ela enche uma tigela grande e a coloca entre nós.

— Para conter o feitiço — ela diz enquanto enfia a mão em uma bolsa e começa a jogar os ingredientes ali. — Sal para proteção. Alho para espantar magia das trevas. Manjericão para dispersar o mal. Água para equilibrá--la. É o seu oposto, e você sempre vai sentir uma atração pela água por essa mesma razão. Mantém você ancorada.

Ela mergulha a mão de pele escura na tigela para misturar os ingredientes com os dedos e traça uma linha na minha testa.

– Obrigada pela ajuda – digo.

– Você é a minha rainha – ela responde. – É uma honra.

– Pensei que as seitas só jurassem lealdade aos deuses.

– Sua alma é forjada nas chamas e abençoada pelos deuses. Você é a única pessoa que pode ter uma conexão com esses dragões. O fogo dos deuses vive em você.

Eu sorrio, sem renegar suas palavras, já que ela sempre me ajudou, mas a verdade é que nunca acreditei em nada. O fogo dos deuses não vive em mim, mas nas minhas próprias chamas. Eles não me deram isso por capricho. Eu não me curvo a outra coroa que não seja a minha, nem me ajoelho diante de deus nenhum.

– Preciso de cinco gotas de sangue – ela avisa. – Corte a palma da mão e deixe as gotas pingarem na água, uma de cada vez.

Desembainho minha adaga de dragão e faço o que ela disse, apertando a mão sobre a tigela. A primeira gota cai, se espalhando pela água, e as cores mudam para verde e preto.

Sorin, sussurra o vento. Ele se ergue da margem e sobe aos céus, e o verde e o preto transbordam da tigela como raízes indomáveis.

A segunda gota cai e assume um tom mais vivo de vermelho, rosa e dourado. Venatrix se une a Sorin, e suas cores se misturam com as dele. Meu vínculo me incentiva a continuar. A cor de lavanda vem a seguir, e Basilius se junta aos demais. Depois o azul-celeste e o amarelo, seguidos de prateado e branco. As cores vibram e se misturam como em uma trança, e um estalo seco e estrondoso ecoa pelo ar quando as cores explodem ao meu redor. Fagulhas de todos os tons zunem pelo lago e sobem bem alto pelo ar, como estrelas cadentes.

Os dragões giram e dão cambalhotas em meio a elas como se estivessem em uma nevasca fresca, rugindo de alegria e esperança. O vínculo vibra alegremente no meu peito, junto com uma plenitude que nunca senti e não sei como consegui viver sem. Boio na água e fico olhando para os meus dragões. A observação é uma coisa mundana, mas se torna extraordinária quando se concentra em quem ama. Por mais que eu deseje que uma sensação de tranquilidade se assente sobre mim, isso não acontece. Uma inquietação vibra na minha barriga como se houvesse um sexto dragão voando dentro de mim.

Os dragões planam em um círculo perfeito e soltam um rugido sincronizado antes de lançarem suas chamas, que se juntam no centro, colidindo acima da minha cabeça. Sinto seu fogo na alma. Já questionei onde deveria estar muitas vezes na vida. Estou sempre pensando no próximo passo, ansiosa pelo futuro. Mas agora sei que tudo o que aconteceu depois que deixei Imirath foi para me trazer até aqui.

Mas ainda não me dou por satisfeita.

Eu anseio por mais.

– Tem alguma coisa que não está certa – digo.

A sacerdotisa desvia seus olhos arregalados do céu e os esfrega, esperando um tempinho para se recompor antes de falar.

– Fiz tudo o que estava a meu alcance, milady, mas os dragões devem estar fazendo um apelo a você através do vínculo. Confie nisso. Dragões e ginetes são uma coisa só, interligados de uma forma inquebrantável e inabalável. É uma confiança como nenhuma outra. Uma base mais firme do que a terra em que vivemos.

– Uma ginete de dragão – murmuro, voltando à margem com os olhos colados aos dragões.

Eles começam a voar diante da cachoeira ao lado do castelo, que se derrama por um penhasco rochoso e para o rio apinhado de pedras afiadas. Venatrix me olha lá de cima, e é como se estivesse me chamando, me incentivando a pular. Vejo meu reflexo em seus olhos vermelhos. Duas almas perdidas atadas uma à outra. O mundo desaparece para mim quando dou o passo seguinte, e eu ignoro os apelos de Cayden, Finnian, Saskia e Ryder, que deixo para trás.

Seguro o vestido e vou avançando pela grama, sem deixar o tecido pesado me atrapalhar. O tempo é cruel. Não é possível saber quanto resta para estar cara a cara com o fim, e não há nada que possa ser feito quando isso acontecer.

Mas eu nasci para montar em dragões, e não vou deixar o medo me deter.

Chego à beira do penhasco e salto.

Os dragões mergulham e acompanham minha queda, mas não se colocam sob mim. Sorin voa de barriga para cima e observa com curiosidade meus olhos em pânico. O medo invade e comprime meus pulmões, me impedindo até de gritar. O vínculo é uma escolha pela qual estou disposta a morrer. Uma verdadeira ginete de dragões confia plenamente em sua montaria, e não existe recompensa sem risco.

Não penso em nada além dos dragões, aquietando minha mente e buscando conforto no vínculo que pulsa em mim como um segundo coração. Estendo a mão e acaricio seu focinho, enchendo meus olhos com o fogo que ruge em mim.

Como um chamado para um semelhante.

Acorrentar um dragão não é sinal de coragem. Montar em um, sim.

Sorin se coloca debaixo de mim e eu caio em suas costas, segurando seus dois chifres pretos e abrindo as pernas ao redor de seu pescoço. Sou puxada para cima junto à cachoeira, e subimos além do penhasco, girando ao redor das torres do castelo. É uma liberdade como nenhuma outra, e não conheço nada que se compare a isso. Montar nas costas de um dragão é vivenciar a infinitude.

O vento bate no meu cabelo, e meu manto voa atrás de mim enquanto Sorin nos leva cada vez mais alto, com os outros quatro em nosso encalço. Basilius voa acima de nós, e estendo o braço para acariciar seu pescoço. Sorin continua batendo as asas de pontas pretas até o céu silenciar para a dança dos dragões.

Solto as mãos de seus chifres quando ele para de subir e abro bem os braços, passando os dedos pelas nuvens espumosas. Isso é *tudo*. Mais do que eu sonhei que seria. Eu vivia atormentada pela saudade de um lar que nunca conheci. Sorin bufa alegremente sob mim, inclinando a cabeça para me observar.

Fico em pé e me equilibro para saltar sobre as costas prateadas de Calithea. Ela ruge quando Venatrix se aproxima.

– Depois é sua vez, Venatrix.

Calithea voa mais depressa com Venatrix em seu encalço, que é a segunda mais rápida, e Calithea, a terceira. Venatrix se vira e voa sobre nós, mas não troco de dragoa ainda, querendo me certificar de que todos tenham atenção suficiente. Basilius parece contente só por vir atrás e girar entre as nuvens.

Uma lua crescente aparece em um céu repleto de estrelas. Tanta gente tentou me matar, e todos fracassaram. Fui aprisionada, torturada e exilada, mas nunca conseguiram me reduzir a nada. Os dragões sempre viveram em mim, e eu, neles. Nunca tive fé nos deuses porque toda a minha fé sempre esteve depositada nessas lindas feras.

Me seguro em Venatrix e subo nela quando se vira. Fazemos um mergulho intenso, voando tão depressa que meus olhos se enchem de lágrimas. Meu coração dispara, e deixo sair do meu corpo a traição e as surras num grito tão feroz que deixa minha garganta ardendo e se mistura aos rugidos dos cinco dragões. Ela se estabiliza no ar, plana sobre a superfície do lago antes de aterrissarmos no alto do penhasco de onde saltei e ruge para quem está lá embaixo.

Gritos ecoam por Verendus, Ladislava e todos que veem a Rainha dos Dragões renascida depois de voar. Nem o fogo é capaz de ser mais radiante do que eu nesse momento. Finnian e Saskia estão às lágrimas, e Ryder e Cayden berram ao lado deles. Abraçado com Ryder, Cayden aponta para mim e grita:

– *Essa é a minha garota!*

Não consigo conter o sorriso para as quatro pessoas que percorreram esse caminho comigo. Minha vida nem sempre foi fácil, mas os tempos sombrios sempre passam.

A sacerdotisa dá um passo à frente e eleva o tom de voz:

– Eu lhes apresento a primeira monarca a montar em dragões desde que os deuses nos deixaram, a rainha Elowen Atarah! Longo seja o seu reinado!

– Longo seja o seu reinado! – ecoa a multidão.

Cayden dá alguns passos à frente, e seus olhos em nenhum momento se desviam dos meus, nem mesmo quando Venatrix rosna. Ele continua avançando com passos constantes, e todos os olhares se fixam nele, para ver o que está fazendo.

Mas Cayden faz algo que nunca fez para ninguém.

Desembainha a espada da cintura e se ajoelha na grama, abaixando a cabeça e oferecendo sua lâmina a mim. É um sinal de respeito e lealdade. Ele está anunciando que sua espada não é mais comandada apenas por ele, mas também por mim.

– Curvem-se diante de sua rainha ou queimem e sangrem! – declara Cayden, fazendo o reino todo repetir seu gesto, gerando um efeito ondulante que vai além do que meus olhos são capazes de enxergar.

Em uma frente unida.

Queimando e derramando sangue.

Juntos, nós reinamos.

Juntos, nós vamos à guerra.

AGRADECIMENTOS

Escrever os agradecimentos para este livro é uma experiência surreal. Quando o publiquei por conta própria, em 2022, não fazia ideia do quanto mudaria a minha vida. Sou eternamente grata a esta história e a estes personagens. Elowen Atarah esteve na minha mente por muitos anos, e ter a oportunidade de voltar lá para o começo foi catártico. As palavras sempre foram minha luz na escuridão, e espero que você tenha encontrado alguma luz nas palavras que reuni aqui.

Em primeiro lugar, agradeço à minha família. Eu não teria conseguido sem seu amor e apoio. Mãe, não sei como agradecer a alguém que fez mais por mim do que sou capaz de expressar. Por mais que duvidassem de mim, você sempre acreditou, me enchendo de um amor infindável até me fazer confiar em mim mesma. Pai, não importa que idade eu tenha, sempre vou ser sua garotinha. Obrigada por sempre me dizer que eu posso atingir todos os objetivos a que me propuser, e por estar ao meu lado para me ajudar de todas as formas possíveis. Andrew, você foi meu primeiro melhor amigo, e sou muito grata por tê-lo como irmão. Independentemente do que acontecesse, eu sempre pude contar com você, e você sempre pode contar comigo para o que for.

Tanner, obrigada por acreditar em mim mesmo quando eu tive minhas dúvidas. Abrir minha porta aos 19 anos e encontrar você do outro lado mudou minha vida da melhor maneira imaginável. Eu já te amei por cinco anos, e vou continuar te amando para sempre.

Em seguida vem o time dos sonhos: Jessica e Shauna. Jessica, nunca vou me esquecer do dia em que seu e-mail chegou à minha caixa de entrada e eu fiquei olhando para a parede por duas horas, me perguntando se era um sonho. Você é minha superagente e terapeuta. Sua confiança em mim e no meu trabalho significa mais do que sou capaz de expressar, e sou muito grata por nossos caminhos terem se cruzado. Shauna, minha incrível editora. Confiar esta história a outras mãos não foi fácil, mas então a conheci. Agradeço muito por seu trabalho e dedicação para transformar este livro no que é hoje. Meus leitores que adoram cenas mais picantes também devem um agradecimento a você por me incentivar a pôr um pouquinho mais de pimenta no manuscrito.

O lindo mapa publicado aqui foi ilustrado por Andrés Aguirre Jurado. Andrés, muito obrigada por dar vida ao meu mundo, e por capturar os detalhes de cada pedacinho dele.

À linda equipe da Delacorte Press que trabalhou neste livro, muito obrigada pelo amor que demonstraram pelo meu trabalho. Finalizar um livro é um trabalho coletivo, e seu entusiasmo tornou essa experiência algo incrível. Mesmo correndo o risco de soar cafona, é realmente um sonho que se tornou realidade.

Também gostaria de agradecer a algumas amigas que apoiaram incessantemente não só meu trabalho, mas também a mim. Ashely, minha irmã de alma e CEO favorita. Conheço você desde que tínhamos 14 anos, e crescer ao seu lado é uma coisa pela qual vou ser eternamente grata. Não importa em que lugar do mundo você esteja, vou sempre estar ao seu lado. Imani Erriu, minha melhor amiga escritora. Você chegou à minha vida de uma forma inesperada, mas no momento perfeito. Viver juntas nossa trajetória como autoras é maravilhoso, e sou extremamente grata por nossos leitores terem nos unido. Grace, sinto sua falta todos os dias. Vou sempre levar seu amor comigo, não importa onde você esteja. Escrevo não só por mim mesma, mas por você também. Sarah, obrigada por estar comigo nessa jornada e por me convencer de que minha agente literária não estava me passando um trote com aquele e-mail – te devo uma por isso! Eu teria que escrever outro livro só para agradecer todas as pessoas que me impactaram, então quero simplesmente mandar um imenso muito obrigada a todos na minha vida que me acompanharam nessa jornada.

Meus adoráveis leitores, é um privilégio escrever essas histórias para vocês, e minha grande paixão. Muito obrigada a todo mundo que me deu uma chance quando eu era uma autora independente, e boas-vindas a quem está chegando agora. Todos vocês têm um lugar em Ravaryn, não importa quando vieram. Eu não estaria onde estou hoje sem seu apoio, e nunca vou ser capaz de expressar meu amor por vocês em apenas um parágrafo.

Beijinhos,
Olivia Rose Darling